Christoph Martin Wieland

Geschichte der Abderiten

Mit einem Nachwort
von Karl Hans Bühner

Philipp Reclam jun. Stuttgart

RECLAMS UNIVERSAL-BIBLIOTHEK Nr. 331
Alle Rechte vorbehalten
© 1958 Philipp Reclam jun. GmbH & Co., Stuttgart
Satz: Vereinsdruckerei Heilbronn eGmbH, Heilbronn
Druck und Bindung: Reclam, Ditzingen
Printed in Germany 2008
RECLAM, UNIVERSAL-BIBLIOTHEK und
RECLAMS UNIVERSAL-BIBLIOTHEK sind eingetragene Marken
der Philipp Reclam jun. GmbH & Co., Stuttgart
ISBN 978-3-15-000331-8

www.reclam.de

VORBERICHT

Diejenigen, denen etwa daran gelegen sein möchte, sich der Wahrheit der bei dieser Geschichte zugrunde liegenden Tatsachen und charakteristischen Züge zu vergewissern, können – wofern sie nicht Lust haben, solche in den Quellen selbst, nämlich in den Werken eines Herodot, Diogenes Laërtius, Athenäus, Aelian, Plutarch, Lucian, Paläphatus, Cicero, Horaz, Petron, Juvenal, Valerius, Gellius, Solinus und andrer, aufzusuchen – sich aus den Artikeln Abdera und Demokritus in dem Baylischen Wörterbuche überzeugen, daß diese Abderiten nicht unter die wahren Geschichten im Geschmacke der Lucianischen gehören. Sowohl die Abderiten als ihr gelehrter Mitbürger Demokrit erscheinen hier in ihrem wahren Lichte; und wiewohl der Verfasser bei Ausfüllung der Lücken, Aufklärung der dunkeln Stellen, Hebung der wirklichen und Vereinigung der scheinbaren Widersprüche, die man in den vorbemeldeten Schriftstellern findet, nach unbekannten Nachrichten gearbeitet zu haben scheint, so werden doch scharfsinnige Leser gewahr werden, daß er in allem diesem einem Gewährsmanne gefolgt ist, dessen Ansehen alle Aeliane und Athenäen zu Boden wiegt und gegen dessen einzelne Stimme das Zeugnis einer ganzen Welt und die Entscheidung aller Amphiktyonen, Areopagiten, Dezemvirn, Zentumvirn und Duzentumvirn, auch Doktoren, Magister und Bakkalaureen samt und sonders ohne Wirkung ist, nämlich der Natur selbst.

Sollte man dieses kleine Werk als einen, wiewohl geringen Beitrag zur Geschichte des menschlichen Verstandes ansehen wollen, so läßt sich's der Verfasser sehr wohl gefallen, glaubt aber, daß es auch unter diesem so vornehm klingenden Titel weder mehr noch weniger sei, als was alle Geschichtsbücher sein müssen, wenn sie nicht sogar unter die schöne Melusine herabsinken und mit dem schalsten aller Märchen der Dame d'Aulnoy in einerlei Rubrik geworfen werden wollen.

ERSTER TEIL

ERSTES BUCH
Demokritus unter den Abderiten

ERSTES KAPITEL

Vorläufige Nachrichten vom Ursprung der Stadt Abdera und dem Charakter ihrer Einwohner.

Das Altertum der Stadt Abdera in Thrakien verliert sich in der fabelhaften Heldenzeit. Auch kann es uns sehr gleichgültig sein, ob sie ihren Namen von Abdera, einer Schwester des berüchtigten Diomedes, Königs der Bistonischen Thraker – welcher ein so großer Liebhaber von Pferden war und deren so viele hielt, daß er und sein Land endlich von seinen Pferden aufgefressen wurde –, oder von Abderus, einem Stallmeister dieses Königs, oder von einem andern Abderus, der ein Liebling des Herkules gewesen sein soll, empfangen habe.

Abdera war einige Jahrhunderte nach ihrer ersten Gründung vor Alter wieder zusammengefallen, als Timesius von Klazomene um die Zeit der einunddreißigsten Olympiade es unternahm, sie wieder aufzubauen. Die wilden Thraker, welche keine Städte in ihrer Nachbarschaft aufkommen lassen wollten, ließen ihm nicht Zeit, die Früchte seiner Arbeit zu genießen. Sie trieben ihn wieder fort, und Abdera blieb unbewohnt und unvollendet, bis (ungefähr um das Ende der neunundfünfzigsten Olympiade) die Einwohner der ionischen Stadt Teos – weil sie keine Lust hatten, sich dem Eroberer Cyrus zu unterwerfen – zu Schiffe gingen, nach Thrakien segelten und, da sie in einer der fruchtbarsten Gegenden desselben dieses Abdera schon gebaut fanden, sich dessen als einer verlassenen und niemand zugehörigen Sache bemächtigten, auch sich darin gegen die thrakischen Barbaren so gut behaupteten, daß sie und ihre Nachkommen von nun an Abderiten hießen und einen kleinen Freistaat ausmachten, der (wie die meisten griechischen Städte) ein zweideutiges Mittelding von Demokratie und Aristokratie war und regiert wurde – wie kleine und große Republiken von jeher regiert worden sind.

„Wozu", rufen unsre Leser, „diese Deduktion des Ursprungs und der Schicksale der Stadt Abdera in Thrakien? Was kümmert uns Abdera? Was liegt uns daran, zu wissen oder nicht zu wissen, wann, wie, wo, warum, von wem und zu was Ende eine Stadt, welche längst nicht mehr in der Welt ist, erbaut worden sein mag?"

Geduld! günstige Leser, Geduld, bis wir, eh' ich weiter forterzähle, über unsre Bedingungen einig sind. Verhüte der Himmel, daß man euch zumuten sollte, die Abderiten zu lesen, wenn ihr gerade was Nötigeres zu tun oder was Besseres zu lesen habt! – „Ich muß auf eine Predigt studieren. – Ich habe Kranke zu besuchen. – Ich hab' ein Gutachten, einen Bescheid, eine Läuterung, einen untertänigsten Bericht zu machen. – Ich muß rezensieren. – Mir fehlen noch sechzehn Bogen an den vier Alphabeten, die ich meinem Verleger binnen acht Tagen liefern muß. – Ich hab' ein Joch Ochsen gekauft. – Ich hab' ein Weib genommen." – In Gottes Namen! Studiert, besucht, referiert, rezensiert, übersetzt, kauft und freit! – Beschäftigte Leser sind selten gute Leser. Bald gefällt ihnen alles, bald nichts; bald verstehen sie uns halb, bald gar nicht, bald (was noch schlimmer ist) unrecht. Wer mit Vergnügen und Nutzen lesen will, muß gerade sonst nichts andres zu tun noch zu denken haben. Und wenn ihr euch in diesem Falle befindet, warum solltet ihr nicht zwei oder drei Minuten daran wenden wollen, etwas zu wissen, was einem Salmasius, einem Bayle – und, um aufrichtig zu sein, mir selbst (weil mir nicht zu rechter Zeit einfiel, den Artikel Abdera im Bayle nachzuschlagen) ebenso viele Stunden gekostet hat? Würdet ihr mir doch geduldig zugehört haben, wenn ich euch die Historie vom König in Böhmenland, der sieben Schlösser hatte, zu erzählen angefangen hätte.

Die Abderiten also hätten (demzufolge, was bereits von ihnen gemeldet worden ist) ein so feines, lebhaftes, witziges und kluges Völkchen sein sollen, als jemals eines unter der Sonne gelebt hat.

„Und warum dies?"

Diese Frage wird uns vermutlich nicht von den gelehrten unter unsern Lesern gemacht. Aber wer wollte auch Bücher schreiben, wenn alle Leser so gelehrt wären als der Autor? Die Frage „warum dies?" ist allemal eine sehr vernünftige Frage. Sie verdient, wo die Rede von menschlichen Dingen ist (mit den göttlichen ist's ein andres), allemal eine Antwort; und wehe dem, der verlegen oder beschämt oder ungehalten wird, wenn er sich auf „warum dies?" vernehmen lassen soll! Wir unsers Orts würden die Antwort ungefordert gegeben haben, wenn die Leser nicht so hastig gewesen wären. Hier ist sie!

Teos war eine athenische Kolonie, von den zwölfen oder dreizehn eine, welche unter Anführung des Neleus, Kodrus' Sohn, in Ionien gepflanzt wurden.

Die Athener waren von jeher ein munteres und geistreiches Volk, und sind es noch, wie man sagt. Athener, nach Ionien versetzt, gewannen unter dem schönen Himmel, der dieses von der Natur verzärtelte Land umfließt, wie Burgunder Reben durch Verpflanzung aufs Vorgebirge der Guten Hoffnung. Vor allen andern Völkern des Erdbodens waren die ionischen Griechen die Günstlinge der Musen. Homer selbst war, der größten Wahrscheinlichkeit nach, ein Ionier. Die erotischen Gesänge, die milesischen Fabeln (die Vorbilder unsrer Novellen und Romane) erkennen Ionien für ihr Vaterland. Der Horaz der Griechen, Alkäos, die glühende Sappho, Anakreon, der Sänger – Aspasia, die Lehrerin – Apelles, der Maler der Grazien, waren aus Ionien; Anakreon war sogar ein geborener Tejer. Dieser letzte mochte etwa ein Jüngling von achtzehn Jahren sein (wenn anders Barnes recht gerechnet hat), als seine Mitbürger nach Abdera zogen. Er zog mit ihnen, und zum Beweise, daß er seine den Liebesgöttern geweihte Leier nicht zurückgelassen, sang er dort das Lied an ein thrakisches Mädchen (in Barnesens Ausgabe das einundsechzigste), worin ein gewisser wilder thrakischer Ton gegen die ionische Grazie, die seinen Liedern eigen ist, auf eine ganz besondere Art absticht.

Wer sollte nun nicht denken, die Tejer – in ihrem ersten Ursprung Athener – so lange Zeit in Ionien einheimisch – Mitbürger eines Anakreon – sollten auch in Thrakien den Charakter eines geistreichen Volkes behauptet haben? Allein (was auch die Ursache davon gewesen sein mag) das Gegenteil ist außer Zweifel. Kaum wurden die Tejer zu Abderiten, so schlugen sie aus der Art. Nicht daß sie ihre vormalige Lebhaftigkeit ganz verloren und sich in Schöpse verwandelt hätten, wie Juvenal sie ungerechterweise beschuldigt. Ihre Lebhaftigkeit nahm nur eine wunderliche Wendung; denn ihre Einbildung gewann einen so großen Vorsprung über ihre Vernunft, daß es dieser niemals wieder möglich war, sie einzuholen. Es mangelte den Abderiten nie an Einfällen; aber selten paßten ihre Einfälle auf die Gelegenheit, wo sie angebracht wurden, oder kamen erst, wenn die Gelegenheit vorbei war. Sie sprachen viel, aber immer ohne sich einen Augenblick zu bedenken, was sie sagen wollten, oder wie sie es sagen wollten. Die natürliche Folge hiervon war, daß sie selten den Mund auftaten, ohne etwas Albernes zu sagen. Zum Unglück erstreckte sich diese schlimme Gewohnheit auch auf ihre Handlungen; denn gemeiniglich schlossen sie den Käfig erst, wenn der Vogel entflogen war. Dies zog ihnen den Vorwurf der Unbesonnenheit zu; aber die Erfahrung bewies, daß es ihnen nicht besser ging, wenn sie sich besannen. Machten sie (welches sich ziemlich oft zutrug) irgendeinen sehr dummen Streich, so kam es immer daher, weil sie es gar zu gut machen wollten; und wenn sie in den Angelegenheiten ihres gemeinen Wesens recht lange und ernstliche Beratschlagungen hielten, so konnte man sicher darauf rechnen, daß sie unter allen möglichen Entschließungen die schlechteste ergreifen würden.

Sie wurden endlich zum Sprichwort unter den Griechen. Ein abderitischer Einfall, ein Abderitenstückchen war bei diesen ungefähr, was bei uns ein Schildbürger- oder bei den Helvetiern ein Lalleburgerstreich ist; und die guten Abderiten ermangelten nicht, die Spötter und Lacher reichlich mit sinnreichen Zügen dieser Art zu versehen. Für itzt mögen davon nur ein paar Beispiele zur Probe dienen.

Einstmals fiel ihnen ein, daß eine Stadt wie Abdera billig auch einen schönen Brunnen haben müsse. Er sollte in die Mitte ihres großen Marktplatzes gesetzt werden, und zur Bestreitung der Kosten wurde eine neue Auflage gemacht. Sie ließen einen berühmten Bildhauer von Athen kommen, um eine Gruppe von Statuen zu verfertigen, welche den Gott des Meeres auf einem von vier Seepferden gezogenen Wagen, mit Nymphen, Tritonen und Delphinen umgeben, vorstellte. Die Seepferde und Delphine sollten eine Menge Wassers aus ihren Nasen hervorspritzen. Aber wie alles fertig stand, fand sich, daß kaum Wasser genug da war, um die Nase eines einzigen Delphins zu befeuchten; und als man das Werk spielen ließ, sah es nicht anders aus, als ob alle diese Seepferde und Delphine den Schnupfen hätten. Um nicht ausgelacht zu werden, ließen sie also die ganze Gruppe in den Tem-

11

pel des Neptun bringen; und sooft man sie einem
Fremden wies, bedauerte der Küster sehr ernsthaft im
Namen der löblichen Stadt Abdera, daß ein so herrliches Kunstwerk aus Kargheit der Natur unbrauchbar
bleiben müsse.

Ein andermal erhandelten sie eine schöne Venus von
Elfenbein, die man unter die Meisterstücke des Praxi-
teles zählte. Sie war ungefähr fünf Fuß hoch und
sollte auf einen Altar der Liebesgöttin gestellt werden.
Als sie angelangt war, geriet ganz Abdera in Entzücken über die Schönheit ihrer Venus; denn die Abderiten gaben sich für feine Kenner und schwärmerische Liebhaber der Künste aus. „Sie ist zu schön",
riefen sie einhellig, „um auf einem niedrigen Platze zu
stehen; ein Meisterstück, das der Stadt so viel Ehre
macht und so viel Geld gekostet hat, kann nicht zu
hoch aufgestellt werden; sie muß das erste sein, was
den Fremden beim Eintritt in Abdera in die Augen
fällt." Diesem glücklichen Gedanken zufolge stellten
sie das kleine niedliche Bild auf einen Obelisk von
achtzig Fuß; und wiewohl es nun unmöglich war, zu
erkennen, ob es eine Venus oder eine Austernymphe
vorstellen sollte, so nötigten sie doch alle Fremden zu
gestehen, daß man nichts Vollkommeneres sehen könne.

Uns dünkt, diese Beispiele beweisen schon hinlänglich, daß man den Abderiten kein Unrecht tat, wenn
man sie für warme Köpfe hielt. Aber wir zweifeln,
ob sich ein Zug denken läßt, der ihren Charakter stärker zeichnen könnte als dieser: daß sie (nach dem
Zeugnisse des Justinus) die Frösche in und um ihre
Stadt dergestalt überhandnehmen ließen, daß sie endlich selbst genötigt wurden, ihren quäkenden Mitbürgern Platz zu machen und, bis zu Austrag der
Sache, sich unter dem Schutze des Königs Kassander
von Makedonien an einen dritten Ort zu begeben.

Dies Unglück befiel die Abderiten nicht ungewarnt.
Ein weiser Mann, der sich unter ihnen befand, sagte

ihnen lange zuvor, daß es endlich so kommen würde. Der Fehler lag in der Tat bloß an den Mitteln, wodurch sie dem Übel steuern wollten, wiewohl sie nie dazu gebracht werden konnten, dies einzusehen. Was ihnen gleichwohl die Augen hätte öffnen sollen, war, daß sie kaum etliche Monate von Abdera weggezogen waren, als eine Menge von Kranichen aus der Gegend von Geranien ankam und ihnen alle ihre Frösche so rein wegputzte, daß eine Meile rings um Abdera nicht einer übrigblieb, der dem wiederkommenden Frühling Brekekek koax koax entgegengesungen hätte.

ZWEITES KAPITEL

Demokritus von Abdera. Ob und wieviel seine Vaterstadt berechtigt war, sich etwas auf ihn einzubilden.

Keine Luft ist so dick, kein Volk so dumm, kein Ort so unberühmt, daß nicht zuweilen ein großer Mann daraus hervorgehen sollte, sagt Juvenal. Pindar und Epaminondas wurden in Böotien geboren, Aristoteles zu Stagira, Cicero zu Arpinum, Vergil im Dörfchen Andes bei Mantua, Albertus Magnus zu Lauingen, Martin Luther zu Eisleben, Sixtus der Fünfte im Dorfe Montalto in der Mark Ancona, und einer der besten Könige, die jemals gewesen sind, zu Pau in Bearn. Was Wunder, wenn auch Abdera zufälligerweise die Ehre hatte, daß der größte Naturforscher des Altertums, Demokritus, in ihren Mauern das Leben empfing!

Ich sehe nicht, wie ein Ort sich eines solchen Umstandes bedienen kann, um Ansprüche an den Ruhm eines großen Mannes zu machen. Wer geboren werden soll, muß irgendwo geboren werden; das übrige nimmt die Natur auf sich, und ich zweifle sehr, ob außer dem Lykurgus ein Gesetzgeber gewesen, der seine Fürsorge

13

bis auf den Homunkulus ausgedehnt und alle möglichen Vorkehrungen getroffen hätte, damit dem Staate wohlorganisierte, schöne und seelenvolle Kinder geliefert würden. Wir müssen gestehen, in dieser Rücksicht hatte Sparta einiges Recht, auf die Vorzüge seiner Bürger stolz zu sein. Aber in Abdera (wie beinahe in der ganzen Welt) ließ man den Zufall und den Genius walten,

– natale comes qui temperat astrum;

und wenn ein Protagoras oder Demokritos aus ihrem Mittel entsprang, so war die gute Stadt Abdera gewiß ebenso unschuldig daran als Lykurgus und seine Gesetze, wenn in Sparta ein Dummkopf oder eine Memme geboren wurde.

Diese Nachlässigkeit, wiewohl sie eine dem Staat äußerst angelegene Sache betrifft, möchte noch immer hingehen. Die Natur, wenn man sie nur ungestört arbeiten läßt, macht meistens alle weitere Fürsorge für das Geraten ihrer Werke überflüssig. Aber wiewohl sie selten vergißt, ihr Lieblingswerk mit allen den Fähigkeiten auszurüsten, durch welche ein vollkommner Mensch ausgebildet werden könnte, so ist doch eben diese Ausbildung das, was sie der Kunst überläßt; und es bleibt also jedem Staate noch Gelegenheit genug übrig, sich ein Recht an die Vorzüge und Verdienste seiner Mitbürger zu erwerben.

Allein auch hierin ließen die Abderiten sehr viel an ihrer Klugheit zu vermissen übrig, und man hätte schwerlich einen Ort finden können, wo für die Bildung des innern Gefühls, des Verstandes und des Herzens der künftigen Bürger weniger gesorgt worden wäre.

Die Bildung des Geschmacks, das ist eines feinen, richtigen und gelehrten Gefühls alles Schönen, ist die beste Grundlage zu jener berühmten Sokratischen Kalokagathie oder innerlichen Schönheit und Güte der Seele, welche den liebenswürdigen, edelmütigen, wohltätigen und glücklichen Menschen macht. Und nichts ist geschickter, dieses richtige Gefühl des Schönen in uns zu bilden, als – wenn alles, was wir von Kindheit an sehen und hören, schön ist. In einer Stadt, wo die Künste der Musen in der größten Vollkommenheit getrieben werden, in einer mit Meisterstücken der bildenden Künste angefüllten Stadt, in einem Athen geboren zu sein, ist daher allerdings kein geringer Vorteil; und wenn die Athener zu Platos und Menanders Zeiten mehr Geschmack hatten als tausend andere Völker, so hatten sie es unstreitig ihrem Vaterlande zu danken.

Abdera führte in einem griechischen Sprichworte (über dessen Verstand die Gelehrten nach ihrer Gewohnheit nicht einig sind) den Beinamen, womit Florenz unter den italienischen Städten prangt – die Schöne. Wir haben schon bemerkt, daß die Abderiten Enthusiasten der schönen Künste waren; und in der Tat, zur Zeit ihres größten Flors, das ist eben damals, da sie auf einige Zeit den Fröschen Platz machen mußten, war ihre Stadt voll prächtiger Gebäude, reich an Malereien und Bildsäulen, mit einem schönen Theater und Musiksaal (Ωδειον) versehen, kurz, ein zweites Athen – bloß den Geschmack ausgenommen. Denn zum Unglück erstreckte sich die wunderliche Laune, von welcher wir oben gesprochen haben, auch auf ihre Begriffe vom Schönen und Anständigen. Latona, die Schutzgöttin ihrer Stadt, hatte den schlechtesten Tempel; Jason, der Anführer der Argonauten, hingegen (dessen goldenes Vlies sie zu besitzen vorgaben) den prächtigsten. Ihr Rathaus sah wie ein Magazin aus, und unmittelbar vor dem Saale, wo die Angelegenheiten des Staats erwogen wurden, hatten alle Kräuter-, Obst- und Eierweiber von Abdera ihre Niederlage. Hingegen ruhte das Gymnasium, worin sich ihre Jugend im Ringen und Fechten übte, auf einer dreifachen Säulenreihe. Der Fechtsaal war mit lauter

Schildereien von Beratschlagungen und mit Statuen in ruhigen oder tiefsinnigen Stellungen ausgeziert. Dafür aber stellte das Rathaus den Vätern des Vaterlandes eine desto reizendere Augenweide dar. Denn wohin sie in dem Saal ihrer gewöhnlichen Sitzungen ihre Augen warfen, glänzten ihnen schöne nackende Kämpfer oder badende Dianen und schlafende Bacchanten entgegen, und Venus mit ihrem Buhler, im Netze Vulkans allen Einwohnern des Olymps zur Schau ausgestellt (ein großes Stück, welches dem Sitze des Archons gegenüber hing), wurde dem Fremden mit einem Triumphe gezeigt, der den ernsten Phokion selbst genötigt hätte, zum erstenmal in seinem Leben zu lachen. Der König Lysimachus (sagten sie) habe ihnen sechs Städte und ein Gebiet von vielen Meilen dafür angeboten; aber sie hätten sich nicht entschließen können, ein so herrliches Stück hinzugeben, zumal da es – gerade die Höhe und Breite habe, um eine ganze Seite der Ratsstube einzunehmen; und überdies habe einer ihrer Kunstrichter in einem weitläufigen, mit großer Gelehrsamkeit angefüllten Werke die Beziehung des allegorischen Sinnes dieser Schilderei auf den Platz, wo sie stehe, sehr scharfsinnig dargetan.

Wir würden nicht fertig werden, wenn wir alle Unschicklichkeiten, wovon diese wundervolle Republik wimmelte, berühren wollten. Aber noch eine können wir nicht vorbeigehen, weil sie einen wesentlichen Zug ihrer Verfassung betrifft und keinen geringen Einfluß auf den Charakter der Abderiten hatte. In den ältesten Zeiten der Stadt war, vermutlich einem orphischen Institut zufolge, der Nomophylax oder Beschirmer der Gesetze (eine der obersten Magistratspersonen) zugleich Vorsänger bei den gottesdienstlichen Chören und Oberaufseher über das Musikwesen. Dies hatte damals seinen guten Grund. Allein mit der Länge der Zeit ändern sich die Gründe der Gesetze; diese werden alsdann durch buchstäbliche Erfüllung lächerlich und müssen also nach den veränderten Umständen umgegossen werden. Aber eine solche Betrachtung kam nicht in abderitische Köpfe. Es hatte sich öfters zugetragen, daß ein Nomophylax erwählt wurde, der zwar die Gesetze ganz leidlich beschirmte, aber entweder schlecht sang oder gar nichts von der Musik verstand. Was hatten die Abderiten zu tun? Nach häufigen Beratschlagungen machten sie endlich die Verordnung: der beste Sänger aus Abdera sollte hinfür allezeit auch Nomophylax sein; und dabei blieb es, solange Abdera stand. Daß der Nomophylax und der Vorsänger zwei verschiedene Personen sein könnten, war in zwanzig öffentlichen Beratschlagungen keiner Seele eingefallen.

Es ist leicht zu erachten, daß die Musik bei so bewandten Sachen zu Abdera in großer Achtung stehen mußte. Alles in dieser Stadt war musikalisch; alles sang, flötete und leierte. Ihre Sittenlehre und Politik, ihre Theologie und Kosmologie war auf musikalische Grundsätze gebaut; ja, ihre Ärzte heilten sogar die Krankheiten durch Tonarten und Melodien. Soweit scheint ihnen, was die Spekulation betrifft, das Ansehen der größten Weisen des Altertums, eines Orpheus, Pythagoras und Plato, zustatten zu kommen. Aber in der Ausübung entfernten sie sich desto weiter von der Strenge dieser Philosophen. Plato verweist alle sanften und weichlichen Tonarten aus seiner Republik; die Musik soll seinen Bürgern weder Freude noch Traurigkeit einflößen; er verbannt mit den ionischen und lydischen Harmonien alle Trink- und Liebeslieder; ja, die Instrumente selbst scheinen ihm so wenig gleichgültig, daß er vielmehr die vielsaitigen und die lydische Flöte als gefährliche Werkzeuge der Üppigkeit ausmustert und seinen Bürgern nur die Leier und die Zither, sowie den Hirten und dem Landvolke nur die Rohrpfeife gestattet. So streng philosophierten die Abderiten nicht. Keine Tonart, kein Instrument war bei ihnen ausgeschlossen und – einem sehr wahren, aber sehr oft von ihnen mißverstandenen Grundsatze zufolge – behaupteten sie, daß man alle ernsthaften Dinge lustig und alle lustigen ernsthaft behandeln müsse. Die Ausdehnung dieser Maxime auf die Musik brachte bei ihnen die widersinnigsten Wirkungen hervor. Ihre gottesdienstlichen Gesänge klangen wie Gassenlieder; allein dafür konnte man nichts Feierlicheres hören als die Melodie ihrer Tänze. Die Musik zu einem Trauerspiele war gemeiniglich komisch; hingegen klangen ihre Kriegslieder so schwermütig, daß sie sich nur für Leute schickten, die an den Galgen gehen. Ein Leierspieler wurde in Abdera nur dann für vortrefflich gehalten, wenn er die Saiten so zu rühren wußte, daß man eine Flöte zu hören glaubte; und eine Sängerin mußte, um bewundert zu werden, gurgeln und trillern wie eine Nachtigall. Die Abderiten hatten keinen Begriff davon, daß die Musik nur insofern Musik ist, als sie das Herz rührt; sie waren über und über glücklich, wenn nur ihre Ohren gekitzelt oder wenigstens mit nichtssagenden, aber vollen und oft abwechselnden Harmonien gestopft wurden. Diese Widersinnigkeit erstreckte sich über alle Gegenstände des Geschmacks, oder, richtiger zu reden, mit aller ihrer Schwärmerei für die Künste hatten die Abderiten gar keinen Geschmack; und es ahndete ihnen nicht einmal, daß das Schöne aus einem höhern Grunde schön sei, als weil es ihnen so beliebte.

Indessen konnten gleichwohl Natur, Zufall und gutes Glück mit zusammengesetzten Kräften einmal so viel zuwegebringen, daß ein geborner Abderit Menschenverstand bekam. Aber wenigstens muß man gestehen, wenn sich so etwas begab, so hatte Abdera nichts dabei geholfen. Denn ein Abderit war ordentlicherweise nur insofern klug, als er kein Abderit war – ein Umstand, der uns ohne Mühe begreifen läßt, warum die Abderiten immer von demjenigen unter ihren Mit-

bürgern, der ihnen in den Augen der Welt am meisten
Ehre machte, am wenigsten hielten. Dies war keine
ihrer gewöhnlichen Widersinnigkeiten. Sie hatten eine
Ursache dazu, die so natürlich ist, daß es unbillig wäre,
sie ihnen zum Vorwurf zu machen.

Diese Ursache war nicht (wie einige sich einbilden),
weil sie zum Beispiel den Naturforscher Demokrit –
lange zuvor, ehe er ein großer Mann war – mit dem
Kreisel spielen oder auf einem Grasplatze Purzelbäume machen gesehen hatten –

Auch nicht, weil sie aus Neid oder Eifersucht nicht
leiden konnten, daß einer aus ihrem Mittel klüger sein
sollte als sie. Denn – bei der untrüglichen Aufschrift
der Pforte des Delphischen Tempels! – dies zu denken
hatte kein einziger Abderit Weisheit genug, oder er
würde von dem Augenblick an kein Abderit mehr gewesen sein.

Der wahre Grund, meine Freunde, warum die Abderiten aus ihrem Mitbürger Demokrit nicht viel machten, war dieser: weil sie ihn für – keinen weisen Mann
hielten.

„Warum das nicht?"
Weil sie nicht konnten.
„Und warum konnten sie nicht?"
Weil sie sich alsdann selbst für Dummköpfe hätten
halten müssen. Und dies zu tun, waren sie gleichwohl
nicht widersinnig genug.

Auch hätten sie ebenso leicht auf dem Kopfe tanzen
oder den Mond mit den Zähnen fassen oder den Zirkel quadrieren können, als einen Menschen, der in
allem ihr Gegenfüßler war, für einen weisen Mann
halten. Dies folgt aus einer Eigenschaft der menschlichen Natur, die schon zu Adams Zeiten bemerkt
worden sein muß und gleichwohl, da Helvetius daraus
folgerte – was daraus folgt, vielen ganz neu vorkam;
die seit dieser Zeit niemandem mehr neu ist und dennoch im Leben – alle Augenblicke vergessen wird.

DRITTES KAPITEL

Was Demokrit für ein Mann war. Seine Reisen. Er kommt nach Abdera zurück. Was er mitbringt und wie er aufgenommen wird. Ein Examen, das sie mit ihm vornehmen, welches zugleich eine Probe einer abderitischen Konversation ist.

Demokrit – ich denke nicht, daß es Sie gereuen wird, den Mann näher kennenzulernen –

Demokrit war ungefähr zwanzig Jahre alt, als er seinen Vater, einen der reichsten Bürger von Abdera, beerbte. Anstatt nun darauf zu denken, wie er seinen Reichtum erhalten oder vermehren oder auf die angenehmste oder lächerlichste Art durchbringen wollte, entschloß sich der junge Mensch, solchen zum Mittel – der Vervollkommnung seiner Seele zu machen.

„Aber was sagten die Abderiten zu dem Entschlusse des jungen Demokrit?"

Die guten Leute hatten sich nie träumen lassen, daß die Seele ein anderes Interesse habe als der Magen, der Bauch und die übrigen integranten Teile des sichtbaren Menschen. Also mag ihnen freilich diese Grille ihres Landsmannes wunderlich genug vorgekommen sein. Allein dies war nun gerade, was er sich am wenigsten anfechten ließ. Er ging seinen Weg fort und brachte viele Jahre mit gelehrten Reisen durch alle festen Länder und Inseln zu, die man damals bereisen konnte. Denn wer zu seiner Zeit weise werden wollte, mußte mit eignen Augen sehen. Es gab noch keine Buchdruckereien, keine Journale, Bibliotheken, Magazine, Enzyklopädien, Realwörterbücher, Almanache, und wie alle die Werkzeuge heißen, mit deren Hilfe man itzt, ohne zu wissen wie, ein Philosoph, ein Naturkundiger, ein Kunstrichter, ein Autor, ein Alleswisser wird. Damals war die Weisheit so teuer und noch teurer als – die schöne Lais. Nicht jedermann konnte nach Korinth reisen. Die Anzahl der Weisen war sehr klein; aber die es waren, waren es auch desto mehr.

Demokrit reiste nicht bloß, um der Menschen Sitten und Verfassungen zu beschauen wie Ulysses, nicht bloß, um Priester und Geisterseher aufzusuchen wie Apollonius, oder um Tempel, Statuen, Gemälde und Altertümer zu begucken wie Pausanias, oder um Pflanzen und Tiere abzuzeichnen und unter Klassen zu bringen wie Doktor Solander, sondern er reiste, um Natur und Kunst in allen ihren Wirkungen und Ursachen, den Menschen in seiner Nacktheit und in allen seinen Einkleidungen und Verkleidungen, roh und bearbeitet, bemalt und unbemalt, ganz und verstümmelt, und die übrigen Dinge in allen ihren Beziehungen auf den Menschen kennenzulernen. Die Raupen in Äthiopien (sagte Demokrit) sind freilich nur – Raupen. Was ist eine Raupe, um das erste, angelegenste, einzige Studium eines Menschen zu sein? Aber da wir nun einmal in Äthiopien sind, so sehen wir uns immer nebenher auch nach den äthiopischen Raupen um. Es gibt eine Raupe im Lande der Seren, welche Millionen Menschen kleidet und nährt: wer weiß, ob es nicht auch am Niger nützliche Raupen gibt?

Mit dieser Art zu denken hatte Demokrit auf seinen Reisen einen Schatz von Wissenschaft gesammelt, der in seinen Augen alles Gold in den Schatzkammern der Könige von Indien und alle Perlen an den Hälsen und Armen ihrer Weiber wert war. Er kannte von der Zeder Libanons bis zum Schimmel eines arkadischen Käses eine Menge von Bäumen, Stauden, Kräutern, Gräsern und Moosen, nicht etwa bloß nach ihrer Gestalt und nach ihren Namen, Geschlechtern und Arten; er kannte auch ihre Eigenschaften, Kräfte und Tugenden. Aber, was er tausendmal höher schätzte als alle seine übrigen Kenntnisse, er hatte allenthalben, wo er es der Mühe wert fand, sich aufzuhalten, die Weisesten und die Besten kennengelernt. Es hatte sich bald gezeigt, daß er ihres Geschlechtes war. Sie waren also seine Freunde geworden, hatten sich ihm mitgeteilt und ihm dadurch die Mühe erspart, eignen Fleißes jahrelang und vielleicht und doch vergebens zu suchen, was sie mit Aufwand und Mühe, oder auch wohl nur glücklicherweise, schon gefunden hatten.

Bereichert mit allen diesen Schätzen des Geistes und Herzens kam Demokrit nach einer Reise von zwanzig Jahren zu den Abderiten zurück, die seiner beinahe vergessen hatten. Er war ein feiner, stattlicher Mann, höflich und abgeschliffen, wie ein Mann, der mit mancherlei Arten von Erdensöhnen umzugehen gelernt hat, zu sein pflegt; ziemlich braungelb von Farbe, kam von den Enden der Welt und hatte ein ausgestopftes Krokodil, einen lebendigen Affen und viele andere sonderbare Sachen mitgebracht. Die Abderiten sprachen etliche Tage von nichts anderm als von ihrem Mitbürger Demokrit, der wiedergekommen war und Affen und Krokodile mitgebracht hatte. Allein in kurzer Zeit zeigte sich's, daß sie sich in ihrer Meinung von einem so weit gereisten Manne sehr verrechnet hatten.

Demokrit war von den wackern Männern, denen er indessen die Besorgung seiner Güter anvertraut hatte, um die Hälfte betrogen worden, und gleichwohl unterschrieb er ihre Rechnungen ohne Widerrede. Natürlicherweise mußte dies der guten Meinung von seinem Verstande den ersten Stoß geben. Die Advokaten und Richter wenigstens, die sich zu einem einträglichen Prozesse Hoffnung gemacht hatten, merkten mit einem bedeutenden Achselzucken an, daß es bedenklich sein würde, einem Manne, der seinem eigenen Hause so schlecht vorstehe, das gemeine Wesen anzuvertrauen. Indessen zweifelten die Abderiten nicht, daß er sich nun unter die Mitwerber um ihre vornehmsten Ehrenämter stellen würde. Sie berechneten schon, wie hoch sie ihm ihre Stimme verkaufen wollten, gaben ihm eine Tochter, Enkelin, Schwester, Nichte, Base, Schwägerin zur Ehe, überschlugen die Vorteile, die sie zur Erhaltung dieser oder jener Absicht von seinem Ansehen ziehen wollten, wenn er einmal Archon oder Priester der Latona sein würde, usw. Aber Demokrit erklärte sich, daß er weder ein Ratsherr von Abdera noch der Ehegemahl einer Abderitin sein wollte, und vereitelte dadurch abermal alle ihre Anschläge. Nun hoffte man wenigstens durch seinen Umgang in etwas entschädiget zu werden. Ein Mann, welcher Affen, Krokodile und zahme Drachen von seinen Reisen mitgebracht hatte, mußte eine ungeheure Menge Wunderdinge zu erzählen haben. Man erwartete, daß er von zwölf Ellen langen Riesen und von sechs Daumen hohen Zwergen, von Menschen mit Hunds- und Eselsköpfen, von Meerfrauen mit grünen Haaren, von weißen Negern und blauen Kentauren sprechen würde. Aber Demokrit log so wenig, und in der Tat weniger, als ob er nie über den thrakischen Bosporus gekommen wäre.

Man fragte ihn, ob er im Lande der Garamanten keine Leute ohne Kopf angetroffen habe, welche die Augen, die Nase und den Mund auf der Brust trügen? und ein abderitischer Gelehrter (der, ohne jemals aus den Mauern seiner Stadt gekommen zu sein, sich die Miene gab, als ob kein Winkel des Erdbodens wäre, den er nicht durchkrochen hätte) bewies ihm in großer Gesellschaft, daß er entweder nie in Äthiopien gewesen sei oder dort notwendig mit den Agriophagen, deren König nur ein Auge über der Nase hat, mit den Sambern, die allezeit einen Hund zu ihrem König erwählen, und mit den Artabatiten, die auf allen vieren gehen, Bekanntschaft gemacht haben müsse. „Und wofern Sie bis in den äußersten Teil des abendländischen Äthiopien eingedrungen sind", fuhr der gelehrte Mann fort, „so bin ich gewiß, daß Sie ein Volk ohne Nasen angetroffen haben und ein andres, wo die Leute einen so kleinen Mund führen, daß sie ihre Suppe durch Strohhalme einschlürfen müssen."

Demokrit beteuerte bei Kastor und Pollux, daß er sich nicht erinnere, diese Ehre gehabt zu haben.

„Wenigstens", sagte jener, „haben Sie in Indien Menschen angetroffen, die nur ein einziges Bein auf die Welt bringen, aber demungeachtet wegen der außerordentlichen Breite ihres Fußes so geschwind auf dem Boden fortrutschen, daß man ihnen zu Pferde kaum nachkommen kann. Und was sagten Sie dazu, wie Sie an der Quelle des Ganges ein Volk antrafen, das ohne alle andre Nahrung vom bloßen Geruche wilder Äpfel lebt?"

„Oh, erzählen Sie uns doch", riefen die schönen Abderitinnen, „erzählen Sie doch, Herr Demokrit! Was müßten Sie uns nicht erzählen können, wenn Sie nur wollten!"

Demokrit schwor vergebens, daß er von allen diesen Wundermenschen in Äthiopien und Indien nichts gesehen noch gehört habe.

„Aber was haben Sie denn gesehen?" fragte ein runder, dicker Mann, der zwar weder einäugig war wie die Agriophagen, noch eine Hundsschnauze hatte wie die Cymolgen, noch die Augen auf den Schultern trug wie die Omophthalmen, noch vom bloßen Geruche lebte wie die Paradiesvögel, aber doch gewiß nicht mehr Gehirn in seinem großen Schädel trug als ein mexikanischer Kolibri, ohne darum weniger ein Ratsherr von Abdera zu sein. „Aber was haben Sie denn gesehen", sagte Wanst, „Sie, der zwanzig Jahre in der Welt herumgefahren ist, wenn Sie nichts von allem dem gesehen haben, was man in fernen Landen Wunderbares sehen kann?"

„Wunderbares?" versetzte Demokrit lächelnd. „Ich hatte so viel mit Betrachtung des Natürlichen zu tun, daß ich fürs Wunderbare keine Zeit übrigbehielt."

„Nun, das gesteh' ich", erwiderte Wanst, „das verlohnt sich auch der Mühe, alle Meere zu durchfahren und über alle Berge zu steigen, um nichts zu sehen, als was man zu Hause ebensogut sehen konnte!"

Demokrit zankte sich nicht gern mit den Leuten um

ihre Meinungen, am allerwenigsten mit Abderiten; und gleichwohl wollt' er auch nicht, daß es aussehen sollte, als ob er gar nichts sagen könne. Er suchte unter den schönen Abderitinnen, die in der Gesellschaft waren, eine aus, an die er das richten könnte, was er sagen wollte; und er fand eine mit zwei großen junonischen Augen, die ihn trotz seiner physiognomischen Kenntnisse verführten, ihrer Eigentümerin etwas mehr Verstand oder Empfindung zuzutrauen als den übrigen. „Was wollten Sie", sagte er zu ihr, „daß ich zum Beispiel mit einer Schönen, welche die Augen auf der Stirn oder am Ellbogen trüge, hätte anfangen sollen? Oder was würde mir's nun helfen, wenn ich noch so gelehrt in der Kunst wäre, das Herz einer – Menschenfresserin zu rühren? Ich habe mich immer zu wohl dabei befunden, mich der sanften Gewalt von zwei schönen Augen, die an ihrem natürlichen Platze stehen, zu überlassen, um jemals in Versuchung zu kommen, das große Stierauge auf der Stirn einer Zyklopin zärtlich zu sehen."

Die Schöne mit den großen Augen, zweifelhaft, was sie aus dieser Anrede machen sollte, guckte dem Manne, der so sprach, mit stummer Verwunderung in den Mund, lächelte ihm ihre schönen Zähne vor und sah sich zur rechten und linken Seite um, als ob sie den Verstand seiner Rede suchen wollte.

Die übrigen Abderitinnen hatten zwar ebensowenig davon begriffen; weil sie aber aus dem Umstande, daß er sich gerade an die Großäugige gewendet hatte, schlossen, er habe ihr etwas Schönes gesagt, so sahen sie einander jede mit einer eignen Grimasse an. Diese rümpfte eine kleine Stumpfnase, jene zog den Mund in die Länge, eine dritte spitzte den ihren, eine vierte riß ein Paar kleine Augen auf, eine fünfte brüstete sich mit zurückgezogenem Kopfe usw.

Demokrit sah es, erinnerte sich, daß er in Abdera war – und schwieg.

VIERTES KAPITEL

Das Examen wird fortgesetzt und verwandelt sich in eine Disputation
über die Schönheit, wobei Demokriten sehr warm gemacht wird.

Schweigen – ist zuweilen eine Kunst, aber doch nie
eine so große, als uns gewisse Leute glauben machen
wollen, die dann am klügsten sind, wenn sie schweigen.

Wenn ein weiser Mann sieht, daß er es mit Kindern
zu tun hat, warum sollt' er sich zu weise dünken, nach
ihrer Art mit ihnen zu reden?

„Ich bin zwar", sagte Demokrit zu seiner neugierigen
Gesellschaft, „aufrichtig genug gewesen zu gestehen,
daß ich von allem, was man will, das ich gesehen haben
sollte, nichts gesehen habe; aber bilden Sie sich darum
nicht ein, daß mir auf so vielen Reisen zu Wasser und
zu Lande gar nichts aufgestoßen sei, das Ihre Neube-
gierde befriedigen könnte. Glauben Sie mir, es sind
Dinge darunter, die Ihnen vielleicht noch wunderbarer
vorkommen würden als diejenigen, wovon die Rede
war."

Bei diesen Worten rückten die schönen Abderitinnen
näher und spitzten Mund und Ohren. „Das ist doch
ein Wort von einem gereisten Manne", rief der kurze,
dicke Ratsherr. Des Gelehrten Stirn entrunzelte sich
durch die Hoffnung, daß er etwas zu tadeln und zu
verbessern bekommen würde, Demokrit möchte auch
sagen, was er wollte.

„Ich befand mich einst in einem Lande", fing unser
Mann an, „wo es mir so wohl gefiel, daß ich in den
ersten drei oder vier Tagen, die ich darin zubrachte,
unsterblich zu sein wünschte, um ewig darin zu leben."

„Ich bin nie aus Abdera gekommen", sagte der Rats-
mann, „aber ich dachte immer, daß es keinen Ort in der
Welt gäbe, wo es mir besser gefallen könnte als in
Abdera. Auch geht es mir gerade wie Ihnen mit dem
Lande, wo es Ihnen so wohl gefiel; ich wollte mit Freu-
den auf die ganze übrige Welt Verzicht tun, wenn ich

nur ewig in Abdera leben könnte! – Aber warum gefiel es Ihnen nur drei Tage lang so wohl in dem Lande?"

„Sie werden es gleich hören. Stellen Sie sich ein unermeßliches Land vor, dem die angenehmste Abwechslung von Bergen, Tälern, Wäldern, Hügeln und Auen unter der Herrschaft eines ewigen Frühlings und Herbstes allenthalben, wohin man sieht, das Ansehen des herrlichsten Lustgartens gibt, alles angebaut und bewässert, alles blühend und fruchtbar, allenthalben ein ewiges Grün und immer frische Schatten und Wälder von den schönsten Fruchtbäumen, Datteln, Feigen, Zitronen, Granaten, die ohne Pflege wie in Thrakien die Eicheln wachsen; Haine von Myrten und Jasmin; Amors und Cytheräens Lieblingsblume nicht auf Hekken wie bei uns, sondern in dichten Büscheln auf großen Bäumen wachsend, und voll aufgeblüht wie die Busen meiner schönen Mitbürgerinnen –

(Dies hatte Demokrit nicht gut gemacht; und es kann künftigen Erzählern zur Warnung dienen, daß man sich vorher wohl in seiner Gesellschaft umsehen muß, ehe man Komplimente dieser Art wagt, so verbindlich sie auch an sich selbst klingen mögen. Die Schönen hielten die Hände vor die Augen und erröteten. Denn zum Unglück war unter den Anwesenden keine, die dem schmeichelhaften Gleichnis Ehre gemacht hätte, wiewohl sie nicht ermangelten, sich aufzublähen, so gut sie konnten.)

– und diese reizenden Haine", fuhr er fort, „vom lieblichen Gesang unzähliger Arten von Vögeln belebt und mit tausend bunten Papageien erfüllt, deren Farben im Sonnenglanz die Augen blenden. Welch ein Land! ich begriff nicht, warum die Göttin der Liebe das felsige Cythere zu ihrem Wohnsitz erwählt hatte, da ein Land wie dieses in der Welt war. Wo hätten die Grazien angenehmer tanzen können als am Rande von Bächen und Quellen, wo zwischen kurzem, dichtem

Gras vom lebhaftesten Grün Lilien und Hyazinthen und zehntausend noch schönere Blumen, die in unsrer Sprache ohne Namen sind, freiwillig hervorblühen und die Luft mit wollüstigen Wohlgerüchen erfüllen?"

Die schönen Abderitinnen waren, wie leicht zu erachten, mit einer nicht weniger lebhaften Einbildungskraft ausgestattet als die Abderiten, und das Gemälde, das ihnen Demokrit, ohne dabei an Arges zu denken, vorstellte, war mehr, als ihre kleinen Seelchen aushalten konnten. Einige seufzten laut vor Behäglichkeit; andere sahen aus, als ob sie die wollüstigen Gerüche, die in ihrer Phantasie düfteten, mit Mund und Nase einschlürfen wollten; die schöne Juno sank mit dem Kopf auf ein Polster des Kanapees zurück, schloß ihre großen Augen halb und befand sich unvermerkt am blumigen Rand einer dieser schönen Quellen, von Rosen- und Zitronenbäumen umschattet, aus deren Zweigen Wolken von ambrosischen Düften auf sie herabwallten. In einer sanften Betäubung von süßen Empfindungen begann sie eben einzuschlummern, als sie einen Jüngling, schön wie Bacchus und dringend wie Amor, zu ihren Füßen liegen sah. Sie richtete sich auf, ihn desto besser betrachten zu können, und sah ihn so schön, so zärtlich, daß die Worte, womit sie seine Verwegenheit bestrafen wollte, auf ihren Lippen erstarben. Kaum hatte sie –

„Und wie meinten Sie", fuhr Demokrit fort, „daß dieses zauberische Land heißt, von dessen Schönheiten alles, was ich davon sagen könnte, Ihnen kaum den Schatten eines Begriffs geben würde? Es ist eben dieses Äthiopien, welches mein gelehrter Freund hier mit Ungeheuern von Menschen bevölkert, die eines so schönen Vaterlandes ganz unwürdig sind. Aber eine Sache, die er mir für wahr nachsagen kann, ist: daß es in ganz Äthiopien und Libyen (wiewohl diese Namen eine Menge verschiedener Völker umfassen) keinen Menschen gibt, der seine Nase nicht ebenda trüge wo wir, nicht ebensoviel Augen und Ohren hätte als wir, und kurz –"

Ein großer Seufzer von derjenigen Art, wodurch sich ein von Schmerz oder Vergnügen gepreßtes Herz Luft zu machen sucht, hob in diesem Augenblick den Busen der schönen Abderitin, welche, während Demokrit in seiner Rede fortfuhr, in dem Traumgesichte, worin wir sie zu belauschen Bedenken trugen, (wie es scheint) auf einen Umstand gekommen war, an welchem ihr Herz auf die eine oder andre Art sehr lebhaft Anteil nahm. Da die übrigen Anwesenden nicht wissen konnten, daß die gute Dame einige hundert Meilen weit von Abdera unter einem äthiopischen Rosenbaum in einem Meere der süßesten Wohlgerüche schwamm, tausend neue Vögel das Glück der Liebe singen hörte, tausend bunte Papageien vor ihren Augen herumflattern sah und zum Überfluß einen Jüngling mit gelben Locken und Korallenlippen zu ihren Füßen liegen hatte – so war es natürlich, daß man den besagten Seufzer mit einem allgemeinen Erstaunen empfing. Man begriff nichts davon, daß die letzten Worte Demokrits die Ursache einer solchen Wirkung gewesen sein könnten. „Was fehlt Ihnen, Lysandra?" riefen die Abderitinnen aus einem Munde, indem sie sich sehr besorgt um sie stellten. Die schöne Lysandra, die in diesem Augenblicke wieder gewahr wurde, wo sie war, errötete und versicherte, daß es nichts sei. Demokrit, der nun zu merken anfing, was es war, versicherte, daß ein paar Züge frische Luft alles wieder gutmachen würden; aber in seinem Herzen beschloß er, künftig seine Gemälde nur mit einer Farbe zu malen wie die Maler in Thrakien. Gerechte Götter! dacht' er, was für eine Einbildungskraft diese Abderitinnen haben!

„Nun, meine schönen Neugierigen", fuhr er fort, „was meinen Sie, von welcher Farbe die Einwohner eines so schönen Landes sind?"

„Von welcher Farbe? – Warum sollten sie eine andre Farbe haben als die übrigen Menschen? Sagten Sie uns

29

nicht, daß sie die Nase mitten im Gesicht trügen und in allem Menschen wären wie wir Griechen?"

„Menschen, ohne Zweifel; aber sollten sie darum weniger Menschen sein, wenn sie schwarz oder olivenfarb wären?"

„Was meinen Sie damit?"

„Ich meine, daß die schönsten unter den äthiopischen Nationen (nämlich diejenigen, die nach unserm Maßstabe die schönsten, das ist, uns die ähnlichsten sind) durchaus olivenfarb wie die Ägypter, und diejenigen, welche tiefer im festen Lande und in den mittäglichsten Gegenden wohnen, vom Kopf bis zur Fußsohle so schwarz und noch ein wenig schwärzer sind als die Raben zu Abdera."

„Was Sie sagen! – Und erschrecken die Leute nicht voreinander, wenn sie sich ansehen?"

„Erschrecken? Warum dies? Sie gefallen sich sehr mit ihrer Rabenschwärze und finden, daß nichts schöner sein könne."

„Oh, das ist lustig!" riefen die Abderitinnen. „Schwarz am ganzen Leibe, als ob sie mit Pech überzogen wären, sich von Schönheit träumen zu lassen! Was das für ein dummes Volk sein muß! Haben sie denn keine Maler, die ihnen den Apollo, den Bacchus, die Göttin der Liebe und die Grazien malen? Oder könnten sie nicht schon von Homer lernen, daß Juno weiße Arme, Thetis Silberfüße und Aurora Rosenfinger hat?"

„Ach", erwiderte Demokrit, „die guten Leute haben keinen Homer; oder wenn sie einen haben, so dürfen wir uns darauf verlassen, daß seine Juno kohlschwarze Arme hat. Von Malern habe ich in Äthiopien nichts gehört. Aber ich sah ein Mädchen, dessen Schönheit unter seinen Landsleuten beinahe ebensoviel Unheil anrichtete als die Tochter der Leda unter den Griechen und Trojanern; und diese afrikanische Helena war schwärzer als Ebenholz."

„Oh, beschreiben Sie uns doch dies Ungeheuer von

30

Schönheit!" riefen die Abderitinnen, die aus dem natürlichsten Grunde von der Welt an dieser Unterredung unendlich viel Vergnügen fanden.

„Sie werden Mühe haben, sich einen Begriff davon zu machen. Stellen Sie sich das völlige Gegenteil des griechischen Ideals der Schönheit vor: die Größe einer Grazie und die Fülle einer Ceres, schwarze Haare, aber nicht in langen, wallenden Locken um die Schultern fließend, sondern kurz und von Natur kraus wie Schafwolle, die Stirne breit und stark gewölbt, die Nase aufgestülpt und in der Mitte des Knorpels flachgedrückt, die Wangen rund wie die Backen eines Trompeters, der Mund groß –"

Philinna lächelte, um zu zeigen, wie klein der ihrige sei.

„Die Lippen sehr dick und aufgeworfen, und zwei Reihen von Zähnen wie Perlenschnuren –"

Die Schönen lachten insgesamt, wiewohl sie keine andre Ursache dazu haben konnten, als ihre eignen Zähne zu weisen; denn was war sonst hier zu lachen?

„Aber ihre Augen?" fragte Lysandra.

„Oh, was die betrifft, die waren so klein und so wasserfarbig, daß ich lange nicht von mir erhalten konnte, sie schön zu finden –"

„Demokrit ist für Homers Kuhaugen, wie es scheint", sagte Myris, indem sie einen höhnischen Seitenblick auf die Schöne mit den großen Augen warf.

„In der Tat", versetzte Demokrit mit einer Miene, woraus ein Tauber geschlossen hätte, daß er ihr die größte Schmeichelei sage, „schöne Augen müßten sehr groß sein, wenn ich sie zu groß finden sollte, und häßliche können, deucht mich, nie zu klein sein."

Die schöne Lysandra warf einen triumphierenden Blick auf ihre Schwestern und schüttete dann eine ganze Glorie von Zufriedenheit aus ihren großen Augen auf den glücklichen Demokrit herab.

„Darf man wissen, was Sie unter schönen Augen ver-

31

stehen?" fragte die kleine Myris, indem sich ihre Nase merklich spitzte.

Ein Blick der schönen Lysandra schien ihm zu sagen: Sie werden nicht verlegen sein, die Antwort auf diese Frage zu finden.

„Ich verstehe darunter Augen, in denen sich eine schöne Seele malt", sagte Demokrit.

Lysandrá sah albern aus wie eine Person, der man etwas Unerwartetes gesagt hat und die keine Antwort darauf finden kann. – „Eine schöne Seele!" dachten die Abderitinnen alle zugleich. „Was für wunderliche Dinge der Mann aus fernen Landen mitgebracht hat! Eine schöne Seele! Dies ist noch über seine Affen und Papageien!"

„Aber mit allen diesen Subtilitäten", sagte der dicke Ratsherr, „kommen wir von der Hauptsache ab. Mir deucht, die Rede war von der schönen Helena aus Äthiopien, und ich möchte doch wohl hören, was die ehrlichen Leute so Schönes an ihr finden konnten."

„Alles", antwortete Demokrit.

„So müssen sie gar keinen Begriff von Schönheit haben", sagte der Gelehrte.

„Um Vergebung", erwiderte der Erzähler; „weil diese äthiopische Helena der Gegenstand aller Wünsche war, so läßt sich sicher schließen, daß sie der Idee von Schönheit glich, die jeder in seiner Einbildung fand."

„Sie sind aus der Schule des Parmenides?" sagte der Gelehrte, indem er sich in eine streitbare Positur setzte.

„Ich bin nichts – als ich selbst, welches sehr wenig ist", erwiderte Demokrit halb erschrocken. „Wenn Sie dem Wort Idee gram sind, so erlauben Sie mir, mich anders auszudrücken. Die schöne Gulleru – so nannte man die Schwarze, von der wir reden –"

„Gulleru?" riefen die Abderitinnen, indem sie in ein Gelächter ausbrachen, das kein Ende nehmen wollte: „Gulleru! welch ein Name!" – „Und wie ging es mit Ihrer schönen Gulleru?" fragte die spitznäsige Myris

32

mit einem Blick und in einem Tone, der noch dreimal spitziger als ihre Nase war.

„Wenn Sie mir jemals die Ehre erweisen, mich zu besuchen", antwortete der gereiste Mann mit der ungezwungensten Höflichkeit, „so sollen Sie erfahren, wie es mit der schönen Gulleru gegangen ist. Jetzt muß ich diesem Herrn mein Versprechen halten. Die Gestalt der schönen Gulleru also –

(„Der schönen Gulleru", wiederholten die Abderitinnen und lachten von neuem, aber ohne daß Demokrit sich diesmal unterbrechen ließ.)

– flößte zu ihrem Unglück den Jünglingen ihres Landes die stärkste Leidenschaft ein. Dies scheint zu beweisen, daß man sie schön gefunden habe; und ohne Zweifel lag der Grund, weswegen man sie schön fand, in allem dem, warum man sie nicht für häßlich hielt. Diese Äthiopier fanden also einen Unterschied zwischen dem, was ihnen schön und was ihnen nicht schön vorkam; und wenn zehn verschiedene Äthiopier in ihrem Urteile von dieser Helena übereinstimmten, so kam es vermutlich daher, weil sie einerlei Begriff oder Modell von Schönheit und Häßlichkeit hatten."

„Dies folgt nicht!" sagte der abderitische Gelehrte. „Konnte nicht unter zehn jeder etwas andres an ihr liebenswürdig finden?"

„Der Fall ist nicht unmöglich; aber er beweist nichts gegen mich. Gesetzt, der eine hätte ihre kleinen Augen, ein andrer ihre schwellenden Lippen, ein dritter ihre großen Ohren bewundernswürdig gefunden, so setzt auch dies immer eine Vergleichung zwischen ihr und andern äthiopischen Schönen voraus. Die übrigen hatten Augen, Ohren und Lippen sowohl wie Gulleru. Wenn man also die ihrigen schöner fand, so mußte man ein gewisses Modell der Schönheit haben, mit welchem man zum Beispiel ihre Augen und andre Augen verglich; und dies ist alles, was ich mit meinem Ideal sagen wollte."

„Indessen", erwiderte der Gelehrte, „werden Sie doch nicht behaupten wollen, daß diese Gulleru schlechterdings die Schönste unter allen schwarzen Mädchen vor ihr, neben ihr und nach ihr gewesen sei? Ich meine die Schönste in Vergleichung mit dem Modelle, wovon Sie sagten."

„Ich wüßte nicht, warum ich dies behaupten sollte", versetzte Demokrit.

„Es konnte also eine geben, die zum Beispiel noch kleinere Augen, noch dickere Lippen, noch größere Ohren hatte?"

„Möglicherweise, soviel ich weiß."

„Und in Absicht dieser letztern gilt ohne Zweifel die nämliche Voraussetzung, und so ins Unendliche. Die Äthiopier hatten also kein Modell der Schönheit; man müßte denn sagen, daß sich unendlich kleine Augen, unendlich dicke Lippen, unendlich große Ohren denken lassen?"

Wie subtil die abderitischen Gelehrten sind! dachte Demokrit. „Wenn ich eingestand", sagte er, „daß es ein schwarzes Mädchen geben könne, welches kleinere Augen oder dickere Lippen hätte als Gulleru, so sagte ich damit noch nicht, daß dieses schwarze Mädchen den Äthiopiern darum schöner hätte vorkommen müssen als Gulleru. Das Schöne hat notwendig ein bestimmtes Maß, und was über solches ausschweift, entfernt sich ebenso davon wie das, was unter ihm bleibt. Wer wird daraus, daß die Griechen in die Größe der Augen und in die Kleinheit des Mundes ein Stück der vollkommenen Schönheit setzen, den Schluß ziehen: eine Frau, deren Augäpfel einen Daumen im Durchschnitt hielten. oder deren Mund so klein wäre, daß man Mühe hätte, einen Strohhalm hineinzubringen, müßte von den Griechen für desto schöner gehalten werden?"

Der Abderit war geschlagen, wie man sieht, und fühlte, daß er's war. Aber ein abderitischer Gelehrter hätte sich eher erdrosseln lassen, als so was einzugestehen. Waren nicht Philinnen und Lysandren und ein kurzer, dicker Ratsherr da, an deren Meinung von seinem Verstand ihm gelegen war? Und wie wenig kostete es ihm, Abderiten und Abderitinnen auf seine Seite zu bringen! – In der Tat wußte er nicht sogleich, was er sagen sollte. Aber in fester Zuversicht, daß ihm wohl noch was einfallen werde, antwortete er indessen durch ein höhnisches Lächeln, welches zugleich andeutete, daß er die Gründe seines Gegners verachte und daß er im Begriff sei, den entscheidenden Streich zu führen. „Ist's möglich", rief er endlich in einem Ton, als ob dies die Antwort auf Demokrits letzte Rede sei, „können Sie die Liebe zum Paradoxen so weit treiben, im Angesicht, dieser Schönen zu behaupten, daß ein Geschöpf, wie Sie uns diese Gulleru beschrieben haben, eine Venus sei?"

„Sie scheinen vergessen zu haben", versetzte Demokrit sehr gelassen, „daß die Rede nicht von mir und dieser Schönen, sondern von Äthiopiern war. Ich behauptete nichts; ich erzählte nur, was ich gesehen hatte. Ich beschrieb Ihnen eine Schönheit nach äthiopischem Geschmack. Es ist nicht meine Schuld, wenn die griechische Häßlichkeit in Äthiopien Schönheit ist. Auch seh' ich nicht, was mich berechtigen könnte, zwischen den Griechen und Äthiopiern zu entscheiden. Ich vermute, es könnte sein, daß beide recht hätten."

Ein lautes Gelächter, dergleichen man aufschlägt, wenn jemand etwas unbegreiflich Ungereimtes gesagt hat, wieherte dem Philosophen aus allen anwesenden Hälsen entgegen.

„Laß hören, laß doch hören", rief der dicke Ratsherr, indem er seinen Wanst mit beiden Händen hielt, „was unser Landsmann sagen kann, um zu beweisen, daß beide recht haben! Ich höre für mein Leben gern so was behaupten. Wofür hätte man auch sonst euch gelehrte Herren? – Die Erde ist rund; der Schnee ist schwarz; der Mond ist zehnmal so groß als der ganze Peloponnes; Achilles kann keine Schnecke im Laufen

35

einholen. – Nicht wahr, Herr Antistrepsiades? – Nicht
wahr, Herr Demokrit? – Sie sehen, daß ich auch ein
wenig in Ihren Mysterien eingeweiht bin. Ha, ha, ha!"

Die sämtlichen Abderiten und Abderitinnen erleichterten sympathetischerweise ihre Lungen abermals, und
Herr Antistrepsiades, der einen Anschlag auf die
Abendmahlzeit des jovialischen Ratsherrn gemacht
hatte, unterstützte gefällig das allgemeine Gelächter
mit lautem Händeklatschen.

FÜNFTES KAPITEL

Unerwartete Auflösung des Knotens, mit einigen neuen Beispielen von
abderitischem Witz.

Demokrit war in der Laune, sich mit seinen Abderiten und den Abderiten mit sich Kurzweile zu machen.
Zu weise, ihnen irgendeine von ihren National- oder
Individualunarten übelzunehmen, konnt' er es sehr
wohl leiden, daß sie ihn für einen überklugen Mann
ansahen, der seinen abderitischen Mutterwitz auf seiner langen Wanderschaft verdünstet hätte und nun zu
nichts gut wäre, als ihnen mit seinen Einfällen und
Grillen etwas zu lachen zu geben. Er fuhr also, nachdem sich das Gelächter über den witzigen Einfall des
dicken Ratsherrn endlich gelegt hatte, mit seinem gewöhnlichen Phlegma fort, wo ihn der kleine jovialische
Mann unterbrochen hatte:

„Sagt' ich nicht, wenn die griechische Häßlichkeit in
Äthiopien Schönheit sei, so könnte wohl sein, daß
beide Teile recht hätten?"

„Ja, ja, das sagten Sie, und ein Mann steht für sein
Wort."

„Wenn ich es gesagt habe, so muß ich's wohl behaupten; das versteht sich, Herr Antistrepsiades."

„Wenn Sie können."

„Bin ich etwa nicht auch ein Abderit? Und zudem brauch' ich hier nur die Hälfte meines Satzes zu beweisen, um das Ganze bewiesen zu haben; denn daß die Griechen recht haben, darf nicht erst bewiesen werden; dies ist eine Sache, die in allen griechischen Köpfen schon längst ausgemacht ist. Aber daß die Äthiopier auch recht haben, da liegt die Schwierigkeit! – Wenn ich mit Sophismen fechten oder mich begnügen wollte, meine Gegner stumm zu machen, ohne sie zu überzeugen, so würd' ich als Anwalt der äthiopischen Venus die ganze Streitfrage dem innern Gefühl zu entscheiden überlassen. Warum, würd' ich sagen, nennen die Menschen diese oder jene Figur, diese oder jene Farbe schön? – Weil sie ihnen gefällt. – Gut; aber warum gefällt sie ihnen? – Weil sie ihnen angenehm ist. – Und warum ist sie ihnen angenehm? O mein Herr, würde ich sagen, Sie müssen endlich aufhören zu fragen, oder – ich höre auf zu antworten. Ein Ding ist uns angenehm, weil es einen Eindruck auf uns macht, der uns angenehm ist. Ich fordre alle Ihre Grübler heraus, einen besseren Grund anzugeben. Nun würd' es lächerlich sein, einem Menschen abstreiten zu wollen, daß ihm angenehm sei, was ihm angenehm ist, oder ihm zu beweisen, er habe unrecht, sich wohlgefallen zu lassen, was einen wohlgefallenden Eindruck auf ihn macht. Wenn also die Figur einer Gulleru seinen Augen wohltut, so gefällt sie ihm, und wenn sie ihm gefällt, so nennt er sie schön, oder es müßte gar kein solches Wort in seiner Sprache sein."

„Und wenn – und wenn ein Wahnwitziger Pferdeäpfel für Pfirschen äße?" – sagte Antistrepsiades.

„Pferdeäpfel für Pfirschen! – Gut gesagt, bei meiner Ehre! gut gesagt", rief der Ratsherr. „Knacken Sie das auf, Herr Demokrit!"

„Fi, fi doch, Demokrit!" lispelte die schöne Myris, indem sie die Hand vor die Nase hielt, „wer wird auch von Pferdeäpfeln reden? Schonen sie wenigstens unsrer Nasen!"

Jedermann sieht, daß sich die schöne Myris mit diesem Verweise an den witzigen Antistrepsiades hätte wenden sollen, der die Pferdeäpfel zuerst aufgetragen hatte, und an den Ratsherrn, der Demokriten gar zumutete, sie aufzuknacken. Aber es war nun einmal darauf abgesehen, den gereisten Mann lächerlich zu machen. Der Instinkt vertrat bei den sämtlichen Anwesenden hierin die Stelle einer Verabredung, und Myris konnte diese schöne Gelegenheit zu einem Stich, der die Lacher auf ihre Seite brachte, unmöglich entwischen lassen. Denn gerade der Umstand, daß Demokrit, der ohnehin an den Äpfeln des Antistrepsiades genug zu schlucken hatte, noch obendrein einen Verweis deswegen erhielt, kam den Abderiten und Abderitinnen so lustig vor, daß sie alle zugleich zu lachen anfingen und sich völlig so gebärdeten, als ob der Philosoph nun aufs Haupt geschlagen sei und gar nicht wieder aufstehen könne.

Zu viel ist zu viel. Der gute Demokrit hatte zwar in zwanzig Jahren viel erwandert; aber seitdem er aus Abdera gegangen war, war ihm kein zweites Abdera aufgestoßen; und nun, da er wieder drin war, zweifelte er zuweilen auf einen oder zwei Augenblicke, ob er irgendwo sei. Wie war es möglich, mit solchen Leuten fertig zu werden?

„Nun, Vetter?" sagte der Ratsherr, „kannst du die Pferdeäpfel des Antistrepsiades nicht hinunterkriegen? Ha, ha, ha!"

Dieser Einfall war zu abderitisch, um die Zärtlichkeit der sämtlichen gebogenen, stumpfen, viereckigen und spitzigen Nasen in der Gesellschaft nicht zu überwältigen.

Die Damen kicherten ein zirpendes Hi, hi, hi in das dumpfe, donnernde Ha, ha, ha der Mannspersonen.

„Sie haben gewonnen", rief Demokrit; „und zum Zeichen, daß ich mein Gewehr mit guter Art strecke, sollen Sie sehen, ob ich die Ehre verdiene, Ihr Landsmann und Vetter zu sein." Und nun fing er an, mit einer Geschicklichkeit, worin ihm kein Abderit gleichkam, von der untersten Note stufenweise crescendo bis zum Unisono mit dem Hi, hi, hi der schönen Abderitinnen ein Gelächter aufzuschlagen, dergleichen, solange Abdera auf thrakischem Boden stand, nie erhört worden war.

Anfangs machten die Damen Miene, als ob sie Widerstand tun wollten; aber es war keine Möglichkeit, gegen das verzweifelte Crescendo auszuhalten. Sie wurden endlich davon wie von einem reißenden Strom ergriffen, und da die Gewalt der Ansteckung noch dazu schlug, so kam es bald so weit, daß die Sache ernsthaft wurde. Die Frauenzimmer baten mit weinenden Augen um Barmherzigkeit. Aber Demokrit hatte keine Ohren, und das Gelächter nahm überhand. Endlich ließ er sich, wie es schien, bewegen, ihnen einen Stillstand zu bewilligen; allein in der Tat bloß, damit sie die Peinigung, die er ihnen zugedacht hatte, desto länger aushalten könnten. Denn kaum waren sie wieder ein wenig zu Atem gekommen, so fing er die nämliche Tonleiter, eine Terze höher, noch einmal zu durchlachen an, aber mit so vielen eingemischten Trillern und Rouladen, daß sogar die runzligen Beisitzer des Höllengerichts, Minos, Äakus und Rhadamanthus, in ihrem höllenrichterlichen Ornat aus der Fassung dadurch gekommen wären.

Zum Unglück hatten zwei oder drei von unsern Schönen nicht daran gedacht, ihre Personen gegen alle möglichen Folgen einer so heftigen Leibesübung in Sicherheit zu setzen. Scham und Natur kämpften auf Leben und Tod in den armen Mädchen, vergebens flehten sie den unerbittlichen Demokrit mit Mund und Augen um Gnade an; vergebens forderten sie ihre vom Lachen gänzlich erschlafften Sehnen zu einer letzten Anstrengung auf. Die tyrannische Natur siegte, und in einem Augenblick sah man den Saal, wo sich die Gesellschaft befand, u .... W ..... g ....

Der Schrecken über eine so unversehene Naturerscheinung (die desto wunderbarer war, da das allgemeine Auffahren und Erstaunen der schönen Abderitinnen zu beweisen schien, daß es eine Wirkung ohne Ursache sei) unterbrach die Lacher auf etliche Augenblicke, um sogleich mit verdoppelter Gewalt wieder loszudrücken. Natürlicherweise gaben sich die erleichterten Schönen alle Mühe, den besondern Anteil, den sie an dieser Begebenheit hatten, durch Grimassen von Erstaunen und Ekel zu verbergen und den Verdacht auf ihre schuldlosen Nachbarinnen fallen zu machen, welche durch unzeitige, aber unfreiwillige Schamröte den unverdienten Argwohn mehr als zu viel bestärkten. Der lächerliche Zank, der sich darüber unter ihnen erhob; Demokrit und Antistrepsiades, die sich boshafterweise ins Mittel schlugen und durch ironische Trostgründe den Zorn derjenigen, die sich unschuldig wußten, noch mehr aufreizten, und mitten unter ihnen allen der kleine, dicke Ratsherr, der unter berstendem Gelächter einmal über das andere ausrief, daß er nicht die Hälfte von Thrakien um diesen Abend nehmen wollte: alles dies zusammen machte eine Szene, die des Griffels eines Hogarth würdig gewesen wäre, wenn es damals schon einen Hogarth gegeben hätte.

Wir können nicht sagen, wie lange sie gedauert haben mag; denn es ist eine von den Tugenden der Abderiten, daß sie nicht aufhören können. Aber Demokrit, bei dem alles seine Zeit hatte, glaubte, daß eine Komödie, die kein Ende nimmt, die langweiligste unter allen Kurzweilen sei – eine Wahrheit, von welcher wir (im Vorbeigehn gesagt) alle unsre Dramenschreiber und Schauspielvorsteher überzeugen zu können wünschen möchten –; er packte also alle die schönen Sachen, die er zur Rechtfertigung der äthiopischen Venus hätte sagen können, wofern er es mit vernünftigen Geschöpfen zu tun gehabt hätte, ganz gelassen zusammen, wünschte den Abderiten und Abderitinnen

40

– was sie nicht hatten, und ging nach Hause, nicht
ohne Verwunderung über die gute Gesellschaft, die
man anzutreffen Gefahr lief, wenn man – einen Ratsherrn von Abdera besuchte.

SECHSTES KAPITEL

Eine Gelegenheit für den Leser, um sein Gehirn aus der schaukelnden
Bewegung des vorigen Kapitels wieder in Ruhe zu setzen.

Gute, kunstlose, sanftherzige Gulleru", sagte Demokrit, da er nach Hause gekommen war, zu einer wohl-
gepflegten, krauslockigen Schwarzen, die ihm mit off-
nen Armen entgegeneilte, "komm an meinen Busen,
ehrliche Gulleru! Zwar bist du schwarz wie die Göttin
der Nacht; dein Haar ist wollicht und deine Nase
platt; deine Augen sind klein, deine Ohren groß, und
deine Lippen gleichen einer aufgeborstnen Nelke.
Aber dein Herz ist rein und aufrichtig und fröhlich
und fühlt mit der ganzen Natur. Du denkst nie Arges,
sagst nie was Albernes, quälst weder andre noch dich
selbst und tust nichts, was du nicht gestehen darfst.
Deine Seele ist ohne Falsch, wie dein Gesicht ohne
Schminke. Du kennst weder Neid noch Schadenfreude,
und nie hat sich deine ehrliche platte Nase gerümpft,
um eines deiner Nebengeschöpfe zu höhnen oder in
Verlegenheit zu setzen. Unbesorgt, ob du gefällst oder
nicht gefällst, lebst du, in deine Unschuld eingehüllt,
im Frieden mit dir selbst und der ganzen Natur; immer geschickt, Freude zu geben und zu empfangen,
und wert, daß das Herz eines Mannes an deinem
Busen ruhe! Gute, sanftherzige Gulleru! Ich könnte dir
einen andern Namen geben, einen schönen, klang-
reichen, griechischen Namen, auf ane oder ide, arion
oder erion; aber dein Name ist schön genug, weil er
dein ist; und ich bin nicht Demokrit, oder die Zeit soll

noch kommen, wo jedes ehrliche, gute Herz dem Namen Gulleru entgegenschlagen soll!"

Gulleru begriff nicht allzu wohl, was Demokrit mit dieser empfindsamen Anrede haben wollte; aber sie sah, daß es eine Ergießung seines Herzens war, und so verstand sie gerade so viel davon, als sie vonnöten hatte.

„War diese Gulleru seine Frau?"

Nein.

„Seine Beischläferin?"

Nein.

„Seine Sklavin?"

Nach ihrem Anzug zu schließen, nein.

„Wie war sie denn angezogen?"

So gut, daß sie ein Ehrenfräulein der Königin von Saba hätte vorstellen können. Schnüre von großen, feinen Perlen zwischen den Locken und um Hals und Arme; ein Gewand voll schön gebrochener Falten, von dünnem feuerfarbnem Atlas mit Streifen von welcher Farbe Sie wollen, unter ihrem Busen von einem reich gestickten Gürtel zusammengehalten, den eine Agraffe von Smaragden schloß, und – was weiß ich alles –

„Der Anzug war reich genug."

Wenigstens können Sie mir glauben, daß, so wie sie war, kein Prinz von Senegal, Angola, Gambia, Kongo und Loango sie ungestraft angesehen hätte.

„Aber –"

Ich sehe wohl, daß Sie noch nicht am Ende Ihrer Fragen sind. – Wer war denn diese Gulleru? war es eben die, von welcher vorhin gesprochen wurde? Wie kam Demokrit zu ihr? Auf welchem Fuß lebte sie in seinem Hause? – Ich gesteh' es, dies sind sehr billige Fragen; aber sie zu beantworten, sehe ich vorderhand keine Möglichkeit. Denken Sie nicht, daß ich hier den Verschwiegnen machen wolle oder daß ein besonderes Geheimnis unter der Sache stecke. Die Ursache,

warum ich sie nicht beantworten kann, ist die aller-
einfachste von der Welt. Tausend Schriftsteller befinden sich tausendmal in dem nämlichen Falle; nur ist
unter tausend kaum einer aufrichtig genug, in solchen
Fällen die wahre Ursache zu bekennen. Soll ich Ihnen
die meinige sagen? Sie werden gestehen, daß sie über
alle Einwendung ist. Denn, kurz und gut – ich weiß
selbst kein Wort von allem dem, was Sie von mir wissen wollen; und da ich nicht die Geschichte der schönen
Gulleru schreibe, so begreifen Sie, daß ich in Absicht
auf diese Dame zu nichts verbunden bin. Sollte sich
(was ich nicht vorhersehen kann) etwa in der Folge
Gelegenheit finden, von Demokrit oder von ihr selbst
etwas Näheres zu erkundigen, so verlassen Sie sich
darauf, daß Sie alles von Wort zu Wort erfahren sollen.

SIEBENTES KAPITEL

Patriotismus der Abderiten. Ihre Vorneigung für Athen als ihre
Mutterstadt. Ein paar Proben von ihrem Attizismus und von der unangenehmen Aufrichtigkeit des weisen Demokrit.

Demokrit hatte noch keinen Monat unter den Abderiten gelebt, als er ihnen, und zuweilen auch sie ihm,
schon so unerträglich waren, als Menschen einander
sein müssen, die mit ihren Begriffen und Neigungen
alle Augenblicke widereinander stoßen.

Die Abderiten hegten von sich selbst und von ihrer
Stadt und Republik eine ganz außerordentliche Meinung. Ihre Unwissenheit alles dessen, was außerhalb
ihres Gebiets in der Welt Merkwürdiges sein oder geschehen mochte, war zugleich eine Ursache und eine
Frucht dieses lächerlichen Dünkels. Daher kam es denn
durch eine sehr natürliche Folge, daß sie sich gar keine
Vorstellung machen konnten, wie etwas recht oder anständig oder gut sein könnte, wenn es anders als zu

Abdera war, oder wenn man zu Abdera gar nichts davon wußte. Ein Begriff, der ihren Begriffen widersprach, eine Gewohnheit, die von den ihrigen abging, eine Art zu denken oder etwas ins Auge zu fassen, die ihnen fremd war, hieß ihnen ohne weitere Untersuchung ungereimt und belachenswert. Die Natur selbst schrumpfte für sie in den engen Kreis ihrer eigenen Tätigkeit zusammen; und wiewohl sie es nicht so weit trieben, sich, wie die Japaner, einzubilden, außer Abdera wohnten lauter Teufel, Gespenster und Ungeheuer, so sahen sie doch wenigstens den Rest des Erdbodens und seiner Bewohner als einen ihrer Aufmerksamkeit unwürdigen Gegenstand an; und wenn sie zufälligerweise Gelegenheit bekamen, etwas Fremdes zu sehen oder zu hören, so wußten sie nichts damit zu machen, als sich darüber aufzuhalten und sich selbst Glück zu wünschen, daß sie nicht wären wie andre Leute. Dies ging so weit, daß sie denjenigen für keinen guten Bürger hielten, der an einem andern Orte bessere Einrichtungen oder Gebräuche wahrgenommen hatte als zu Hause. Wer das Glück haben wollte, ihnen zu gefallen, mußte schlechterdings so reden und tun, als ob die Stadt und Republik Abdera mit allen ihren zugehörigen Stücken, Eigenschaften und Zufälligkeiten ganz und gar untadelig und das Ideal aller Republiken gewesen wäre.

Von dieser Verachtung gegen alles, was nicht abderitisch hieß, war die Stadt Athen allein ausgenommen; aber auch diese vermutlich nur deswegen, weil die Abderiten als ehemalige Tejer ihr die Ehre erwiesen, sie für ihre Mutterstadt anzusehen. Sie waren stolz darauf, für das thrakische Athen gehalten zu werden; und wiewohl ihnen dieser Name nie anders als spottweise gegeben wurde, so hörten sie doch keine Schmeichelei lieber als diese. Sie bemühten sich, die Athener in allen Stücken zu kopieren, und kopierten sie genau – wie der Affe den Menschen. Wenn sie, um lebhaft und geistreich zu sein, alle Augenblicke ins Possierliche fielen, wichtige Dinge leichtsinnig und Kindereien ernsthaft behandelten, das Volk oder ihren Rat um jeder Kleinigkeit willen zwanzigmal versammelten, um lange, alberne Reden für und wider über Sachen zu halten, die ein Mann von alltäglichem Menschenverstand in einer Viertelstunde besser als sie entschieden hätte; wenn sie unaufhörlich mit Projekten von Verschönerung und Vergrößerung schwanger gingen und, so oft sie etwas unternahmen, immer erst mitten im Werke ausrechneten, daß es über ihre Kräfte gehe; wenn sie ihre halb thrakische Sprache mit attischen Redensarten spickten, ohne den mindesten Geschmack eine ungeheure Leidenschaft für die Künste affektierten und immer von Malerei und Statuen und Musik und Rednern und Dichtern schwatzten, ohne jemals einen Maler, Bildhauer, Redner oder Dichter, der des Namens wert war, gehabt zu haben; wenn sie Tempel bauten, die wie Bäder, und Bäder, die wie Tempel aussahen; wenn sie die Geschichte von Vulkans Netz in ihre Ratsstube, und den großen Rat der Griechen über die Zurückgabe der schönen Chryseis in ihre Akademie malen ließen; wenn sie in Lustspiele gingen, wo man sie zu weinen, und in Trauerspiele, wo man sie zu lachen machte, und in zwanzig ähnlichen Dingen glaubten die guten Leute Athener zu sein, und waren – Abderiten.

„Wie erhaben der Schwung in diesem kleinen Gedicht ist, das Physignatus auf meine Wachtel gemacht hat!" sagte eine Abderitin. – „Desto schlimmer!" sagte Demokrit.

„Sehen Sie", sprach der erste Archon von Abdera, „die Fassade von diesem Gebäude, welches wir zu unserm Zeughause bestimmt haben? Sie ist von dem besten parischen Marmor. Gestehen Sie, daß Sie nie ein Werk von größerm Geschmack gesehen haben!"

„Es mag der Republik schönes Geld kosten", antwortete Demokrit.

45

„Was der Republik Ehre macht, kostet nie zu viel", erwiderte der Archon, der in diesem Augenblick den zweiten Perikles in sich fühlte. „Ich weiß, Sie sind ein Kenner, Demokrit, denn Sie haben immer an allem etwas auszusetzen. Ich bitte Sie, finden Sie mir einen Fehler an dieser Fassade!"

„Tausend Drachmen für einen Fehler, Herr Demokrit", rief ein junger Herr, der die Ehre hatte, ein Neffe des Archon zu sein, und vor kurzem von Athen zurückgekommen war, wo er sich aus einem abderitischen Bengel für die Hälfte seines Erbgutes zu einem attischen Gecken ausgebildet hatte.

„Die Fassade ist schön", sagte Demokrit ganz bescheiden, „so schön, daß sie es auch zu Athen oder Korinth oder Syrakus sein würde. Ich sehe, wenn's erlaubt ist, so was zu sagen, nur einen Fehler an diesem prächtigen Gebäude."

„Einen Fehler?" sprach der Archon mit einer Miene, die sich nur ein Abderit, der ein Archon war, geben konnte.

„Einen Fehler! Einen Fehler!" wiederholte der junge Geck, indem er ein lautes Gelächter aufschlug.

„Darf man fragen, Demokrit, wie Ihr Fehler heißt?"

„Eine Kleinigkeit", versetzte dieser; „nichts als daß man eine so schöne Fassade – nicht sehen kann."

„Nicht sehen kann? Und wieso?"

„Nun, beim Anubis! wie wollen Sie, daß man sie vor allen den alten übelgebauten Häusern und Scheunen sehen soll, die hier ringsum zwischen die Augen der Leute und Ihre Fassade hingesetzt sind?"

„Diese Häuser standen lang', ehe Sie und ich geboren wurden", sagte der Archon.

„So hättet ihr euer Zeughaus anderswohin setzen sollen", sagte Demokrit.

Dergleichen Dialoge gab es, solange Demokrit unter ihnen lebte, alle Tage, Stunden und Augenblicke.

„Wie finden Sie diesen Purpur, Demokrit? Sie sind zu Tyrus gewesen, nicht wahr?"

„Ich wohl, Madam, aber dieser Purpur nicht; dies ist Coccinum, das Ihnen die Syrakuser aus Sardinien bringen und sich für tyrischen Purpur bezahlen lassen."

„Aber wenigstens werden Sie doch diesen Schleier für indischen Byssus von der feinsten Art gelten lassen?"

„Von der feinsten Art, schöne Atalanta, die man in Memphis und Pelusium verarbeiten läßt."

Nun hatte sich der ehrliche Mann zwei Feindinnen in einer Minute gemacht. Konnte aber auch was ärgerlicher sein als eine solche Aufrichtigkeit?

ACHTES KAPITEL

Vorläufige Nachricht von dem abderitischen Schauspielwesen. Demokrit
wird genötigt, seine Meinung davon zu sagen.

Die Abderiten wußten sich sehr viel mit ihrem Theater. Ihre Schauspieler waren gemeine Bürger von Abdera, die entweder von ihrem Handwerke nicht leben konnten oder zu faul waren, eines zu lernen. Sie hatten keinen gelehrten Begriff von der Kunst, aber eine desto größere Meinung von ihrer eignen Geschicklichkeit; und wirklich konnte es ihnen an Anlage nicht fehlen, da die Abderiten überhaupt geborne Gaukler, Spaßmacher und Pantomimen waren, an denen immer jedes Glied ihres Leibes mitreden half, so wenig auch das, was sie sagten, zu bedeuten haben mochte.

Sie besaßen auch einen eignen Schauspieldichter, Hyperbolus genannt, der (wenn man ihnen glaubte) ihre Schaubühne so weit gebracht hatte, daß sie der athenischen wenig nachgab. Er war im Komischen so stark als im Tragischen und machte überdies die possierlichsten Satyrenspiele von der Welt, worin er seine eignen Tragödien so schnakisch parodierte, daß man sich, wie die Abderiten sagten, darüber bucklig lachen

47

mußte. Ihrem Urteile nach vereinigte er in seiner Tragödie den hohen Schwung und die mächtige Einbildungskraft des Äschylus mit der Beredsamkeit und dem Pathos des Euripides, so wie in seinen Lustspielen des Aristophanes Laune und mutwilligen Witz mit dem feinen Geschmack und der Eleganz des Agathon. Die Behendigkeit, womit er von seinen Werken entbunden wurde, war das Talent, worauf er sich am meisten zugute tat. Er lieferte jeden Monat seine Tragödie, mit einem kleinen Possenspielchen zur Zugabe. „Meine beste Komödie", sprach er, „hat mir nicht mehr als vierzehn Tage gekostet, und gleichwohl spielt sie ihre vier bis fünf Stunden wohl gezählt."

Da sei uns der Himmel gnädig! dachte Demokrit.

Nun drangen die Abderiten immer von allen Seiten in ihn, seine Meinung von ihrem Theater zu sagen; und so ungern er sich mit ihnen über ihren Geschmack in Wortwechsel einließ, so konnt' er doch auch nicht von sich erhalten, ihnen zu schmeicheln, wenn sie ihm sein Urteil mit gesamter Hand abnötigten.

„Wie gefällt Ihnen diese neue Tragödie?"

„Das Sujet ist glücklich gewählt. Was müßte der Autor auch sein, der einen solchen Stoff ganz zugrunde richten sollte?"

„Fanden Sie sie nicht sehr rührend?"

„Ein Stück könnte in einigen Stellen sehr rührend und doch ein sehr elendes Stück sein", sagte Demokrit. „Ich kenne einen Bildhauer von Sikyon, der die Wut hat, lauter Liebesgöttinnen zu schnitzen. Diese sehen überhaupt sehr gemeinen Dirnen gleich, aber sie haben alle die schönsten Beine von der Welt. Das ganze Geheimnis von der Sache ist, daß der Mann seine Frau zum Modelle nimmt, die, zum Glück für seine Venusbilder, wenigstens sehr schöne Beine vorzuweisen hat. So kann dem schlechtesten Dichter zuweilen eine rührende Stelle gelingen, wenn es sich gerade zutrifft, daß er verliebt ist oder einen Freund verlor, oder daß ihm

48

sonst ein Zufall zustieß, der sein Herz in eine Fassung setzte, die es ihm leicht machte, sich an den Platz der Person, die er reden lassen sollte, zu stellen."

„Sie finden also die Hekuba unsers Dichters nicht vortrefflich?"

„Ich finde, daß der Mann vielleicht sein Bestes getan hat. Aber die vielen, bald dem Äschylus, bald dem Sophokles, bald dem Euripides ausgerupften Federn, womit er seine Blöße zu decken sucht, und die ihm vielleicht in den Augen mancher Zuhörer, denen jene Dichter nicht so gegenwärtig sind als mir, Ehre machen, schaden ihm in den meinigen. Eine Krähe, wie sie von Gott erschaffen ist, dünkt mich so noch immer schöner, als wenn sie sich mit Pfauen- und Fasanenfedern ausputzt. Überhaupt fordre ich von dem Verfasser eines Trauerspiels mit gleichem Rechte, daß er mir für meinen Beifall ein vortreffliches Trauerspiel, als von meinem Schuster, daß er mir für mein Geld ein Paar gute Stiefeln liefere; und wiewohl ich gern gestehe, daß es schwerer ist, ein gutes Trauerspiel als gute Stiefeln zu machen, so bin ich darum nicht weniger berechtiget, von jedem Trauerspiele zu verlangen, daß es alle Eigenschaften habe, die zu einem guten Trauerspiel, als von einem Stiefel, daß er alles habe, was zu einem guten Stiefel gehört."

„Und was gehört denn, Ihrer Meinung nach, zu einem wohlgestiefelten Trauerspiele?" fragte ein junger abderitischer Patrizius, herzlich über den guten Einfall lachend, der ihm, seiner Meinung nach, entfahren war.

Demokrit unterhielt sich über diesen Gegenstand mit einem kleinen Kreise von Personen, die ihm zuzuhören schienen, und fuhr, ohne auf die Frage des witzigen jungen Herrn acht zu haben, fort: „Die wahren Regeln der Kunstwerke", sprach er, „können nie willkürlich sein. Ich fordre nichts von einem Trauerspiele, als was Sophokles von den seinigen fordert, und dies ist weder mehr noch weniger, als die Natur und Absicht der Sache mit sich bringt. Einen einfachen, wohldurchdachten Plan, worin der Dichter alles vorausgesehen, alles vorbereitet, alles natürlich zusammengefügt, alles auf einen Punkt geführt hat, worin jeder Teil ein unentbehrliches Glied, und das Ganze ein wohlorganisierter, schöner, frei und edel sich bewegender Körper ist! Keine langweilige Exposition, keine Episoden, keine Szenen zum Ausfüllen, keine Reden, deren Ende man mit Ungeduld herbeigähnt, keine Handlungen, die nicht zum Hauptzwecke arbeiten! Interessante, aus der Natur genommene Charaktere, veredelt, aber so, daß man die Menschheit in ihnen nie verkenne; keine übermenschlichen Tugenden, keine Ungeheuer von Bosheit! Personen, die immer ihren eigenen Individualbegriffen und Empfindungen gemäß reden und handeln; immer so, daß man fühlt, nach allen ihren vorhergehenden und gegenwärtigen Umständen und Bestimmungen müssen sie im gegebenen Falle so reden, so handeln, oder aufhören zu sein, was sie sind."

„Ich fordre, daß der Dichter nicht nur die menschliche Natur kenne, insofern sie das Modell aller seiner Nachbildungen ist; ich fordre, daß er auch auf die Zuschauer Rücksicht nehme und genau wisse, durch welche Wege man sich ihres Herzens Meister macht; daß er jeden starken Schlag, den er auf solches tun will, unvermerkt vorbereite; daß er wisse, wenn es genug ist, und eh' er uns durch einerlei Eindrücke ermüdet oder einen Affekt bis zu dem Grade, wo er peinigend zu werden anfängt, in uns erregt, dem Herzen kleine Ruhepunkte zur Erholung gönne und die Regungen, die er uns mitteilt, ohne Nachteil der Hauptwirkung zu vermannigfaltigen wisse."

„Ich fordre von ihm eine schöne und ohne Ängstlichkeit mit äußerstem Fleiße polierte Sprache, einen immer warmen, kräftigen Ausdruck, einfach und erhaben, ohne jemals zu schwellen noch zu sinken, stark und nervig, ohne rauh und steif zu werden, glänzend ohne zu blenden; wahre Heldensprache, die immer der lebende Ausdruck einer großen Seele und unmittelbar vom gegenwärtigen Gefühl eingegeben ist, nie zu viel, nie zu wenig sagt und, gleich einem dem Körper angegossenen Gewand, immer den eigentümlichen Geist des Redenden durchscheinen läßt."

„Ich fordre, daß derjenige, der sich unterwindet, Helden reden zu lassen, selbst eine große Seele habe, und indem er durch die Allgewalt der Begeisterung in seinen Helden verwandelt worden ist, alles, was er ihm in den Mund legt, in seinem eignen Herzen finde. Ich fordre –"

„O Herr Demokrit", riefen die Abderiten, die sich nicht länger zu halten wußten, „Sie können, da Sie nun einmal im Fordern sind, alles fordern, was Ihnen beliebt. In Abdera läßt man sich mit wenigerm abfinden. Wir sind zufrieden, wenn uns ein Dichter rührt. Der Mann, der uns lachen oder weinen macht, ist in unsern Augen ein göttlicher Mann, mag er es doch anfangen, wie er selbst will. Dies ist seine Sache, nicht die unsrige! Hyperbolus gefällt uns, rührt uns, macht uns Spaß; und gesetzt auch, daß er uns mitunter gähnen machte, so bleibt er doch immer ein großer Dichter! Brauchen wir eines weitern Beweises?"

„Die Schwarzen an der Goldküste", sagte Demokrit, „tanzen mit Entzücken zum Getöse eines armseligen Schaffells und etlicher Bleche, die sie gegeneinander schlagen. Gebt ihnen noch ein paar Kuhschellen und eine Sackpfeife dazu, so glauben sie in Elysium zu sein. Wie viel Witz brauchte eure Amme, um euch, da ihr noch Kinder waret, durch ihre Erzählungen zu rühren? Das albernste Märchen, in einem kläglichen Tone hergeleiert, war dazu gut genug. Folgt aber daraus, daß die Musik der Schwarzen vortrefflich oder ein Ammenmärchen gleich ein herrliches Werk ist?"

„Sie sind sehr höflich, Demokrit!"

„Um Vergebung! Ich bin so unhöflich, jedes Ding bei seinem Namen zu nennen, und so eigensinnig, daß ich nie gestehen werde, alles sei schön und vortrefflich, was man so zu nennen beliebt."

„Aber das Gefühl eines ganzen Volkes wird doch mehr gelten als der Eigendünkel eines einzigen?"

„Eigendünkel? Das ist es eben, was ich aus den Künsten der Musen verbannt sehen möchte. Unter allen den Forderungen, wovon die Abderiten ihren Günstling Hyperbolus so gütig loszählen, ist keine einzige, die nicht auf die strengste Gerechtigkeit gegründet wäre. Aber das Gefühl eines ganzen Volkes, wenn es kein gelehrtes Gefühl ist, kann und muß in unzähligen Fällen betrüglich sein."

„Wie, zum Henker", rief ein Abderit, der mit seinem Gefühl sehr wohl zufrieden schien, „Sie werden uns am Ende wohl gar noch unsre fünf Sinne streitig machen!"

„Das verhüte der Himmel!" antwortete Demokrit. „Wenn Sie so bescheiden sind, keine weiteren Ansprüche zu machen als auf fünf Sinne, so wär' es die größte Ungerechtigkeit, Sie im ruhigen Besitze derselben stören zu wollen. Fünf Sinne sind allerdings, zumal wenn man alle fünf zusammennimmt, vollgültige Richter in allen Dingen, wo es darauf ankommt, zu entscheiden, was weiß oder schwarz, glatt oder rauh, weich oder hart, widerlich oder angenehm, bitter oder süß ist. Ein Mann, der nie weiter geht, als ihn seine fünf Sinne führen, geht immer sicher; und in der Tat, wenn Ihr Hyperbolus dafür sorgen wird, daß in seinen Schauspielen jeder Sinn ergetzt und keiner beleidiget werde, so stehe ich ihm für die gute Aufnahme, und wenn sie noch zehnmal schlechter wären, als sie sind."

Wäre Demokrit zu Abdera weiter nichts gewesen, als was Diogenes zu Korinth war, so möchte ihm die

Freiheit seiner Zunge vielleicht einige Ungelegenheit zugezogen haben. Denn so gern die Abderiten über wichtige Dinge spaßten, so wenig konnten sie ertragen, wenn man sich über ihre Puppen und Steckenpferde lustig machte. Aber Demokrit war aus dem besten Hause in Abdera, und, was noch mehr zu bedeuten hat, er war reich. Dieser doppelte Umstand machte, daß man ihm nachsah, was man einem Philosophen in zerrissenem Mantel schwerlich zugute gehalten hätte. „Sie sind auch ein unerträglicher Mensch, Demokrit!" schnarrten die schönen Abderitinnen und – ertrugen ihn doch.

Der Poet Hyperbolus machte noch am nämlichen Abend ein entsetzliches Sinngedicht auf den Philosophen. Des folgenden Morgens lief es an allen Putz-tischen herum, und in der dritten Nacht ward es in allen Gassen von Abdera gesungen; denn Demokrit hatte eine Melodie dazu gesetzt.

NEUNTES KAPITEL

Gute Gemütsart der Abderiten, und wie sie sich an Demokrit wegen seiner Unhöflichkeit zu rächen wissen. Eine seiner Strafpredigten zur Probe. Die Abderiten machen ein Gesetz gegen alle Reisen, wodurch ein abderitisches Mutterkind hätte klüger werden können. Merkwürdige Art, wie der Nomophylax Gryllus eine aus diesem Gesetz entstandene Schwierigkeit auflöst.

Es ist ordentlicherweise eine gefährliche Sache, mehr Verstand zu haben als seine Mitbürger. Sokrates mußt' es mit dem Leben bezahlen; und wenn Aristoteles noch mit heiler Haut davonkam, als ihn der Oberpriester Eurymedon zu Athen der Ketzerei anklagte, so kam es bloß daher, weil er sich in Zeiten aus dem Staube machte. „Ich will den Athenern keine Gelegenheit geben", sagte er, „sich zum zweitenmal an der Philo-sophie zu versündigen."

53

Die Abderiten waren bei allen ihren menschlichen Schwachheiten wenigstens keine sehr bösartigen Leute. Unter ihnen hätte Sokrates so alt werden können als Homers Nestor. Sie hätten ihn für eine wunderliche Art von Narren gehalten und sich über seine vermeintliche Torheit lustig gemacht; aber die Sache bis zum Giftbecher zu treiben, war nicht in ihrem Charakter. Demokrit ging so scharf mit ihnen zu Werke, daß ein weniger joviales Volk die Geduld dabei verloren hätte. Gleichwohl bestand alle Rache, die sie an ihm nahmen, darin, daß sie (unbekümmert, mit welchem Grunde) ebenso übel von ihm sprachen als er von ihnen, alles tadelten, was er unternahm, alles lächerlich fanden, was er sagte, und von allem, was er ihnen riet, gerade das Gegenteil taten. „Man muß dem Philosophen durch den Sinn fahren", sagten sie, „man muß ihm nicht weismachen, daß er alles besser wisse als wir." – Und dieser weisen Maxime zufolge begingen die guten Leute eine Torheit über die andre und glaubten, wie viel sie dabei gewonnen hätten, wenn es ihn verdrösse. Aber hierin verfehlten sie ihres Zweckes gänzlich. Denn Demokrit lachte dazu und ward ihrer Neckereien wegen nicht einen Augenblick früher grau. – „Oh, die Abderiten, die Abderiten!" rief er zuweilen, „da haben sie sich wieder selbst eine Ohrfeige gegeben, in Hoffnung, daß es mir weh tun werde!"

„Aber", sagten die Abderiten, „kann man auch mit einem Menschen schlimmer daran sein? Über alles in der Welt ist er andrer Meinung als wir. An allem, was uns gefällt, hat er etwas auszusetzen. Es ist doch sehr unangenehm, sich immer widersprechen zu lassen!"

„Aber wenn ihr nun immer unrecht habt?" antwortete Demokrit. – „Und laßt doch einmal sehen, wie es anders sein könnte! – Alle eure Begriffe habt ihr eurer Amme zu danken; über alles denkt ihr noch ebenso, wie ihr als Kinder davon dachtet. Eure Körper sind gewachsen, und eure Seelen liegen noch in der Wiege. Wie viele sind wohl unter euch, die sich die Mühe gegeben haben, den Grund zu erforschen, warum sie etwas wahr oder gut oder schön nennen? Gleich den Unmündigen und Säuglingen ist euch alles gut und schön, was eure Sinne kitzelt, was euch gefällt. Und auf was für kleinfügige, oft gar nicht zur Sache gehörende Ursachen und Umstände kommt es an, ob euch etwas gefallen soll oder nicht! Wie verlegen würdet ihr oft sein, wenn ihr sagen solltet, warum ihr dies liebt und jenes hasset! Grillen, Launen, Eigensinn, Gewohnheit, euch von andern Leuten gängeln zu lassen, mit ihren Augen zu sehen, mit ihren Ohren zu hören und, was sie euch vorgepfiffen haben, nachzupfeifen – sind die Triebfedern, die bei euch die Stelle der Vernunft ersetzen. Soll ich euch sagen, woran der Fehler liegt? Ihr habt euch einen falschen Begriff von Freiheit in den Kopf gesetzt. Eure Kinder von drei oder vier Jahren haben freilich den nämlichen Begriff davon; aber dies macht ihn nicht richtiger. Wir sind ein freies Volk, sagt ihr; und nun glaubt ihr, die Vernunft habe euch nichts einzureden." – „Warum sollten wir nicht denken dürfen, wie es uns beliebt? lieben und hassen, wie es uns beliebt? bewundern oder verachten, was uns beliebt? Wer hat ein Recht, uns zur Rede zu stellen oder unsern Geschmack und unsre Neigungen vor seinen Richterstuhl zu fordern?" – „Nun denn, meine lieben Abderiten, so denkt und faselt, liebt und haßt, bewundert und verachtet, wie, wenn und was euch beliebt! Begeht Torheiten, sooft und soviel euch beliebt! Macht euch lächerlich, wie es euch beliebt! Wem liegt am Ende was daran? Solange es nur Kleinigkeiten, Puppen und Steckenpferde betrifft, wär' es unbillig, euch im Besitze des Rechtes, eure Puppe und euer Steckenpferd nach Belieben zu putzen und zu reiten, stören zu wollen. Gesetzt auch, eure Puppe wäre häßlich, und das, was ihr euer Steckenpferd

55

nennt, sähe von vorn und von hinten einem Öchslein oder Eselein ähnlich: was tut das? Wenn eure Torheiten euch glücklich und niemand unglücklich machen, was geht es andre Leute an, daß es Torheiten sind? Warum sollte nicht der hochweise Rat von Abdera in feierlicher Prozession, einer hinter dem andern, vom Rathause bis zum Tempel der Latona – Purzelbäume machen dürfen, wenn es dem Rat und dem Volke von Abdera so gefällig wäre? Warum solltet ihr euer bestes Gebäude nicht in einen Winkel und eure schöne kleine Venus nicht auf einen Obelisk setzen dürfen? – Aber, meine lieben Landsleute, nicht alle eure Torheiten sind so unschuldig wie diese; und wenn ich sehe, daß ihr euch durch eure Grillen und Aufwallungen Schaden tut, so müßt' ich euer Freund nicht sein, wenn ich still dazu schweigen könnte. Zum Beispiel euer Frosch- und Mäusekrieg mit den Lemniern, der unnötigste und unbesonnenste, der jemals angefangen wurde, um einer Tänzerin willen? – Es fiel in die Augen, daß ihr damals unter dem unmittelbaren Einfluß eures bösen Dämons waret, da ihr ihn beschlosset; alles half nichts, was man euch dagegen vorstellte. Die Lemnier sollten gezüchtigt werden, hieß es; und wie ihr Leute von lebhafter Einbildung seid, so schien euch nichts leichter, als euch von ihrer ganzen Insel Meister zu machen. Denn die Schwierigkeiten einer Sache pflegt ihr nie eher in Erwägung zu nehmen, als bis euch eure Nase daran erinnert. Doch dies alles möchte noch hingegangen sein, wenn ihr nur wenigstens die Ausführung eurer Entwürfe einem tüchtigen Manne aufgetragen hättet. Aber den jungen Aphron zum Feldherrn zu machen, ohne daß sich irgendein möglicher Grund davon erdenken ließ, als weil eure Weiber fanden, daß er in seiner prächtigen neuen Rüstung so schön wie ein Paris sei, und – über dem Vergnügen, einen großen, feuerfarbenen Federbusch auf seinem hirnlosen Kopfe nicken zu sehen – zu vergessen, daß es nicht um ein

56

Lustgefecht zu tun war: dies, leugnet's nur nicht, dies war ein Abderitenstreich! Und nun, da ihr ihn mit dem Verlust eurer Ehre, eurer Galeeren und eurer besten Mannschaft bezahlt habt, was hilft es euch, daß die Athener, die ihr euch in ihren Torheiten zum Muster genommen habt, ebenso sinnreiche Streiche, und zuweilen mit ebenso glücklichem Ausgang zu spielen pflegen?"

In diesem Tone sprach Demokrit mit den Abderiten, sooft sie ihm Gelegenheit dazu gaben; aber wiewohl dies sehr oft geschah, so konnten sie sich doch unmöglich gewöhnen, diesen Ton angenehm zu finden. "So geht es", sagten sie, "wenn man naseweisen Jünglingen erlaubt, in der weiten Welt herumzureisen, um sich ihres Vaterlandes schämen zu lernen und nach zehn oder zwanzig Jahren mit einem Kopfe voll ausländischer Begriffe als Kosmopoliten zurückzukommen, die alles besser wissen als ihre Großväter, und alles anderswo besser gesehen haben als zu Hause. Die alten Ägypter, die niemand reisen ließen, ehe er wenigstens fünfzig Jahre auf dem Rücken hatte, waren weise Leute!"

Und eilends gingen die Abderiten hin und machten ein Gesetz: daß kein Abderitensohn hinfort weiter als bis an den Korinthischen Isthmus, länger als ein Jahr, und anders als unter der Aufsicht eines bejahrten Hofmeisters von altabderitischer Abkunft, Denkart und Sitte sollte reisen dürfen. "Junge Leute müssen zwar die Welt sehen", sagte das Dekret, "aber eben darum sollen sie sich an jedem Orte nicht länger aufhalten, als bis sie alles, was mit Augen da zu sehen ist, gesehen haben. Besonders soll der Hofmeister genau bemerken, was für Gasthöfe sie angetroffen, wie sie gegessen, und wieviel sie bezahlen müssen, damit ihre Mitbürger sich in der Folge diese ersprießlichen Geheimnachrichten zunutze machen können. Ferner soll (wie das Dekret weiter sagt), zu Ersparung der Unkosten eines allzulangen Aufenthalts an einem Orte, der Hofmeister dahin sehen, daß der junge Abderit in keine unnötigen Bekanntschaften verwickelt werde. Der Wirt oder der Hausknecht, als an dem Orte einheimische und unbefangene Personen, können ihm am besten sagen, was da Merkwürdiges zu sehen ist, wie die dasigen Gelehrten und Künstler heißen, wo sie wohnen und um welche Zeit sie zu sprechen sind; dies bemerkt sich der Hofmeister in sein Tagebuch, und dann läßt sich in zwei oder drei Tagen, wenn man die Zeit wohl zu Rate hält, vieles in Augenschein nehmen."

Zum Unglück für dieses weise Dekret befanden sich ein paar abderitische junge Herren von großer Wichtigkeit eben außer Landes, als es abgefaßt und (nach alter Gewohnheit) dem Volk auf den Hauptplätzen der Stadt vorgesungen wurde. Der eine war der Sohn eines Krämers, der durch Geiz und niederträchtige Kunstgriffe in seinem Gewerbe binnen vierzig Jahren ein beträchtliches Vermögen zusammengekratzt und kraft desselben seine Tochter (das häßlichste und dümmste Tierchen von ganz Abdera) kürzlich an einen Neffen des kleinen, dicken Ratsherrn, dessen oben rühmliche Erwähnung getan worden, verheiratet hatte. Der andre war der einzige Sohn des Nomophylax und sollte, um seinem Vater je eher je lieber in diesem Amte beigeordnet werden zu können, nach Athen reisen und sich mit dem Musikwesen daselbst genauer bekannt machen, während daß der Erbe des Krämers, der ihn begleiten wollte, mit den Putzmacherinnen und Sträußermädchen allda genauere Bekanntschaft zu machen gesonnen war. Nun hatte das Dekret an den besondern Fall, worin sich diese jungen Herren befanden, nicht gedacht. Die Frage war also, was zu tun sei? Ob man auf eine Modifikation des Gesetzes antragen oder beim Senat bloß um Dispensation für den vorliegenden Fall ansuchen sollte?

„Keines von beiden", sagte der Nomophylax, der

eben mit Aufsetzung eines neuen Tanzes auf das Fest der Latona fertig und außerordentlich mit sich selbst zufrieden war. „Um etwas am Gesetze zu ändern, müßte man das Volk deswegen zusammenberufen, und dies würde unsern Mißgünstigen nur Gelegenheit geben, die Mäuler aufzureißen. Was die Dispensation betrifft, so ist zwar an dem, daß man die Gesetze meistens um der Dispensation willen macht; und ich zweifle nicht, der Senat würde uns ohne Schwierigkeit zugestehen, was jeder in ähnlichen Fällen kraft des Gegenrechtes fordern zu können wünscht. Indessen hat doch jede Befreiung das Ansehen einer erwiesenen Gnade; und wozu haben wir nötig, uns Verbindlichkeiten aufzuhalsen? Das Gesetz ist ein schlafender Löwe, bei dem man, solang' er nicht aufgeweckt wird, so sicher als bei einem Lamme vorbeischleichen kann. Und wer wird die Unverschämtheit oder die Verwegenheit haben, ihn gegen den Sohn des Nomophylax aufzuwecken?“

Dieser Beschirmer der Gesetze war, wie wir sehen, ein Mann, der von den Gesetzen und von seinem Amte sehr verfeinerte Begriffe hatte und sich der Vorteile, die ihm das letztere gab, fertig zu bedienen wußte. Sein Name verdient aufbehalten zu werden. Er nannte sich Gryllus, des Cyniskus Sohn.

ZEHNTES KAPITEL

Demokrit zieht sich aufs Land zurück und wird von den Abderiten fleißig besucht. Allerlei Raritäten und eine Unterredung vom Schlaraffenlande der Sittenlehrer.

Demokrit hatte sich, da er in sein Vaterland zurückkam, mit dem Gedanken geschmeichelt, demselben mittelst alles dessen, um was sich sein Verstand und sein Herz inzwischen gebessert hatte, nützlich werden zu

59

können. Er hatte sich nicht vorgestellt, daß es mit den abderitischen Köpfen so gar übel stände, als er es nun wirklich fand. Aber da er sich einige Zeit unter ihnen aufgehalten, sah er augenscheinlich, daß es ein eitles Unternehmen gewesen wäre, sie verbessern zu wollen. Alles war bei ihnen so verschoben, daß man nicht wußte, wo man die Verbesserung anfangen sollte. Jeder ihrer Mißbräuche hing an zwanzig andern; es war unmöglich, einen davon abzustellen, ohne den ganzen Staat umzuschaffen. Eine gute Seuche (dachte er), welche das ganze Völkchen – bis auf etliche Dutzend Kinder, die gerade groß genug wären, um der Ammen entbehren zu können – von der Erde vertilgte, wäre das einzige Mittel, das der Stadt Abdera helfen könnte; den Abderiten ist nicht zu helfen!

Er beschloß also, sich mit guter Art von ihnen zurückzuziehen und ein kleines Gut zu bewohnen, das er in ihrer Gegend besaß, und mit dessen Benutzung und Verschönerung er sich die Stunden beschäftigte, die ihm sein Lieblingsstudium, die Erforschung der Naturwirkungen, übrigließ. Aber zum Unglück für ihn lag dies Landgut zu nahe bei Abdera. Denn weil die Lage desselben ungemein schön und der Weg dahin einer der angenehmsten Spaziergänge war, so sah er sich alle Tage Gottes von einem Schwarm Abderiten und Abderitinnen (lauter Vettern und Basen) heimgesucht, welche das schöne Wetter und den angenehmen Spaziergang zum Vorwande nahmen, ihn in seiner glücklichen Einsamkeit zu stören.

Wiewohl Demokrit den Abderiten wenigstens nicht besser gefiel als sie ihm, so war doch die Wirkung davon sehr verschieden. Er floh sie, weil sie ihm Langeweile machten, und sie suchten ihn, weil sie sich die Zeit dadurch vertrieben. Er wußte die seinige anzuwenden; sie hingegen hatten nichts Besseres zu tun.

„Wir kommen, Ihnen in Ihrer Einsamkeit die Zeit kürzen zu helfen," sagten die Abderiten.

„Ich pflege in meiner eigenen Gesellschaft sehr kurze Zeit zu haben", sagte Demokrit.

„Aber wie ist es möglich, daß man immer so allein sein kann?" rief die schöne Pithöka. „Ich würde vor Langeweile vergehen, wenn ich einen einzigen Tag leben sollte, ohne Leute zu sehen."

„Sie versprachen sich, Pithöka, von Leuten gesehen zu werden, wollten Sie sagen."

„Aber", fuhr einer heraus, „woher nehmen Sie, daß unser Freund Langeweile hat? Sein ganzes Haus ist mit Seltenheiten angefüllt. Mit Ihrer Erlaubnis, Demokrit – lassen Sie uns doch die schönen Sachen sehen, die Sie, wie man sagt, auf Ihrer Reise gesammelt haben."

Nun ging das Leiden des armen Einsiedlers erst recht an. Er hatte in der Tat eine schöne Sammlung von Naturalien aus allen Reichen der Natur mitgebracht: ausgestopfte Tiere und Vögel, getrocknete Fische, seltene Schmetterlinge, Muscheln, Versteinerungen, Erze usw. Alles war den Abderiten neu; alles erregte ihr Erstaunen. Der gute Naturforscher wurde in einer Minute mit so viel Fragen übertäubt, daß er wie Fama aus lauter Ohren und Zungen hätte zusammengesetzt sein müssen, um auf alles antworten zu können.

„Erklären Sie uns doch, was dieses ist? wie es heißt? woher es ist? wie es zugeht? warum es so ist?"

Demokrit erklärte, so gut er konnte und wußte: aber den Abderiten wurde nichts klärer dadurch; es war ihnen vielmehr, als begriffen sie immer weniger von der Sache, je mehr er sie erklärte. Seine Schuld war es nicht!

„Wunderbar! Unbegreiflich! Sehr wunderbar!" – war ihr ewiger Gegenklang.

„So natürlich als etwas in der Welt!" erwiderte er ganz kaltsinnig.

„Sie sind gar zu bescheiden, Vetter! Oder vermutlich wollen Sie nur, daß man Ihnen desto mehr Komplimente über Ihren guten Geschmack und über Ihre großen Reisen machen soll?"

„Setzen Sie sich deswegen in keine Unkosten, meine Herren und Damen! Ich nehme alles für empfangen an."

„Aber es mag doch eine angenehme Sache sein, so tief in die Welt hinein zu reisen?" sagte ein Abderit.

„Und ich dächte gerade das Gegenteil", erwiderte ein anderer. – „Nehmen Sie alle die Gefahren und Beschwerlichkeiten, denen man täglich ausgesetzt ist, die schlimmen Straßen, die schlechten Gasthöfe, die Sandbänke, die Schiffbrüche, die wilden Tiere, Krokodile, Einhörner, Greifen und geflügelte Löwen, von denen in der Barbarei alles wimmelt! –"

„Und dann, was hat man am Ende davon", fiel ein Matador von Abdera ein, „wenn man gesehen hat, wie groß die Welt ist? Ich dächte, das Stück, das ich selbst davon besitze, käme mir dann so klein vor, daß ich keine Freude mehr daran haben könnte."

„Aber rechnen Sie für nichts, so viel Menschen zu sehen?" erwiderte der erste.

„Und was sieht man denn da? Menschen! Die konnte man zu Hause sehen. Es ist allenthalben wie bei uns."

„Ei, hier ist gar ein Vogel ohne Füße!" rief ein junges Frauenzimmer.

„Ohne Füße? – Und der ganze Vogel nur eine einzige Feder! Das ist erstaunlich!" sprach eine andere. „Begreifen Sie das?"

„Ich bitte Sie, lieber Demokrit, erklären Sie uns, wie er gehen kann, da er keine Füße hat?"

„Und wie er mit einer einzigen Feder fliegt?"

„Oh, was ich am liebsten sehen möchte", sagte eine von den Basen, „das wäre ein lebendiger Sphinx! – Sie müssen deren wohl viele in Ägypten gefunden haben?"

„Aber ist's möglich, ich bitte Sie, daß die Weiber

und Töchter der Gymnosophisten in Indien – wie man sagt – Sie verstehen mich doch, was ich fragen will?"

„Nicht ich, Frau Salabanda!"

„Oh, Sie verstehen mich gewiß! Sie sind ja in Indien gewesen? Sie haben die Weiber der Gymnosophisten gesehen?"

„O ja, und Sie können mir glauben, daß die Weiber der Gymnosophisten weder mehr noch weniger Weiber sind als die Weiber der Abderiten."

„Sie erweisen uns viel Ehre. Aber dies ist nicht, was ich wissen wollte. Ich frage, ob es wahr ist, daß sie –" Hier hielt Frau Salabanda eine Hand vor ihren Busen, und die andere – kurz, sie setzte sich in die Stellung der Mediceischen Venus, um dem Philosophen begreiflich zu machen, was sie wissen wollte. „Nun verstehen Sie mich doch?" sagte sie.

„Ja, Madam, die Natur ist nicht karger gegen sie gewesen als gegen andre. Welch eine Frage das ist!"

„Sie wollen mich nicht verstehen, loser Mann! Ich dächte doch, ich hätte Ihnen deutlich genug gesagt, daß ich wissen möchte, ob es wahr sei, daß sie – weil Sie doch wollen, daß ich's Ihnen unverblümt sage – so nackend gehen, als sie auf die Welt kommen?"

„Nackend!" – riefen die Abderitinnen alle auf einmal. „Da wären sie ja noch unverschämter als die Mädchen in Lakedämon! Wer wird auch so was glauben?"

„Sie haben recht", sagte der Naturforscher; „die Weiber der Gymnosophisten sind weniger nackend als die Weiber der Griechen in ihrem vollständigsten Anzuge; sie sind vom Kopf bis zu den Füßen in ihre Unschuld und in die öffentliche Ehrbarkeit eingehüllt."

„Wie meinen Sie das?"

„Kann ich mich deutlicher erklären?"

„Ach, nun versteh' ich Sie! Es soll ein Stich sein! Aber Sie scherzen doch wohl nur mit Ihrer Ehrbarkeit und Unschuld. Wenn die Weiber der Gymnosophisten nicht haltbarer gekleidet sind, so – müssen sie entweder sehr häßlich oder die Männer in ihrem Lande sehr frostig sein."

„Keines von beiden. Ihre Weiber sind wohlgebildet und ihre Kinder gesund und voller Leben; ein unverwerfliches Zeugnis zugunsten ihrer Väter, deucht mich!"

„Sie sind ein Liebhaber von Paradoxen, Demokrit", sprach der Matador; „aber Sie werden mich in Ewigkeit nicht überreden, daß die Sitten eines Volkes desto reiner seien, je nackender die Weiber desselben sind."

„Wenn ich ein so großer Liebhaber von Paradoxen wäre, als man mich beschuldigt, so würd' es mir vielleicht nicht schwerfallen, Sie dessen durch Beispiele und Gründe zu überführen. Aber ich bin dem Gebrauch der Gymnosophistinnen nicht günstig genug, um mich zu seinem Verteidiger aufzuwerfen. Auch war meine Meinung gar nicht, das zu sagen, was mich der scharfsinnige Kratylus sagen läßt. Die Weiber der Gymnosophisten schienen mir nur zu beweisen, daß Gewohnheit und Umstände in Gebräuchen dieser Art alles entscheiden. Die spartanischen Töchter, weil sie kurze Röcke, und die am Indus, weil sie gar keine Röcke tragen, sind darum weder unehrbarer noch größerer Gefahr ausgesetzt als diejenigen, die ihre Tugend in sieben Schleier einwickeln. Nicht die Gegenstände, sondern unsre Meinungen von denselben sind die Ursache unordentlicher Leidenschaften. Die Gymnosophisten, welche keinen Teil des menschlichen Körpers für unedler halten als den andern, sehen ihre Weiber, wiewohl sie bloß in ihr angebornes Fell gekleidet sind, für ebenso gekleidet an, als die Skythen die ihrigen, wenn sie ein Tigerkatzenfell um die Lenden hangen haben."

„Ich wünschte nicht, daß Demokrit mit seiner Philosophie so viel über unsre Weiber vermöchte, daß sie sich solche Dinge in den Kopf setzten", sagte ein ehrenfester, steifer Abderit, der mit Pelzwaren handelte.

„Ich auch nicht", stimmte ein Leinwandhändler ein.

„Ich wahrlich auch nicht", sagte Demokrit, „wiewohl ich weder mit Pelzen noch Leinwand handle."

„Aber eins erlauben Sie mir noch zu fragen", lispelte die Base, die so gern lebendige Sphinxe gesehen haben möchte; „Sie sind in der ganzen Welt herumgekommen, und es soll da viele wunderbare Länder geben, wo alles anders ist als bei uns –"

„Ich glaube kein Wort davon", murmelte der Ratsherr, indem er, wie Homers Jupiter, das ambrosische Haar auf seinem weisheitsschwangern Kopfe schüttelte.

„Sagen Sie mir doch", fuhr die Base fort, „in welchem unter allen diesen Ländern gefiel es Ihnen am besten?"

„Wo könnt' es einem besser gefallen als – zu Abdera?"

„Oh, wir wissen schon, daß dies Ihr Ernst nicht ist. Ohne Komplimente! antworten Sie der jungen Dame, wie Sie denken", sagte der Ratsherr.

„Sie werden über mich lachen", erwiderte Demokrit; „aber weil Sie es verlangen, schöne Klonarion, so will ich Ihnen die reine Wahrheit sagen. Haben Sie nie von einem Lande gehört, wo die Natur so gefällig ist, neben ihren eigenen Verrichtungen auch noch die Arbeit der Menschen auf sich zu nehmen? von einem Lande, wo ewiger Friede herrscht? wo niemand Knecht und niemand Herr, niemand arm und jedermann reich ist; wo der Durst nach Golde zu keinen Verbrechen zwingt, weil man das Gold zu nichts gebrauchen kann; wo eine Sichel ein ebenso unbekanntes Ding ist als ein Schwert; wo der Fleißige nicht für den Müßiggänger arbeiten muß, wo es keine Ärzte gibt, weil niemand krank wird, keine Richter, weil es keine Händel gibt, keine Händel, weil jedermann zufrieden ist, und jedermann zufrieden ist, weil jedermann alles hat, was er nur wünschen kann – mit einem Worte, von einem Lande, wo alle Menschen so fromm wie die Lämmer

65

und so glücklich wie die Götter sind? – Haben Sie nie von einem solchen Lande gehört?"

„Nicht daß ich mich erinnerte."

„Das nenn' ich ein Land, Klonarion! Da ist es nie zu warm und nie zu kalt, nie zu naß und nie zu trocken; Frühling und Herbst regieren dort nicht wechselweise, sondern wie in den Gärten des Alkinous, zugleich, in ewiger Eintracht. Berge und Täler, Wälder und Auen sind mit allem angefüllt, was des Menschen Herz gelüsten kann. Aber nicht etwa, daß die Leute sich die Mühe geben müßten, die Hasen zu jagen, die Vögel oder Fische zu fangen und die Früchte zu pflücken, die sie essen wollen; oder daß sie die Gemächlichkeiten, deren sie genießen, erst mit vielem Ungemach erkaufen müßten. Nein! Alles macht sich da von selbst. Die Rebhühner und Schnepfen fliegen einem gespickt und gebraten um den Mund und bitten demütig, daß man sie essen möchte; Fische von allen Arten schwimmen gekocht in Teichen von allen möglichen Brühen, deren Ufer immer voll Austern, Krebse, Pasteten, Schinken und Ochsenzungen liegen. Hasen und Rehböcke kommen freiwillig herbeigelaufen, streifen sich das Fell über die Ohren, stecken sich an den Bratspieß und legen sich, wenn sie gar sind, von selbst in die Schüssel. Allenthalben stehen Tische, die sich selbst decken, und weichgepolsterte Ruhebettchen laden allenthalben zum Ausruhen vom – Nichtstun und zu angenehmen Ermüdungen ein. Neben denselben rauschen kleine Bäche von Milch und Honig, von cyprischem Wein, Zitronenwasser und andern angenehmen Getränken; und über sie her wölben sich, mit Rosen und Jasmin untermengt, Stauden voller Becher und Gläser, die sich, so oft sie ausgetrunken werden, gleich von selbst wieder anfüllen. Auch gibt es da Bäume, die statt der Früchte kleine Pastetchen, Bratwürste, Mandelkrapfen und Buttersemmeln tragen; andere, die an allen Ästen mit Geigen, Harfen, Zithern, Theorben, Flöten und Waldhörnern behangen sind, welche von sich selbst das angenehmste Konzert machen, das man hören kann. Die glücklichen Menschen, nachdem sie den wärmern Teil des Tages verschlafen und den Abend vertanzt, versungen und verscherzt haben, erfrischen sich dann in kühlen, marmornen Bädern, wo sie von unsichtbaren Händen sanft gerieben mit feinem Byssus, der sich selbst gesponnen und gewebt hat, abgetrocknet und mit den kostbarsten Essenzen, die aus den Abendwolken heruntertauen, eingebalsamt werden. Dann legen sie sich auf schwellende Polster um volle Tafeln her und essen und trinken und lachen, singen und tändeln und küssen die ganze Nacht durch, die ein ewiger Vollmond zum sanftern Tage macht; und – was noch das angenehmste ist –"

„Oh, gehen Sie, Herr Demokrit, Sie haben mich zum besten! Was Sie mir da erzählen, ist ja das Märchen vom Schlaraffenlande, das ich tausendmal von meiner Amme gehört habe, wie ich noch ein kleines Mädchen war."

„Aber Sie finden doch auch, Klonarion, daß sich's gut in diesem Lande leben müßte?"

„Merken Sie denn nicht, daß unter allem diesem eine geheime Bedeutung verborgen liegt?" sagte der weise Ratsmann; „vermutlich eine Satire auf gewisse Philosophen, welche das höchste Gut in der Wollust suchen."

Schlecht geraten, Herr Ratsherr! dachte Demokrit.

„Ich erinnere mich, in den Amphiktyonen des Teleklides eine ähnliche Beschreibung des goldnen Alters gelesen zu haben", sagte Frau Salabanda.

„Das Land, das ich der schönen Klonarion beschrieb", sprach der Naturforscher, „ist keine Satire; es ist das Land, in welches von jedem Dutzend unter euch weisen Leuten zwölf sich im Herzen hineinwünschen und nach Möglichkeit hineinarbeiten, und in welches uns eure abderitischen Sittenlehrer hineindeklamieren wollen, wenn anders ihre Deklamationen irgendeinen Sinn haben."

67

„Ich möchte wohl wissen, wie Sie dies verstehen!" sagte der Ratsherr, der (vermöge einer vieljährigen Gewohnheit, nur mit halben Ohren zu hören und sein Votum im Rat schlummernd von sich zu geben) sich nicht gern die Mühe nahm, einer Sache lange nachzudenken.

„Sie lieben eine starke Beleuchtung, wie ich sehe, Herr Ratsmeister", erwiderte Demokrit. „Aber zu viel Licht ist zum Sehen ebenso unbequem als zu wenig. Helldunkel ist, deucht mich, gerade so viel Licht, als man braucht, um in solchen Dingen weder zu viel noch zu wenig zu sehen. Ich setze zum voraus, daß Sie überhaupt sehen können. Denn wenn dies nicht wäre, so begreifen Sie wohl, daß wir beim Lichte von zehntausend Sonnen nicht besser sehen würden als beim Schein eines Feuerwurms."

„Sie sprechen von Feuerwürmern?" sagte der Ratsherr, indem er bei dem Worte Feuerwurm aus einer Art von Seelenschlummer erwachte, in welchen er über dem Gaffen nach Salabandens Busen, während Demokrit redete, gefallen war. „Ich dachte, wir sprächen von den Moralisten."

„Von Moralisten oder Feuerwürmern, wie es Ihnen beliebt", versetzte Demokrit. „Was ich sagen wollte, um Ihnen die Sache, wovon wir sprachen, deutlich zu machen, war dies: ein Land, wo ewiger Friede herrscht und wo alle Menschen in gleichem Grade frei und glücklich sind; wo das Gute nicht mit dem Bösen vermischt ist, Schmerz nicht an Wollust und Tugend nicht an Untugend grenzt, wo lauter Schönheit, lauter Ordnung, lauter Harmonie ist – mit einem Wort, ein Land, wie Ihre Moralisten den ganzen Erdboden haben wollen, ist entweder ein Land, wo die Leute keinen Magen und keinen Unterleib haben, oder es muß schlechterdings das Land sein, das uns Teleklides schildert, aus dessen Amphiktyonen ich (wie die schöne Salabanda sehr wohl bemerkt hat) meine Beschreibung genommen habe. Vollkommene Gleichheit, vollkommene

Zufriedenheit mit dem Gegenwärtigen, immerwährende Eintracht – kurz, die Saturnischen Zeiten, wo man keine Könige, keine Priester, keine Soldaten, keine Ratsherren, keine Moralisten, keine Schneider, keine Köche, keine Ärzte und keine Scharfrichter braucht, sind nur in dem Lande möglich, wo einem die Rebhühner gebraten in den Mund fliegen oder (welches ungefähr ebensoviel sagen will) wo man keine Bedürfnisse hat. Dies ist, wie mich deucht, so klar, daß es demjenigen, dem es dunkel ist, durch alles Licht im Feuerhimmel nicht klärer gemacht werden könnte. Gleichwohl ärgern sich Ihre Moralisten darüber, daß die Welt so ist, wie sie ist; und wenn der ehrliche Philosoph, der die Ursachen weiß, warum sie nicht anders sein kann, den Ärger dieser Herren lächerlich findet, so begegnen sie ihm, als ob er ein Feind der Götter und der Menschen wäre, welches zwar an sich selbst noch lächerlicher ist, aber zuweilen da, wo die milzsüchtigen Herren den Meister spielen, einen ziemlich tragischen Ausgang nimmt."

„Aber was wollen Sie denn, daß die Moralisten tun sollen?"

„Die Natur erst ein wenig kennenlernen, ehe sie sich einfallen lassen, es besser zu wissen als sie; verträglich und duldsam gegen die Torheiten und Unarten der Menschen sein, welche die ihrigen dulden müssen; durch Beispiele bessern, statt durch frostiges Gewäsche zu ermüden oder durch Schmähreden zu erbittern; keine Wirkungen fordern, wovon die Ursachen noch nicht da sind, und nicht verlangen, daß wir die Spitze eines Berges erreicht haben sollen, ehe wir hinaufgestiegen sind."

„So unsinnig wird doch niemand sein?" sagte der Abderiten einer.

„So unsinnig sind neun Zehnteile der Gesetzgeber, Projektmacher, Schulmeister und Weltverbesserer auf dem ganzen Erdenrund alle Tage!" sagte Demokrit.

Die zeitverkürzende Gesellschaft, welche die Laune des Naturforschers unerträglich zu finden anfing, begab sich nun wieder nach Hause und dahlte unterwegs, beim Glanz des Abendsterns und einer schönen Dämmerung, von Sphinxen, Einhörnern, Gymnosophisten und Schlaraffenländern; und so viel Mannigfaltigkeit auch unter allen den Albernheiten, welche gesagt wurden, herrschte, so stimmten doch alle darin überein, daß Demokrit ein wunderlicher, einbildischer, überkluger, tadelsüchtiger, wiewohl bei allem dem ganz kurzweiliger Sonderling sei.

„Sein Wein ist das beste, was man bei ihm findet", sagte der Ratsherr.

Gütiger Anubis! dachte Demokrit, da er wieder allein war, was man nicht mit diesen Abderiten reden muß, um sich – die Zeit von ihnen vertreiben zu lassen!

ELFTES KAPITEL

Etwas von den abderitischen Philosophen, und wie Demokrit das Unglück hat, sich mit ein paar wohlgemeinten Worten in sehr schlimmen Kredit zu setzen.

Daß man sich aber gleichwohl nicht einbilde, als ob alle Abderiten ohne Ausnahme durch ein Gelübde oder durch ihren Bürgereid verbunden gewesen seien, nicht mehr Verstand zu haben als ihre Großmütter, Ammen und Ratsherren! Abdera, die Nebenbuhlerin von Athen, hatte auch Philosophen, das heißt, sie hatte Philosophen – wie sie Maler und Dichter hatte. Der berühmte Sophist Protagoras war ein Abderit gewesen und hatte eine Menge Schüler hinterlassen, die ihrem Meister zwar nicht an Witz und Beredsamkeit gleichkamen, aber ihm dafür auch an Eigendünkel und Albernheit desto überlegener waren.

Diese Herren hatten sich eine bequeme Art von

Philosophie zubereitet, vermittelst welcher sie ohne Mühe auf jede Frage eine Antwort fanden und von allem, was unter und über der Sonne ist, so geläufig schwatzten, daß – insofern sie nur immer Abderiten zu Zuhörern hatten – die guten Zuhörer sich festiglich einbildeten, ihre Philosophen wüßten sehr viel mehr davon als sie selbst; wiewohl im Grunde der Unterschied nicht so groß war, daß ein vernünftiger Mann eine Feige darum gegeben hätte. Denn am Ende lief es doch immer darauf hinaus, daß der abderitische Philosoph, etliche lange, nichtsbedeutende Wörter abgerechnet, gerade so viel von der Sache wußte als derjenige unter allen Abderiten, der – am wenigsten davon zu wissen glaubte.

Die Philosophen, vermutlich, weil sie es für zu klein hielten, in den Detail der Natur herabzusteigen, gaben sich mit lauter Aufgaben ab, die außerhalb der Grenzen des menschlichen Verstandes liegen. Bis in diese Region, dachten sie, folgt uns niemand, als – wer unsersgleichen ist; und was wir auch den Abderiten davon vorsagen, so sind wir wenigstens gewiß, daß uns niemand Lügen strafen kann.

Zum Beispiel, eine ihrer Lieblingsmaterien war die Frage: wie, warum und woraus die Welt entstanden sei?

„Sie ging aus einem Ei hervor", sagte einer, „der Äther war das Weiße, das Chaos der Dotter, und die Nacht brütete es aus."

„Sie ist aus Feuer und Wasser entstanden", sagte ein andrer.

„Sie ist gar nicht entstanden", sprach der dritte. „Alles war immer so, wie es ist, und wird immer so bleiben, wie es war."

Diese Meinung fand in Abdera wegen ihrer Bequemlichkeit vielen Beifall. Sie erklärt alles, sagten sie, ohne daß man nötig hat, sich erst lange den Kopf zu zerbrechen. „Es ist immer so gewesen", war die gewöhn-

71

liche Antwort eines Abderiten, wenn man ihn nach der Ursache oder dem Ursprung einer Sache fragte; und wer sich daran nicht ersättigen wollte, wurde für einen stumpfen Kopf angesehen.

„Was ihr Welt nennt", sagte der vierte, „ist eigentlich eine ewige Reihe von Welten, die wie die Häute einer Zwiebel übereinanderliegen und sich nach und nach ablösen."

„Sehr deutlich gegeben", riefen die Abderiten, „sehr deutlich!" Sie glaubten den Philosophen verstanden zu haben, weil sie sehr gut wußten, was eine Zwiebel war.

„Schimäre!" sprach der fünfte. „Es gibt freilich unzählige Welten; aber sie entstehen aus der ungefähren Bewegung unteilbarer Sonnenstäubchen, und es ist viel Glück, wenn nach zehntausendmaltausend übelgeratenen endlich eine herauskommt, die noch so leidlich vernünftig aussieht wie die unsrige."

„Atome geb' ich zu", sprach der sechste, „aber keine Bewegung von ungefähr und ohne Richtung. Die Atome sind nichts, oder sie haben bestimmte Kräfte und Eigenschaften, und je nachdem sie einander ähnlich oder unähnlich sind, ziehen sie einander an oder stoßen sich zurück. Daher machte der weise Empedokles (der Mann, der, um die wahre Beschaffenheit des Ätna zu erkundigen, sich weislich in den Schlund desselben hineingestürzt haben soll) Haß und Liebe zu den ersten Ursachen aller Zusammensetzungen; und Empedokles hat recht."

„Um Vergebung, meine Herren, ihr habt alle unrecht", sprach der Philosoph Sisamis. „In Ewigkeit wird weder aus euerm mystischen Ei noch aus euerm Bündnis zwischen Feuer und Wasser, noch aus euern Atomen, noch aus euern Homöomerien eine Welt herauskommen, wenn ihr keinen Geist zu Hilfe nehmt. Die Welt ist (wie jedes andre Tier) eine Zusammensetzung von Materie und Geist. Der Geist ist es, der dem Stoffe Form gibt; beide sind von Ewigkeit her vereinigt; und so wie einzelne Körper aufgelöst werden, sobald der Geist, der ihre Teile zusammenhielt, sich zurückzieht, so würde, wenn der allgemeine Weltgeist aufhören könnte, das Ganze zu umfassen und zu beleben, Himmel und Erde im nämlichen Augenblick in einen einzigen, ungeheuern, gestaltlosen, finstern und toten Klumpen zusammenfallen."

„Davor wolle Jupiter und Latona sein!" riefen die Abderiten, nicht ohne sich zu entsetzen, wie sie den Mann eine so fürchterliche Drohung ausstoßen hörten.

„Es hat keine Gefahr", sagte der Priester Strobylos; „solange wir die Frösche der Latona in unsern Mauern haben, soll es der Weltgeist des Sisamis wohl bleiben lassen, solchen Unfug in der Welt anzurichten."

„Meine Freunde", sprach der achte, „der Weltgeist des weisen Sisamis ist mit den Atomen, Homöomerien, Zwiebeln und Eiern meiner Kollegen von gleichem Schlage. Einen Demiurg müssen wir annehmen, wenn wir eine Welt haben wollen; denn ein Gebäude setzt einen Baumeister oder wenigstens einen Zimmermeister voraus; und nichts macht sich von selbst, wie wir alle wissen."

„Aber man spricht doch alle Tage: dies wird schon von sich selbst kommen oder von sich selbst gehen", sagten die Abderiten.

„Man spricht wohl so", antwortete jener; „allein, wo habt ihr jemals gesehen, daß es wirklich so erfolgt wäre? Ich habe freilich unsre Archonten wohl tausendmal sagen hören: Es wird sich schon geben! es wird schon kommen! dies oder jenes wird sich schon machen! Aber wir hatten gut warten: es gab sich nicht, kam nicht und machte sich nicht."

„Nur allzu wahr, was die Werke unsrer Archonten betrifft", sagte ein alter Schuhflicker, der für einen Mann von Einsicht beim Volke galt und große Hoffnung hatte, bei der nächsten Wahl Zunftmeister zu werden, „aber mit den Werken der Natur, wie die

Welt ist, mag es doch wohl anders bewandt sein. Warum sollte die Welt nicht ebensogut aus dem Chaos hervorwachsen können, wie ein Pilz aus der Erde wächst?"

„Meister Pfriem", versetzte der Philosoph, „zum Zunftmeister soll Er meine und aller meiner Vettern Stimme haben; aber keine Einwürfe gegen mein System, wenn ich bitten darf! Die Pilze wachsen freilich von selbst aus der Erde hervor, weil – weil – weil sie Pilze sind; aber eine Welt wächst nicht von selbst, weil sie kein Pilz ist. Versteht Er mich nun, Meister Pfriem?"

Alle Anwesenden lachten von Herzen, daß Meister Pfriem so abgeführt war. „Die Welt ist kein Pilz; dies ist klar wie Tageslicht", riefen die Abderiten; „da ist nichts einzuwenden, Meister Pfriem!"

„Verzweifelt!" murmelte der künftige Zunftmeister; „aber so geht es, wenn man sich mit den Herren abgibt, welche beweisen können, daß der Schnee weiß ist."

„Schwarz ist, wolltet Ihr sagen, Nachbar."

„Ich weiß, was ich gesagt habe und was ich sagen wollte", antwortete Meister Pfriem; „und ich wünsche nur, daß die Republik –"

„Vergeß Er die vierzehn Stimmen nicht, die ich Ihm verschaffe, Meister Pfriem!" rief der Philosoph.

„Wohl, wohl! Alles wohl! Aber Demiurg – das klingt mir bald so wie Demagog; und ich will weder Demagogen noch Demiurgen haben; ich bin für die Freiheit, und wer ein guter Abderit ist, der schwinge seinen Hut und folge mir!"

Und hiermit ging Meister Pfriem davon (denn der Leser merkt von selbst, daß alles dies in einer Halle von Abdera gesprochen wurde), und einige müßige Tölpel, die ihn allerwegen zu begleiten pflegten, folgten ihm.

Aber der Philosoph, ohne zu tun, als ob er es gewahr werde, fuhr fort: „Ohne einen Baumeister, einen Demiurg, oder wie ihr ihn nennen wollt, läßt sich vernünftigerweise keine Welt bauen. Aber, merket wohl, es kam auf den Demiurg an, ob und wie er bauen wollte; und laßt sehen, wie er es anfing. Stellt euch die Materie als einen ungeheuren Klumpen von vollkommen dichtem Kristall vor und den Demiurg, wie er mit einem großen Hammer von Diamant diesen Klumpen auf einen Schlag in so viele unendlich kleine Stückchen zerschmettert, daß sie durch den leeren Raum viele Millionen Kubikmeilen herumstieben. Natürlicherweise brachen sich diese unendlich kleinen Stückchen Kristall auf verschiedene Art; und indem sie mit der ganzen Heftigkeit der Bewegung, die ihnen der Schlag mit dem diamantenen Hammer gab, auf tausendfache Art widereinander fuhren und sich untereinander auf allen Seiten stießen, schlugen und rieben, so entstand daraus notwendig eine unzählige Menge Körperchen von allerlei Arten von Figuren, dreieckige, viereckige, achteckige, vieleckige und runde. Aus den runden wurde Wasser und Luft, welche nichts anders als verdünntes Wasser ist; aus den dreieckigen Feuer; aus den übrigen die Erde; und aus diesen vier Elementen setzt die Natur, wie ihr wißt, alle Körper in der Welt zusammen."

„Das ist wunderbar, sehr wunderbar! aber es begreift sich doch", sagten die Abderiten. „Ein Klumpen Kristall, ein diamantener Hammer und ein Demiurg, der den Kristall so meisterhaft in Stücken schlägt, daß aus den Splittern ohne seine weitere Bemühung eine Welt entsteht! In der Tat die scharfsinnigste Hypothese, die man sehen kann, und gleichwohl so simpel, daß man dächte, man hätte sie alle Augenblicke selbst erfinden können!"

„Ich erkläre mittelst dieser so simpeln Voraussetzung alle möglichen Wirkungen der Natur", sagte der Philosoph mit selbstzufriedenem Lächeln.

„Nicht ein Wespennest", rief ein neunter, Dämonax genannt, der den Behauptungen seiner Mitbrüder bisher mit stillschweigender Verachtung zugehört hatte. „Es gehören andre Kräfte und Anstalten dazu, ein so großes, so schönes, so wundervolles Werk, als dieses Weltgebäude ist, zustande zu bringen. Nur ein höchst vollkommner Verstand konnte den Plan davon erfinden; wiewohl ich gern gestehe, daß zur Ausführung geringere Werkmeister hinlänglich waren. Er überließ sie verschiedenen Klassen der subalternen Götter, wies einer jeden Klasse ihren besondern Kreis an, in welchem sie arbeitet, und begnügte sich, die allgemeine Aufsicht über das Ganze zu führen. Es ist lächerlich, den Ursprung der Weltkörper, des Erdbodens, der Pflanzen, der Tiere und alles dessen, was in Luft und Wasser ist, aus Atomen oder Sympathien oder ungefährer Bewegung oder einem einzigen Hammerschlag erklären zu wollen. Dämonen sind es, welche in den Elementen herrschen, die Sphären des Himmels drehen, die organischen Körper bilden, das Frühlingsgewand der Natur mit Blumen sticken und die Früchte des Herbstes in ihren Schoß ausgießen. Kann etwas faßlicher und angenehmer sein als diese Theorie? Sie erklärt alles, sie leitet jede Wirkung aus einer ihr angemessenen Ursache ab, und durch sie begreift man die in jedem andern System unerklärbare Kunst der Natur ebenso leicht, als man begreift, wie Zeuxis oder Parrhasius mit ein wenig gefärbter Erde eine bezaubernde Landschaft oder ein Bad der Diana erschaffen kann."

„Was für eine schöne Sache es um die Philosophie ist!" sagten die Abderiten. „Alles, was man daran aussetzen möchte, ist, daß einem unter so viel feinen Theorien die Wahl schwer wird."

Indessen machte doch der Pythagoräer, der alles durch Dämonen bewerkstelligte, das meiste Glück. Die Poeten, die Maler und alle übrigen Schutzverwandten der Musen, mit den sämtlichen Frauenzimmern von Abdera an ihrer Spitze, erklärten sich für – die Dämonen; doch unter der Bedingung, daß es ihnen erlaubt sein müsse, sie in so angenehme Gestalten, als jedem gefällig sei, einzukleiden.

„Ich bin nie ein besonderer Freund der Philosophie gewesen", sagte der Priester Strobylus, „und aus Ursache! Aber weil doch die Abderiten ihr Grübeln über das Wie und Warum der Dinge nun einmal nicht lassen können, so habe ich gegen die Physik des Dämonax noch immer am wenigsten einzuwenden; unter den gehörigen Einschränkungen verträgt sie sich noch so ziemlich mit –"

„Oh, sie verträgt sich mit allem in der Welt", sagte Dämonax, „dies ist eben die Schönheit davon!"

Endlich nahm Demokrit das Wort: „Soll ich euch, lieben Freunde, nach allen den feinen und kurzweiligen Sachen, die ihr bereits gehört habt, nun auch meine geringe Meinung sagen? Wenn es euch etwa wirklich darum zu tun sein sollte, die Beschaffenheit der Dinge, die euch umgeben, kennenzulernen, so deucht mich, ihr nehmt einen ungeheuern Umweg. Die Welt ist sehr groß; und von dem Standorte, woraus wir in sie hineingucken, nach ihren vornehmsten Provinzen und Hauptstädten, ist es so weit, daß ich nicht wohl begreife, wie sich einer von uns einfallen lassen kann, die Karte eines Landes aufzunehmen, wovon ihm (sein angeborenes Dörfchen ausgenommen) alles übrige, ja sogar die Grenzen unbekannt sind. Ich dächte, ehe wir Kosmogonien und Kosmologien träumten, setzten wir uns hin und beobachteten zum Beispiel den Ursprung einer Spinnewebe, und dies so lange, bis wir so viel davon herausgebracht hätten, als fünf Menschensinne, mit Verstand angestrengt, daran entdecken können. Ihr werdet zu tun finden, das könnt ihr mir auf mein Wort glauben. Aber dafür werdet ihr auch erfahren, daß euch diese einzige Spinnewebe mehr Aufschluß über das große System der Natur und würdigere Begriffe von seinem Urheber geben wird als alle die feinen Weltsysteme, die ihr zwischen Wa-

77

chen und Schlaf aus eurem eignen Gehirn herausgesponnen habt."

Demokrit meinte dies im ganzen Ernst; aber die Philosophen von Abdera glaubten, daß er ihrer spotten wolle. „Er versteht nichts von der Pneumatik", sagte der eine. „Von der Physik noch weniger", sagte der andre. „Er ist ein Zweifler – er glaubt keine Grundtriebe – keinen Weltgeist – keinen Demiurg – keinen Gott!" sagte der dritte, vierte, fünfte, sechste und siebente. „Man sollte solche Leute gar nicht im gemeinen Wesen dulden", sagte der Priester Strobylus.

ZWÖLFTES KAPITEL

Demokrit zieht sich weiter von Abdera zurück. Wie er sich in seiner Einsamkeit beschäftigt. Er kommt bei den Abderiten in Verdacht, daß er Zauberkünste treibe. Ein Experiment, das er bei dieser Gelegenheit mit den abderitischen Damen macht, und wie es abgelaufen.

Bei dem allen war Demokrit ein Menschenfreund in der echtesten Bedeutung des Wortes. Denn er meinte es gut mit der Menschheit und freute sich über nichts so sehr, als wenn er irgend etwas Böses verhüten oder etwas Gutes tun, veranlassen oder befördern konnte. Und wiewohl er glaubte, daß der Charakter eines Weltbürgers Verhältnisse in sich schließe, denen im Kollisionsfall alle andern weichen müßten, so hielt er sich doch darum nicht weniger verbunden, als ein Bürger von Abdera an dem Zustande seines Vaterlandes Anteil zu nehmen und, soviel er könnte, zu dessen Verbesserung beizutragen. Allein, da man den Leuten nur insofern Gutes tun kann, als sie dessen fähig sind, so fand er sein Vermögen durch die unzähligen Hindernisse, die ihm die Abderiten entgegensetzten, in so enge Grenzen eingeschlossen, daß er Ursache zu haben glaubte, sich für eine der entbehrlichsten Personen in dieser kleinen Republik anzusehen. Was sie am nötigsten haben, dacht' er, und das beste, was ich an ihnen tun könnte, wäre, sie vernünftig zu machen. Aber die Abderiten sind freie Leute. Wenn sie nicht vernünftig sein wollen, wer kann sie nötigen?

Da er nun bei so bewandten Umständen wenig oder nichts für die Abderiten als Abderiten tun konnte, so hielt er sich für hinlänglich gerechtfertigt, wenn er wenigstens seine eigene Person in Sicherheit zu bringen suchte und einen so großen Teil als immer möglich von derjenigen Zeit rettete, die er der Erfüllung seiner weltbürgerlichen Pflichten schuldig zu sein meinte.

Weil nun seine bisherige Freistätte entweder nicht weit genug von Abdera entfernt war oder wegen ihrer Lage und anderer Bequemlichkeiten so viel Reiz für die Abderiten hatte, daß er, ungeachtet seines Aufenthalts auf dem Lande, sich doch immer mitten unter ihnen befand, so zog er sich noch ein paar Stunden weiter in einen Wald, der zu seinem Gute gehörte, zurück und bauete sich in die wildeste Gegend desselben ein kleines Haus, wo er die meiste Zeit – in der einsamen Ruhe, die das eigene Element des Philosophen und des Dichters ist – dem Erforschen der Natur und der Betrachtung oblag.

Einige neuere Gelehrte – ob Abderiten oder nicht, wollen wir hier unentschieden lassen – haben sich von den Beschäftigungen dieses griechischen Bacons in seiner Einsamkeit wunderliche, wiewohl auf ihrer Seite sehr natürliche Begriffe gemacht. – „Er arbeitete am Stein der Weisen", sagt Borrichius, „und er fand ihn und machte Gold." – Zum Beweis davon beruft er sich darauf, daß Demokrit ein Buch von Steinen und Metallen geschrieben habe.

Die Abderiten, seine Zeitgenossen und Mitbürger, gingen noch weiter; und ihre Vermutungen –, die in abderitischen Köpfen gar bald zur Gewißheit wurden – gründeten sich auf ebenso gute Schlüsse als jener des Borrichius. Demokrit war von persischen Magiern erzogen worden; er war zwanzig Jahre in den Morgenländern herumgereist, hatte mit ägyptischen Priestern, Chaldäern, Brahmanen und Gymnosophisten Umgang gepflogen und war in allen ihren Mysterien eingeweiht, hatte tausend Arkana von seinen Reisen mit sich gebracht und wußte zehntausend Dinge, wovon niemals etwas in eines Abderiten Sinn gekommen war. – Machte dies alles zusammengenommen nicht den vollständigsten Beweis, daß er ein ausgelernter Meister in der Magie und allen davon abhängenden Künsten sein mußte? – Der ehrwürdige Vater Delrio hätte Spanien, Portugal und Algarbien auf die Hälfte eines Beweises wie dieser zu Asche verbrennen lassen.

Aber die guten Abderiten hatten noch nähere Beweistümer in Händen, daß ihr gelehrter Landsmann – ein wenig hexen könne. Er sagte Sonnen- und Mondfinsternisse, Mißwachs, Seuchen und andre zukünftige Dinge zuvor. Er hatte einem verbuhlten Mädchen aus der Hand geweissagt, daß sie – zu Falle kommen, und einem Ratsherrn von Abdera, dessen ganzes Leben zwischen Schlafen und Schmausen geteilt war, daß er – an einer Unverdaulichkeit sterben würde; und beides war genau eingetroffen. Überdies hatte man Bücher mit wunderlichen Zeichen in seinem Kabinette gesehen; man hatte ihn bei allerlei, vermutlich magischen Operationen mit Blut von Vögeln und Tieren angetroffen; man hatte ihn verdächtige Kräuter kochen sehen; und einige junge Leute wollten ihn sogar in später Nacht – bei sehr blassem Mondschein – zwischen Gräbern sitzend überschlichen haben. „Um ihn zu schrecken, hatten wir uns in die scheußlichsten Larven verkleidet," sagten sie; „Hörner, Ziegenfüße, Drachenschwänze, nichts fehlte uns, um leibhafte Feldteufel und Nachtgespenster vorzustellen; wir bliesen sogar Rauch aus Nasen und Ohren und machten es so arg um ihn herum, daß ein Herkules vor Schrecken hätte zum Weibe werden mögen. Aber Demokrit achtete unser nicht; und da wir es ihm endlich zu lange machten, sagte er bloß: Nun, wird das Kinderspiel noch lange währen?"

„Da sieht man augenscheinlich", sagten die Abderiten, „daß es nicht recht richtig mit ihm ist! Geister sind ihm nichts Neues; er muß wohl wissen, wie er mit ihnen steht!"

„Er ist ein Zauberer; nichts kann gewisser sein", sagte der Priester Strobylus; „wir müssen ein wenig besser acht auf ihn geben!"

Man muß gestehen, daß Demokrit, entweder aus Unvorsichtigkeit, oder (welches glaublicher ist) weil er sich wenig aus der Meinung seiner Landsleute machte, zu diesen und andern bösen Gerüchten einige Gelegenheit gab. Man konnte in der Tat nicht lange unter den Abderiten leben, ohne in Versuchung zu geraten, ihnen etwas aufzuheften. Ihr Vorwitz und ihre Leichtgläubigkeit auf der einen Seite und die hohe Einbildung, die sie sich von ihrer eignen Scharfsinnigkeit machten, auf der andern, forderten einen gleichsam heraus; und überdies war auch sonst kein Mittel, sich für die Langeweile, die man bei ihnen hatte, zu entschädigen. Demokrit befand sich nicht selten in diesem Falle; und da die Abderiten albern genug waren, alles, was er ihnen ironischerweise sagte, im buchstäblichen Sinne zu nehmen, so entstanden daher die vielen ungereimten Meinungen und Märchen, die auf seine Rechnung in der Welt herumliefen und noch viele Jahrhunderte nach seinem Tode von andern Abderiten für bares Geld angenommen oder wenigstens ihm selbst unbilligerweise zur Last gelegt wurden.

Er hatte sich unter andern auch mit der Physiognomik abgegeben und teils aus seinen eigenen Beobachtungen, teils aus dem, was ihm andere von den ihrigen mitgeteilt, sich eine Theorie davon gemacht, von deren Gebrauch er (sehr vernünftig, wie uns deucht) urteilte, daß es damit ebenso wie mit der Theorie der poetischen oder irgendeiner andern Kunst beschaffen sei; denn so wie noch keiner durch die bloße Wissenschaft der Regeln ein guter Dichter oder Künstler geworden sei, und nur derjenige, welchen angebornes Genie, emsiges Studium, hartnäckiger Fleiß und lange Übung zum Dichter oder Künstler gemacht, geschickt sei, die Regeln seiner Kunst recht zu verstehen und anzuwenden, so sei auch die Theorie der Kunst, aus dem Äußerlichen des Menschen auf das Innerliche zu schließen, nur für Leute von großer Fertigkeit im Beobachten und Unterscheiden brauchbar, für jeden andern hingegen eine höchst ungewisse und betrügliche Sache; und eben darum müsse sie als eine von den geheimen Wissenschaften oder großen Mysterien der Philosophie immer nur der kleinen Zahl der Epopten vorbehalten bleiben.

Diese Art von der Sache zu denken bewies, daß Demokrit kein Scharlatan war; aber den Abderiten bewies sie bloß, daß er ein Geheimnis aus seiner Wissenschaft mache. Daher ließen sie nicht ab, ihn, sooft sich die Rede davon gab, zu necken und zu plagen, daß er ihnen etwas davon entdecken sollte. Besonders drückte dieser Vorwitz die Abderitinnen. Sie wollten von ihm wissen – an was für äußerlichen Merkmalen ein getreuer Liebhaber zu erkennen sei? ob Milon von Krotona eine sehr große Nase gehabt habe? ob eine blasse Farbe ein notwendiges Zeichen eines Verliebten sei? – und hundert andere Fragen dieser Art, mit denen sie seine Geduld so sehr ermüdeten, daß er endlich, um ihrer loszuwerden, auf den Einfall kam, sie ein wenig zu erschrecken.

„Aber das haben Sie sich wohl nicht vorgestellt", sagte Demokrit, „daß die Jungferschaft ein untrügliches Merkzeichen in den Augen haben könnte?"

„In den Augen?" riefen die Abderitinnen. „Oh! das ist nicht möglich! Warum just in den Augen?"

„Es ist nicht anders", versetzte er; „und was Sie mir gewiß glauben können, ist, daß mir dieses Merkmal schon öfters von den Geheimnissen junger und alter Schönen mehr entdeckt hat, als sie Lust gehabt haben würden, mir von freien Stücken anzuvertrauen."

Der zuversichtliche Ton, womit er dies sagte, verursachte einige Entfärbungen, wiewohl die Abderitinnen (die in allen Fällen, wo es auf die gemeine Sicherheit ihres Geschlechts ankam, einander getreulich beizustehen pflegten) mit großer Hitze darauf bestanden, daß sein vorgebliches Geheimnis eine Schimäre sei.

„Sie nötigen mich durch Ihren Unglauben, daß ich Ihnen noch mehr sagen muß", fuhr der Philosoph fort. „Die Natur ist voll solcher Geheimnisse, meine schönen Damen; und wofür sollt' ich auch, wenn es sich der Mühe nicht verlohnte, bis nach Äthiopien und Indien gewandert sein? Die Gymnosophisten, deren Weiber – wie Sie wissen – nackend gehen, haben mir sehr artige Sachen entdeckt."

„Zum Beispiel?" sagten die Abderitinnen.

„Unter andern ein Geheimnis, welches ich, wenn ich ein Ehemann wäre, lieber nicht zu wissen wünschen würde."

„Ach, nun haben wir die Ursache, warum sich Demokrit nicht verheiraten will", rief die schöne Thryallis.

„Als ob wir nicht schon lange wüßten", sagte Salabanda, „daß es seine äthiopische Venus ist, die ihn für unsre griechische so unempfindlich macht. – Aber Ihr Geheimnis, Demokrit, wenn man es keuschen Ohren anvertrauen darf?"

„Zum Beweise, daß man es darf, will ich es den Ohren aller gegenwärtigen Schönen anvertrauen", antwortete der Naturforscher. „Ich weiß ein unfehlbares Mittel, wie man machen kann, daß ein Frauenzimmer im Schlafe mit vernehmlicher Stimme alles sagt, was sie auf dem Herzen hat."

„Oh, gehen Sie", riefen die Abderitinnen, „Sie wollen uns bange machen; aber – wir lassen uns nicht so leicht erschrecken."

„Wer wird auch an Erschrecken denken", sagte Demokrit, „wenn von einem Mittel die Rede ist, wodurch einer jeden ehrlichen Frau Gelegenheit gegeben wird, zu zeigen, daß sie keine Geheimnisse hat, die ihr Mann nicht wissen dürfte?"

„Wirkt das Mittel auch bei Unverheirateten?" fragte eine Abderitin, die weder jung noch reizend genug zu sein schien, um eine solche Frage zu tun.

„Es wirkt vom zehnten Jahr an bis zum achtzigsten", erwiderte er, „ohne Beziehung auf einen andern Umstand, worin sich ein Frauenzimmer befinden kann."

Die Sache fing an ernsthaft zu werden. – „Aber Sie scherzen nur, Demokrit?" sprach die Gemahlin eines Thesmotheten, nicht ohne eine geheime Furcht, des Gegenteils versichert zu werden.

„Wollen Sie die Probe machen, Lysistrata?"

„Die Probe? – Warum nicht? – Vorausbedungen, daß nichts Magisches dazu gebraucht wird. Denn mit Hülfe Ihrer Talismane und Geister könnten Sie eine arme Frau sagen machen, was Sie wollten."

„Es haben weder Geister noch Talismane damit zu tun. Alles geht natürlich zu. Das Mittel, das ich gebrauche, ist die simpelste Sache von der Welt."

Die Damen fingen an, bei allen Grimassen von Herzhaftigkeit, wozu sie sich zu zwingen suchten, eine Unruhe zu verraten, die den Philosophen sehr belustigte. – „Wenn man nicht wüßte, daß Sie ein Spötter sind, der die ganze Welt zum besten hat. – Aber darf man fragen, worin Ihr Mittel besteht?"

„Wie ich Ihnen sagte, die natürlichste Sache von der Welt. Ein ganz kleines unschädliches Ding, einem schlafenden Frauenzimmer aufs Herzgrübchen gelegt, das ist das ganze Geheimnis; aber es tut Wunder, Sie können mir's glauben. Es macht reden, solange noch im innersten Winkel des Herzens was zu entdecken ist."

Unter sieben Frauenzimmern, die sich in der Gesellschaft befanden, war nur eine, deren Miene und Gebärde unverändert die nämliche blieb wie vorher. Man wird denken, sie sei alt oder häßlich oder gar tugendhaft gewesen; aber nichts von allem diesem! Sie war – taub.

„Wenn Sie wollen, daß wir Ihnen glauben sollen, Demokrit, so nennen Sie Ihr Mittel!"

„Ich will es dem Gemahl der schönen Thryallis ins Ohr sagen", sprach der boshafte Naturkündiger.

Der Gemahl der schönen Thryallis war, ohne blind zu sein, so glücklich, als Hagedorn einen Blinden schätzt, dessen Gemahlin schön ist. Er hatte immer gute Gesellschaft, oder wenigstens was man zu Abdera so nannte, in seinem Hause. Der gute Mann glaubte, man finde soviel Vergnügen an seinem Umgang und an den Versen, die er seinen Besuchen vorzulesen pflegte. In der Tat hatte er das Talent, die schlechten Verse, die er machte, nicht übel zu lesen; und weil er mit vieler Begeisterung las, so wurde er nicht gewahr, daß seine Zuhörer, anstatt auf seine Verse acht zu geben, mit der schönen Thryallis liebäugelten. Kurz, der Ratsherr Smilax war ein Mann, der eine viel zu gute Meinung von sich selbst hatte, um von der Tugend seiner Gemahlin eine schlimme zu hegen.

Er bedachte sich also keinen Augenblick, dem Geheimnis sein Ohr darzubieten.

„Es ist weiter nichts", flüsterte ihm der Philosoph ins Ohr, „als die Zunge eines lebendigen Frosches, die man einer schlafenden Dame auf die linke Brust legen muß. Aber Sie müssen sich beim Ausreißen wohl in acht nehmen, daß nichts von den daran hängenden Teilen mitgeht, und der Frosch muß wieder ins Wasser gesetzt werden."

„Das Mittel mag nicht übel sein", sagte Smilax leise, „nur schade, daß es ein wenig bedenklich ist! Was würde der Priester Strobylus sagen?"

„Sorgen Sie nicht dafür", versetzte Demokrit, „ein Frosch ist doch keine Latona, der Priester Strobylus mag sagen, was er will. Und zudem geht es dem Frosche ja nicht ans Leben."

„Ich darf es also weitergeben?" fragte Smilax.

„Von Herzen gern! Alle Mannspersonen in der Gesellschaft dürfen es wissen; und ein jeder mag es ungescheut allen seinen Bekannten entdecken, nur mit der Bedingung, daß es keiner weder seiner Frau noch seiner Geliebten wiedersage."

Die guten Abderitinnen wußten nicht, was sie von der Sache glauben sollten. Unmöglich schien sie ihnen nicht; und was sollte auch Abderiten unmöglich scheinen? – Ihre gegenwärtigen Männer oder Liebhaber waren nicht viel ruhiger; jeder setzte sich heimlich vor, das Mittel ohne Aufschub zu probieren, und jeder (den glücklichen Smilax ausgenommen) besorgte, gelehrter dadurch zu werden, als er wünschte.

„Nicht wahr, Männchen", sagte Thryallis zu ihrem Gemahl, indem sie ihn freundlich auf die Backen klopfte, „du kennst mich zu gut, um einer solchen Probe nötig zu haben?"

„Der meinige sollte sich so etwas einfallen lassen!" sagte Lagiska. „Eine Probe setzt Zweifel voraus, und ein Mann, der an der Tugend seiner Frau zweifelt –"

„– Ist ein Mann, der Gefahr läuft, seine Zweifel in Gewißheit verwandelt zu sehen", setzte Demokrit hinzu, da er sah, daß sie einhielt. – „Das wollten Sie doch sagen, schöne Lagiska?"

„Sie sind ein Weiberfeind", riefen die Abderitinnen allzumal, „aber vergessen Sie nicht, daß wir in Thrakien sind, und hüten Sie sich vor dem Schicksal des Orpheus!"

Wiewohl dies im Scherz gesagt wurde, so war doch

Ernst dabei. Natürlicherweise läßt man sich nicht gern ohne Not schlaflose Nächte machen; eine Absicht, von welcher wir den Philosophen um so weniger freisprechen können, da er die Folgen seines Einfalles notwendig voraussehen mußte. Wirklich gab diese Sache den sieben Damen so viel zu denken, daß sie die ganze Nacht kein Auge zutaten; und da das vorgebliche Geheimnis den folgenden Tag in ganz Abdera herumlief, so verursachte er dadurch etliche Nächte hintereinander eine allgemeine Schlaflosigkeit.

Indessen brachten die Weiber bei Tage wieder ein, was ihnen bei Nacht abging; und weil verschiedene sich nicht einfallen ließen, daß man ihnen das Arkanum, wenn sie am Tage schliefen, ebensogut applizieren könne als bei Nacht, und daher ihr Schlafzimmer zu verriegeln vergaßen, so bekamen die Männer unverhofft Gelegenheit, von ihren Froschzungen Gebrauch zu machen. Lysistrata, Thryallis und einige andre, die am meisten dabei zu wagen hatten, waren die ersten, an denen die Probe, mit dem Erfolg, den man leicht voraussehen kann, gemacht wurde.

Aber eben dies stellte in kurzem die Ruhe in Abdera wieder her. Die Männer dieser Damen, nachdem sie das Mittel zwei- oder dreimal ohne Erfolg gebraucht hatten, kamen in vollem Sprunge zu unserm Philosophen gelaufen, um sich zu erkundigen, was dies zu bedeuten hätte. – „So?" rief er ihnen entgegen, „hat die Froschzunge ihre Wirkung getan? Haben Ihre Weiber gebeichtet?" – „Kein Wort, keine Silbe", sagten die Abderiten. – „Desto besser!" rief Demokrit; „triumphieren Sie darüber! Wenn eine schlafende Frau mit einer Froschzunge auf dem Herzen nichts sagt, so ist es ein Zeichen, daß sie – nichts zu sagen hat. Ich wünsche Ihnen Glück, meine Herren! Jeder von Ihnen kann sich rühmen, daß er den Phönix der Weiber in seinem Hause besitze."

Wer war glücklicher als unsre Abderiten! Sie liefen

so schnell, als sie gekommen waren, wieder zurück, fielen ihren erstaunten Weibern um den Hals, erstickten sie mit Küssen und Umarmungen und bekannten nun freiwillig, was sie getan hatten, um sich von der Tugend ihrer Hälften (wiewohl wir davon schon gewiß waren, sagten sie) noch gewisser zu machen.

Die guten Weiber wußten nicht, ob sie ihren Sinnen glauben sollten. Aber wiewohl sie Abderitinnen waren, hatten sie doch Verstand genug, sich auf der Stelle zu fassen und ihren Männern das unzärtliche Mißtrauen, dessen sie sich selbst anklagten, nachdrücklich zu verweisen. Einige trieben die Sache bis zu Tränen; aber alle hatten Mühe, die Freude zu verbergen, die ihnen eine so unverhoffte Bestätigung ihrer Tugend verursachte; und wiewohl sie, der Anständigkeit wegen, auf Demokriten schmälen mußten, so war doch keine, die ihn nicht dafür hätte umarmen mögen, daß er ihnen einen so guten Dienst geleistet hatte. Freilich war dies nicht, was er gewollt hatte. Aber die Folgen dieses einzigen unschuldigen Scherzes mochten ihn lehren, daß man mit Abderiten nicht behutsam genug scherzen kann.

Indessen (wie alle Dinge dieser Welt mehr als eine Seite haben) so fand sich auch, daß aus dem Übel, welches unser Philosoph den Abderiten wider seine Absicht zugefügt hatte, gleichwohl mehr Gutes entsprang, als man vermutlich hätte erwarten können, wenn die Froschzungen gewirkt hätten. Die Männer machten die Weiber durch ihre unbegrenzte Sicherheit, und die Weiber die Männer durch ihre Gefälligkeit und gute Laune glücklich. Nirgends in der Welt sah man zufriednere Ehen als in Abdera. Und bei allem dem waren die Stirnen der Abderiten so glatt und – die Ohren und Zungen der Abderitinnen so keusch als bei andern Leuten.

DREIZEHNTES KAPITEL

Demokrit soll die Abderitinnen die Sprache der Vögel lehren. Im Vorbeigehen eine Probe, wie sie ihre Töchter bildeten.

Ein andermal geschah es, daß sich unser Philosoph
an einem schönen Frühlingsabend mit einer Gesellschaft in einem von den Lustgärten befand, womit
die Abderiten die Gegend um ihre Stadt verschönert
hatten.

„Wirklich verschönert?" – Dies nun eben nicht; denn
woher hätten die Abderiten nehmen sollen, daß die
Natur schöner ist als die Kunst und daß zwischen
Künsteln und Verschönern ein Unterschied ist? – Doch
davon soll nun die Rede nicht sein.

Die Gesellschaft lag auf weichem, mit Blumen be-
streutem Rasen unter einer hohen Laube im Kreise
herum. In den Zweigen eines benachbarten Baumes sang
eine Nachtigall. Eine junge Abderitin von vierzehn
Jahren schien etwas dabei zu empfinden, wovon die
übrigen nichts empfanden. Demokrit bemerkte es. Das
Mädchen hatte eine sanfte Gesichtsbildung und Seele
in den Augen. Schade für dich, daß du eine Abderitin
bist! dacht' er. Was sollte dir in Abdera eine empfindsame Seele? Sie würde dich nur unglücklich machen.
Doch es hat keine Gefahr! Was die Erziehung deiner
Mutter und Großmutter an dir unverdorben gelassen
hat, werden die Söhnchen unsrer Archonten und Ratsherren, und was diese verschonen, wird das Beispiel
deiner Freundinnen zugrunde richten. In weniger als
vier Jahren wirst du eine Abderitin sein wie die andern; und wenn du erst erfährst, daß eine Froschzunge
auf dem Herzgrübchen nichts zu bedeuten hat –

„Was denken Sie, schöne Nannion?" sagte Demokrit
zu dem Mädchen.

„Ich denke, daß ich mich dort unter die Bäume setzen
möchte, um dieser Nachtigall recht ungestört zuhören
zu können."

„Das alberne Ding!" sagte die Mutter des Mädchens. „Hast du noch keine Nachtigall gehört?"

Die kleine Nannion schlug errötend die Augen nieder und schwieg.

„Nannion hat recht," sagte die schöne Thryallis; „ich selbst höre für mein Leben gern den Nachtigallen zu. Sie singen mit einem solchen Feuer, und es ist etwas so Eignes in ihren Modulationen, daß ich schon oft gewünscht habe, zu verstehen, was sie damit sagen wollen. Ich bin gewiß, man würde die schönsten Dinge von der Welt hören. Aber Sie, Demokrit, der alles weiß, sollten Sie nicht auch die Sprache der Nachtigallen verstehen?"

„Warum nicht?" antwortete der Philosoph mit seinem gewöhnlichen Phlegma; „und die Sprache aller übrigen Vögel dazu!"

„Im Ernste?"

„Sie wissen ja, daß ich immer im Ernste rede."

„Oh, das ist allerliebst! Geschwind, übersetzen Sie uns was aus der Sprache der Nachtigallen! Wie hieß das, was diese dort sang, als Nannion so davon gerührt wurde?"

„Das läßt sich nicht so leicht ins Griechische übersetzen, als Sie denken, schöne Thryallis. Es gibt keine Redensarten in unsrer Sprache, die dazu zärtlich und feurig genug wären."

„Aber wie können Sie denn die Sprache der Vögel verstehen, wenn Sie nicht auf Griechisch wiedersagen können, was Sie gehört haben?"

„Die Vögel können auch kein Griechisch und verstehen einander doch!"

„Aber Sie sind kein Vogel, wiewohl Sie ein loser Mann sind, der uns immer zum besten hat."

„Daß man in Abdera doch so gern Arges von seinem Nächsten denkt! Indessen verdient Ihre Antwort, daß ich mich näher erkläre. Die Vögel verstehen einander durch eine gewisse Sympathie, welche ordentlicherweise nur unter gleichartigen Geschöpfen statthat. Jeder Ton einer singenden Nachtigall ist der lebende Ausdruck einer Empfindung und erregt in der zuhörenden unmittelbar den Unisono dieser Empfindung. Sie versteht also vermittelst ihres eignen innern Gefühls, was ihr jene sagen wollte; und gerade auf die nämliche Weise versteh' ich sie auch."

„Aber wie machen Sie denn das?" fragten etliche Abderitinnen.

Die Frage war, nachdem Demokrit sich bereits so deutlich erklärt hatte, gar zu abderitisch, als daß er sie ihnen so ungenossen hätte hingehen lassen können. Er besann sich einen Augenblick.

„Ich verstehe ihn", sagte die kleine Nannion leise.

„Du verstehst ihn, du naseweises Ding?" schnarrte ihre Mutter das arme Mädchen an; „nun, laß hören, Puppe, was verstehst du denn davon?"

„Ich kann es nicht in Worte bringen; aber ich empfind' es, deucht mich", erwiderte Nannion.

„Sie ist, wie Sie hören, noch ein Kind", sagte die Mutter; „wiewohl sie so schnell aufgeschossen ist, daß viele Leute sie für meine jüngere Schwester angesehen haben. Aber halten wir uns nicht mit dem Geplapper eines läppischen Mädchens auf, das noch nicht weiß, was es sagt!"

„Nannion hat Gefühl", sagte Demokrit; „sie findet den Schlüssel zur allgemeinen Sprache der Natur in ihrem Herzen, und vielleicht versteht sie mehr davon als –"

„O mein Herr, ich bitte Sie, machen Sie mir die kleine Närrin nicht noch einbildischer! Sie ist ohnedies naseweis und schnippisch genug –"

Bravo, dachte Demokrit; nur so fortgefahren! Auf diesem Wege möchte noch Hoffnung für den Kopf und das Herz der kleinen Nannion sein.

„Bleiben wir bei der Sache!" fuhr die Abderitin fort, die, ohne jemals recht gewußt zu haben, wie und warum, die unerkannte Ehre hatte, Nannions Mutter zu sein. „Sie wollten uns ja erklären, wie es zuginge, daß Sie die Sprache der Vögel verstehen?"

Wir sind den Abderitinnen die Gerechtigkeit schuldig, nicht zu bergen, daß sie alles, was Demokrit von seiner Kenntnis der Vögelsprache gesagt hatte, für bloße Prahlerei hielten. Aber dies hinderte nicht, daß die Fortsetzung dieses Gesprächs nicht etwas sehr Unterhaltendes für sie gehabt hätte; denn sie hörten von nichts lieber reden als von Dingen, die sie nicht glaubten und doch glaubten, als da ist von Sphinxen, Meermännern, Sibyllen, Kobolden, Popanzen, Gespenstern und allem, was in diese Rubrik gehört; und die Sprache der Vögel gehörte auch dahin, dachten sie.

„Es ist ein Geheimnis", erwiderte Demokrit, „das ich von dem Oberpriester zu Memphis lernte, da ich mich in die ägyptischen Mysterien einführen ließ. Er war ein langer, hagerer Mann, hatte einen sehr langen Namen und einen noch längern eisgrauen Bart, der ihm bis an den Gürtel reichte. Sie würden ihn für einen Mann aus der andern Welt gehalten haben, so feierlich und geheimnisvoll sah er in seiner spitzigen Mütze und in seinem schleppenden Mantel aus."

Die Aufmerksamkeit der Abderitinnen nahm merklich zu. Nannion, die sich ein wenig weiter zurückgesetzt hatte, lauschte mit dem linken Ohre der Nachtigall entgegen; aber von Zeit zu Zeit schoß sie einen dankvollen Seitenblick auf den Philosophen, welchen dieser, sooft die Mutter auf ihren Busen sah oder ihren Hund küßte, mit aufmunterndem Lächeln beantwortete.

„Das ganze Geheimnis", fuhr er fort, „besteht darin: Man schneidet unter einer gewissen Konstellation sieben verschiedenen Vögeln (deren Namen ich nicht entdecken darf) die Hälse ab, läßt ihr Blut in eine kleine Grube, die zu dem Ende in die Erde gemacht wird, zusammenfließen, bedeckt die Grube mit Lorbeerzweigen und – geht seines Weges. Nach Verfluß von einundzwanzig Tagen kommt man wieder, deckt die

Grube auf und findet einen kleinen Drachen von seltsamer Gestalt, der aus der Fäulnis des vermischten Blutes entstanden ist." –

„Einen Drachen!" riefen die Abderitinnen mit allen Merkmalen des Erstaunens.

„Einen Drachen, wiewohl nicht viel größer als eine gewöhnliche Fledermaus. Diesen Drachen nehmen Sie, schneiden ihn in kleine Stücke und essen ihn mit etwas Essig, Öl und Pfeffer, ohne das mindeste davon übrigzulassen, gehen darauf zu Bette, decken sich wohl zu und schlafen einundzwanzig Stunden in einem Stücke fort. Darauf erwachen Sie wieder, kleiden sich an, gehen in Ihren Garten oder in ein Wäldchen und erstaunen nicht wenig, indem Sie sich augenblicklich auf allen Seiten von Vögeln umgeben und gegrüßt finden, deren Sprache und Gesang Sie so gut verstehen, als ob Sie alle Tage Ihres Lebens nichts als Elstern, Gänschen und Truthühner gewesen wären."

Demokrit erzählte den Abderitinnen alles dies mit einer so gelassenen Ernsthaftigkeit, daß sie sich um so weniger entbrechen konnten, ihm Glauben beizumessen, da er (ihrer Meinung nach) die Sache unmöglich mit so vielen Umständen hätte erzählen können, wenn sie nicht wahr gewesen wäre. Indessen wußten sie jetzt doch gerade nur so viel davon, als nötig war, um desto ungeduldiger zu werden, alles zu wissen. –

„Aber", fragten sie, „was für Vögel sind es denn, die man dazu braucht? Ist der Sperling, der Finke, die Nachtigall, die Elster, die Wachtel, der Rabe, der Kiebitz, die Nachteule usf. auch darunter? Wie sieht der Drache aus? Hat er Flügel? Wie viele hat er deren? Ist er gelb oder grün oder blau oder rosenfarben? Speit er Feuer? Beißt oder sticht er nicht, wenn man ihn anrühren will? Ist er gut zu essen? Wie schmeckt er? Wie verdaut er sich? Was trinkt man dazu?" – Alle diese Fragen, womit der gute Naturforscher von allen Seiten bestürmt wurde, machten ihm so warm, daß er

sich endlich am kürzesten aus dem Handel zu ziehen
glaubte, wenn er ihnen gestände, er habe die ganze
Historie nur zum Scherz ersonnen.

„Oh, dies sollen Sie uns nicht weismachen!" riefen die
Abderitinnen; „Sie wollen nur nicht, daß wir hinter
Ihre Geheimnisse kommen. Aber wir werden Ihnen
keine Ruhe lassen, verlassen Sie sich darauf! Wir wollen
den Drachen sehen, betasten, beriechen, kosten und mit
Haut und Knochen aufessen, oder – Sie sollen uns
sagen, warum nicht!"

ZWEITES BUCH
Hippokrates in Abdera

ERSTES KAPITEL

Eine Abschweifung über den Charakter und die Philosophie des Demokritus, welche wir nicht zu überschlagen bitten.

Wir wissen nicht, wie Demokrit es angefangen, um
sich die neugierigen Weiber vom Halse zu schaffen.
Genug, daß uns diese Beispiele begreiflich machen, wie
ein bloßer zufälliger Einfall Gelegenheit habe geben
können, den unschuldigen Naturforscher in den Ruf
zu bringen, als ob er Abderit genug gewesen sei, alle
die Märchen, die er seinen albernen Landsleuten auf-
heftete, selbst zu glauben. Diejenigen, die ihm dies
zum Vorwurf nachgesagt haben, berufen sich auf seine
Schriften. Aber schon lange vor den Zeiten des Vitru-
vius und Plinius wurden eine Menge unechter Büchlein
mit vielbedeuteten Titeln unter seinem Namen herum-
getragen. Man weiß, wie gewöhnlich diese Art von
Betrug den müßigen Graeculis der spätern Zeiten war.
Die Namen Hermes Trismegistus, Zoroaster, Orpheus,
Pythagoras, Demokritus waren ehrwürdig genug, um
die armseligsten Geburten schaler Köpfe verkäuflich
zu machen, insonderheit nachdem die alexandrinische
Philosophenschule die Magie in eine Art von allgemeiner Achtung und den Gelehrten in den Geschmack gebracht hatte, sich bei den Ungelehrten das Ansehen zu
geben, als ob sie gewaltige Wundermänner wären, die
den Schlüssel zur Geisterwelt gefunden hätten und
für die nun in der ganzen Natur nichts Geheimes sei.
Die Abderiten hatten den Demokrit in den Ruf der
Zauberei gebracht, weil sie nicht begreifen konnten,

95

wie man, ohne ein Hexenmeister zu sein, so viel wissen könne, als sie – nicht wußten; und spätere Betrüger fabrizierten Zauberbücher in seinem Namen, um von jenem Ruf bei den Dummköpfen ihrer Zeit Vorteile zu ziehen.

Überhaupt waren die Griechen große Liebhaber davon, mit ihren Philosophen den Narren zu treiben. Die Athener lachten herzlich, als ihnen der witzige Possenreißer Aristophanes weismachte, Sokrates halte die Wolken für Göttinnen, messe aus, wie viele Flohfüße hoch ein Floh springen könne, lasse sich, wenn er meditieren wolle, in einem Korbe aufhängen, damit die anziehende Kraft der Erde seine Gedanken nicht einsauge usw., und es dünkte sie überaus kurzweilig, den Mann, der ihnen immer die Wahrheit und also oft unangenehme Dinge sagte, wenigstens auf der Bühne platte Pedantereien sagen zu hören. Und wie mußte sich nicht Diogenes (der unter den Nachahmern des Sokrates noch am meisten die Miene seines Originals hatte) von diesem Volke, das so gern lachte, mißhandeln lassen! Sogar der begeisterte Plato und der tiefsinnige Aristoteles blieben nicht von Anklagen frei, wodurch man sie zu dem großen Haufen der alltäglichen Menschen herabzusetzen suchte. Was Wunder also, daß es dem Manne nicht besser ging, der so verwegen war, mitten unter Abderiten Verstand zu haben!

Demokrit lachte zuweilen wie wir alle und würde vielleicht, wenn er zu Korinth oder Smyrna oder Syrakus oder an irgendeinem andern Orte der Welt gelebt hätte, nicht mehr gelacht haben als jeder andre Biedermann, der sich aus Gründen oder von Temperaments wegen aufgelegt fühlt, die Torheiten der Menschen zu belachen als zu beweinen. Aber er lebte unter Abderiten. Es war einmal die Art dieser guten Leute, immer etwas zu tun, worüber man entweder lachen oder weinen oder ungehalten werden mußte; und Demokrit lachte, wo ein Phokion die Stirne gerunzelt, ein

Cato gepoltert und ein Swift zugepeitscht hätte. Bei einem ziemlich langen Aufenthalt in Abdera konnte ihm also die Miene der Ironie wohl eigentümlich werden; aber daß er im buchstäblichen Verstande immer aus vollem Halse gelacht habe, wie ihm ein Dichter, der die Sachen gern übertreibt, nachsagt, dies hätte wenigstens niemand in Prosa sagen sollen.

Doch diese Nachrede möchte immer hingehen, zumal da ein so gepriesener Philosoph wie Seneca unsern Freund Demokrit über diesen Punkt rechtfertigt und sogar nachahmenswürdig findet. „Wir müssen uns dahin bestreben", sagt Seneca, „daß uns die Torheiten und Gebrechen des großen Haufens samt und sonders nicht hassenswürdig, sondern lächerlich vorkommen, und wir werden besser tun, wenn wir uns hierin den Demokrit als den Heraklit zum Muster nehmen. Dieser pflegte, sooft er unter die Leute ging, zu weinen, jener zu lachen; dieser sah in allem unserm Tun eitel Not und Elend, jener eitel Tand und Kinderspiel. Nun ist es aber freundlicher, das menschliche Leben anzulachen als es anzugrinsen; und man kann sagen, daß sich derjenige um das Menschengeschlecht verdienter macht, der es belacht, als der es bejammert. Denn jener läßt uns doch noch immer ein wenig Hoffnung übrig; dieser hingegen weint albernerweise über Dinge, die er bessern zu können verzweifelt. Auch zeigt derjenige eine größere Seele, der, wenn er einen Blick über das Ganze wirft, sich nicht des Lachens – als jener, der sich der Tränen nicht enthalten kann; denn er gibt dadurch zu erkennen, daß alles, was andern groß und wichtig genug scheint, um sie in die heftigsten Leidenschaften zu setzen, in seinen Augen so klein ist, daß es nur den leichtesten und kaltblütigsten unter allen Affekten in ihm erregen kann."

Im Vorbeigehen deucht mich, die Entscheidung des Sophisten Seneca habe Verstand; wiewohl er vielleicht besser getan hätte, seine Gründe weder so weit herzuholen, noch in so gekünstelte Antithesen einzuschrauben. Doch, wie gesagt, der bloße Umstand, daß Demokrit unter Abderiten lebte und über Abderiten lachte, macht den Vorwurf, von welchem die Rede ist (wie übertrieben er auch sein mag), zum Erträglichsten unter allem, was unserm Weisen aufgebürdet worden. Läßt doch Homer die Götter selbst über einen weit weniger lächerlichen Gegenstand – über den hinkenden Vulkan, der aus der gutherzigen Absicht, Friede unter den Olympiern zu stiften, den Mundschenken macht – in ein unauslöschliches Gelächter ausbrechen! Aber das Vorgeben, daß Demokrit sich selbst freiwillig des Gesichts beraubt habe, und die Ursache, warum er das getan haben soll, dies setzt auf seiten derjenigen, bei denen es Eingang finden konnte, eine Neigung voraus, die wenigstens ihrem Kopfe wenig Ehre macht.

„Und was für eine Neigung mag denn das sein?" – Ich will es euch sagen, lieben Freunde, und gebe der günstige Himmel, daß es nicht gänzlich in den Wind gesagt sein möge!

Es ist die armselige Neigung, jeden Dummkopf, jeden hämischen Buben für einen unverwerflichen Zeugen gelten zu lassen, sobald er einem großen Manne irgendeine überschwengliche Ungereimtheit nachsagt, welche sogar der alltäglichste Mensch bei fünf gesunden Sinnen zu begehen unfähig wäre.

Ich möchte nicht gern glauben, daß diese Neigung so allgemein sei, als die Verkleinerer der menschlichen Natur behaupten; aber dies wenigstens lehrt die Erfahrung, daß die kleinen Anekdoten, die man von großen Männern auf Unkosten ihrer Vernunft zirkulieren zu lassen pflegt, sehr leicht bei den meisten Eingang finden. Doch vielleicht ist dieser Hang im Grunde nicht sträflicher als das Vergnügen, womit die Sternseher Flecken in der Sonne entdeckt haben? Vielleicht ist es bloß das Unerwartete und Unbegreifliche, was die Entdeckung solcher Flecken so angenehm macht?

Außerdem findet sich auch nicht selten, daß die armen Leute, indem sie einem großen Manne Widersinnigkeiten andichten, ihm (nach ihrer Art zu denken) noch viel Ehre zu erweisen glauben; und dies mag wohl, was die freiwillige Blindheit unseres Philosophen betrifft, der Fall bei mehr als einem abderitischen Gehirne gewesen sein.

„Demokrit beraubte sich des Gesichtes", sagt man, „damit er desto tiefer denken könnte. Was ist hierin so Unglaubliches? Haben wir nicht Beispiele freiwilliger Verstümmelungen von ähnlicher Art? Kombabus – Origenes –"

Gut! – Kombabus und Origenes warfen einen Teil ihrer selbst von sich, und zwar einen Teil, den wohl die meisten (im Fall der Not) mit allen ihren Augen, und wenn sie deren so viel als Argus hätten, erkaufen würden. Allein sie hatten auch einen großen Beweggrund dazu. Was gibt der Mensch nicht um sein Leben! Und was tut oder leidet man nicht, um der Günstling eines Fürsten zu bleiben oder gar eine Pagode zu werden! – Demokrit hingegen konnte keinen Beweggrund von dieser Stärke haben. Es möchte noch hingehen, wenn er ein Metaphysiker oder ein Poet gewesen wäre. Dies sind Leute, die zu ihrem Geschäfte des Gesichtes entbehren können. Sie arbeiten am meisten mit der Einbildungskraft, und diese gewinnt sogar durch die Blindheit. Aber wenn hat man jemals gehört, daß ein Beobachter der Natur, ein Zergliederer, ein Sternseher sich die Augen ausgestochen hätte, um desto besser zu beobachten, zu zergliedern und nach den Sternen zu sehen?

Die Ungereimtheit ist so handgreiflich, daß Tertullian die angebliche Tat unsers Philosophen aus einer andern Ursache ableitet, die ihm aber zum wenigsten ebenso ungereimt hätte vorkommen müssen, wenn er nicht gerade vonnöten gehabt hätte, die Philosophen, die er zu Boden legen wollte, in Strohmänner zu ver-

99

wandeln. „Er beraubte sich der Augen", sagt Tertullian, „weil er kein Weib ansehen konnte, ohne ihrer zu begehren." – Ein feiner Grund für einen griechischen Philosophen aus dem Jahrhunderte des Perikles! Demokrit, der sich gewiß nicht einfallen ließ, weiser sein zu wollen als Solon, Anaxagoras, Sokrates, hatte auch vonnöten, zu einem solchen Mittel seine Zuflucht zu nehmen! Wahr ist's, der Rat des letztern (der Demokriten gewiß nichts Unbekanntes war, weil er Verstand genug hatte, sich ihn selbst zu geben) verfängt sehr wenig gegen die Gewalt der Liebe; und einem Philosophen, der sein ganzes Leben dem Erforschen der Wahrheit widmen wollte, war allerdings sehr viel daran gelegen, sich vor einer so tyrannischen Leidenschaft zu hüten. Allein von dieser hatte auch Demokrit, wenigstens in Abdera, nichts zu besorgen. Die Abderitinnen waren zwar schön; aber die gütige Natur hatte ihnen die Dummheit zum Gegengift ihrer körperlichen Reizungen gegeben. Eine Abderitin war nur schön, bis sie – den Mund auftat, oder bis man sie in ihrem Hauskleide sah. Leidenschaften von drei Tagen waren das Äußerste, was sie einem ehrlichen Manne, der kein Abderit war, einflößen konnte; und eine Liebe von drei Tagen ist einem Demokrit am Philosophieren so wenig hinderlich, daß wir vielmehr allen Naturforschern, Zergliederern, Meßkünstlern und Sternsehern demütig raten wollten, sich dieses Mittels als eines vortrefflichen Rezepts gegen Milzbeschwerungen öfters zu bedienen, wenn nicht zu vermuten wäre, daß diese Herren zu weise sind, eines Rates vonnöten zu haben. Ob Demokrit selbst die Kraft dieses Mittels zufälligerweise bei einer oder der andern von den abderitischen Schönen, die wir bereits kennengelernt, versucht haben möchte, können wir aus Mangel authentischer Nachrichten weder bejahen noch verneinen. Aber daß er, um gar nicht oder nicht zu stark von so unschädlichen Geschöpfen eingenommen zu werden, und weil er auf

allen Fall sicher war, daß sie ihm die Augen nicht aus-
kratzen würden – schwach genug gewesen sei, sich
solche selbst auszukratzen, dies mag Tertullian glauben, solange es ihm beliebt; wir zweifeln sehr, daß es
jemand mitglauben wird.

Aber alle diese Ungereimtheiten werden unerheblich, wenn wir sie mit demjenigen vergleichen, was ein
sonst in seiner Art sehr verdienter Sammler von Materialien zur Geschichte des menschlichen Verstandes die
Philosophie des Demokritus nennt. Es würde schwer
sein, von einem Haufen einzelner Trümmer, Steine
und zerbrochner Säulen, die man als vorgebliche
Überbleibsel des großen Tempels zu Olympia aus unzähligen Orten zusammengebracht hätte, mit Gewißheit zu sagen, daß es wirklich Trümmer dieses Tempels seien. Aber was würde man von einem Manne
denken, der – wenn er diese Trümmer, so gut es ihm
in der Eile möglich gewesen wäre, aufeinandergelegt
und mit etwas Lehm und Stroh zusammengeflickt
hätte – ein so armseliges Stückwerk, ohne Plan, ohne
Fundament, ohne Größe, ohne Symmetrie und Schönheit, für den Tempel zu Olympia ausgeben wollte?

Überhaupt ist es gar nicht wahrscheinlich, daß Demokrit ein System gemacht habe. Ein Mann, der sein
Leben mit Reisen, Beobachtungen und Versuchen zu-
bringt, lebt selten lange genug, um die Resultate dessen, was er gesehen und erfahren, in ein kunstmäßiges
Lehrgebäude zusammenzufügen. Und in dieser Rücksicht könnte wohl auch Demokrit, wiewohl er über
ein Jahrhundert gelebt haben soll, noch immer zu früh
vom Tod überrascht worden sein. Aber daß ein solcher
Mann, mit dem durchdringenden Verstande und mit
dem brennenden Durste nach Wahrheit, den ihm das
Altertum einhellig zuschreibt, fähig gewesen sei, hand-
greiflichen Unsinn zu behaupten, ist noch etwas weniger als unwahrscheinlich. „Demokrit“, sagt man uns,
„erklärte das Dasein der Welt lediglich aus den Ato-

men, dem leeren Raum und der Notwendigkeit oder dem Schicksal. Er fragte die Natur achtzig Jahre lang, und sie sagte ihm kein Wort von ihrem Urheber, von seinem Plan, von seinem Endzweck? Er schrieb den Atomen allen einerlei Art von Bewegung zu und wurde nicht gewahr, daß aus Elementen, die sich in parallelen Linien bewegen, in Ewigkeit keine Körper entstehen können? Er leugnete, daß die Verbindung der Atome nach dem Gesetze der Ähnlichkeit geschehe; er erklärte alles in der Welt aus einer unendlich schnellen, aber blinden Bewegung, und behauptete gleichwohl, daß die Welt ein Ganzes sei?" usw. Diesen und andern ähnlichen Unsinn setzt man auf seine Rechnung, zitiert den Stobäus, Sextus, Censorinus und bekümmert sich wenig darum, ob es unter die möglichen Dinge gehöre, daß ein Mann von Verstand (wofür man gleichwohl den Demokrit ausgibt) so gar erbärmlich räsonieren könnte. Freilich sind große Geister von der Möglichkeit, sich zu irren oder unrichtige Folgerungen zu ziehen, ebensowenig frei als kleine; wiewohl man gestehen muß, daß sie unendlichemal seltener in diese Fehler fallen, als es die Liliputer gern hätten; aber es gibt Albernheiten, die nur ein Dummkopf zu denken oder zu sagen fähig ist, so wie es Untaten gibt, die nur ein Schurke begehen kann. Die besten Menschen haben ihre Anomalien, und die Weisesten leiden zuweilen eine vorübergehende Verfinsterung; aber dies hindert nicht, daß man nicht mit hinlänglicher Sicherheit von einem verständigen Manne sollte behaupten können, daß er gewöhnlich, und besonders bei solchen Gelegenheiten, wo auch die Dümmsten allen den ihrigen zusammenraffen, wie ein Mann von Verstand verfahren werde.

Diese Maxime könnte uns, wenn sie gehörig angewendet würde, im Leben manches rasche Urteil, manche von wichtigen Folgen begleitete Verwechslung des Scheins mit der Wahrheit ersparen helfen. Aber den Abderiten half sie nichts. Denn zum Anwenden einer Maxime wird gerade das Ding erfordert – das sie nicht hatten. Die guten Leute behalfen sich mit einer ganz andern Logik als vernünftige Menschen; und in ihren Köpfen waren Begriffe assoziiert, die, wenn es keine Abderiten gäbe, sonst in aller Ewigkeit nie zusammenkommen würden. Demokrit untersuchte die Natur der Dinge und bemerkte Ursachen gewisser Naturbegebenheiten ein wenig früher als die Abderiten: also war er ein Zauberer. – Er dachte über alles anders als sie, lebte nach andern Grundsätzen, brachte seine Zeit auf eine ihnen unbegreifliche Art mit sich selbst zu – also war es nicht recht richtig in seinem Kopfe; der Mann hatte sich überstudiert, und man besorgte, daß es einen unglücklichen Ausgang mit ihm nehmen werde. – Solche Schlüsse machen die Abderiten aller Zeiten und Orte!

ZWEITES KAPITEL

Demokrit wird eines schweren Verbrechens beschuldigt und von einem seiner Verwandten damit entschuldigt, daß er seines Verstandes nicht recht mächtig sei. Wie er das Ungewitter, welches ihm der Priester Strobylus zubereiten wollte, noch zu rechter Zeit ableitet.

Was hört man von Demokriten?" sagten die Abderiten untereinander. – „Schon sechs ganzer Wochen will niemand etwas von ihm gesehen haben. – Man kann seiner nie habhaft werden; oder wenn man ihn endlich trifft, so sitzt er in tiefen Gedanken, und ihr habt eine halbe Stunde vor ihm gestanden, habt mit ihm gesprochen und seid wieder weggegangen, ohne daß er es gewahr worden ist. Bald wühlt er in den Eingeweiden von Hunden und Katzen herum; bald kocht er Kräuter oder steht mit einem großen Blasebalg in der Hand vor einem Zauberofen und macht

103

Gold und noch was Ärgers. Bei Tage klettert er wie ein Steinbock die steilsten Klippen des Hämus hinan, um – Kräuter zu suchen, als ob es deren nicht genug in der Nähe gäbe, und bei Nacht, wo sogar die unvernünftigen Geschöpfe der Ruhe pflegen, wickelt er sich in einen skythischen Pelz und guckt, beim Kastor! durch ein Blaserohr nach den Sternen."

„Ha, ha, ha! Man könnte sich's nicht närrischer träumen lassen! Ha, ha, ha!" lachte der kurze, dicke Ratsherr.

„Es ist bei allem dem schade um den Mann", sagte der Archon von Abdera; „man muß gleichwohl gestehen, daß er viel weiß."

„Aber was hat die Republik davon?" versetzte ein Ratsherr, der sich mit Projekten, Verbesserungsvorschlägen und Deduktionen veralteter Ansprüche eine hübsche runde Summe von der Republik verdient hatte und in Kraft dessen immer aus vollen Backen von seinen Verdiensten um das abderitische Wesen prahlte, wiewohl das abderitische Wesen sich durch alle seine Projekte, Deduktionen und Verbesserungen nicht um hundert Drachmen besser befand.

„Es ist wahr", sprach ein andrer, „mit seiner Wissenschaft läuft es auf lauter Spielwerk hinaus; nichts Gründliches! In minimis maximus!"

„Und dann sein unerträglicher Stolz! seine Widersprechungssucht! sein ewiges Vernünfteln und Tadeln und Spötteln!"

„Und sein schlimmer Geschmack!"

„Von der Musik wenigstens versteht er nicht den Kuckuck", sagte der Nomophylax.

„Vom Theater noch weniger", rief Hyperbolus.

„Und von der hohen Ode gar nichts", sagte Physignathus.

„Er ist ein Scharlatan, ein Windbeutel –"

„Und ein Freigeist obendrein", schrie der Priester Strobylus; „ein ausgemachter Freigeist, ein Mensch, der nichts glaubt, dem nichts heilig ist! Man kann ihm beweisen, daß er einer Menge Frösche die Zunge bei lebendigem Leibe ausgerissen hat."

„Man spricht stark davon, daß er deren etliche sogar lebendig zergliedert habe", sagte jemand.

„Ist's möglich?" rief Strobylus mit allen Merkmalen des äußersten Entsetzens; „sollte dies bewiesen werden können? Gerechte Latona! wozu diese verfluchte Philosophie einen Menschen nicht bringen kann! Aber sollt' es wirklich bewiesen werden können?"

„Ich geb' es, wie ich es empfangen habe", erwiderte jener.

„Es muß untersucht werden", schrie Strobylus, „hochpreislicher Herr Archon! Wohlweise Herren! – ich fordre Sie hiermit im Namen der Latona auf! Die Sache muß untersucht werden!"

„Wozu eine Untersuchung?" sagte Thrasyllus, einer von den Häuptern der Republik, ein naher Anverwandter und vermutlicher Erbe des Philosophen. „Die Sache hat ihre Richtigkeit. Aber sie beweist weiter nichts, als was ich, leider! schon seit geraumer Zeit an meinem armen Vetter wahrgenommen habe – daß es mit seinem Verstande nicht so gut steht, als zu wünschen wäre. Demokrit ist kein schlimmer Mann; er ist kein Verächter der Götter; aber er hat Stunden, da er nicht bei sich selber ist. Wenn er einen Frosch zergliedert hat, so wollt' ich für ihn schwören, daß er den Frosch für eine Katze ansah."

„Desto schlimmer!" sagte Strobylus.

„In der Tat, desto schlimmer – für seinen Kopf und für sein Hauswesen!" fuhr Thrasyllus fort. „Der arme Mann ist in einem Zustande, wobei wir nicht länger gleichgültig bleiben können. Die Familie wird sich genötiget sehen, die Republik um Hülfe anzurufen. Er ist in keiner Betrachtung fähig, sein Vermögen selbst zu verwalten. Er wird bevogtet werden müssen."

„Wenn dies ist", sagte der Archon mit einer bedenklichen Miene – und hielt inne.

„Ich werde die Ehre haben, Ihre Herrlichkeit näher von der Sache zu unterrichten", versetzte der Ratsherr Thrasyllus.

„Wie? Demokrit sollte nicht bei Verstande sein?" rief einer aus den Anwesenden. „Meine Herren von Abdera, bedenken Sie wohl, was Sie tun! Sie sind in Gefahr, dem ganzen Griechenland ein großes Lachen zuzubereiten. Ich will meine Ohren verloren haben, wenn Sie einen verständigern Mann diesseits und jenseits des Hebrus finden als diesen nämlichen Demokrit! Nehmen Sie sich in acht, meine Herren! die Sache ist kitzlicher, als Sie vielleicht denken."

Unsre Leser erstaunen – aber wir wollen ihnen sogleich aus dem Wunder helfen. Derjenige, der dies sagte, war kein Abderit. Er war ein Fremder aus Syrakus und (was die Ratsherren von Abdera in Respekt erhielt) ein naher Verwandter des ältern Dionysius, der sich vor kurzem zum Fürsten dieser Republik aufgeworfen hatte.

„Sie können versichert sein", antwortete der Archon dem Syrakuser, „daß wir nicht weiter in der Sache gehen werden, als wir Grund finden."

„Ich nehme zuviel Anteil an der Ehre, welche der erlauchte Syrakuser meinem Vetter durch seine gute Meinung erweist", sagte Thrasyllus, „als daß ich nicht wünschen sollte, sie bestätigen zu können. Es ist wahr, Demokrit hat seine hellen Augenblicke; und in einem solchen wird ihn der Prinz gesprochen haben. Aber leider! es sind nur Augenblicke –"

„So müssen die Augenblicke in Abdera sehr lang sein", fiel der Syrakuser ein.

„Hoch- und wohlweise Herren", sagte der Priester Strobylus, „die Umstände mögen beschaffen sein, wie sie wollen, bedenken Sie, daß die Rede von einem lebendig zergliederten Frosche ist! Die Sache ist wichtig, und ich dringe auf Untersuchung. Denn davor sei Latona und Apollo, daß ich fürchten sollte –"

„Beruhigen Sie sich, Herr Oberpriester", fiel ihm der Archon ins Wort – der (unter uns gesagt) selbst ein wenig im Verdachte stand, von den Fröschen der Latona nicht so gesund zu denken, wie man in Abdera davon denken mußte; – „auf die erste Anregung, welche von seiten der Vorsteher des geheiligten Teiches beim Senat gemacht werden wird, sollen die Frösche alle gebührende Genugtuung erhalten!"

Der Syrakuser benachrichtigte Demokriten unverzüglich von allem, was in dieser Gesellschaft gesprochen worden war.

„Laß den fettesten jungen Pfau im Hühnerhofe würgen und an den Bratspieß stecken", sagte Demokrit zu seiner Haushälterin, „und benachrichtige mich, wenn er gar ist."

Des nämlichen Abends, als sich Strobylus zu Tische setzte, ward der gebratne Pfau in einer silbernen Schüssel als ein Geschenk Demokrits aufgetragen. Als man ihn öffnete, siehe, da war er mit hundert goldnen Dariken gefüllt. Es muß doch nicht so gar übel mit dem Verstande des Mannes stehen, dachte Strobylus.

Das Mittel wirkte unverzüglich, was es wirken sollte. Der Oberpriester ließ sich den Pfau herrlich schmecken, trank griechischen Wein dazu, strich die hundert Dariken in seinen Beutel und dankte der Latona für die Genugtuung, die sie ihren Fröschen verschafft hatte.

„Wir haben alle unsre Fehler", sagte Strobylus des folgenden Tages in einer großen Gesellschaft. „Demokrit ist zwar ein Philosoph; aber ich finde doch, daß er es so übel nicht meint, als ihn seine Feinde beschuldigen. Die Welt ist schlimm, man hat wunderliche Dinge von ihm erzählt; aber ich denke gern das Beste von jedermann. Ich hoffe, sein Herz ist besser als sein Kopf! Es soll nicht gar zu richtig in dem letztern sein,

und ich glaub' es selbst. Einem Menschen in solchen
Umständen muß man viel zugute halten. Ich bin gewiß, daß er der feinste Mann in ganz Abdera wäre,
wenn ihm die Philosophie den Verstand nicht verdorben hätte!"

Strobylus fing durch diese Rede zwei Fliegen mit
einer Klappe. Er entledigte sich seiner Verbindlichkeit
gegen unsern Philosophen, da er von ihm als von
einem guten Manne sprach, und machte sich ein Verdienst um den Ratsherrn Thrasyllus, indem er es auf
Unkosten seines Verstandes tat. Woraus zu ersehen ist,
daß der ehrwürdige Priester Strobylus bei aller seiner
Einfalt oder Dummheit (wenn man es so nennen will)
ein schlauer Gast war.

DRITTES KAPITEL

Eine kleine Abschweifung in die Regierungszeit Schach Bahams des
Weisen. Charakter des Ratsherrn Thrasyllus.

Es gibt eine Art von Menschen, die man viele Jahre
lang kennen und beobachten kann, ohne mit sich selbst
einig zu werden, ob man sie in die Klasse der schwa-
chen oder der bösen Leute setzen soll. Kaum haben sie
einen Streich gemacht, dessen kein Mensch von einiger
Überlegung fähig zu sein scheint, so überraschen sie uns
durch eine so wohl ausgedachte Bosheit, daß wir mit
allem guten Willen, von ihrem *Herzen* das Beste zu
denken, uns in der Unmöglichkeit befinden, die Schuld
auf ihren *Kopf* zu legen. Gestern nahmen wir es für
ausgemacht an, daß Herr Quidam so schwach von Verstand sei, daß es Sünde wäre, ihm seine Ungereimtheiten zu Verbrechen zu machen; heute überführt uns der
Augenschein, daß der Mann zu übeltätig ist, um ein
bloßer Dummkopf zu sein; wir sehen keinen Ausweg,
ihn von der Schuld eines bösen Willens freizusprechen.

Aber kaum haben wir hierüber unsre Partei genommen, so sagt oder tut er etwas, das uns wieder in unsre vorige Hypothese zurückwirft oder wenigstens in eine der unangenehmsten Seelenlagen, in die Verlegenheit, setzt, nicht zu wissen, was wir von dem Manne denken oder – wenn unser Unstern will, daß wir mit ihm zu tun haben müssen – was wir mit ihm anfangen sollen.

Die geheime Geschichte von Agra sagt, daß der berühmte Schach Baham sich einstmals mit einem seiner Omrahs in diesem Falle befunden habe. Der Omrah wurde beschuldigt, daß er Ungerechtigkeiten ausgeübt habe.

„So soll er gehangen werden", sagte Schach Baham.

„Aber Sire", hielt man ihm entgegen, „der arme Kurli ist ein so schwacher Kopf, daß noch die Frage ist, ob er den Unterschied zwischen recht und link deutlich genug einsieht, um zu wissen, ob er eine Ungerechtigkeit begeht oder nicht."

„Wenn dies ist", sagte Schach Baham, „so schickt ihn ins Narrenhospital!"

„Gleichwohl, Sire, da er Verstand genug hat, einem Wagen mit Heu auszuweichen und bei einem Pfeiler, an dem er sich den Kopf zerschellen könnte, vorbeizugehen, weil er wohl merkt, daß der Pfeiler nicht bei ihm vorbeigehen werde –"

„Merkt er das?" rief der Sultan; „beim Barte des Propheten, so sagt mir nichts weiter! Morgen soll man sehen, ob Justiz in Agra ist."

„Indessen gibt es Leute, die Ihre Majestät versichern werden, daß der Omrah – seine Dummheit ausgenommen, die ihn zuweilen boshaft macht – der ehrlichste Mann von der Welt ist."

„Um Vergebung!" fiel ein andrer von den anwesenden Höflingen ein, „gerade das Gegenteil! Kurli hat alles, was noch gut an ihm ist, seiner Dummheit zu danken. Er würde zehnmal schlimmer sein, als er ist, wenn er Verstand genug hätte, zu wissen, wie er's anfangen sollte."

„Wißt ihr auch, meine Freunde, daß in allem, was ihr mir da sagt, kein Menschenverstand ist?" versetzte Schach Baham. „Vergleicht euch erst mit euch selbst, wenn ich bitten darf! Kurli, spricht dieser, ist ein böser Mann, weil er dumm ist. – Nein, spricht jener, er ist dumm, weil er boshaft ist. – Gefehlt, spricht der dritte; er würde ein schlimmerer Mann sein, wenn er nicht so dumm wäre. – Wie wollt ihr, daß unsereiner aus diesem Galimathias klug werde? Da entscheide mir einmal jemand, was ich mit ihm anfangen soll! Denn entweder ist er zu boshaft fürs Narrenhospital oder zu dumm für den Galgen."

„Dies ist es eben", sagte die Sultanin Darejan. „Kurli ist zu dumm, um sehr boshaft zu sein, und doch würde Kurli noch weniger boshaft sein, als er ist, wenn er weniger dumm wäre."

„Der Henker hole den rätselhaften Kerl!" rief Schach Baham. „Da sitzen wir und zerbrechen uns die Köpfe, um ausfindig zu machen, ob er ein Esel oder ein Schurke sei; und am Ende werdet ihr sehen, daß er beides ist. – Alles wohl überlegt, wißt ihr, was ich tun will? – Ich will ihn laufen lassen! Seine Bosheit und seine Dummheit werden einander die Waage halten. Er wird, insofern er nur kein Omrah ist, weder durch diese noch jene großen Schaden tun. Die Welt ist weit, laß ihn laufen, Itimaddulet! Aber vorher soll er kommen und sich bei der Sultanin bedanken! Nur noch vor drei Minuten hätt' ich ihm keine Feige um seinen Hals geben wollen!"

Man hat lange nicht ausfündig machen können, warum Schach Baham den Beinamen des Weisen in den Geschichtbüchern von Hindostan führt. Aber nach dieser Entscheidung kann es keine Frage mehr sein. Alle sieben Weisen aus Griechenland hätten den Knoten nicht besser auflösen können, als ihn Schach Baham – zerhieb.

Der Ratsherr Thrasyllus hatte das Unglück, einer von diesen (zum Glück der Welt) nicht so gar gewöhnlichen Menschen zu sein, in deren Kopf und Herzen Dummheit und Bosheit, nach dem Ausdruck des Sultans, einander die Waage halten. Seine Anschläge auf das Vermögen seines Verwandten waren nicht von gestern her. Er hatte darauf gezählt, daß Demokrit nach einer so langen Abwesenheit gar nicht wiederkommen würde, und auf diese Voraussetzung hatte er sich die Mühe gegeben, einen Plan zu machen, den die Wiederkunft desselben auf eine sehr unangenehme Art vereitelte. Thrasyllus, dessen Einbildung schon daran gewöhnt war, das Erbgut Demokrits für einen Teil seines eignen Vermögens anzusehen, konnte sich nun nicht so leicht gewöhnen, anders zu denken. Er betrachtete ihn also als einen Räuber, der ihm das Seinige vorenthalte. Aber unglücklicherweise hatte dieser Räuber – die Gesetze auf seiner Seite.

Der arme Thrasyllus durchsuchte alle Winkel in seinem Kopfe, ein Mittel gegen diesen ungünstigen Umstand zu finden, und suchte lange vergebens. Endlich glaubte er in der Lebensart seines Vetters einen Grund, auf den er bauen könnte, gefunden zu haben. Die Abderiten waren schon vorbereitet, dachte Thrasyllus; denn daß Demokrit ein Narr sei, war zu Abdera eine ausgemachte Sache. Es kam also nur noch darauf an, dem großen Rat legaliter darzutun, daß seine Narrheit von derjenigen Art sei, welche den damit Behafteten unfähig macht, sein eigner Herr zu sein. Dies hatte nun einige Schwierigkeiten. Mit seinem eignen Verstande würde Thrasyllus schwerlich durchgekommen sein. Aber in solchen Fällen finden seinesgleichen für ihr Geld immer einen Spitzbuben, der ihnen seinen Kopf leiht; und dann ist es so viel, als ob sie selbst einen hätten.

111

VIERTES KAPITEL

Kurze, doch hinlängliche Nachrichten von den abderitischen Sykophanten.
Ein Fragment aus der Rede, worin Thrasyllus um die Bevogtung
seines Vetters ansucht.

Es gab damals zu Abdera eine Art von Leuten, die
sich von der Kunst nährten, schlimme Händel so zu-
rechtzumachen, daß sie wie gut aussahen. Sie ge-
brauchten dazu nur zwei Hauptkunstgriffe: entweder
sie verfälschten das Faktum, oder sie verdrehten das
Gesetz. Weil diese Lebensart sehr einträglich war, so
legte sich nach und nach eine so große Menge von
müßigen Leuten darauf, daß die Pfuscher zuletzt die
Meister verdrängten. Die Profession verlor dadurch
von ihrem Ansehen. Man nannte diejenigen, die sich
damit abgaben, Sykophanten, vermutlich weil die meisten so arme Schelme waren, daß sie für eine Feige
alles sagten, was man wollte.

Indessen, da die Sykophanten wenigstens den zwanzigsten Teil der Einwohner von Abdera ausmachten
und die Leute gleichwohl nicht bloß von Feigen leben
konnten, so reichten die gewöhnlichen Gelegenheiten,
wobei die Rechtshändel zu entstehen pflegen, nicht
mehr zu. Die Vorfahren der Sykophanten hatten ge-
wartet, bis man sie um ihren Beistand ansprach. Aber
bei dieser Methode hätten ihre Nachfolger hungern
oder graben müssen; denn Betteln war in Abdera nicht
erlaubt, welches (im Vorbeigehen zu sagen) das einzige
war, was die Fremden an der abderitischen Polizei zu
loben fanden. Nun waren die Sykophanten zum Graben zu faul; folglich blieb den meisten kein andres
Mittel übrig, als – die Händel, die sie führen wollten,
selbst zu machen.

Weil die Abderiten Leute von sehr hitziger Gemütsart und von geringer Besonnenheit waren, so fehlt' es
dazu nie an Gelegenheit. Jede Kleinigkeit gab also
einen Handel, jeder Abderit hatte seinen Sykophanten,

und so wurde wieder eine Art von Gleichgewicht hergestellt, wodurch sich die Profession um so mehr in Ansehen erhielt, weil die Nacheiferung große Talente entwickelte.

Abdera gewann dadurch den Ruhm, daß die Kunst, Fakta zu verfälschen und Gesetze zu verdrehen, in Athen selbst nicht so hoch gebracht worden sei, und dieser Ruhm wurde in der Folge dem Staat einträglich. Denn wer einen ungewöhnlich schlimmen Handel von einiger Wichtigkeit hatte, verschrieb sich einen abderitischen Sykophanten; und es müßte nicht natürlich zugegangen sein, wenn der Sykophant eher von einem solchen Klienten abgelassen hätte, bis nichts mehr an ihm abzunagen war.

Doch dies war noch nicht der größte Vorteil, den die Abderiten von ihren Sykophanten zogen. Was diese Leute in ihren Augen am vorzüglichsten machte, war – die Bequemlichkeit, eine jede Schelmerei ausführen zu können, ohne sich selbst dabei bemühen zu müssen oder sich mit der Justiz abzuwerfen. Man brauchte die Sache nur einem Sykophanten zu übergeben, so konnte man gewöhnlicherweise des Ausgangs wegen ruhig sein. Ich sage gewöhnlicherweise; denn freilich gab es mitunter auch Fälle, wo der Sykophant, nachdem er sich erst von seinem Klienten tüchtig hatte bezahlen lassen, gleichwohl heimlich dem Gegenteil zu seinem Rechte verhalf; aber dies geschah auch niemals, als wenn dieser wenigstens zwei Drittel mehr gab als der Klient.

Übrigens konnte man nichts Erbaulicheres sehen als das gute Vernehmen, worin zu Abdera die Sykophanten mit den Magistratspersonen standen. Die einzigen, die sich übel bei dieser Eintracht befanden, waren – die Klienten. Bei allen andern Unternehmungen, so gefährlich und gewagt sie auch immer sein mögen, bleibt doch wenigstens eine Möglichkeit, mit ganzer Haut davonzukommen. Aber ein abderitischer Klient war immer gewiß, um sein Geld zu kommen, er mochte seinen Handel gewinnen oder verlieren. Nun rechteten die Leute zwar darum weder mehr noch weniger; allein ihre Justiz kam dabei in einen Ruf, gegen welchen nur Abderiten gleichgültig sein konnten. Denn es wurde zu einem Sprichwort in Griechenland, demjenigen, dem man das Ärgste an den Hals wünschen wollte, einen Prozeß in Abdera zu wünschen.

Aber beinahe hätten wir über den Sykophanten vergessen, daß die Rede von den Absichten des Ratsherrn Thrasyllus auf das Vermögen unsers Philosophen und von den Mitteln war, wodurch er seinen vorhabenden Raub unter dem Schutze der Gesetze zu begehen versuchen wollte.

Um den geneigten Leser mit keiner langweiligen Umständlichkeit aufzuhalten, begnügen wir uns zu sagen, daß Thrasyllus die Sache seinem Sykophanten auftrug. Es war einer von den geschicktesten in ganz Abdera, ein Mann, der die gemeinen Kunstgriffe seiner Mitbrüder verachtete und sich viel darauf zugute tat, daß er, seitdem er sein edles Handwerk trieb, ein paar hundert schlimme Händel gewonnen hatte, ohne jemals eine einzige direkte Lüge zu sagen. Er steifte sich auf lauter unleugbare Fakta; aber seine Stärke lag in der Zusammensetzung und im Helldunkeln. Demokrit hätte in keine bessern Hände fallen können. Wir bedauern nur, daß wir, weil die Akten des ganzen Prozesses längst von Mäusen gefressen worden, außerstande sind, jungen, neu angehenden Sykophanten zum besten, die Rede vollständig mitzuteilen, worin dieser Meister in der Kunst dem großen Rate zu Abdera bewies, daß Demokrit seines Vermögens entsetzt werden müsse. Alles, was von dieser Rede übriggeblieben, ist ein kleines Bruchstück, welches uns merkwürdig genug scheint, um zur Probe, wie diese Herren eine Sache zu wenden pflegten, ein paar Blätter in dieser Geschichte einzunehmen.

„Die größten, die gefährlichsten, die unerträglichsten aller Narren", sagte er, „sind die räsonierenden Narren. Ohne weniger Narren zu sein als andre, verbergen sie dem undenkenden Haufen die Zerrüttung ihres Kopfes durch die Fertigkeit ihrer Zunge und werden für weise gehalten, weil sie zusammenhangender rasen als ihre Mitbrüder im Tollhause. Ein ungelehrter Narr ist verloren, sobald es so weit mit ihm gekommen ist, daß er Unsinn spricht. Bei dem gelehrten Narren hingegen sehen wir gerade das Widerspiel. Sein Glück ist gemacht und sein Ruhm befestigt, sobald er Unsinn zu reden oder zu schreiben anfängt. Denn die meisten, wiewohl sie sich ganz eigentlich bewußt sind, daß sie nichts davon verstehen, sind entweder zu mißtrauisch gegen ihren eigenen Verstand, um gewahr zu werden, daß die Schuld nicht an ihnen liegt, oder zu dumm, um es zu merken, oder zu eitel, um zu gestehen, daß sie nichts verstanden haben. Je mehr also der gelehrte Narr Unsinn spricht, desto lauter schreien die dummen Narren über Wunder, desto emsiger verdrehen sie sich die Köpfe, um Sinn in dem hochtönenden Unsinn zu finden. Jener, gleich einem durch den öffentlichen Beifall angefrischten Luftspringer, tut immer desto verwegnere Sätze, je mehr ihm zugeklatscht wird; diese klatschen immer stärker, um den Gaukler noch größere Wunder tun zu sehen. Und so geschieht es oft, daß der Schwindelgeist eines einzigen ein ganzes Volk ergreift und daß, solange die Mode des Unsinns dauert, dem nämlichen Manne Altäre aufgerichtet werden, den man zu einer andern Zeit, ohne viele Umstände mit ihm zu machen, in einem Hospital versorgt haben würde.

Glücklicherweise für unsre gute Stadt Abdera ist es so weit mit uns noch nicht gekommen. Wir erkennen und bekennen alle aus einem Munde, daß Demokrit ein Sonderling, ein Phantast, ein Grillenfänger ist. Aber wir begnügen uns, über ihn zu lachen; und dies ist es eben, worin wir fehlen. Jetzt lachen wir über ihn; aber wie lange wird es währen, so werden wir anfangen, etwas Außerordentliches in seiner Narrheit zu finden? Vom Erstaunen zum Bewundern ist nur ein Schritt, und haben wir diesen erst getan – Götter! wer wird uns sagen können, wo wir aufhören werden? – Demokrit ist ein Phantast, sprechen wir jetzt und lachen. Aber was für ein Phantast ist Demokrit? Ein eingebildeter, starker Geist, ein Spötter unsrer uralten Gebräuche und Einrichtungen, ein Müßiggänger, dessen Beschäftigungen dem Staate nicht mehr Nutzen bringen, als wenn er gar nichts täte, ein Mann, der Katzen zergliedert, der die Sprache der Vögel versteht und den Stein der Weisen sucht; ein Nekromant, ein Schmetterlingsjäger, ein Sterngucker! – Und wir können noch zweifeln, ob er eine dunkle Kammer verdient? Was würde aus Abdera werden, wenn seine Narrheit endlich ansteckend würde? Wollen wir lieber die Folgen eines so großen Übels erwarten, als das einzige Mittel vorkehren, wodurch wir es verhüten könnten? Zu unserm Glücke geben die Gesetze dieses Mittel an die Hand. Es ist einfach, es ist rechtmäßig, es ist unfehlbar. Ein dunkles Kämmerchen, hochweise Väter, ein dunkles Kämmerchen! So sind wir auf einmal außer Gefahr, und Demokrit mag rasen, so viel ihm beliebt.

Aber, sagen seine Freunde – denn so weit ist es schon mit uns gekommen, daß ein Mann, den wir alle für unsinnig halten, Freunde unter uns hat –, aber, sagen sie, wo sind die Beweise, daß seine Narrheit schon zu jenem Grade gestiegen sei, den die Gesetze zu einem dunkeln Kämmerchen erfordern? – Wahrhaftig! wenn wir nach allem, was wir schon wissen, noch Beweise fordern, so wird er glühende Kohlen für Goldstücke ansehen oder die Sonne am Mittag mit einer Laterne suchen müssen, wenn wir überzeugt werden sollen. Hat er nicht behauptet, daß die Liebesgöttin in Äthiopien schwarz sei? Hat er unsre Weiber nicht bereden wollen, nackend zu gehen wie die Weiber der Gymnosophisten? Versicherte er nicht neulich in einer großen Gesellschaft, die Sonne steht still, die Erde überwälze sich dreihundertfünfundsechzigmal des Jahres durch den Tierkreis; und diese Ursache, warum wir bei ihren Purzelbäumen nicht ins Leere hinausfielen, sei, weil mitten in der Erde ein großer Magnet liege, der uns, gleich ebenso vielen Feilspänen, anziehe, wiewohl wir nicht von Eisen sind? –

Doch ich will gern zugeben, daß dies alles Kleinigkeiten sind. Man kann närrische Dinge reden und kluge tun. Wollte Latona, daß der Philosoph sich in diesem Falle befände! Aber (mir ist es leid, daß ich es sagen muß) seine Handlungen setzen einen so ungewöhnlichen Grad von Wahnwitz voraus, daß alle Nieswurz in der Welt zu wenig sein würde, das Gehirn zu reinigen, worin sie ausgeheckt werden. Um die Geduld des erlauchten Senats nicht zu ermüden, will ich aus unzähligen Beispielen nur zwei anführen, deren Gewißheit gerichtlich erwiesen werden kann, falls sie ihrer Unglaublichkeit wegen in Zweifel gezogen werden sollten.

Vor einiger Zeit wurden unserm Philosophen Feigen vorgesetzt, die, wie es ihm deuchte, einen ganz besondern Honiggeschmack hatten. Die Sache schien ihm von Wichtigkeit zu sein. Er stand vom Tisch auf, ging in den Garten, ließ sich den Baum zeigen, von welchem die Feigen gelesen worden waren, untersuchte den Baum von unten bis oben, ließ ihn bis an die Wurzeln aufgraben, erforschte die Erde, worin er stand, und (wie ich nicht zweifle) auch die Konstellation, in der er gepflanzt worden war. Kurz, er zerbrach sich etliche Tage lang den Kopf darüber, wie und welchergestalt die Atome sich miteinander vergleichen müßten, wenn eine Feige nach Honig schmekken sollte. Er ersann eine Hypothese, verwarf sie wieder, fand eine andre, dann die dritte und vierte, und verwarf alle wieder, weil ihm keine scharfsinnig und

117

gelehrt genug zu sein schien. Die Sache lag ihm so sehr am Herzen, daß er Schlaf und Eßlust darüber verlor. Endlich erbarmte sich seine Köchin über ihn. Herr, sagte die Köchin, wenn Sie nicht so gelehrt wären, so hätte Ihnen wohl längst einfallen müssen, warum die Feigen nach Honig schmeckten. – Und warum denn? fragte Demokrit. – Ich legte sie, um sie frischer zu erhalten in einen Topf, worin Honig gewesen war, sagte die Köchin, dies ist das ganze Geheimnis, und da ist weiter nichts zu untersuchen, dächt' ich. – Du bist ein dummes Tier, rief der mondsüchtige Philosoph. Eine feine Erklärung, die du mir da gibst! Für Geschöpfe deinesgleichen mag sie vielleicht gut genug sein; aber meinst du, daß *wir* uns mit so einfältigen Erklärungen befriedigen lassen? Gesetzt, die Sache verhielte sich, wie du sagst, was geht das mich an? Dein Honigtopf soll mich wahrlich nicht abhalten, nachzuforschen, wie die nämliche Naturbegebenheit auch ohne Honigtopf hätte erfolgen können. Und so fuhr der weise Mann fort, der Vernunft und seiner Köchin zu Trotz, eine Ursache, die nicht tiefer als in einem Honigtopfe lag, in dem unergründlichen Brunnen zu suchen, worin (seinem Vorgeben nach) die Wahrheit verborgen liegt, bis eine andre Grille, die seiner Phantasie in den Wurf kam, ihn zu andern, vielleicht noch ungereimtern Nachforschungen verleitete.

Doch wie lächerlich auch diese Anekdote ist, so ist sie doch nichts gegen die Probe von Klugheit, die er ablegte, als im abgewichenen Jahre die Oliven in Thrakien und allen angrenzenden Gegenden mißraten waren. Demokrit hatte das Jahr zuvor (ich weiß nicht, ob durch Punktation oder andre magische Künste) herausgebracht, daß die Oliven, die damals sehr wohlfeil waren, im folgenden Jahre gänzlich fehlen würden. Ein solches Vorwissen würde hinlänglich sein, das Glück eines vernünftigen Mannes auf seine ganze Lebenszeit zu machen. Auch hatte es anfangs das Ansehen, als ob er diese Gelegenheit nicht entwischen lassen wollte; denn er kaufte alles Öl im ganzen Lande zusammen. Ein Jahr darauf stieg der Preis des Öls (teils des Mißwachses wegen, teils weil aller Vorrat in Demokrits Händen war) viermal so hoch, als es ihm gekostet hatte. Nun gebe ich allen Leuten, welche wissen, daß vier viermal mehr als eins sind, zu erraten, was der Mann tat. – Können Sie sich vorstellen, daß er unsinnig genug war, seinen Verkäufern ihr Öl um den nämlichen Preis, wie er es von ihnen erhandelt hatte, zurückzugeben? Wir wissen auch, wie weit die Großmut bei einem Menschen, der seiner Sinne mächtig ist, gehen kann. Aber diese Tat lag so weit außer den Grenzen der Glaubwürdigkeit, daß die Leute, die dabei gewannen, selbst die Köpfe schüttelten und gegen den Verstand des Mannes, der einen Haufen Gold für einen Haufen Nußschalen ansah, Zweifel bekamen, die zum Unglück für seine Erben nur zu wohl gegründet waren."

FÜNFTES KAPITEL

Die Sache wird auf ein medizinisches Gutachten ausgestellt. Der Senat läßt ein Schreiben an den Hippokrates abgehen. Der Arzt kommt in Abdera an, erscheint vor Rat, wird vom Ratsherrn Thrasyllus zu einem Gastgebot gebeten und hat — Langeweile. Ein Beispiel, daß ein Beutel voll Dariken nicht bei allen Leuten anschlägt.

So weit geht das Fragment, und wenn man von einem so kleinen Teile auf das Ganze schließen könnte, so hätte der Sykophant allerdings mehr als einen Korb voll Feigen von dem Ratsherrn Thrasyllus verdient. Seine Schuld war es wenigstens nicht, wenn der hohe Rat von Abdera unsern Philosophen nicht zu einem dunkeln Kämmerchen verurteilte. Aber Thrasyllus hatte Mißgönner im Senat; und Meister Pfriem, der inzwischen Zunftmeister geworden war, behauptete

119

mit großem Eifer, daß es wider die Freiheiten von Abdera laufen würde, einen Bürger für wahnwitzig zu erklären, eh' er von einem unparteiischen Arzte so befunden worden sei.

„Wohl", rief Thrasyllus, „meinetwegen kann man den Hippokrates selbst über die Sache sprechen lassen! Ich bin's wohl zufrieden."

Sagten wir nicht oben, daß die Dummheit des Ratsherrn Thrasyllus seiner Bosheit die Waage gehalten habe? – Es war ein dummer Streich von ihm, sich in einer so mißlichen Sache auf den Hippokrates zu berufen. Aber freilich fiel es ihm auch nicht ein, daß man ihn beim Worte nehmen würde.

„Hippokrates", sagte der Archon, „ist allerdings der Mann, der uns am besten aus diesem bedenklichen Handel ziehen könnte. Zu gutem Glück befindet er sich eben zu Thasos; vielleicht läßt er sich bewegen, zu uns herüberzukommen, wenn wir ihn im Namen der Republik einladen lassen."

Thrasyllus entfärbte sich ein wenig, da er hörte, daß man Ernst aus der Sache machen wollte. Aber die Mehrheit der Stimmen fiel dem Archon bei. Man schickte unverzüglich Deputierte mit einem Einladungsschreiben an den Arzt ab und brachte den Rest der Session damit zu, sich über die Ehrenbezeigungen zu beratschlagen, womit man ihn empfangen wollte.

Dies war doch so abderitisch nicht, werden die Ärzte denken, die sich vielleicht unter unsern Lesern befinden. Aber wo sagten wir denn, daß die Abderiten gar nichts getan hätten, was auch einem vernünftigen Volke anständig sein würde? Indessen lag doch der wahre Grund, warum sie dem Hippokrates so viel Ehre erweisen wollten, keineswegs in der Hochachtung, die sie für ihn empfanden, sondern lediglich in der Eitelkeit, für Leute gehalten zu werden, die einen großen Mann zu schätzen wüßten. Und überdies, merkten wir nicht schon bei einer andern Gelegenheit an, daß sie von jeher außerordentliche Liebhaber von Feierlichkeiten gewesen?

Die Abgeordneten hatten Befehl, dem Hippokrates nichts weiter zu sagen, als daß der Senat von Abdera seiner Gegenwart und seines Ausspruchs in einer sehr wichtigen Angelegenheit vonnöten habe; und Hippokrates konnte sich mit aller seiner Philosophie nicht einbilden, was für eine wichtige Sache dies sein könnte. Denn wozu, dacht' er, haben sie nötig, ein Geheimnis daraus zu machen? Der Senat von Abdera kann doch schwerlich in corpore mit einer Krankheit befallen sein, die man nicht gern kund werden läßt?

Indessen entschloß er sich um so williger zu dieser Reise, weil er schon lange gewünscht hatte, Demokriten persönlich kennenzulernen. Aber wie groß war sein Erstaunen, da ihm – nachdem er mit großem Gepränge eingeholt und vor den versammelten Rat geführt worden war – von dem regierenden Archon in einer wohlgesetzten Rede zu wissen getan wurde: „daß man ihn bloß darum nach Abdera berufen habe, um die Wahnsinnigkeit ihres Mitbürgers Demokrit zu untersuchen und gutachtlich zu berichten, ob ihm noch geholfen werden könne, oder ob es nicht schon so weit mit ihm gekommen sei, daß man ihn ohne Bedenken für bürgerlich tot erklären könne."

Dies muß ein andrer Demokrit sein, dachte der Arzt anfangs. Aber die Herren von Abdera ließen ihn nicht lange in diesem Zweifel. – „Gut, gut", sprach er bei sich selbst; „bin ich nicht in Abdera? Wie man auch so was vergessen kann!"

Hippokrates ließ ihnen nichts von seinem Erstaunen merken. Er begnügte sich, den Senat und das Volk von Abdera zu loben, daß sie eine so große Empfindung von dem Wert eines solchen Mitbürgers hätten, um seine Gesundheit als eine Sache, woran dem gemeinen Wesen gelegen sei, anzusehen. „Wahnwitz", sagte er mit großer Ernsthaftigkeit, „ist ein Punkt, worin die größten Geister und die größten Schöpse zuweilen zusammentreffen. Wir wollen sehen!"

Thrasyllus lud den Arzt zur Tafel ein und hatte die Höflichkeit, ihm die feinsten Herren und die schönsten Frauen in der Stadt zur Gesellschaft zu geben. Aber Hippokrates, der ein kurzes Gesicht und keine Lorgnette hatte, wurde nicht gewahr, daß die Damen schön waren; und so kam es denn, ohne Schuld der guten Geschöpfe, die sich (zum Überfluß) in die Wette herausgeputzt hatten, daß sie nicht völlig den Eindruck auf ihn machten, den sie sich sonst versprechen konnten. Es war wirklich schade, daß er nicht besser sah. Für einen Mann von Verstand ist der Anblick einer schönen Frau allemal etwas sehr Unterhaltendes; und wenn die schöne Frau etwas Dummes sagt (welches den schönen Frauen zuweilen so gut begegnen soll als den häßlichen), macht es einen merklichen Unterschied, ob man sie nur hört, oder ob man sie zugleich sieht. Denn im letzten Falle ist man immer geneigt, alles, was sie sagen kann, vernünftig oder artig oder wenigstens erträglich zu finden. Da die Abderitinnen diesen Vorteil bei dem kurzsichtigen Fremden verloren, da er genötiget war, von ihrer Schönheit durch den Eindruck, den sie auf seine Ohren machten, zu urteilen, so war freilich nichts natürlicher, als daß der Begriff, den er dadurch von ihnen bekam, demjenigen ziemlich ähnlich war, den sich ein Tauber mittelst eines Paars gesunder Augen von einem Konzerte machen würde. –

„Wer ist die Dame, die jetzt mit dem witzigen Herrn sprach?" fragte er den Thrasyllus leise. – Man nannte ihm die Gemahlin eines Matadors der Republik. – Er betrachtete sie nun mit neuer Aufmerksamkeit. Verzweifelt! dacht' er bei sich selbst, daß ich mir die verwünschte Austerfrau nicht aus dem Kopfe bringen kann, die ich neulich vor meinem Hause zu Larissa mit einem molossischen Eseltreiber scherzen hörte!

Thrasyllus hatte geheime Absichten auf unsern Äskulap. Seine Tafel war gut, sein Wein verführerisch, und zum Überfluß ließ er milesische Tänzerinnen kommen. Aber Hippokrates aß wenig, trank Wasser und hatte in Aspasiens Hause zu Athen weit schönere Tänzerinnen gesehen. Es wollte alles nichts verfangen. Dem weisen Manne begegnete etwas, das ihm vielleicht in vielen Jahren nicht begegnet war: er hatte Langeweile, und es schien ihm nicht der Mühe wert, es den Abderiten zu verbergen.

Die Abderitinnen bemerkten also ohne großen Aufwand von Beobachtungskraft, was er ihnen deutlich genug sehen ließ, und natürlicherweise waren die Glossen, die sie darüber machten, nicht zu seinem Vorteil. „Er soll sehr gelehrt sein", flüsterten sie einander zu. „Schade, daß er nicht mehr Welt hat. – Was ich gewiß weiß, ist dies, daß mir der Einfall nie kommen wird, ihm zuliebe krank zu werden", sagte die schöne Thryallis.

Thrasyllus machte inzwischen Betrachtungen von einer andern Art. So ein großer Mann dieser Hippokrates sein mag, dacht' er, so muß er doch seine schwache Seite haben. Aus den Ehrenbezeigungen, womit ihn der Senat überhäufte, schien er sich nicht viel zu machen. Das Vergnügen liebt er auch nicht. Aber ich wette, daß ihm ein Beutel voll neuer funkelnder Dariken diese sauertöpfische Miene vertreiben soll!

Sobald die Tafel aufgehoben war, schritt Thrasyllus zum Werke. Er nahm den Arzt auf die Seite und bemühte sich (unter Bezeigung des großen Anteils, den er an dem unglücklichen Zustande seines Verwandten nehme), ihn zu überzeugen, daß die Zerrüttung seines Gehirns eine so kundbare und ausgemachte Sache sei, daß nichts als der Pflicht, allen Formalitäten der Gesetze genug zu tun, den Senat bewogen habe, eine Tatsache, woran niemand zweifle, noch zum Überfluß durch den Ausspruch eines auswärtigen Arztes be-

123

stätigen zu lassen. „Da man Sie aber gleichwohl in die Mühe gesetzt hat, eine Reise zu uns zu tun, die Sie vermutlich ohne diese Veranlassung nicht unternommen haben würden, so ist nichts billiger, als daß derjenige, den die Sache am nächsten angeht, Sie wegen des Verlustes, den Sie durch Verabsäumung Ihrer Geschäfte dabei erleiden, in etwas schadlos halte. Nehmen Sie diese Kleinigkeit als ein Unterpfand einer Dankbarkeit an, von welcher ich Ihnen stärkere Beweise zu geben hoffe."

Ein ziemlich runder Beutel, den Thrasyllus bei diesen Worten dem Arzt in die Hand drückte, brachte diesen aus der Zerstreuung zurück, womit er die Rede des Ratsherrn angehört hatte.

„Was wollen Sie, daß ich mit diesem Beutel machen soll?" fragte Hippokrates mit einem Phlegma, welches den Abderiten völlig aus der Fassung setzte; „Sie wollten ihn vermutlich Ihrem Haushofmeister geben. Sind Ihnen solche Zerstreuungen gewöhnlich? Wenn dies wäre, so wollt' ich Ihnen raten, mit Ihrem Arzte davon zu sprechen. – Aber Sie erinnerten mich vorhin an die Ursache, warum ich hier bin. Ich danke Ihnen dafür. Mein Aufenthalt kann nur sehr kurz sein, und ich darf den Besuch nicht länger aufschieben, den ich, wie Sie wissen, dem Demokritus schuldig bin." Mit diesen Worten machte der Äskulap seine Verbeugung und verschwand.

Der Ratsmann hatte in seinem Leben nie so dumm ausgesehen als in diesem Augenblicke. – Wie hätte sich aber auch ein abderitischer Ratsherr einfallen lassen sollen, daß ihm so etwas begegnen könnte? Das sind doch keine Zufälle, auf die man sich gefaßt hält!

SECHSTES KAPITEL

Hippokrates legt einen Besuch bei Demokriten ab. Geheimnachrichten
von dem uralten Orden der Kosmopoliten.

Hippokrates traf, wie die Geschichte sagt, unsern
Naturforscher bei der Zergliederung verschiedener
Tiere an, deren innerlichen Bau und animalische Öko-
nomie er untersuchen wollte, um vielleicht auf die
Ursachen gewisser Verschiedenheiten in ihren Eigenschaften und Neigungen zu kommen. Diese Beschäf-
tigung bot ihnen reichen Stoff zu einer Unterredung
an, welche Demokriten nicht lange über die Person
des Fremden ungewiß ließ. Ihr gegenseitiges Vergnügen über eine so unvermutete Zusammenkunft war
der Größe ihres beiderseitigen Wertes gleich, aber
auf Demokrits Seite um so viel lebhafter, je länger
er in seiner Abgeschiedenheit von der Welt des Umgangs mit einem Wesen seiner Art hatte entbehren
müssen.

Es gibt eine Art von Sterblichen, deren schon von
den Alten hier und da unter dem Namen der Kosmopoliten Erwähnung getan wird und die – ohne Verabredung, ohne Ordenszeichen, ohne Loge zu halten
und ohne durch Eidschwüre gefesselt zu sein – eine Art
von Brüderschaft ausmachen, welche fester zusammen-
hängt als irgendein anderer Orden in der Welt. Zwei
Kosmopoliten kommen, der eine von Osten, der andere
von Westen, sehen einander zum erstenmal und sind
Freunde – nicht vermöge einer geheimen Sympathie,
die vielleicht nur in Romanen zu finden ist – nicht,
weil beschworne Pflichten sie dazu verbinden – sondern weil sie Kosmopoliten sind. In jedem andern
Orden gibt es auch falsche oder wenigstens unwürdige
Brüder; in diesem hingegen ist dies eine völlige Unmöglichkeit; und das ist, deucht uns, kein geringer
Vorzug der Kosmopoliten vor allen andern Gesellschaften, Gemeinheiten, Innungen, Orden und Brüder-

schaften in der Welt. Denn wo ist eine von allen diesen, welche sich rühmen könnte, daß sich niemals ein Ehrsüchtiger, ein Neidischer, ein Geiziger, ein Wucherer, ein Verleumder, ein Prahler, ein Heuchler, ein Zweizüngiger, ein heimlicher Ankläger, ein Undankbarer, ein Kuppler, ein Schmeichler, ein Schmarotzer, ein Sklave, ein Mensch ohne Kopf oder ohne Herz, ein Pedant, ein Mückensäuger, ein Verfolger, ein falscher Prophet, ein Gaukler, ein Plusmacher und ein Hofnarr in ihrem Mittel befunden habe? Die Kosmopoliten sind die einzigen, die sich dessen rühmen können. Ihre Gesellschaft hat nicht vonnöten, durch geheimnisvolle Zeremonien und abschreckende Gebräuche wie ehemals die ägyptischen Priester die Unreinen von sich auszuschließen. Diese schließen sich selbst aus, und man kann ebensowenig ein Kosmopolit scheinen, wenn man es nicht ist, als man sich ohne Talent für einen guten Sänger oder Geiger ausgeben kann. Der Betrug würde an den Tag kommen, sobald man sich hören lassen müßte. Die Art, wie die Kosmopoliten denken, ihre Grundsätze, ihre Gesinnungen, ihre Sprache, ihr Phlegma, ihre Wärme, sogar ihre Launen, Schwachheiten und Fehler lassen sich unmöglich nachmachen, weil sie für alle, die nicht zu ihrem Orden gehören, ein wahres Geheimnis sind. Nicht ein Geheimnis, das von der Verschwiegenheit der Mitglieder oder von ihrer Vorsichtigkeit, nicht behorcht zu werden, abhängt; sondern ein Geheimnis, auf welches die Natur selbst ihren Schleier gedeckt hat. Denn die Kosmopoliten könnten es ohne Bedenken bei Trompetenschall durch die ganze Welt verkündigen lassen und dürften sicher darauf rechnen, daß außer ihnen selbst kein Mensch etwas davon begreifen würde. Bei dieser Bewandtnis der Sache ist nichts natürlicher als das innige Einverständnis und das gegenseitige Zutrauen, das sich unter zwei Kosmopoliten sogleich in der ersten Stunde ihrer Bekanntschaft festsetzt. Pylades und

Orestes waren, nach einer zwanzigjährigen Dauer ihrer durch alle Arten von Prüfungen und Opfern bewährten Freundschaft, nicht mehr Freunde, als es jene von dem Augenblick an, da sie einander erkennen, sind. Ihre Freundschaft hat nicht vonnöten, durch die Zeit zur Reife gebracht zu werden; sie bedarf keiner Prüfungen: sie gründet sich auf das notwendigste aller Naturgesetze, auf die Notwendigkeit, uns selbst in demjenigen zu lieben, der uns am ähnlichsten ist.

Man würde etwas, wo nicht Unmögliches, doch gewiß Ungereimtes von uns verlangen, wenn man erwartete, daß wir uns über das Geheimnis der Kosmopoliten noch deutlicher herauslassen sollten. Denn es gehört (wie wir deutlich genug zu vernehmen gegeben haben) zur Natur der Sache, daß alles, was man davon sagen kann, ein Rätsel ist, wozu nur die Glieder dieses Ordens den Schlüssel haben. Das einzige, was wir noch hinzusetzen können, ist, daß ihre Anzahl zu allen Zeiten sehr klein gewesen und daß sie, ungeachtet der Unsichtbarkeit ihrer Gesellschaft, von jeher einen Einfluß in die Dinge dieser Welt behauptet haben, dessen Wirkungen desto gewisser und dauerhafter sind, weil sie kein Geräusch machen und meistens durch Mittel erzielt werden, deren scheinbare Richtung die Augen der Menge irre macht. Wem dies ein neues Rätsel ist – den ersuchen wir, lieber fortzulesen, als sich mit einer Sache, die ihn so wenig angeht, ohne Not den Kopf zu zerbrechen.

Demokrit und Hippokrates gehörten beide zu dieser wunderbaren und seltnen Art von Menschen. Sie waren also schon lange, wiewohl unbekannterweise, die vertrautesten Freunde gewesen, und ihre Zusammenkunft glich viel mehr dem Wiedersehen nach einer langen Trennung als einer neuangehenden Verbindung. Ihre Gespräche, nach welchen der Leser vielleicht begierig ist, waren vermutlich interessant genug, um der

Mitteilung wert zu sein. Aber sie würden uns zu weit von den Abderiten entfernen, die der eigentliche Gegenstand dieser Geschichte sind. Alles, was wir davon zu sagen haben, ist, daß unsre Kosmopoliten den ganzen Abend und den größten Teil der Nacht in einer Unterredung zubrachten, wobei ihnen die Zeit sehr kurz wurde; und daß sie ihrer Gegenfüßler, der Abderiten und ihres Senats, und der Ursache, warum sie den Hippokrates hatten kommen lassen, so gänzlich darüber vergaßen, als ob niemals so ein Ort und solche Leute in der Welt gewesen wären.

Erst des folgenden Morgens, da sie nach einem leichten Schlaf von wenigen Stunden wieder zusammenkamen, um auf einer an die Gärten Demokrits grenzenden Anhöhe der Morgenluft zu genießen, erinnerte der Anblick der unter ihnen im Sonnenglanz liegenden Stadt den Hippokrates, daß er in Abdera Geschäfte habe. „Kannst du wohl erraten", sagte er zu seinem Freunde, „zu welchem Ende mich die Abderiten eingeladen haben?"

„Die Abderiten haben dich eingeladen?" rief Demokrit. „Ich hörte doch diese Zeit her von keiner Seuche, die unter ihnen wüte! Es ist zwar eine gewisse Erbkrankheit, mit der sie alle samt und sonders, bis auf sehr wenige, von alten Zeiten her behaftet sind; aber –"

„Getroffen, getroffen, guter Demokrit, dies ist die Sache!"

„Du scherzest", erwiderte unser Mann; „die Abderiten sollten zum Gefühl, wo es ihnen fehlte, gekommen sein? Ich kenne sie zu gut. Darin liegt eben ihre Krankheit, daß sie dies nicht fühlen."

„Indessen", sagte der andre, „ist nichts gewisser, als daß ich jetzt nicht in Abdera wäre, wenn die Abderiten nicht von dem nämlichen Übel, wovon du sprichst, geplagt würden. Die armen Leute!"

„Ah! nun versteh' ich dich! Deine Berufung konnte eine Wirkung ihrer Krankheit sein, ohne daß sie es

selbst wußten. Laß doch sehen! – Ha! da haben wir's.
Ich wette, sie haben dich kommen lassen, um dem ehrlichen Demokrit so viel Aderlässe und Nieswurz zu
verordnen, als er vonnöten haben möchte, um ihresgleichen zu werden! Nicht wahr?"

„Du kennst deine Leute vortrefflich, wie ich sehe,
Demokrit; aber um so kaltblütig von ihrer Narrheit
zu reden, muß man so daran gewöhnt sein wie du."

„Als ob es nicht allenthalben Abderiten gäbe."

„Aber Abderiten in diesem Grade! Vergib mir, wenn
ich deinem Vaterlande nicht so viel Nachsicht schenken
kann als du. Indessen versichre dich, sie sollen mich
nicht umsonst zu sich berufen haben!"

SIEBENTES KAPITEL

Hippokrates erteilt den Abderiten seinen gutachtlichen Rat. Große und
gefährliche Bewegungen, die darüber im Senat entstehen, und wie, zum
Glück für das abderitische Gemeinwesen, der Stundenrufer alles auf
einmal wieder in Ordnung bringt.

Die Zeit kam heran, wo der Äskulap dem Senat von
Abdera seinen Bericht erstatten sollte. Er kam, trat
mitten unter die versammelten Väter und sprach mit
einer Wohlredenheit, die alle Anwesenden in Erstaunen setzte:

„Friede sei mit Abdera! Edle, Feste, Fürsichtige
und Weise, liebe Herren und Abderiten! Gestern
lobte ich Sie wegen Ihrer Fürsorge für das Gehirn
Ihres Mitbürgers Demokrit; heute rate ich Ihnen
wohlmeinend, diese Fürsorge auf Ihre ganze Stadt
und Republik zu erstrecken. Gesund an Leib und
Seele zu sein ist das höchste Gut, das Sie sich selbst,
Ihren Kindern und Ihren Bürgern verschaffen können; und dies wirklich zu tun, ist die erste Ihrer
obrigkeitlichen Pflichten. So kurz mein Aufenthalt

129

unter Ihnen ist, so ist er doch schon lang genug, um mich zu überzeugen, daß sich die Abderiten nicht so wohl befinden, als es zu wünschen wäre. Ich bin zwar zu Kos geboren und wohne bald zu Athen, bald zu Larissa, bald anderswo; jetzt zu Abdera, morgen vielleicht auf dem Wege nach Byzanz; aber ich bin weder ein Koer noch ein Athener, weder ein Larisser noch Abderit; ich bin ein Arzt. Solang' es Kranke auf dem Erdboden gibt, ist meine Pflicht, so viele gesund zu machen, als ich kann. Die gefährlichsten Kranken sind die, die nicht wissen, daß sie krank sind; und dies ist, wie ich finde, der Fall der Abderiten. Das Übel liegt für meine Kunst zu tief; aber was ich raten kann, um die Heilung vorzubereiten, ist dies: Senden Sie mit dem ersten guten Winde sechs große Schiffe nach Antikyra. Meinethalben können sie, mit welcherlei Waren es den Abderiten beliebt, dahin befrachtet werden; aber zu Antikyra lassen Sie alle sechs Schiffe soviel Nieswurz laden, als sie tragen können, ohne zu sinken. Man kann zwar auch Nieswurz aus Galatien haben, die etwas wohlfeiler ist; aber die von Antikyra ist die beste. Wenn die Schiffe angekommen sein werden, so versammeln Sie das gesamte Volk auf Ihrem großen Markte, stellen Sie, mit Ihrer ganzen Priesterschaft an der Spitze, einen feierlichen Umgang zu allen Tempeln in Abdera an und bitten die Götter, daß sie dem Senat und dem Volke zu Abdera geben möchten, was dem Senat und dem Volke zu Abdera fehlt. Sodann kehren Sie auf den Markt zurück und teilen den sämtlichen Vorrat von Nieswurz auf gemeiner Stadt Unkosten unter alle Bürger aus, auf jeden Kopf sieben Pfund; nicht zu vergessen, daß den Ratsherren, welche (außer dem, was sie für sich selbst gebrauchen) noch für so viele andre Verstand haben müssen, eine doppelte Portion gereicht werde! Die Portionen sind stark, ich gesteh' es; aber eingewurzelte Übel sind hartnäckig und können nur durch lange anhaltenden Gebrauch der

Arznei geheilt werden. Wenn Sie nun dieses Vorbereitungsmittel nach der Vorschrift, die ich Ihnen geben will, durch die erforderliche Zeit gebraucht haben werden, dann überlasse ich Sie einem andern Arzte. Denn, wie gesagt, die Krankheit der Abderiten liegt tief für meine Kunst. Ich kenne fünfzig Meilen rings um Abdera nur einen einzigen Mann, der Ihnen von Grund aus helfen könnte, wenn sie sich geduldig und folgsam in seine Kur begeben wollten. Der Mann heißt Demokritus, Damasippens Sohn. Stoßen Sie sich nicht an dem Umstand, daß er zu Abdera geboren ist! Er ist darum kein Abderit, dies können Sie mir auf mein Wort glauben; oder wenn Sie mir nicht glauben wollen, so fragen Sie den Delphischen Gott. Er ist ein gutherziger Mann, der sich ein Vergnügen daraus machen wird, Ihnen seine Dienste zu leisten. Und hiermit, meine Herren und Bürger von Abdera, empfehle ich Sie und Ihre Stadt den Göttern. Verachten Sie meinen Rat nicht, weil ich ihn umsonst gebe; es ist der beste, den ich jemals einem Kranken, der sich für gesund hielt, gegeben habe."

Als Hippokrates dies gesagt hatte, machte er dem Senat eine höfliche Verbeugung und ging seines Weges.

„Niemals", sagt der Geschichtschreiber Hekatäus, ein desto glaubwürdigerer Zeuge, weil er selbst ein Abderit war, „niemals hat man zweihundert Menschen, alle zugleich, in einer so sonderbaren Stellung gesehen, als diejenige des Senats von Abdera in diesem Augenblicke war; es müßten nur die zweihundert Phöniker sein, welche Perseus durch den Anblick des Kopfs der Medusa auf einmal in ebenso viele Bildsäulen verwandelte, als ihm ihr Anführer seine teuer erworbene Andromeda mit Gewalt wieder abjagen wollte. In der Tat hatten sie alle möglichen Ursachen von der Welt, auf etliche Minuten versteinert zu werden. Beschreiben zu wollen, was in ihren Seelen vorging, würde vergebliche Mühe sein. Nichts ging in ihnen vor; ihre Seelen waren so versteinert als ihre Leiber. Mit dummem, sprachlosem Erstaunen sahen sie alle nach der Tür, durch welche der Arzt sich zurückgezogen hatte; und auf jedem Gesichte drückte sich zugleich die angestrengte Bemühung und das gänzliche Unvermögen aus, etwas von dieser Begebenheit zu begreifen.

Endlich schienen sie nach und nach, einige früher, einige später, wieder zu sich selbst zu kommen. Sie sahen einander mit großen Augen an; funfzig Mäuler öffneten sich zugleich zu der nämlichen Frage und fielen wieder zu, weil sie sich aufgetan hatten, ehe sie wußten, was sie fragen wollten. „Zum Henker, meine Herren", rief endlich der Zunftmeister Pfriem, „ich glaube gar, der Quacksalber hat uns mit seiner doppelten Portion Nieswurz zum Narren!" – „Ich versah mir gleich von Anfang nichts Gutes zu ihm", sagte Thrasyllus. – „Meiner Frau wollt' er gestern gar nicht einleuchten", sprach der Ratsherr Smilax. – „Ich dachte gleich, es würde übel ablaufen, wie er von den sechs Schiffen sprach, die wir nach Antikyra senden sollten", sagte ein anderer. – „Und die verdammte Ernsthaftigkeit, womit er uns alles das vordeklamierte", rief ein fünfter; „ich gestehe, daß ich mir gar nicht einbilden konnte, wo es hinauslaufen würde." – „Ha, ha, ha! ein lustiger Zufall, so wahr ich ehrlich bin!" meckerte der kleine dicke Ratsherr, indem er sich vor Lachen den Bauch hielt. „Gestehen wir, daß wir fein abgeführt sind! ein verzweifelter Streich! Das hätt' uns nicht begegnen sollen! Ha, ha ha!" – „Aber wer konnte sich auch zu einem solchen Manne so etwas versehen?" rief der Nomophylax. – „Ganz gewiß ist er auch einer von euern Philosophen", sagte Meister Pfriem. „Der Priester Strobylus hat wahrlich so unrecht nicht! Wenn es nicht wider unsre Freiheiten wäre, so wollt' ich der erste sein, der darauf antrüge, daß man alle diese Spitzköpfe zum Lande hinausjagte."

„Meine Herren", fing jetzt der Archon an, „die Ehre der Stadt Abdera ist angegriffen, und anstatt daß wir hier sitzen und uns wundern oder Glossen machen, sollten wir mit Ernst darauf denken, was uns in einer so kitzlichen Sache zu tun geziemt. Vor allen Dingen sehe man, wo Hippokrates hingekommen ist!"

Ein Ratsdiener, der zu diesem Ende abgeschickt wurde, kam nach einer ziemlichen Weile mit der Nachricht zurück, daß er nirgends mehr anzutreffen sei.

„Ein verfluchter Streich!" riefen die Ratsherren aus einem Munde; „wenn er uns nun entwischt wäre!" – „Er wird doch kein Hexenmeister sein", sagte der Zunftmeister Pfriem, indem er nach einem Amulett sah, das er gewöhnlich zu seiner Sicherheit gegen böse Geister und böse Augen bei sich zu tragen pflegte.

Bald darauf wurde berichtet, man habe den fremden Herrn auf seinem Maulesel ganz gelassen hinter dem Tempel der Dioskuren nach Demokrits Landgute zutraben sehen.

„Was ist nun zu tun, meine Herren?" sagte der Archon.

„Ja – allerdings! – was nun zu tun ist – was nun zu tun ist? – dies ist eben die Frage!" riefen die Ratsherren, indem sie einander ansahen. Nach einer langen Pause zeigte sich, daß die Herren nicht wußten, was nun zu tun war.

„Der Mann steht in großem Ansehen beim König von Makedonien", fuhr der Archon fort; „er wird in ganz Griechenland wie ein zweiter Äskulap verehrt! Wir könnten uns leicht in böse Händel verwickeln, wenn wir einer wiewohl gerechten Empfindlichkeit Gehör geben wollten. Bei alledem liegt mir die Ehre von Abdera –"

„Ohne Unterbrechung, Herr Archon!" fiel ihm der Zunftmeister Pfriem ein; „die Ehre und Freiheit von Abdera kann niemandem näher am Herzen liegen als mir selbst. Aber alles wohl überlegt, seh' ich wahrlich nicht, was die Ehre der Stadt mit dieser Begebenheit zu tun haben kann. Dieser Harpokrates oder Hypo-

133

kritus, wie er sich nennt, ist ein Arzt; und ich habe
mein' Tage gehört, daß ein Arzt die ganze Welt für ein
großes Siechhaus und alle Menschen für seine Kranken
ansieht. Ein jeder spricht und handelt, wie er's versteht; und was einer wünscht, das glaubt er gern. Hypo-
kritus möcht' es, denk' ich, wohl leiden, wenn wir alle
krank wären, damit er desto mehr zu heilen hätte.
Nun denkt er, wenn ich sie nur erst dahin bringen
kann, daß sie meine Arzneien einnehmen, dann sollen
sie mir krank genug werden. Ich heiße nicht Meister
Pfriem, wenn dies nicht das ganze Geheimnis ist!"

„Meiner Seele! getroffen!" rief der kleine dicke Ratsherr; „weder mehr noch weniger! Der Kerl ist so närrisch nicht! – Ich wette, wenn er kann, schickt er uns
alle möglichen Flüsse und Fieber an den Hals, bloß
damit er den Spaß habe, uns für unser Geld wieder
gesund zu machen! Ha, ha, ha!"

„Aber vierzehn Pfund Nieswurz auf jeden Ratsherrn!" rief einer von den Ältesten, dessen Gehirn,
nach seiner Miene zu urteilen, schon völlig ausgetrock-
net sein mochte. „Bei allen Fröschen der Latona, das
ist zu arg! Man muß beinahe auf den Argwohn kommen, daß etwas mehr dahinter steckt!"

„Vierzehn Pfund Nieswurz auf jeden Ratsherrn!"
wiederholte Meister Pfriem und lachte ·aus vollem
Halse. –

„Und für jeden Zunftmeister", setzte Smilax mit einem bedeutenden Ton hinzu.

„Das bitt' ich mir aus", rief Meister Pfriem; „er
sagte kein Wort von Zunftmeistern."

„Aber das versteht sich doch wohl von selbst", versetzte jener; „Ratsherren und Zunftmeister, Zunftmeister und Ratsherren; ich sehe nicht, warum die Herren Zunftmeister hierin was Besondres haben sollten."

„Wie, was?" rief Meister Pfriem mit großem Eifer;
„Sie sehen nicht, was die Zunftmeister vor den Ratsherren Besonderes haben? – Meine Herren, Sie haben

134

es gehört! – Herr Stadtschreiber, ich bitt' es zum Protokoll zu nehmen!"

Die Zunftmeister standen alle mit großem Gebrumm von ihren Sitzen auf.

„Sagt' ich nicht", rief der alte hypochondrische Ratsherr, „daß etwas mehr hinter der Sache stecke? Ein geheimer Anschlag gegen die Aristokratie – aber die Herren haben sich ein wenig zu früh verraten."

„Gegen die Aristokratie?" schrie Pfriem mit verdoppelter Stimme; „gegen welche Aristokratie? Zum Henker, Herr Ratsmeister, seit wenn ist Abdera eine Aristokratie? Sind wir Zunftmeister etwa nur an die Wand hingemalt? Stellen wir nicht das Volk vor? Haben wir nicht seine Rechte und Freiheiten zu vertreten? Herr Stadtschreiber, zum Protokoll, daß ich gegen alles Widrige protestiere und dem löblichen Zunftmeistertum sowohl als gemeiner Stadt Abdera ihre Rechte vorbehalte."

„Protestiert! protestiert!" schrien die Zunftmeister alle zusammen.

„Reprotestiert! reprotestiert!" schrien die Ratsherren.

Der Lärm nahm überhand. „Meine Herren", rief der regierende Archon, so laut er konnte, „was für ein Schwindel hat Sie überfallen? Ich bitte, bedenken Sie, wer Sie sind und wo Sie sind! Was werden die Eierweiber und Obsthändlerinnen da unten von uns denken, wenn sie uns wie die Zahnbrecher schreien hören?"

Aber die Stimme der Weisheit verlor sich ungehört in dem betäubenden Getöse. Niemand hörte sein eigen Wort.

Zu gutem Glück war es seit undenklichen Zeiten in Abdera gebräuchlich, auf den Punkt zwölf Uhr durch die ganze Stadt zu Mittag zu essen, und vermöge der Ratsordnung mußte, sowie eine Stunde abgelaufen war, eine Art von Herold vor die Ratsstube treten und die Stunde ausrufen.

„Gnädige Herren", rief der Herold mit der Stimme

des homerischen Stentors, „die zwölfte Stunde ist
vorbei!"

„Stille! der Stundenrufer!" – „Was rief er?" –
„Zwölfe, meine Herren, zwölfe vorbei!" – „Schon
zwölfe?" – „Schon vorbei?" – „So ist es hohe Zeit!"

Der größte Teil der gnädigen Herren war zu Gaste
gebeten. Das glückliche Wort Zwölfe versetzte sie also
auf einmal in eine Reihe angenehmer Vorstellungen,
die mit dem Gegenstand ihres Zankes nicht in der mindesten Verbindung standen. Schneller als die Figuren
in einem Guckkasten sich verwandeln, stand eine große
Tafel, mit einer Menge niedlicher Schüsseln bedeckt,
vor ihrer Stirn; ihre Nasen weideten sich zum voraus
an Düften von bester Vorbedeutung; ihre Ohren hörten
das Geklapper der Teller; ihre Zunge kostete schon die
leckerhaften Brühen, in deren Erfindung die abderitischen Köche miteinander wetteiferten; kurz, das un-
wesentliche Gastmahl beschäftigte alle Kräfte ihrer
Seelen, und auf einmal war die Ruhe des abderitischen
Staats wiederhergestellt.

„Wo werden Sie heute speisen?" – „Bei Polyphon-
ten." – „Dahin bin ich auch geladen." – „Ich erfreue
mich über die Ehre Ihrer Gesellschaft!" – „Sehr viel
Ehre für mich!" – „Was werden wir diesen Abend für
eine Komödie haben?" – „Die Andromeda des Euripides." – „Also ein Trauerspiel!" – „Oh! mein Lieb-
lingsstück!" – „Und eine Musik! Unter uns, der Nomophylax hat etliche Chöre selbst gesetzt. Sie werden
Wunder hören!"

Unter so sanften Gesprächen erhoben sich die Väter
von Abdera in eilfertigem, aber friedsamem Gewim-
mel vom Rathause, zu großer Verwunderung der Eierweiber und Obsthändlerinnen, welche kurz zuvor die
Wände der Ratsstube von echtem thrakischem Geschrei
widerhallen gehört hatten.

Alles dies hatte man dir zu danken, wohltätiger
Stundenrufer! Ohne deine glückliche Dazwischenkunft

würde wahrscheinlicherweise der Zank der Ratsherren und Zunftmeister, gleich dem Zorn des Achilles (so lächerlich auch seine Veranlassung war), in ein Feuer ausgebrochen sein, welches die schrecklichste Zerrüttung, wo nicht gar den Umsturz der Republik Abdera hätte verursachen können!

Wenn jemals ein Abderit mit einer öffentlichen Ehrensäule belohnt zu werden verdient hatte, so war es gewiß dieser Stundenrufer. Zwar muß man gestehen, der große Dienst, den er in diesem Augenblicke seiner Vaterstadt leistete, verliert seine ganze Verdienstlichkeit durch den einzigen Umstand, daß er nur zufälligerweise nützlich wurde. Denn der ehrliche Mann dachte, da er zur gesetzten Zeit maschinenmäßig zwölfe rief, an nichts weniger als an die unabsehbaren Übel, die er dadurch von dem gemeinen Wesen abwendete. Aber dagegen muß man auch bedenken, daß seit undenklichen Zeiten kein Abderit sich auf eine andre Weise um sein Vaterland verdient gemacht hatte. Wenn es sich daher zutrug, daß sie etwas verrichteten, das durch irgendeinen glücklichen Zufall der Stadt nützlich wurde, so dankten sie den Göttern dafür; denn sie fühlten wohl, daß sie als bloße Werkzeuge oder gelegentliche Ursachen mitgewirkt hatten. Indessen ließen sie sich doch das Verdienst des Zufalls so gut bezahlen, als ob es ihr eigenes gewesen wäre; oder richtiger zu reden, eben weil sie sich keines eignen Verdienstes dabei bewußt waren, ließen sie sich das Gute, was der Zufall unter ihrem Namen tat, auf eben dem Fuß bezahlen, wie ein Mauleseltreiber den täglichen Verdienst seines Esels einzieht.

Es versteht sich, daß die Rede hier bloß von Archonten, Ratsherren und Zunftmeistern ist. Denn der ehrliche Stundenrufer mochte sich Verdienste um die Republik machen, so viel oder so wenig er wollte; er bekam seine sechs Pfennige des Tags in guter abderitischer Münze, und – Gott befohlen!

DRITTES BUCH
Euripides unter den Abderiten

ERSTES KAPITEL

Die Abderiten machen sich fertig, in die Komödie zu gehen.

Es war bei den Ratsherren von Abdera eine alte hergebrachte Gewohnheit und Sitte, die vor Rat verhandelten Materien unmittelbar darauf bei Tische (es sei nun, daß sie Gesellschaft hatten oder mit ihrer Familie allein speisten) zu rekapitulieren und zu einer reichen Quelle entweder von witzigen Einfällen und spaßhaften Anmerkungen oder von patriotischen Stoßseufzern, Klagen, Wünschen, Träumen, Aussichten und dergleichen zu machen; zumal wenn etwa in dem abgefaßten Ratsschlusse die Verschwiegenheit ausdrücklich empfohlen worden ist.

Aber diesmal – wiewohl das Abenteuer der Abderiten mit dem Fürsten der Ärzte sonderbar genug war, um einen Platz in den Jahrbüchern ihrer Republik zu verdienen – wurde an allen Tafeln, wo ein Ratsherr oder Zunftmeister obenan saß, des Hippokrates und Demokrits ebensowenig gedacht, als ob gar keine Männer dieses Namens in der Welt gewesen wären. In diesem Stücke hatten die Abderiten einen ganz besondern Public-Spirit und ein feineres Gefühl, als man ihnen in Betracht ihres gewöhnlichen Eigendünkels hätte zutrauen sollen. In der Tat konnte ihre Geschichte mit dem Hippokrates, man hätte sie wenden und kolorieren mögen, wie man gewollt, auf keine Art, die ihnen Ehre machte, erzählt werden. Das Sicherste war, die Sache auf sich beruhen zu lassen und zu schweigen.

Die heutige Komödie machte also diesmal, wie gewöhnlich, den Hauptgegenstand der Unterhaltung aus. Denn seitdem sich die Abderiten nach dem Beispiel ihres großen Musters, der Athener, mit einem eignen Theater versehen und (ihrer Gewohnheit nach) die Sache so weit getrieben hatten, daß den größten Teil des Jahres hindurch alle Tage irgendeine Art von Schauspiel bei ihnen zu sehen war, so wurde in Gesellschaften, sobald die übrigen Gemeinplätze, Wetter, Putz und Stadtneuigkeiten, erschöpft waren, unfehlbar entweder von der Komödie, die gestern gespielt worden war, oder von der Komödie, die heute gespielt werden sollte, gesprochen – und die Herren von Abdera wußten sich (besonders gegen Fremde) nicht wenig damit, daß sie ihren Mitbürgern eine so schöne Gelegenheit zu Verfeinerung ihres Witzes und Geschmacks, einen so unerschöpflichen Stoff zu unschuldigen Gesprächen in Gesellschaften, und besonders dem schönen Geschlecht ein so herrliches Mittel gegen die Leib und Seele verderbende Langeweile verschafft hätten.

Wir sagen es nicht, um zu tadeln, sondern zum verdienten Lobe der Abderiten, daß sie ihr Komödienwesen für wichtig genug hielten, die Aufsicht darüber einem besondern Ratsausschusse zu übergeben, dessen Vorsitzer immer der zeitige Nomophylax, folglich einer der obersten Väter des Vaterlandes war. Dies war unstreitig sehr löblich. Alles, was man mit Recht an einer so schönen Einrichtung aussetzen konnte, war, daß es darum nicht um ein Haar besser mit ihrem Komödienwesen stand. Weil nun die Wahl der Stücke von der Ratsdeputation abhing und die Erfindung der Komödienzettel unter die ansehnliche Menge von Erfindungen gehört, die den Vorzug der Neuern vor den Alten außer allen fernern Widerspruch setzen, so wußte das Publikum – ausgenommen wenn ein neues abderitisches Originalstück aufs Theater gebracht wurde – selten vorher, was gespielt werden würde.

139

Denn wiewohl die Herren von der Deputation eben kein Geheimnis aus der Sache machten, so mußte sie doch, ehe sie publik wurde, durch so manchen schiefen Mund und durch so viele dicke Ohren gehen, daß fast immer ein Quiproquo herauskam und die Zuhörer, wenn sie zum Beispiel die Antigone des Sophokles erwarteten, die Erigone des Physignatus für lieb und gut nehmen mußten – woran sie es denn auch selten oder nie ermangeln ließen.

„Was werden sie uns heute für ein Stück geben?" war also jetzt die allgemeine Frage in Abdera – eine Frage, die an sich selbst die unschuldigste Frage von der Welt war, aber durch einen einzigen kleinen Umstand erzabderitisch wurde; nämlich daß die Antwort schlechterdings von keinem praktischen Nutzen sein konnte. Denn die Leute gingen in die Komödie, es mochte ein altes oder ein neues, gutes oder schlechtes Stück gespielt werden.

Eigentlich zu reden, gab es für die Abderiten gar keine schlechten Stücke; denn sie nahmen alles für gut, und eine natürliche Folge dieser unbegrenzten Gutmütigkeit war, daß es für sie auch keine guten Stücke gab. Schlecht oder gut, was ihnen die Zeit vertrieb, war ihnen recht, und alles, was sie wie im Schauspiel aussah, vertrieb ihnen die Zeit. – Jedes Stück also, so elend es war und so elend es gespielt worden sein mochte, endigte sich mit einem Geklatsche, das gar nicht aufhören wollte. Alsdann ertönte auf einmal durchs ganze Parterre ein allgemeines: „Wie hat Ihnen das heutige Stück gefallen?" und wurde stracks durch ein ebenso allgemeines: „Sehr wohl!" beantwortet.

So geneigt auch unsre werten Leser sein mögen, sich nicht leicht über etwas zu wundern, was wir ihnen von den Idiotismen unsers thrakischen Athen erzählen können, so ist doch dieser eben erwähnte Zug etwas so ganz Besondres, daß wir besorgen müssen, keinen Glauben zu finden, wofern wir ihnen nicht begreiflich machen, wie es zugegangen, daß die Abderiten mit einer so großen Neigung zu Schauspielen es gleichwohl zu einer so hohen unbeschränkten dramatischen Apathie oder vielmehr Hedypathie bringen konnten, daß ihnen ein elendes Stück nicht nur kein Leiden verursachte, sondern sogar eben (oder doch beinahe eben) so wohl tat als ein gutes.

Man wird uns, wenn wir das Rätsel auflösen sollen, eine kleine Ausschweifung über das ganze abderitische Theaterwesen erlauben müssen.

Wir sehen uns aber genötigt, uns von dem günstigen und billig denkenden Leser vorher eine kleine Gnade auszubitten, an deren großmütiger Gewährung ihm selbst am Ende noch mehr gelegen ist als uns. Und dies ist: aller widrigen Eingebungen seines Kakodämons ungeachtet sich ja nicht einzubilden, als ob hier unter verdeckten Namen von den Theaterdichtern, den Schauspielern und dem Parterre seiner lieben Vaterstadt die Rede sei. Wir leugnen zwar nicht, daß die ganze Abderitengeschichte in gewissem Betracht einen doppelten Sinn habe; aber ohne den Schlüssel zu Aufschließung des geheimen Sinnes, den unsere Leser von uns selbst erhalten sollen, würden sie Gefahr laufen, alle Augenblicke falsche Deutungen zu machen. Bis dahin also ersuchen wir sie

Per genium, dextramque, Deosque Penates,

sich aller unnachbarlichen und unfreundlichen Anwendungen zu enthalten und alles, was folgt, sowie dies ganze Buch, in keiner andern Gemütsverfassung zu lesen, als womit sie irgendeine andre alte oder neue unparteiische Geschichtserzählung lesen würden.

ZWEITES KAPITEL

Nähere Nachrichten von dem abderitischen Nationaltheater. Geschmack
der Abderiten. Charakter des Nomophylax Gryllus.

Als die Abderiten beschlossen hatten, ein stehendes
Theater zu haben, wurde zugleich aus patriotischen
Rücksichten festgesetzt, daß es ein Nationaltheater sein
sollte. Da nun die Nation, wenigstens dem größten
Teile nach, aus Abderiten bestand, so mußte ihr Thea-
ter notfolglich ein abderitisches werden. Dies war
natürlicherweise die erste und unheilbare Quelle alles
Übels.

Der Respekt, den die Abderiten für die heilige Stadt
der Minerva, als ihre vermeinte Mutter, trugen, brachte
es zwar mit sich, daß die Schauspiele der sämtlichen
athenischen Dichter, nicht weil sie gut waren (denn das
war eben nicht immer der Fall), sondern weil sie von
Athen kamen, in großem Ansehen bei ihnen standen.
Und anfangs konnte auch, aus Mangel einer genug-
samen Anzahl einheimischer Stücke, beinahe nichts
andres gegeben werden. Allein eben deswegen hielt
man, sowohl zur Ehre der Stadt und Republik Abdera, als mancherlei anderer Vorteile wegen, für nötig,
eine Komödien- und Tragödienfabrik in ihrem eigenen
Mittel anzulegen und diese neue poetische Manufak-
tur – in welcher abderitischer Witz, abderitische Ge-
fühle, abderitische Sitten und Torheiten als ebenso
viele rohe Nationalprodukte zu eigenem Gebrauch
dramatisch verarbeitet werden sollten –, wie guten
und weisen Regenten und Patrioten zusteht, auf alle
mögliche Art aufzumuntern.

Dies auf Kosten des gemeinen Säckels zu bewerk-
stelligen, ging aus zwei Ursachen nicht wohl an; erstens, weil dieser Säckel vermöge der Art, wie er ver-
waltet wurde, fast immer weniger enthielt, als man
herausnehmen wollte; und zweitens, weil es damals

noch nicht Mode war, die Zuschauer bezahlen zu lassen, sondern das Ärarium die Unkosten des Theaters tragen mußte und also ohnedies bei diesem neuen Artikel schon genug auszugeben hatte. Denn an eine neue Auflage auf die Bürgerschaft war vorderhand und bis man wußte, wieviel Geschmack sie dieser neuen Lustbarkeit abgewinnen würde, nicht zu denken. Es blieb also kein ander Mittel, als die abderitischen Dichter auf Unkosten des Geschmacks gemeiner Stadt aufzumuntern; d. i. alle Waren, die sie gratis liefern würden, für gut zu nehmen – nach dem alten Sprichworte: Geschenktem Gaul sieh nicht ins Maul! oder wie es die Abderiten gaben: Wo man umsonst ißt, wird immer gut gekocht.

Was Horaz von seiner Zeit in Rom sagt:

Scribimus indocti doctique poemata passim,

galt nun von Abdera im superlativsten Grade. Weil es einem zum Verdienst angerechnet wurde, wenn er ein Schauspiel schrieb, und weil schlechterdings nichts dabei zu wagen war, so machte Tragödien, wer Atem genug hatte, ein paar Dutzend zusammengeraffte Gedanken in ebenso viele vom Bombast strotzende Perioden aufzublasen; und jeder platte Spaßmacher versuchte es, die Zwerchfelle der Abderiten, auf denen er sonst in Gesellschaften oder Weinhäusern getrommelt hatte, jetzt auch einmal vom Theater herab zu bearbeiten.

Diese patriotische Nachsicht gegen die Nationalprodukte hatte eine natürliche Folge, die das Übel zugleich vermehrte und fortdauernd machte. So ein gedankenleeres, windiges, aufgeblasenes, ungezogenes, unwissendes und aller Anstrengung unfähiges Völkchen auch die jungen Patrizier von Abdera waren, so ließ sich doch gar bald einer von ihnen, wir wissen nicht, ob von seinem Mädchen oder von seinen Schmarotzern oder auch von seinem eignen angestammten Dünkel weismachen, daß es nur an ihm liege, dramatische Efeukränze zu erwerben so gut als ein anderer. Dieser erste Versuch wurde mit einem so glänzenden Erfolge gekrönt, daß Blemmias (ein Neffe des Archon Onolaus), ein Knabe von siebzehn Jahren und, was in der Familie des Onolaus nichts Ungewöhnliches war, ein notorisches Ganshaupt, ein unwiderstehliches Jukken in seinen Fingern fühlte, auch ein Bocksspiel zu machen, wie man damals das Ding hieß, das wir jetzt ein Trauerspiel zu schelten pflegen. Niemals, seitdem Abdera auf thrakischem Boden stand, hatte man ein dümmeres Nationalprodukt gesehen; aber der Verfasser war ein Neffe des Archon, und so konnt' es ihm nicht fehlen. Der Schauplatz war so voll, daß die jungen Herren den schönen Abderitinnen auf dem Schoße sitzen mußten; die gemeinen Leute standen einander auf den Schultern. Man hörte alle fünf Akte in unverwandter dumm wartender Stille an; man gähnte, seufzte, wischte sich die Stirn, rieb die Augen, hatte hündische Langeweile – und hörte zu; und wie nun endlich das lang erseufzte Ende kam, wurde so abscheulich geklatscht, daß etliche zartnervige Muttersöhnchen das Gehör darüber verloren.

Nun war's klar, daß es keine so große Kunst sein müsse, eine Tragödie zu machen, weil sogar der junge Blemmias eine gemacht hatte. Jedermann konnte sich ohne große Unbescheidenheit ebensoviel zutrauen. Es wurde ein Familienehrenpunkt, daß jedes gute Haus wenigstens mit einem Sohne, Neffen, Schwager oder Vetter mußte prangen können, der die Nationalschaubühne mit einer Komödie oder einem Bocksspiel oder wenigstens mit einem Singspielchen beschenkt hatte. Wie groß dies Verdienst seinem innern Gehalte nach etwa sei, daran dachte niemand; Gutes, Mittelmäßiges und Elendes lief in einer Herde untereinander her. Es bedurfte, um ein schlechtes Stück zu schützen, keiner Kabale. Eine Höflichkeit war der andern wert. Und weil die Herren allerseits Eselsöhrchen hatten, so konnte keinem einfallen, dem andern das berühmte Auriculas asini Mida rex habet zuzuflüstern.

Man kann sich leicht vorstellen, daß die Kunst bei dieser Duldsamkeit nicht viel gewonnen haben werde. Aber was kümmerte die Abderiten das Interesse der Kunst? Genug, daß es für die Ruhe ihrer Stadt und das allerseitige Vergnügen zuträglicher war, dergleichen Dinge friedlich und schiedlich abzutun.

„Da kann man sehen", pflegte der Archon Onolaus zu sagen, „wie viel darauf ankommt, daß man ein Ding beim rechten Ende nimmt! Das Komödienwesen, das zu Athen alle Augenblicke die garstigsten Händel anrichtet, ist zu Abdera ein Band des allgemeinen guten Vernehmens und der unschuldigste Zeitvertreib von der Welt. Man geht in die Komödie, man ergötzt sich auf die eine oder andere Art, entweder mit Zuhören oder mit seiner Nachbarin oder mit Träumen und Schlafen, wie es einem jeden beliebt; dann wird geklatscht, jedermann geht zufrieden nach Hause, und gute Nacht!"

Wir sagten vorhin, die Abderiten hätten sich mit ihrem Theater so viel zu tun gemacht, daß sie in Gesellschaften beinahe von nichts als von der Komödie gesprochen; und so verhielt sich's auch wirklich. Aber wenn sie von Theaterstücken und Vorstellungen und Schauspielern sprachen, so geschah es nicht, um etwa zu untersuchen, was daran in der Tat beifallswürdig sein möchte oder nicht. Denn ob sie sich ein Ding gefallen oder nicht gefallen lassen wollten, das hing (ihrer Meinung nach) lediglich von ihrem freien Willen ab, und wie gesagt, sie hatten nun einmal eine Art von schweigender Abrede miteinander getroffen, ihre einheimischen dramatischen Manufakturen aufzumuntern.

„Man sieht doch recht augenscheinlich", sagten sie, „was es auf sich hat, wenn die Künste an einem Orte aufgemuntert werden. Noch vor zwanzig Jahren hatten wir kaum zwei oder drei Poeten, von denen, außer etwa an Geburtstagen oder Hochzeiten, kein Mensch Notiz nahm. Jetzt, seit den zehn bis zwölf Jahren, daß wir ein eignes Theater haben, können wir schon über sechshundert Stücke, groß und klein ineinander gerechnet, aufweisen, die alle auf abderitischem Grund und Boden gewachsen sind."

Wenn sie also von ihren Schauspielen schwatzten, so war es nur, um einander zu fragen, ob, zum Beispiel, das gestrige Stück nicht schön gewesen sei? und einander zu antworten: ja, es sei sehr schön gewesen – und was die Schauspielerin, welche die Iphigenia oder Andromache vorgestellt (denn zu Abdera wurden die weiblichen Rollen von wirklichen Frauenzimmern gespielt, und das war eben nicht so abderitisch) für ein schönes, neues Kleid angehabt habe? Und das gab dann Gelegenheit zu tausend kleinen interessanten Anmerkungen, Reden und Gegenreden über den Putz, die Stimme, den Anstand, den Gang, das Tragen des Kopfs und der Arme und zwanzig andre Dinge dieser Art an den Schauspielern und Schauspielerinnen. Mitunter sprach man auch wohl von dem Stücke selbst, sowohl von der Musik als von den Worten (wie sie die Poesie davon nannten), das ist, ein jedes sagte, was ihm am besten oder wenigsten gefallen hätte; man hob die vorzüglich rührenden und erhabnen Stellen aus, tadelte auch wohl hier und da einen Ausdruck, ein allzu niedriges Wort oder einen Gedanken, den man übertrieben oder anstößig fand. Aber immer endigte sich die Kritik mit dem ewigen abderitischen Refrain: es bleibt doch immer ein schönes Stück – und hat viel Moral in sich. „Schöne Moral!" pflegte der kurze, dicke Ratsherr hinzuzusetzen – und immer traf sich's, daß die Stücke, die er ihrer schönen Moral wegen selig pries, gerade die elendsten waren.

Man wird vielleicht denken: da die besondern Ursachen, die man zu Abdera gehabt habe, alle einheimischen Stücke ohne Rücksicht auf Verdienst und

146

Würdigkeit aufzumuntern, bei auswärtigen nicht statt-
gefunden, so hätte doch wenigstens die große Verschiedenheit der athenischen Schauspieldichter und der
Abstand eines Astydamas von einem Sophokles etwas
dazu beitragen sollen, ihren Geschmack zu bilden und
ihnen den Unterschied zwischen gut und schlecht, vortrefflich und mittelmäßig – besonders den mächtigen
Unterschied zwischen natürlichem Beruf und bloßer
Prätension und Nachäfferei, zwischen dem muntern,
gleichen, aushaltenden Gang des wahren Meisters und
dem Stelzenschritt oder dem Nachkeuchen, Nachhinken
und Nachkriechen, der Nachahmer – anschaulich zu
machen. Aber fürs erste ist der Geschmack eine Sache,
die sich ohne natürliche Anlage, ohne eine gewisse
Feinheit des Seelenorgans, womit man schmecken soll,
durch keine Kunst noch Bildung erlangen läßt; und
wir haben gleich zu Anfang dieser Geschichte schon
bemerkt, daß die Natur den Abderiten diese Anlage
ganz versagt zu haben schien. Ihnen schmeckte alles.
Man fand auf ihren Tischen die Meisterstücke des
Genies und Witzes mit dem Abgang der schalsten
Köpfe, den Tagelöhnerarbeiten der elendesten Pfuscher
untereinander liegen. Man konnte ihnen in solchen
Dingen weismachen, was man wollte, und es war
nichts leichter, als einem Abderiten die erhabenste Ode
von Pindar für den ersten Versuch eines Anfängers,
und umgekehrt das sinnloseste Geschmier, wenn es
auch nur den Zuschnitt eines Gesangs in Strophen und
Antistrophen hatte, für ein Werk von Pindar zu geben.
Daher war bei einem jeden neuen Stücke, das ihnen zu
Gesicht kam, immer ihre erste Frage: von wem? und
man hatte hundert Beispiele, daß sie gegen das vor-
trefflichste Werk gleichgültig geblieben waren, bis sie
erfahren hatten, daß es einem berühmten Namen zu-
gehöre.

Dazu kam noch der Umstand, daß der Nomophylax Gryllus, des Cyniskus Sohn, der an der Errichtung

147

des abderitischen Nationaltheaters den meisten Anteil gehabt hatte und der Oberaufseher über ihr ganzes Schauspielwesen war, Anspruch machte, ein großer Musikverständiger und der erste Komponist seiner Zeit zu sein – ein Anspruch, gegen welchen die gefälligen Abderiten um so weniger einzuwenden hatten, weil er ein sehr populärer Herr war und weil seine ganze Kompositionskunst in einer Anzahl melodischer Formen oder Leisten bestand, die er allen Arten von Texten anzupassen wußte, so daß nichts leichter war, als seine Melodien zu singen und auswendig zu lernen.

Die Eigenschaft, auf welche sich Gryllus am meisten zugut tat, war seine Behendigkeit im Komponieren. – „Nu, wie gefällt Ihnen meine Iphigenia, Hekuba, Alceste (oder was es sonsten war), he?" – „Oh, ganz vortrefflich, Herr Nomophylax!" – „Gelt, da ist doch reiner Satz! fließende Melodie! hä, hä, hä! Und wie lange denken Sie, daß ich daran gemacht habe? – Zählen Sie nach! – Heute haben wir den dreizehnten – den vierten morgens um fünf Uhr – Sie wissen, ich bin früh auf – setzt' ich mich an mein Pult und fing an – und gestern Punkt zehn Uhr vormittags macht' ich den letzten Strich! – Nun zählen Sie nach, 4, 5, 6, 7, 8, 9, 10, 11, 12 – macht, wie Sie sehen, nicht volle neun Tage, und darunter zwei Ratstage, und zwei oder drei, wo ich zu Gaste gebeten war, andre Geschäfte nicht gerechnet – Hm! was sagen Sie? Heißt das nicht fix gearbeitet? – Ich sag' es eben nicht, um mich zu rühmen; aber das getrau' ich mir, wenn's eine Wette gälte, daß kein Komponist im ganzen europäischen und asiatischen Griechenland eher mit einem Stücke fertig werden soll als ich! – Es ist nichts! Aber es ist doch so eine eigne Gabe, die ich habe, hä, hä, hä!"

Wir hoffen, unsre Leser sehen den Mann nun vor sich, und wenn sie einige Anlage zur Musik haben, so muß ihnen sein, sie hätten ihn bereits seine ganze Iphigenia, Hekuba und Alceste herunterorgeln gehört.

Nun hatte dieser große Mann noch nebenher die kleine Schwachheit, daß er keine Musik gut finden konnte als – seine eigene. Keiner von den besten Tonsetzern zu Athen, Theben, Korinth usw. konnt' es ihm zu Danke machen. Den berühmten Damon selbst, dessen gefällige, geistreiche und immer zum Herzen sprechende Art zu komponieren außerhalb Abdera alles, was eine Seele hatte, bezauberte, nannte er unter seinen Vertrauten nur den Bänkelsängerkomponisten. Bei dieser Art zu denken und vermöge der unendlichen Leichtigkeit, womit er seinen musikalischen Laich von sich gab, hatte er nun binnen wenig Jahren zu mehr als sechzig Stücken von berühmten und unberühmten athenischen Schauspieldichtern die Musik gemacht. Denn die abderitischen Nationalprodukte überließ er meistens seinen Schülern und Nachahmern und begnügte sich bloß mit der Revision ihrer Arbeit. Freilich fiel seine Wahl, wie man denken kann, nicht immer auf die besten Stücke; die Hälfte wenigstens waren mißlungene bombastische Nachahmungen des Äschylus oder abgeschmackte Possenspiele, Jahrmarktsstücke, die von ihren Verfassern selbst bloß für die Belustigung des untersten Pöbels bestimmt waren. Aber genug, der Nomophylax, ein Haupt der Stadt, hatte sie komponiert; sie wurden also unendlich beklatscht; und wenn sie denn auch bei der öftern Wiederholung mitunter gähnen und hojanen machten, daß die Kinnladen hätten auseinandergehen mögen, so versicherte man einander doch beim Herausgehen sehr tröstlich: es sei gar ein schönes Stück und gar eine schöne Musik gewesen!

Und so vereinigte sich denn alles bei diesen griechenzenden Thrakern, nicht nur gegen die Arten und Stufen des Schönen, sondern gegen den innern Unterschied des Vortrefflichen und Schlechten selbst, jene mechanische Kaltsinnigkeit hervorzubringen, wodurch sie sich als durch einen festen Nationalcharakterzug von allen übrigen polizierten Völkern des Erdbodens

auszeichneten; eine Kaltsinnigkeit, die dadurch desto
sonderbarer wurde, weil sie ihnen gleichwohl die
Fähigkeit ließ, zuweilen von dem wirklich Schönen
auf eine gar seltsame Art affiziert zu werden – wie
man in kurzem aus einem merkwürdigen Beispiel ersehen wird.

DRITTES KAPITEL

Beiträge zur abderitischen Literargeschichte. Nachrichten von ihren ersten
theatralischen Dichtern, Hyperbolus, Paraspasmus, Antiphilus und
Thlaps.

Bei aller dieser anscheinenden Gleichgültigkeit, Tole-
ranz, Apathie, Hedypathie, oder wie man's nennen
will, müssen wir uns die Abderiten gleichwohl nicht
als Leute ohne allen Geschmack vorstellen. Denn ihre
fünf Sinne hatten sie richtig und voll gezählt, und
wiewohl ihnen unter den angegebnen Umständen alles
gut genug schmeckte, so deuchte sie doch, dieses oder
jenes schmecke ihnen besser als ein andres; und so hatten sie denn ihre Lieblingsstücke und Lieblingsdichter
so gut als andre Leute.

Damals, als ihnen der kleine Verdruß mit dem Arzt
Hippokrates zustieß, waren unter einer ziemlichen
Anzahl von Theaterdichtern, welche Handwerk davon
machten (die Freiwilligen nicht gerechnet), vornehm-
lich zwei im Besitz der höchsten Gunst des abderitischen Publikums. Der eine machte Tragödien und eine
Art Stücke, die man jetzt komische Opern nennt; der
andre, namens Thlaps, fabrizierte eine Art von Mittel-
dingen, wobei einem weder wohl noch weh geschah,
wovon er der erste Erfinder war, und die deswegen
nach seinem Namen Thlapsödien genannt wurden.

Der erste war eben der Hyperbolus, dessen schon
zu Anfang dieser ebenso wahrhaften als wahrschein-

lichen Geschichte als des berühmtesten unter den abderitischen Dichtern gedacht worden ist. Er hatte sich zwar auch in den übrigen Gattungen hervorgetan; die außerordentliche Parteilichkeit seiner Landsleute für ihn hatte ihm in allen den Preis zuerkannt, und eben dieser Vorzug erwarb ihm den hochtrabenden Zunamen Hyperbolus; denn von Haus aus hieß er Hegesias.

Der Grund, warum dieser Mensch ein so besonderes Glück bei den Abderiten machte, war der natürlichste von der Welt – nämlich eben der, weswegen er und seine Werke an jedem andern Orte der Welt als in Abdera ausgepfiffen worden wären. Er war unter allen ihren Dichtern derjenige, in welchem der eigentliche Geist von Abdera mit allen seinen Idiotismen und Abweichungen von den schönern Formen, Proportionen und Lineamenten der Menschheit am leibhaftesten wohnte; derjenige, mit dem alle übrigen am meisten sympathisierten, der immer alles gerade so machte, wie sie es auch gemacht haben würden, ihnen immer das Wort aus dem Munde nahm, immer das eigentliche Pünktchen traf, wo sie gekitzelt sein wollten; mit einem Worte, der Dichter nach ihrem Sinn und Herzen! Und das nicht etwa kraft eines außerordentlichen Scharfsinns, oder als ob er sich ein besondres Studium daraus gemacht hätte, sondern lediglich, weil er unter allen seinen Brüdern im Marsyas am meisten – Abderit war. Bei ihm durfte man sich darauf verlassen, daß der Gesichtspunkt, woraus er eine Sache ansah, immer der schiefste war, woraus sie gesehen werden konnte; daß er zwischen zwei Dingen allemal die Ähnlichkeit gerade da fand, wo ihr wesentlichster Unterschied lag; daß er je und allezeit feierlich aussehen würde, wo ein vernünftiger Mensch lacht, und lachen würde, wo es nur einem Abderiten einfallen kann zu lachen usw. Ein Mann, der des abderitischen Genius so voll war, konnte natürlicherweise in Abdera alles sein, was er wollte. Auch war er ihr Anakreon, ihr Alcäus, ihr Pindar, ihr Äschylus, ihr Aristophanes, und seit kurzem arbeitete er an einem großen Nationalheldengedicht in achtundvierzig Gesängen, die Abderiade genannt – zu großer Freude des ganzen abderitischen Volkes! „Denn", sagten sie, „ein Homer ist das einzige, was uns noch abgeht, und wenn Hyperbolus mit seiner Abderiade fertig sein wird, so haben wir Ilias und Odyssee in einem Stücke beisammen, und dann laß die andern Griechen kommen und uns noch über die Achseln ansehen, wenn sie das Herz haben! Sie sollen uns dann einen Mann stellen, dem wir nicht einen aus unserm Mittel entgegenstellen wollen!"

Indessen war doch die Tragödie das eigentliche Fach des Hyperbolus. Er hatte deren hundertundzwanzig (vermutlich auch groß und klein ineinander gerechnet) verfertigt – ein Umstand, der ihm bei einem Volke, das in allen Dingen nur auf Anzahl und körperlichen Umfang sah, allein schon einen außerordentlichen Vorzug geben mußte. Denn von allen seinen Nebenbuhlern hatte es keiner auch nur auf das Drittel dieser Zahl bringen können. Ungeachtet ihn die Abderiten wegen des Bombasts seiner Schreibart ihren Äschylus zu nennen pflegten, so wußte er sich selbst doch nicht wenig mit seiner Originalität. „Man weise mir", sprach er, „einen Charakter, einen Gedanken, ein Gefühl, einen Ausdruck in allen meinen Werken, den ich aus einem andern genommen hätte!" – „Oder aus der Natur", setzte Demokrit hinzu. – „Oh!" rief Hyperbolus, „was das betrifft, das kann ich Ihnen zugeben, ohne daß ich viel dabei verliere. Natur! Natur! Die Herren klappern immer mit ihrer Natur und wissen am Ende nicht, was sie wollen. Die gemeine Natur – und die meinen Sie doch – gehört in die Komödie, ins Possenspiel, in die Thlapsödie, wenn Sie wollen! Aber die Tragödie muß über die Natur gehen, oder ich gebe

152

nicht eine hohle Nuß darum." Von den seinigen galt
dies im vollsten Maß. So wie seine Personen hatte nie
ein Mensch ausgesehen, nie ein Mensch gefühlt, gedacht, gesprochen noch gehandelt. Aber das wollten
die Abderiten eben – und daher kam es auch, daß sie
unter allen auswärtigen Dichtern am wenigsten aus
dem Sophokles machten. „Wenn ich aufrichtig sagen
soll, wie ich denke", sagte einst Hyperbolus in einer
vornehmen Gesellschaft, wo über diese Materie auf gut
abderitisch räsoniert wurde, „ich habe nie begreifen
können, was an dem Ödipus oder an der Elektra
des Sophokles, besonders aber an seinem Philoktet so
Außerordentliches sein soll. Für einen Nachfolger
eines so erhabnen Dichters wie Äschylus fällt er wahrlich gewaltig ab! Nun ja, attische Urbanität, die streit'
ich nicht ab! Urbanität soviel Sie wollen! Aber der
Feuerstrom, die wetterleuchtenden Gedanken, die
Donnerschläge, der hinreißende Wirbelwind – kurz,
die Riesenstärke, der Adlersflug, der Löwengrimm,
der Sturm und Drang, der den wahren tragischen
Dichter macht, wo ist der?" – „Das nenn' ich wie ein
Meister von der Sache sprechen", sagte einer von der
Gesellschaft. – „Oh, über solche Dinge verlassen Sie
sich auf das Urteil des Hyperbolus", rief ein andrer;
„wenn er's nicht verstehen sollte!" – „Er hat hundertundzwanzig Tragödien gemacht", flüsterte eine Abderitin einem Fremden ins Ohr; „er ist der erste
Theaterdichter von Abdera!"

Indessen hatte es doch unter allen seinen Nebenbuhlern, Schülern und Kaudatarien ihrer zweien ge-
glückt, ihn auf dem tragischen Thron, auf den ihn der
allgemeine Beifall hinaufgeschwungen, wanken zu
machen – dem einen durch ein Stück, worin der Held
gleich in der ersten Szene des ersten Akts seinen Vater
ermordet, im zweiten seine leibliche Schwester heiratet,
im dritten entdeckt, daß er sie mit seiner Mutter gezeugt hatte, im vierten sich selber Ohren und Nase

abschneidet, und im fünften, nachdem er die Mutter vergiftet und die Schwester erdrosselt, von den Furien unter Blitz und Donner in die Hölle geholt wird – dem andern durch eine Niobe, worin außer einer Menge Ω! Ω! Αι, Αι! Φεῦ, Φεῦ, Φεῦ, Ελελελελεῦ und einigen Blasphemien, wobei den Zuhörern die Haare zu Berge standen, das ganze Stück in lauter Handlung und Pantomime gesetzt war. Beide Stücke hatten den erstaunlichsten Effekt getan. – Nie waren binnen drei Stunden so viele Schnupftücher vollgeweint worden, seit ein Abdera in der Welt war. – „Nein, es ist nicht zum Aushalten", schluchzten die schönen Abderitinnen. – „Der arme Prinz! Wie er heulte, wie er sich herumwälzte! Und die Rede, die er hielt, da er sich die Nase abgeschnitten hatte", rief eine andre. – „Und die Furien, die Furien", schrie eine dritte, „ich werde vier Wochen lang kein Auge vor ihnen zutun können!" – „Es war schrecklich, ich muß gestehen", sagte die vierte; „aber, o die arme Niobe! Wie sie mitten unter ihren übereinander hergewälzten Kindern dasteht, sich die Haare ausrauft, sie über die dampfenden Leichen hinstreut, dann sich selbst auf sie hinwirft, sie wieder beleben möchte, dann in Verzweiflung wieder auffährt, die Augen wie feurige Räder im Kopfe herumrollt, dann mit ihren eigenen Nägeln sich die Brust aufreißt und Hände voll Bluts unter entsetzlichen Verwünschungen gen Himmel wirft! – Nein, so was Rührendes muß nie gesehen worden sein! Was das für ein Mann sein muß, der Paraspasmus, der Stärke genug hatte, so eine Szene aufs Theater zu bringen!" – „Nun, was die Stärke anbetrifft", sagte die schöne Salabanda, „darauf läßt sich eben nicht immer so sicher schließen. Ich zweifle, ob Paraspasmus alles halten würde, was er zu versprechen scheint; große Prahler, schlechte Fechter." – Man kannte die schöne Salabanda für eine Frau, die so was nicht ohne Grund sagte, und dieser geringfügige Umstand brachte so viel zuwege, daß die Niobe des Paraspasmus bei der zweiten Vorstellung nicht mehr die Hälfte der vorigen Wirkung tat; ja, der Dichter selbst konnte sich in der Folge nicht wieder von dem Schlage erholen, den ihm Salabanda durch ein einziges Wort in der Einbildungskraft der Abderitinnen gegeben hatte.

Indessen blieb ihm und seinem Freunde Antiphilus doch immer die Ehre, der Tragödie zu Abdera einen neuen Schwung gegeben zu haben und die Erfinder zweier neuer Gattungen, der griesgramischen und der pantomimischen, zu sein, in welchen den abderitischen Dichtern eine Laufbahn eröffnet wurde, wo es um so viel sicherer war, Lorbeern einzuernten, da im Grunde nichts leichter ist, als – Kinder zu erschrecken und seine Helden vor lauter Affekt – gar nichts sagen zu lassen.

Wie aber die menschliche Unbeständigkeit sich an allem, was in seiner Neuheit noch so angenehm ist, gar bald ersättiget, so fingen auch die Abderiten bereits an es überdrüssig zu werden, daß sie immer und alle Tage gar schön finden sollten, was ihnen in der Tat schon lange gar wenig Vergnügen machte; als der junge Thlaps auf den Einfall kam, Stücke aufs Theater zu bringen, die weder Komödie noch Tragödie, noch Posse, sondern eine Art von lebendigen abderitischen Familiengemälden wären, wo weder Helden noch Narren, sondern gute, ehrliche, hausgebackne Abderiten auftreten, ihren täglichen Stadt-, Markt-, Haus- und Familiengeschäften nachgehen und vor einem löblichen Spektatorium gerade so handeln und sprechen sollten, als ob sie auf der Bühne zu Hause wären und es sonst keine Leute in der Welt gäbe als sie. Man sieht, daß dies ungefähr die nämliche Gattung war, wodurch sich Menander in der Folge so viel Ruhm erwarb. Der Unterschied bestand bloß darin, daß er Athener und jener Abderiten auf die Bühne brachte und daß er Menander und jener Thlaps war. Allein, da dieser

155

Unterschied den Abderiten nicht verschlug oder vielmehr gerade zu Thlapsens Vorteil gereichte, so wurde sein erstes Stück in dieser Gattung mit einem Entzücken aufgenommen, wovon man noch kein Beispiel gesehen hatte. Die ehrlichen Abderiten sahen sich selbst zum erstenmal auf der Schaubühne in puris naturalibus, ohne Stelzen, ohne Löwenhäute, ohne Keule, Zepter und Diadem, in ihren gewöhnlichen Hauskleidern, ihre gewöhnliche Sprache redend, nach ihrer angebornen eigentümlichen abderitischen Art und Weise leiben und leben, essen und trinken, freien und sich freien lassen usw., und das war eben, was ihnen so viel Vergnügen machte. Es ging ihnen wie einem jungen Mädchen, das sich zum erstenmal in einem Spiegel sieht; sie konnten's gar nicht genug bekommen. Die vierfache Braut wurde vierundzwanzigmal hintereinander gespielt, und eine lange Zeit wollten die Abderiten nichts als Thlapsödien sehen. Thlaps, dem es nicht so frisch von der Faust ging wie dem großen Hyperbolus und dem Nomophylax Gryllus, konnte deren nicht so viele fertig machen, als sie von ihm zu haben wünschten. Aber da er seinen Mitbrüdern einmal den Ton angegeben hatte, so fehlte es ihm nicht an Nachahmern. Alles legte sich auf die neue Gattung, und in weniger als drei Jahren waren alle möglichen Sujets und Titel von Thlapsödien so erschöpft, daß es wirklich ein Jammer war, die Not der armen Dichter zu sehen, wie sie drucksten und schwitzten, um aus dem Schwamme, den schon so viele vor ihnen ausgedrückt hatten, noch einen Tropfen trübes Wasser herauszupressen.

Die natürliche Folge davon war, daß unvermerkt alle Dinge wieder ins gehörige Gleichgewicht kamen. Die Abderiten, die nach ziemlich allgemeiner menschlicher Weise anfangs für jede Gattung eine ausschließende Neigung faßten, fanden endlich, daß es nur desto besser sei, wenn sie dem Überdruß durch Abwechslung und Mannigfaltigkeit wehren könnten. Die

Tragödien, gemeine, griesgramische und pantomimische, die Komödien, Operetten und Possenspiele kamen wieder in Umlauf; der Nomophylax komponierte die Tragödien des Euripides, und Hyperbolus (zumal da ihm das Projekt, abderitischer Homer zu werden, im Kopfe steckte) ließ sich's, weil's doch nicht zu ändern war, am Ende gern gefallen, die höchste Gunst des abderitischen Parterre mit Thlapsen zu teilen; zumal da dieser durch die Heirat mit der Nichte eines Oberzunftmeisters seit kurzem eine wichtige Person geworden war.

VIERTES KAPITEL

Merkwürdiges Beispiel von der guten Staatswirtschaft der Abderiten. Beschluß der Digression über ihr Theaterwesen.

Ehe wir von dieser Abschweifung zum Verfolg unsrer Geschichte zurückkehren, möchte es nötig sein, dem geneigten Leser einen kleinen Zweifel zu benehmen, der ihm während vorstehender kurzen Abschattung des abderitischen Schauspielwesens aufgestoßen sein möchte.

„Es ist nicht wohl zu begreifen", wird man sagen, „wie das Ärarium von Abdera, dessen Einkünfte eben nicht so gar beträchtlich sein konnten, eine so ansehnliche Nebenausgabe, wie ein tägliches Schauspiel mit allen seinen Artikeln ist, in die Länge habe bestreiten können; gesetzt auch, daß die Dichter ohne Sold noch Lohn, aus purem Patriotismus oder um die bloße Ehre gedient hätten. Wofern aber dies letztere war, wird man kaum glaublich finden, daß es so manchen Theaterdichter von Profession in Abdera gegeben, und daß der große Hyperbolus mit allem seinem Patriotismus und Eigennutz es bis auf einhundertundzwanzig dramatische Stücke sollte getrieben haben."

157

Um nun den günstigen Leser nicht ohne Not aufzuhalten, wollen wir ihm nur gleich unverhohlen gestehen, daß ihre Theaterdichter keineswegs umsonst arbeiteten (denn das große Gesetz: „Dem Ochsen, der da drischt, sollst du nicht das Maul verbinden!" ist ein Naturgesetz, dessen allgemeine Verbindlichkeit auch sogar die Abderiten fühlten) und daß, vermöge einer besondern Finanzoperation, das Stadtärarium des Theaters halben eigentlich keine neue Ausgabe zu bestreiten hatte, sondern dieser Aufwand größtenteils an andern nötigern und nützlichern Artikeln erspart wurde.

Die Sache verhielt sich so. Sobald die Gönner des Theaters sahen, daß die Abderiten Feuer gefaßt hatten und Schauspiele zum Bedürfnis für sie geworden waren, ermangelten sie nicht, dem Volke durch die Zunftmeister vorstellen zu lassen, daß das Ärarium einem so großen Zuwachs von Ausgaben ohne neue Einnahmsquellen oder Einziehung andrer Ausgaben nicht gewachsen sei. Dies veranlaßte denn, daß eine Kommission niedergesetzt wurde, welche nach mehr als sechzig zahlbaren Sitzungen endlich einen Entwurf einer Einrichtung des gemeinen abderitischen Theaterwesens vor Rat legte, den man so gründlich und wohl ausgesonnen fand, daß er stracks in einer allgemeinen Versammlung der Bürgerschaft zu einem Fundamentalgesetz der Stadt Abdera gestempelt wurde.

Wir würden uns ein Vergnügen daraus machen, dieses abderitische Meisterstück auch vor unsre Leser zu legen, wenn wir ihnen Geduld genug zutrauen dürften, es zu lesen. Sollte aber irgendein gemeines Wesen in oder außer dem heiligen Römischen Reiche die Mitteilung desselben wünschen, so ist man erbötig, solche auf erfolgte Requisition, gegen bloße Erstattung der Schreibauslagen, unentgeltlich mitzuteilen. Alles, was wir hier davon sagen können, ist: daß vermöge dieser Einrichtung sine aggravio publici – durch bloße Ersparung einer Menge anderer Ausgaben, die man freilich in jedem andern Staate für nötiger und nützlicher als die Unterhaltung eines Nationaltheaters angesehen hätte – hinlängliche Fonds ausgemacht wurden, „die Abderiten wöchentlich viermal mit Schauspielen zu traktieren, sowohl Dichter, Schauspieler und Orchester, als die Herren Deputierten und den Nomophylax gehörig zu remunerieren, und überdies noch die beiden untersten Klassen der Zuschauer bei jeder Vorstellung viritim mit einem Pfennigbrot und zwei trocknen Feigen zu gratifizieren". – Der einzige Fehler dieser schönen Einrichtung war, daß die Herren von der Kommission sich in Berechnung der Einnahme und Ausgabe (wegen deren Richtigkeit man sich auf ihre bekannte Dexterität verließ) um achtzehntausend Drachmen (ungefähr dreitausend Taler schwer Geld) verrechnet hatten, die das Ärarium mehr bezahlen mußte, als die angewiesenen Fonds betrugen. Das war nun freilich kein ganz gleichgültiger Rechnungsverstoß! Indessen waren die Herren von Abdera gewohnt, so glattweg und bona fide bei ihrer Staatswirtschaft zu Werke zu gehen, daß etliche Jahre verstrichen, bis man gewahr wurde, woran es liege, daß sich alle Jahre ein Defizit von dreitausend Talern in der Hauptrechnung ergab. Wie man es endlich mit vieler Mühe herausgebracht hatte, fanden die Häupter für nötig, die Sache vor das gesamte Volk zu bringen und pro forma auf Einziehung der Schaubühne anzutragen. Allein die Abderiten gebärdeten sich zu diesem Vorschlag, als ob man ihnen Wasser und Feuer nehmen wolle. Kurz, es wurde ein Plebiszitum errichtet, daß die jährlich abgängigen drei Talente aus dem gemeinen Schatze, der im Tempel der Latona niedergelegt war, genommen werden sollten; und derjenige, der sich künftig unterfangen würde, auf Abschaffung der Schaubühne anzutragen, sollte für einen Feind der Stadt Abdera angesehen werden.

Die Abderiten glaubten nun ihre Sache recht klug

gemacht zu haben, und pflegten gegen Fremde sich viel darauf zugute zu tun, daß ihre Schaubühne jährlich achtzig Talente (achtzigtausend Taler) und gleichwohl der Bürgerschaft von Abdera keinen Heller koste. „Es kommt alles auf eine gute Einrichtung an", sagte sie. „Aber dafür haben wir auch ein Nationaltheater, wie kein andres in der Welt sein muß!" – „Das ist eine große Wahrheit", sagte Demokrit; „solche Dichter, solche Schauspieler, solche Musik, und wöchentlich viermal, für achtzig Talente! Ich wenigstens habe das an keinem andern Ort in der Welt angetroffen."

Was man ihnen lassen mußte, war, daß ihr Theater für eines der prächtigsten in Griechenland gelten konnte. Freilich hatten sie dem Könige von Makedonien ihr bestes Amt versetzt, um es bauen zu können. Aber da ihnen der König zugestanden, daß der Amtmann, der Amtsschreiber und der Rentmeister allezeit Abderiten bleiben sollten, so konnte ja niemand was dagegen einzuwenden haben.

Wir bitten es den Lesern ab, wenn sie mit dieser allgemeinen Nachricht von dem abderitischen Theaterwesen zu lange aufgehalten worden sind. Die Schauspielstunde ist inzwischen herbeigekommen, und wir versetzen uns also ohne weiters in das Amphitheater dieser preiswürdigen Republik, wo der geneigte Leser nach Gefallen entweder bei dem kleinen dicken Ratsherrn oder bei dem Priester Strobylus oder bei dem Schwätzer Antistrepsiades oder bei irgendeiner von den schönen Abderitinnen, mit welchen wir ihn in den vorigen Kapiteln bekannt gemacht haben, Platz zu nehmen belieben wird.

FÜNFTES KAPITEL

Die Andromeda des Euripides wird aufgeführt. Großer Sukzeß des Nomophylax, und was die Sängerin Eukolpis dazu beigetragen. Ein paar Anmerkungen über die übrigen Schauspieler, die Chöre und die Dekoration.

Das Stück, das diesen Abend gespielt wurde, war die Andromeda des Euripides, eines von den sechzig oder siebzig Werken dieses Dichters, wovon nur wenige kleine Späne und Splitter der Vernichtung entronnen sind. Die Abderiten trugen, ohne eben sehr zu wissen warum, große Ehrerbietung für den Namen Euripides und alles, was diesen Namen trug. Verschiedne seiner Tragödien oder Singspiele (wie wir sie eigentlich nennen sollten) waren schon öfters aufgeführt und allemal sehr schön gefunden worden. Die Andromeda, eines der neuesten, wurde jetzt zum erstenmal auf die abderitische Schaubühne gebracht. Der Nomophylax hatte die Musik dazu gemacht und (wie er seinen Freunden ziemlich laut ins Ohr sagte) diesmal sich selbst übertroffen; das heißt, der Mann hatte sich vorgesetzt, alle seine Künste auf einmal zu zeigen, und darüber war ihm der gute Euripides unvermerkt ganz aus den Augen gekommen. Kurz, Herr Gryllus hatte sich selbst komponiert, unbekümmert, ob seine Musik den Text oder der Text seine Musik zu Unsinn mache – welches denn gerade der Punkt war, der auch die Abderiten am wenigsten kümmerte. Genug, sie machte großen Lärm, hatte (wie seine Brüder, Vettern, Schwäger, Klienten und Hausbedienten, als sämtliche Kenner, versicherten) sehr erhabne und rührende Stellen und wurde mit dem lautesten, entschiedensten Beifall aufgenommen. Nicht, als ob nicht sogar in Abdera noch hier und da Leute gesteckt hätten, die – weil sie vielleicht etwas dünnere Ohren auf die Welt gebracht als ihre Mitbürger, oder weil sie anderswo was Bessers gehört haben mochten – einander unter vier Augen gestanden, daß der Nomophylax mit aller seiner Anmaßung, ein Orpheus zu sein, nur ein Leiermann und das beste seiner Werke eine Rhapsodie ohne Geschmack und meistens auch ohne Sinn sei. Diese wenigen hatten sich ehmals sogar erkühnt, etwas von dieser ihrer Heterodoxie ins Publikum erschallen zu lassen; aber sie waren jedesmal von den Verehrern der Gryllischen Muse so übel empfangen worden, daß sie, um mit heiler Haut davonzukommen, für gut befanden, sich inzeiten der Majorität zu submittieren; und nun waren diese Herren immer die, die bei den elendesten Stellen am ersten und lautesten klatschten.

Das Orchester tat diesmal sein Äußerstes, um sich seines Oberhauptes würdig zu zeigen. „Ich hab' ihnen aber auch alle Hände voll zu tun gegeben", sagte Gryllus und schien sich viel darauf zugute zu tun, daß die armen Leute schon im zweiten Akt keinen trocknen Faden mehr am Leibe hatten.

Im Vorbeigehen gesagt, das Orchester war eins von den Instituten, worin die Abderiten es mit allen Städten in der Welt aufnahmen. Das erste, was sie einem Fremden davon sagten, war, daß es hundertundzwanzig Köpfe stark sei. „Das athenische", pflegten sie mit bedeutendem Akzent hinzuzusetzen, „soll nur achtzig haben; aber freilich mit hundertundzwanzig Mann läßt sich auch was ausrichten!" – Wirklich fehlte es unter so vielen nicht an geschickten Leuten, wenigstens an solchen, aus denen ein Vorsteher, wie – in Abdera keiner war noch sein konnte, etwas hätte machen können. Aber was half das ihrem Musikwesen? Es war nun einmal im Götterrate beschlossen, daß im thrakischen Athen nichts an seinem Platze, nichts seinem Zweck entsprechend, nichts recht und nichts ganz sein sollte. Weil die Leute wenig für ihre Mühe hatten, so glaubte man auch nicht viel von ihnen fordern zu können; und weil man mit einem jeden zufrieden war, der sein Bestes tat (wie sie's nannten), so tat niemand sein Bestes. Die Geschickten wurden lässig, und wer noch auf halbem Wege war, verlor den Mut und zuletzt auch das Vermögen weiterzukommen. Wofür hätten sie sich am Ende auch Mühe um Vollkommenheit geben sollen, da sie für abderitische Ohren arbeiteten? – Freilich hatten die leidigen Fremden auch Ohren; aber sie hatten doch keine Stimme zu geben, fanden's auch nicht einmal der Mühe wert oder waren zu höflich oder zu politisch, gegen den Geschmack von Abdera Sturm laufen zu wollen. Der Nomophylax, so dumm er war, merkte zwar selbst so gut als ein andrer, daß es nicht so recht ging, wie es sollte. Aber außerdem, daß er keinen Geschmack hatte oder (welches auf eins hinauslief) daß ihm nichts schmeckte, was er nicht selbst gekocht hatte, und er also immer die rechten Mittel, wodurch es besser werden konnte, verfehlte – war er auch zu träge und zu ungeschmeidig, sich mit andern auf die gehörige Art abzugeben. Vielleicht mocht' er's auch am Ende wohl leiden, daß er, wenn sein Leierwerk (wie wohl zuweilen geschah) sogar den Abderiten nicht recht zu Ohren gehen wollte, die Schuld aufs Orchester schieben und die Herren und Damen, die ihm ehrenhalber ihr Kompliment deswegen machten, versichern konnte, daß nicht eine Note, so wie er sie gedacht und geschrieben habe, vorgetragen worden sei. Allein das war doch immer nur eine Feuertüre für den Notfall. Denn aus dem naserümpfenden Tone, womit er von allen andern Orchestern zu sprechen pflegte, und aus den Verdiensten, die er sich um das abderitische beilegte, mußte man schließen, daß er so gut damit zufrieden war, als es – einem patriotischen Nomophylax von Abdera ziemte.

Wie es aber auch mit der Musik dieser Andromeda und ihrer Ausführung beschaffen sein mochte, gewiß ist, daß in langer Zeit kein Stück so allgemein gefallen hatte. Dem Sänger, der den Perseus spielte, wurde so gewaltig zugeklatscht, daß er mitten in der schönsten Szene aus dem Tone kam und in eine Stelle aus dem Kyklops sich verirrete. Andromeda – in der Szene, wo sie, an den Felsen gefesselt, von allen ihren Freunden verlassen und dem Zorn der Nereiden preisgegeben, angstvoll das Auftauchen des Ungeheuers erwartet – mußte ihren Monolog dreimal wiederholen. Der Nomophylax konnte seine Freude über einen so glänzenden Erfolg nicht bändigen. Er ging von Reihe zu Reihe herum, den Tribut von Lob einzusammeln, der ihm aus allen Lippen entgegenschallte, und mitten unter der Versichrung, daß ihm zuviel Ehre widerfahre, gestand er, daß er selbst mit keinem seiner Spielwerke (wie er seine Opern mit vieler Bescheidenheit zu nennen beliebte) so zufrieden sei wie mit dieser Andromeda.

Indessen hätt' er doch, um sich selbst und den Abderiten Gerechtigkeit zu erweisen, wenigstens die Hälfte des glücklichen Erfolgs auf Rechnung der Sängerin Eukolpis setzen müssen, die zwar vorher schon im Besitz zu gefallen war, aber als Andromeda Gelegenheit fand, sich in einem so vorteilhaften Lichte zu zeigen, daß die jungen und alten Herren von Abdera sich gar nicht satt an ihr – sehen konnten. Denn da war so viel zu sehen, daß ans Hören gar nicht zu denken war. Eukolpis war eine große, wohlgedrehte Figur – zwar um ein Namhaftes materieller, als man in Athen zu einer Schönheit erforderte – aber in diesem Stücke waren die Abderiten (wie in vielen andern) ausgemachte Thraker, und ein Mädchen, aus welchem ein Bildhauer in Sikyon zwei gemacht hätte, war nach ihrem angenommenen Ebenmaß ein Wunder von einer Nymphenfigur. Da die Andromeda nur sehr dünn angezogen sein durfte, so hatte Eukolpis, die sich stark bewußt war, worin eigentlich die Kraft ihres Zaubers liege, eine Draperie von rosenfarbnem koischem Zeug erfunden, unter welcher, ohne daß der Wohlstand sich allzusehr beleidigt finden konnte, von den schönen

Formen, die man an ihr bewunderte, wenig oder nichts für die Zuschauer verlorenging. Nun hatte sie gut singen. Die Komposition hätte womöglich noch abgeschmackter und ihr Vortrag noch zehnmal fehlerhafter sein können, immer würde sie ihren Monolog haben wiederholen müssen, weil das doch immer der ehrlichste Vorwand war, sie desto länger mit lüsternen Blicken – betasten zu können. „Wahrlich, beim Jupiter, ein herrliches Stück!" sagte einer zum andern mit halbgeschlossenen Augen, „ein unvergleichliches Stück! – Aber finden Sie nicht auch, daß Eukolpis heute wie eine Göttin singt?" – „Oh, über allen Ausdruck! Es ist, beim Anubis! nicht anders, als ob Euripides das ganze Stück bloß um ihretwillen gemacht hätte!" – Der junge Herr, der dies sagte, pflegte immer beim Anubis zu schwören, um zu zeigen, daß er in Ägypten gewesen sei.

Die Damen, wie leicht zu erachten, fanden die neue Andromeda nicht ganz so wundervoll als die Mannspersonen. – „Nicht übel! Ganz artig!" sagten sie. „Aber wie kommt's, daß die Rollen diesmal so unglücklich ausgeteilt wurden? Das Stück verlor dadurch. Man hätte die Rollen vertauschen und die Mutter der dicken Eukolpis geben sollen! Zu einer Kassiopeia hätte sie sich trefflich geschickt." – Gegen ihren Anzug, Kopfputz usw. war auch viel zu erinnern. – Sie war nicht zu ihrem Vorteil aufgesetzt – der Gürtel war zu hoch und zu stark geschürzt – und besonders fand man die Ziererei ärgerlich, immer ihren Fuß zu zeigen, auf dessen unproportionierte Kleinheit sie sich ein wenig zu viel einbilde – sagten die Damen, die aus dem entgegengesetzten Grunde die ihrigen zu verbergen pflegten. Indessen kamen doch Frauen und Herren sämtlich darin überein, daß sie überaus schön singe und daß nichts niedlicher sein könne als die Arie, worin sie ihr Schicksal bejammerte. Eukolpis, wiewohl ihr Vortrag wenig taugte, hatte eine gute, klingende und biegsame

Stimme; aber was sie eigentlich zur Lieblingssängerin der Abderiten gemacht hatte, war die Mühe, die sie sich mit ziemlichem Erfolge gegeben, den Nachtigallen gewisse Läufer und Tonfälle abzulernen, in welchen sie sich selbst und ihren Zuhörern so wohl gefiel, daß sie solche überall, zu rechter Zeit und zur Unzeit, einmischte und immer damit willkommen war. Sie mochte zu tun haben, was sie wollte, zu lachen oder zu weinen, zu klagen oder zu zürnen, zu hoffen oder zu fürchten, immer fand sie Gelegenheit, ihre Nachtigallen anzubringen, und war immer gewiß, beklatscht zu werden, wenn sie gleich die besten Stellen damit verdorben hatte.

Von den übrigen Personen, die den Perseus als den ersten Liebhaber, den Agenor, vormaligen Liebhaber der Andromeda, den Vater, die Mutter und einen Priester des Neptun vorstellten, finden wir nicht viel mehr zu sagen, als daß man im einzelnen zwar sehr viel an ihnen auszusetzen hatte, im ganzen aber sehr wohl mit ihnen zufrieden war. Perseus war ein schön gewachsner Mensch und hatte ein großes Talent, einen – abderitischen Pickelhering zu machen. Der vorerwähnte Kyklops, im Satirenspiele dieses Namens, war seine Meisterrolle. „Er spielt den Perseus gar schön", sagten die Abderitinnen; „nur schade, daß ihm immer unvermerkt der Kyklops dazwischenkommt." – Kassiopeia, ein kleines zieraffiges Ding voll angemaßter Grazien, hatte keinen einzigen natürlichen Ton; aber sie galt alles bei der Gemahlin des zweiten Archon, hatte eine gar drollige Manier, kleine Liedchen zu singen, und tat ihr Bestes. – Der Priester des Neptun brüllte einen ungeheuern Matrosenbaß, und Agenor – sang so elend, als einem zweiten Liebhaber zusteht. Er sang zwar auch nicht besser, wenn er den ersten machte; aber weil er sehr gut tanzte, so hatte er eine Art von Freibrief erhalten, desto schlechter singen zu dürfen. „Er tanzt sehr schön", war immer die Antwort der Abderiten, wenn jemand anmerkte, daß sein Krächzen unerträg-

166

lich sei; indessen tanzte Agenor nur selten und sang hingegen in allen Singspielen und Operetten.

Um die Schönheit dieser Andromeda ganz zu übersehen, muß man sich noch zwei Chöre, einen von Nereiden und einen von den Gespielinnen der Andromeda, einbilden, beide aus verkleideten Schuljungen bestehend, die sich so ungebärdig dazu anschickten, daß die Abderiten (zu ihrem großen Troste) genug und satt zu lachen bekamen. Besonders tat der Chor der Nereiden durch die Erfindungen, die der Nomophylax dabei angebracht hatte, die schnurrigste Wirkung von der Welt. Die Nereiden erschienen mit halbem Leib aus dem Wasser hervorragend, mit falschen gelben Haaren und mit mächtigen falschen Brüsten, die von fern recht natürlich wie – ausgestopfte Bälle und also sich selbst vollkommen gleich sahen. Die Symphonie, unter welcher diese Meerwunder herangeschwommen kamen, war eine Nachahmung des berühmten wreckeckeck koax koax in den Fröschen des Aristophanes; und um die Illusion vollkommner zu machen, hatte Herr Gryllus verschiedene Kuhhörner angebracht, die von Zeit zu Zeit einfielen, um die auf ihren Schneckenmuscheln blasenden Tritonen nachzuahmen.

Von den Dekorationen wollen wir beliebter Kürze halber weiter nichts sagen, als daß sie – von den Abderiten sehr schön gefunden wurden. Insonderheit bewunderte man einen Sonnenuntergang, den sie vermittelst eines mit langen Schwefelhölzern besteckten Windmühlenrades zuwege brachten; „welches einen guten Effekt getan hätte", sagten sie, „wenn es nur ein wenig schneller umgetrieben worden wäre." Bei der Art, wie Perseus mit seinen Merkurstiefeln aufs Theater angeflogen kam, wünschten die abderitischen Kenner, daß man die Stricke, in denen er hing, luftfarbig angestrichen hätte, damit sie nicht so gar deutlich in die Augen gefallen wären.

SECHSTES KAPITEL

Sonderbares Nachspiel, das die Abderiten mit einem unbekannten Fremden spielten, und dessen höchst unvermutete Entwicklung.

Sobald das Stück geendigt war und das betäubende Klatschen ein wenig nachließ, fragte man einander wie gewöhnlich: „Nun, wie hat Ihnen das Stück gefallen?" und erhielt überall die gewöhnliche Antwort: „Sehr wohl!" Einer von den jungen Herren, der für einen vorzüglichen Kenner galt, richtete die große Frage auch an einen etwas bejahrten Fremden, der in einer der mittlern Reihen saß und dem Ansehen nach kein gemeiner Mann zu sein schien. Der Fremde, der sich's vielleicht schon gemerkt hatte, was man zu Abdera auf eine solche Frage antworten mußte, war so ziemlich bald mit seinem „Sehr wohl!" heraus; aber weil seine Miene diesen Beifall etwas verdächtig machte und sogar eine unfreiwillige, wiewohl ganz schwache Bewegung der Achseln, womit er ihn begleitete, für ein Achselzucken ausgedeutet werden konnte, so ließ ihn der junge abderitische Herr nicht so wohlfeil durchwischen. – „Es scheint", sagte er, „das Stück hat Ihnen nicht gefallen? Es passiert doch für eine der besten Piecen von Euripides!"

„Das Stück mag nicht so übel sein", erwiderte der Fremde.

„So haben Sie vielleicht an der Musik etwas auszusetzen?"

„An der Musik? – Oh, was die Musik betrifft, die ist eine Musik – wie man sie nur zu Abdera hört."

„Sie sind sehr höflich! In der Tat, unser Nomophylax ist ein großer Mann in seiner Art."

„Ganz gewiß!"

„So sind Sie vermutlich mit den Schauspielern nicht zufrieden?"

„Ich bin mit der ganzen Welt zufrieden."

„Ich dächte doch, die Andromeda hätte ihre Rolle scharmant gemacht?"

„O sehr scharmant!"

„Sie tut einen großen Effekt; nicht wahr?"

„Das werden Sie am besten wissen; ich bin dazu nicht mehr jung genug."

„Wenigstens gestehen Sie doch, daß Perseus ein großer Schauspieler ist."

„In der Tat, ein hübscher, wohlgewachsner Mensch!"

„Und die Chöre? das waren doch Chöre, die dem Meister Ehre machten! Finden Sie zum Beispiel den Einfall, wie die Nereiden eingeführt werden, nicht ungemein glücklich?"

Der Fremde schien des Abderiten satt zu sein. „Ich finde", versetzte er mit einiger Ungeduld, „daß die Abderiten glücklich sind, an allen diesen Dingen so viel Freude zu haben."

„Mein Herr", sagte der Gelbschnabel in einem spöttelnden Tone, „gestehen Sie nur, daß das Stück die Ehre und das Glück nicht gehabt hat, Ihren Beifall zu erhalten."

„Was ist Ihnen an meinem Beifall gelegen? Die Majora entscheiden."

„Da haben Sie recht. Aber ich möchte doch um Wunders willen hören, was Sie denn gegen unsre Musik oder gegen unsre Schauspieler einwenden könnten."

„Könnten?" sagte der Fremde etwas schnell, hielt aber gleich wieder an sich. – „Verzeihen Sie mir, ich mag niemand sein Vergnügen abdisputieren. Das Stück, wie es da gespielt wurde, hat zu Abdera allgemein gefallen; was wollen Sie mehr?"

„Nicht so allgemein, da es Ihnen nicht gefallen hat!"

„Ich bin ein Fremder –"

„Fremd oder nicht, Ihre Gründe möcht' ich hören! Hi, hi, hi! Ihre Gründe, mein Herr, Ihre Gründe! Die werden doch wenigstens keine Fremde sein? Hi, hi, hi, hi!"

Dem Fremden fing die Geduld an auszugehen. „Junger Herr", sagte er, „ich habe für meinen Anteil an Ihrem Schauspiel bezahlt; denn ich habe geklatscht wie ein andrer. Lassen Sie's damit gut sein! Ich bin im Begriff, wieder abzureisen. Ich habe meine Geschäfte."

„Ei, ei", sagte ein andrer abderitischer junger Mensch, der dem Gespräch zugehört hatte, „Sie werden uns ja nicht schon verlassen wollen? Sie scheinen ein großer Kenner zu sein; Sie haben unsre Neugier, unsre Lehrbegierde (er sagte dies mit einem dumm-naseweisen Hohnlächeln) gereizt; wir lassen Sie wahrlich nicht gehen, bis Sie uns gesagt haben, was Sie an dem heutigen Singspiel zu tadeln finden. Ich will nichts von den *Worten* sagen; ich bin kein Kenner; aber die Musik, dächt' ich, war doch unvergleichlich?"

„Das müßten am Ende doch wohl die *Worte* entscheiden, wie Sie's nennen", sagte der Fremde.

„Wie meinen Sie das? Ich denke, Musik ist Musik, und man braucht nur Ohren zu haben, um zu hören, was schön ist."

„Ich gebe Ihnen zu, wenn Sie wollen", erwiderte jener, „daß schöne Stellen in dieser Musik sind; es mag überhaupt eine gelehrte, nach allen Regeln der Kunst zugeschnittene, schulgerechte, artikelmäßige Musik sein; ich habe dagegen nichts; ich sage nur, daß es keine Musik zur Andromeda des Euripides ist!"

„Sie meinen, daß die Worte besser ausgedrückt sein sollten?"

„Oh, die Worte sind zuweilen nur zu sehr ausgedrückt; aber im ganzen, meine Herren, im ganzen ist der Sinn und Ton des Dichters verfehlt. Der Charakter der Personen, die Wahrheit der Leidenschaften und Empfindungen, das eigene Schickliche der Situationen – das, was die Musik sein kann und sein muß, um Sprache der Natur, Sprache der Leidenschaft zu sein – was sie sein muß, damit der Dichter auf ihr wie in seinem Elemente schwimme und emporgetragen, nicht ersäuft werde – das alles ist durchaus verfehlt – kurz, das Ganze taugt nichts! – Da haben Sie meine Beichte in drei Worten!"

„Das Ganze", schrien die beiden Abderiten, „das Ganze taugt nichts! Nun, das ist viel gesagt! Wir möchten wohl hören, wie Sie das beweisen wollten?"

Die Lebhaftigkeit, womit unsre beiden Verfechter ihres vaterländischen Geschmacks dem graubärtigen Fremden zusetzten, hatte bereits verschiedne andre Abderiten herbeigezogen; jedermann wurde aufmerksam auf einen Streit, der die Ehre ihres Nationaltheaters zu betreffen schien. Alles drängte sich hinzu, und der Fremde, wiewohl er ein langer, stattlicher Mann war, fand für nötig, sich an einen Pfeiler zurückzuziehen, um wenigstens den Rücken frei zu behalten.

„Wie ich das beweisen wollte?" erwiderte er ganz gelassen; „ich werde es nicht beweisen! Wenn Sie das Stück gelesen, die Aufführung gesehen, die Musik gehört haben, und können noch verlangen, daß ich Ihnen mein Urteil davon beweisen soll, so würd' ich Zeit und Atem verlieren, wenn ich mich weiter mit Ihnen einließe."

„Der Herr ist, wie ich höre, ein wenig schwer zu befriedigen", sagte ein Ratsherr, der sich ins Gespräch mischen wollte und dem die beiden jungen Abderiten aus Respekt Platz machten. – „Wir haben doch hier in Abdera auch Ohren! Man läßt zwar jedem seine Freiheit; aber gleichwohl –"

„Wie? was? was gibt's da?" schrie der kurze, dicke Ratsherr, der auch herbeigewatschelt kam; „hat der Herr da etwas wider das Stück einzuwenden? Das möcht' ich hören! Ha, ha, ha! Eins der besten Stücke, mein' Treu! die seit langem aufs Theater gekommen sind! Viel Aktion! Viel – äh! äh! Was ich sage! Ein schön Stück! Und schöne Moral!"

„Meine Herren", sagte der Fremde, „ich habe Ge-

171

schäfte. Ich kam hierher, um ein wenig auszurasten; ich habe geklatscht, wie der Landesgebrauch es mit sich bringt, und wäre still und friedlich wieder meines Weges gegangen, wenn mich diese jungen Herren hier nicht auf die zudringlichste Art genötigt hätten, ihnen meine Meinung zu sagen."

„Sie haben auch vollkommnes Recht dazu", erwiderte der andre Ratsherr, der im Grunde kein großer Verehrer des Nomophylax war und aus politischen Ursachen seit einiger Zeit auf Gelegenheit lauerte, ihm mit guter Art weh zu tun. „Sie sind ein Kenner der Musik, wie es scheint, und –"

„Ich spreche nach meiner Überzeugung", sagte der Fremde.

Die Abderiten um ihn her wurden immer lauter.

Endlich kam Herr Gryllus, der von fern gehört hatte, daß die Rede von seiner Musik war, in eigner Person dazu. Er hatte eine ganz eigne Art, die Augen zusammenzuziehen, die Nase zu rümpfen, die Achseln zu zucken, zu grinsen und zu meckern, wenn er jemand, mit dem er sich in einen Wortwechsel einließ, seine Verachtung zum voraus zu empfinden geben wollte. – „So?" sagte er, „hat meine Komposition nicht das Glück, dem Herrn zu gefallen? – Er ist also ein Kenner? Hä, hä, hä! – versteht ohne Zweifel die Setzkunst? Ha?"

„Es ist der Nomophylax", sagte jemand dem Fremden ins Ohr, um ihn durch die Entdeckung des hohen Rangs des Mannes, von dessen Werke er so ungünstig geurteilt hatte, auf einmal zu Boden zu schlagen.

Der Fremde machte dem Nomophylax sein Kompliment, wie es in Abdera Sitte war, und schwieg.

„Nun, ich möchte doch hören, was der Herr gegen die Komposition vorzubringen hätte? Für die Fehler des Orchesters geb' ich kein gut Wort; aber hundert Drachmen für einen Fehler in der Komposition! Hä, hä, hä! Nun! Lassen Sie hören!"

„Ich weiß nicht, was Sie Fehler nennen", sagte der Fremde; „meines Bedünkens hat die ganze Musik, wovon die Rede ist, nur *einen* Fehler."

„Und der ist?" grinste der Nomophylax naserümpfend –

„Daß der Sinn und Geist des Dichters durchaus verfehlt ist", antwortete der Fremde.

„So? Nichts weiter? Hä, hä, hä, hä! Ich hätte also den Dichter nicht verstanden? Und das wissen Sie? Denken Sie, daß wir hier dem nicht auch Griechisch verstehen? Oder haben Sie dem Poeten etwa im Kopfe gesessen? hi, hi, hi!"

„Ich weiß, was ich sage", versetzte der Fremde; „und wenn's denn sein muß, so erbiet' ich mich, von Vers zu Vers durchs ganze Stück mein Urteil zu Olympia vor dem ganzen Griechenlande zu beweisen."

„Das möchte zu viel Umstände machen", sagte der politische Ratsherr.

„Es braucht's auch nicht", rief der Nomophylax. „Morgen geht ein Schiff nach Athen; ich schreibe an den Euripides, an den Dichter selbst! schicke ihm die ganze Musik! Der Herr wird das Stück doch wohl nicht besser verstehen wollen als der Dichter selbst? – Sie alle hier unterschreiben sich als Zeugen. – Euripides soll selbst den Ausspruch tun!"

„Diese Mühe können Sie sich ersparen", sagte der Fremde lächelnd; „denn, um dem Handel mit einem Wort ein Ende zu machen, der Euripides, an den Sie appellieren – bin ich selbst."

Unter allen möglichen schlimmen Streichen, welche Euripides dem Nomophylax von Abdera hätte spielen können, war unstreitig der schlimmste, daß er – in dem Augenblicke, da man an ihn als an einen Abwesenden appellierte – in eigner Person dastand. Aber wer konnte sich auch einen solchen Streich vermuten? Was, zum Anubis! hatte er in Abdera zu tun? Und gerade in dem Augenblicke, wo man lieber den Lernä-

173

ischen Drachen gesehen hätte als ihn? Wär' er, wie
man doch natürlicherweise glauben mußte, zu Athen
gewesen, wo er hingehörte – nun, so wäre alles seinen
ordentlichen Weg gegangen. Der Nomophylax hätte
seine Musik mit einem hübschen Briefe begleitet und
seinem Namen alle seine Titel und Würden beigefügt.
Das hätte doch wirken müssen! Euripides hätte eine
urbane attische Antwort gegeben; Gryllus hätte sie in
ganz Abdera lesen lassen; und wer hätte ihm dann den
Sieg über den Fremden streitig machen wollen? – Aber
daß der Fremde, der naseweise, kritische Fremde, der
ihm so frisch ins Gesicht gesagt hatte, was in Abdera
niemand einem Nomophylax ins Gesicht sagen durfte,
Euripides selbst war, das war einer von den Zufällen,
auf die ein Mann wie er sich nicht gefaßt gehalten
hatte und die vermögend wären, jeden andern als –
einen Abderiten zuschanden zu machen.

Der Nomophylax wußte sich zu helfen; indessen be-
täubte ihn doch der erste Schlag auf einen Augenblick.
„Euripides!" rief er und prallte drei Schritte zurück;
und „Euripides!" riefen im nämlichen Augenblicke der
politische Ratsherr, der kurze, dicke Ratsherr, die beiden jungen Herren und alle Umstehenden, indem sie
ganz erstaunt herumguckten, als ob sie sehen wollten,
aus welcher Wolke Euripides so auf einmal mitten
unter sie herabgefallen sei.

Der Mensch ist nie ungeneigter zu glauben, als wenn
er von einer Begebenheit überrascht wird, an die er
gar nicht als eine mögliche Sache gedacht hatte. – Wie?
Das sollte Euripides sein? Der nämliche Euripides, von
dem die Rede war? der die Andromeda gemacht? an
den der Nomophylax zu schreiben drohte? – Wie
konnte das zugehen?

Der politische Ratsherr war der erste, der sich aus
dem allgemeinen Erstaunen erholte. – „Ein glücklicher
Zufall, wahrhaftig", rief er, „beim Kastor! ein glücklicher Zufall, Herr Nomophylax! So brauchen Sie Ihre

174

Musik nicht abschreiben zu lassen und ersparen einen Brief."

Der Nomophylax fühlte die ganze Wichtigkeit des Moments; und wenn der ein großer Mann ist, der in einem solchen entscheidenden Augenblick auf der Stelle die einzige Partei ergreift, die ihn aus der Schwierigkeit ziehen kann, so muß man gestehen, daß Gryllus eine starke Anlage hatte, ein großer Mann zu sein. – „Euripides!" rief er. „Wie? Der Herr sollte so auf einmal Euripides geworden sein? Hä, hä, hä! Der Einfall ist gut! Aber wir lassen uns hier in Abdera nicht so leicht Schwarz für Weiß geben."

„Das wäre lustig", sagte der Fremde, „wenn ich mir in Abdera das Recht an meinen Namen streitig machen lassen müßte."

„Verzeihen Sie, mein Herr", fiel der Sykophant des Thrasyllus ein, „nicht das Recht an Ihren Namen, sondern das Recht, sich für den Euripides auszugeben, auf den der Nomophylax provozierte. Sie können Euripides heißen; ob Sie aber Euripides sind, das ist eine andere Frage."

„Meine Herren", sagte der Fremde, „ich will alles sein, was Ihnen beliebt, wenn Sie mich nur gehen lassen wollen. Ich verspreche Ihnen, mit diesem Schritte gehe ich den geradesten Weg, den ich finden werde, zu Ihrem Tore hinaus, und der Nomophylax soll mich – komponieren, wenn ich in meinem Leben wiederkomme!"

„Nä, nä, nä", rief der Nomophylax, „das geht so hurtig nicht! Der Herr hat sich für den Euripides ausgegeben, und nun, da er sieht, daß es Ernst gilt, tritt er auf die Hinterbeine. – Nä! so haben wir nicht gewettet! Er soll nun beweisen, daß er Euripides ist, oder – so wahr ich Gryllus heiße –"

„Erhitzen Sie sich nicht, Herr Kollege", sagte der politische Ratsherr. „Ich bin zwar kein Physiognomist; aber der Fremde sieht mir doch völlig danach aus, daß

175

er Euripides sein könnte, und ich wollte unmaßgeblich raten, piano zu gehen."

„Mich wundert", fing einer von den Umstehenden an, „daß man hier so viel Worte verlieren mag, da der ganze Handel in Ja und Nein entschieden sein könnte. Da oben über dem Portal steht ja die Büste des Euripides leibhaftig. Es braucht ja nichts weiter, als zu sehen, ob der Fremde der Büste gleichsieht."

„Bravo, bravo!" schrie der kleine dicke Ratsherr; „das ist doch ein Wort von einem gescheuten Manne! Ha, ha, ha! Die Büste! das ist gar keine Frage, die Büste muß den Ausspruch tun – wiewohl sie nicht reden kann, ha, ha, ha, ha, ha!"

Die umstehenden Abderiten lachten alle aus vollem Halse über den witzigen Einfall des kurzen, runden Männchens, und nun lief alles, was Füße hatte, dem Portale zu. Der Fremde ergab sich mit guter Art in sein Schicksal, ließ sich von vorn und hinten betrachten und Stück für Stück mit seiner Büste vergleichen, solange sie wollten. Aber leider! die Vergleichung konnte unmöglich zu seinem Vorteil ausfallen; denn besagte Büste sah jedem andern Menschen oder Tier ähnlicher als ihm.

„Nun", schrie der Nomophylax triumphierend, „was kann der Herr nun zu seinem Vorstand sagen?"

„Ich kann etwas sagen", versetzte der Fremde, den die Komödie nachgerade zu belustigen anfing, „woran von Ihnen allen keiner zu denken scheint, wiewohl es ebenso wahr ist, als daß Sie – Abderiten und ich Euripides bin."

„Sagen, sagen!" grinste der Nomophylax; „man kann freilich viel sagen, wenn der Tag lang ist, hä, hä, hä! – Und was kann der Herr sagen?"

„Ich sage, daß diese Büste dem Euripides ganz und gar nicht ähnlich sieht."

„Nein, mein Herr", rief der dicke Ratsherr, „das müssen Sie nicht sagen! Die Büste ist eine schöne Büste;

sie ist von weißem Marmor, wie Sie sehen, Marmor von Paros, straf' mich Jupiter! und kostet uns hundert bare Dariken Spezies, das können Sie mir nachsagen! – Es ist ein schönes Stück von unserm Stadtbildhauer. – Ein geschickter, berühmter Mann! – nennt sich Moschion – werden von ihm gehört haben? – ein berühmter Mann! – Und, wie gesagt, alle Fremden, die noch zu uns gekommen sind, haben die Büste bewundert! Sie ist echt, das können Sie mir nachsagen! Sie sehen ja selbst, es steht mit großen goldnen Buchstaben drunter *ΕΥΡΙΠΙΔΗΣ*."

„Meine Herren", sagte der Fremde, der alle seine angeborne Ernsthaftigkeit zusammennehmen mußte, um nicht auszubersten, „darf ich nur eine einzige Frage tun?"

„Von Herzen gern", riefen die Abderiten.

„Gesetzt", fuhr jener fort, „es entstünde zwischen mir und meiner Büste ein Streit darüber, wer mir am ähnlichsten sehe – wem wollen Sie glauben, der Büste oder mir?"

„Das ist eine kuriose Frage", sagte der Abderiten einer, sich hinter den Ohren kratzend. – „Eine kaptiöse Frage, beim Jupiter!" rief ein andrer; „nehmen Sie sich in acht, was Sie antworten, hochgeachteter Herr Ratsherr!"

„Ist der dicke Herr ein Ratsherr dieser berühmten Republik?" fragte der Fremde mit einer Verbeugung, „so bitte ich sehr um Verzeihung! Ich gestehe, die Büste ist ein schmuckes, glattes Werk, von schönem parischem Marmor; und wenn sie mir nicht ähnlich sieht, so kommt es wohl bloß daher, weil Ihr berühmter Stadtbildhauer die Büste schöner gemacht hat als die Natur – mich. Es ist immer ein Beweis seines guten Willens, und der verdient alle meine Dankbarkeit."

Dieses Kompliment tat eine große Wirkung; denn die Abderiten hatten's gar zu gern, wenn man fein höflich mit ihnen sprach. – „Es muß doch wohl Euri-

177

pides selber sein", murmelte einer dem andern ins Ohr; und der dicke Ratsherr selbst bemerkte bei nochmaliger Vergleichung der Büste mit dem Fremden, daß die Bärte einander vollkommen ähnlich wären.

Zu gutem Glücke kam der Archon Onolaus und sein Neffe Onobulus dazu, der den Euripides zu Athen hundertmal gesehen und öfters gesprochen hatte. Die Freude des jungen Onobulus über eine so unverhoffte Zusammenkunft und seine positive Bejahung, daß der Fremde wirklich der berühmte Euripides sei, hieb den Knoten auf einmal durch; die Abderiten versicherten nun einer dem andern, sie hätten's ihm gleich beim ersten Blick angesehen.

Der Nomophylax, wie er sah, daß Euripides gegen seine Büste recht behielt, machte sich seitwärts davon. – „Ein verdammter Streich!" brummte er zwischen den Zähnen vor sich her; „wozu brauchte er aber auch so hinterm Berge zu halten? Wenn er wußte, daß er Euripides war, warum ließ er sich mir nicht präsentieren? Da hätte alles einen ganz andern Schwung genommen!"

Der Archon Onolaus, der in solchen Fällen gemeiniglich die Honneurs der Stadt Abdera zu machen pflegte, lud den Dichter mit großer Höflichkeit ein, das Gastrecht bei ihm zu nehmen, und bat sich zugleich von dem politischen und dicken Ratsherrn die Ehre auf den Abend aus, welches beide mit vielem Vergnügen annahmen.

„Dacht' ich's nicht gleich?" sagte der dicke Ratsherr zu einem der Umstehenden. „Der leibhafte Euripides! Bart, Nase, Stirn, Ohrenläppchen, Augenbrauen, alles auf ein Haar! Man kann nichts Gleichers sehen! Wo doch wohl der Nomophylax seine Sinne hatte? Aber – ja, ja, er mochte wohl ein bißchen zu tief – Hm! Sie verstehen mich? – Cantores amant humores – Ha, ha, ha, ha! – Basta! Desto besser, daß wir den Euripides bei uns haben! Was ich sage, ein feiner Mann, beim

Jupiter! und der uns viel Spaß machen soll! Ha, ha, ha!"

SIEBENTES KAPITEL

Was den Euripides nach Abdera geführt hatte, nebst einigen Geheimnachrichten von dem Hofe zu Pella.

So möglich es an sich selbst war, daß sich Euripides zu Abdera befinden konnte, und ebensogut in dem Augenblicke, wo der Nomophylax Gryllus auf ihn provozierte, als in jedem andern – und so gewohnt man dergleichen unvermuteter Erscheinungen auf dem Theater ist, so begreifen wir doch wohl, daß es eine andre Bewandtnis hat, wenn sich eine solche Erscheinung im Parterre ereignet; und es ist solchenfalls der Majestät der Geschichte gemäß, den Leser zu verständigen, wie es damit zugegangen sei. Wir wollen alles, was wir davon wissen, getreulich berichten; und sollte dem scharfsinnigen Leser demungeachtet noch einiger Zweifel übrigbleiben, so müßte es nur die allgemeine Frage betreffen, die sich bei jeder Begebenheit unter und über dem Monde aufwerfen läßt; nämlich, warum zum Beispiel gerade von einer Mücke, und gerade von dieser individuellen Mücke, gerade in dieser Sekunde – dieser zehnten Minute – dieser sechsten Nachmittagsstunde, dieses zehnten Augusts – dieses 1778sten Jahres gemeiner Zeitrechnung, gerade diese nämliche Frau, oder Fräulein von *** nicht ins Gesicht, nicht in den Nacken, Ellbogen, Busen, nicht auf die Hand noch in die Ferse usw., sondern gerade vier Daumen hoch über der linken Kniescheibe gestochen worden usw. – und da bekennen wir ohne Scheu, daß wir auf dieses Warum nichts zu antworten wissen. – Fragt die Götter! könnten wir allenfalls mit einem großen Manne sagen; aber weil dieses offenbar eine heroische Antwort wäre, so

179

halten wir's für anständiger, die Sache lediglich auf sich beruhen zu lassen.

Also – was wir wissen. Der König Archelaus in Makedonien, ein großer Liebhaber der schönen Künste und der schönen Geister (wie man damals gewisse verzärtelte Kinder der Natur nicht nannte, und wie man heutigestags einen jeden nennt, von dem man nicht sagen kann, was er ist) – dieser König Archelaus war auf den Einfall gekommen, ein eignes Hofschauspiel zu haben, und vermöge einer Zusammenkettung von Umständen, Ursachen, Mitteln und Zwecken, woran niemandem mehr viel gelegen sein kann, hatte er den Euripides unter sehr vorteilhaften Bedingungen vermocht, mit einer Gesellschaft ausgesuchter Schauspieler, Virtuosen, Baumeister, Maler und Maschinisten, kurz mit allem, was zu einem vollständigen Theaterwesen gehört, nach Pella an sein Hoflager zu kommen und die Aufsicht über die neue Hofschaubühne zu übernehmen.

Auf dieser Reise war jetzt Euripides mit seiner ganzen Gesellschaft begriffen; und wiewohl der Weg über Abdera weder der einzige noch der kürzeste war, so hatte er ihn doch genommen, weil er Lust hatte, eine wegen des Witzes ihrer Einwohner so berühmte Republik mit eignen Augen zu sehen. Wie es aber gekommen, daß er gerade an dem nämlichen Tage eingetroffen, da der Nomophylax seine Andromeda zum erstenmal gab, davon können wir, wie gesagt, keine Rechenschaft geben. Dergleichen Apropos tragen sich häufiger zu, als man denkt; und es ist wenigstens kein größeres Mirakel, als daß zum Beispiel der junge Herr von ** eben im Begriff war, seine Beinkleider hinaufzuziehen, als unvermutet seine Nähterin ins Zimmer trat, die seidnen Strümpfe, die er ihr zu stopfen geschickt hatte, zu überbringen – welches, wie Sie wissen, die Veranlassung zu einer zufälligen Begebenheit war, die in seiner hohen Familie wenigstens ebenso große Bewegungen verursachte als die unvorbereitete Erscheinung des Euripides in dem abderitischen Parterre. Wer sich über so was wundern kann, muß sich nicht viel auf die *ΔAIMONIA* verstehen, wie eben dieser Euripides sagt.

Übrigens, wenn wir sagten, daß der König Archelaus ein großer Liebhaber der schönen Künste und schönen Geister gewesen sei, so muß das eben nicht so genau und im strengsten Sinne der Worte genommen werden; denn es ist eigentlich nur so eine Art zu reden, und dieser Herr war im Grunde nichts weniger als ein Liebhaber der schönen Künste und schönen Geister. Das Wahre davon war, daß besagter König Archelaus seit einiger Zeit öfters Langeweile hatte – weil ihn alle seine vormaligen Belustigungen, als da sind – F**, G**, H**, I**, K**, L**, M**, usw. nicht länger belustigen wollten. Überdem war er ein Herr von großer Ambition, der sich von seinem Oberkammerherrn hatte sagen lassen, daß es schlechterdings unter die Zuständigkeiten eines großen Fürsten gehöre, Künste und Wissenschaften in seinen Schutz zu nehmen. „Denn", sagte der Oberkammerherr, „Ihre Majestät werden bemerkt haben, daß man niemals eine Statue oder ein Brustbild eines großen Herrn auf einer Medaille usw. sieht, an dessen rechter Hand nicht eine Minerva stünde, neben einer Trophäe von Panzern, Fahnen, Spießen und Morgensternen – zur Linken knien immer etliche geflügelte Jungen oder halbnackte Mädchen, mit Pinsel und Palette, Winkelmaß, Flöte, Leier und einer Rolle Papier in den Händen, die Künste vorstellend, die sich dem großen Herrn gleichsam zur Protektion empfehlen; oben drüber aber schwebt eine Fama mit der Trompete am Mund, anzudeuten, daß Könige und Fürsten sich durch den Schutz, den sie den Künsten angedeihen lassen, einen unsterblichen Ruhm erwerben usw."

Der König Archelaus hatte also die Künste in seinen

Schutz genommen, und demzufolge wissen uns die Geschichtschreiber ein langes und breites davon zu erzählen, wie viel er gebaut habe und wie viel er auf Malerei und Bildhauerei, auf schöne Tapeten und andre schöne Möbel verwandt, und wie alles, bis auf die Kommodität, bei ihm habe hetrurisch sein müssen; und wie er berühmte Künstler, Virtuosen und schöne Geister an seinen Hof berufen habe usw., welches alles, sagen sie, er um so mehr tat, weil ihm daran gelegen war, das Andenken der Übeltaten auszulöschen, durch die er sich den Weg zum Throne, zu dem er nicht geboren war, gebahnt hatte – wie Euer Edeln aus Ihrem Bayle mit mehrerm ersehen können.

Nach dieser kleinen Abschweifung kehren wir zu unserm attischen Dichter zurück, den wir in einem schimmernden Zirkel von Abderiten und Abderitinnen vom ersten Range unter einem grünen Pavillon im Garten des Archon Onolaus antreffen werden.

ACHTES KAPITEL

Wie sich Euripides mit den Abderiten benimmt. Sie machen einen Anschlag auf ihn, wobei sich ihre politische Betriebsamkeit in einem starken Lichte zeigt, und der ihnen um so gewisser gelingen muß, weil alle Schwierigkeiten, die sie dabei sehen, bloß eingebildet sind.

Es ist oben schon bemerkt worden, daß Euripides schon lange, wiewohl unbekannterweise, bei den Abderiten in großem Ansehen stand. Jetzt, sobald es erschollen war, daß er in Person zugegen sei, war die ganze Stadt in Bewegung. Man sprach von nichts als von Euripides. – „Haben Sie den Euripides schon gesehen? – Wie sieht er aus? – Hat er eine große Nase? Wie trägt er den Kopf? Was hat er für Augen? Er spricht wohl in lauter Versen? Ist er stolz?“ – und hundert solche Fragen machte man einander schneller, als es möglich war, auf eine zu antworten. Die Neugier, den Euripides zu sehen, zog noch außer denen, die der Archon hatte bitten lassen, verschiedene herbei, die nicht geladen waren. Alles drängte sich um den guten glatzköpfigen Dichter her, um zu beaugenscheinigen, ob er auch so aussehe, wie sie sich vorgestellt hatten, daß er aussehen müsse. Verschiedne, insonderheit unter den Damen, schienen sich zu wundern, daß er am Ende doch gerade so aussah wie ein andrer Mensch. Andre bemerkten, daß er viel Feuer in den Augen habe, und die schöne Thryallis raunte ihrer Nachbarin ins Ohr, man seh' es ihm stark an, daß er ein ausgemachter Weiberfeind sei. Sie machte diese Bemerkung mit einem Ausdruck von antizipiertem Vergnügen über den Triumph, den sie sich davon versprach, wenn ein so erklärter Feind ihres Geschlechts die Macht ihrer Reizungen würde bekennen müssen.

Die Dummheit hat ihr Sublimes so gut als der Verstand, und wer darin bis zum Absurden gehen kann, hat das Erhabne in dieser Art erreicht, welches für gescheite Leute immer eine Quelle von Vergnügen ist. Die Abderiten hatten das Glück, im Besitz dieser Vollkommenheit zu sein. Ihre Ungereimtheit machte einen Fremden anfangs wohl zuweilen ungeduldig; aber sobald man sah, daß sie so ganz aus einem Stücke war und (eben darum) soviel Zuversicht und Gutmütigkeit in sich hatte, so versöhnte man sich gleich wieder mit ihnen und belustigte sich oft besser an ihrer Albernheit als an andrer Leute Witz.

Euripides war in seinem Leben nie bei so guter Laune gewesen als bei diesem Abderitenschmause. Er antwortete mit der größten Gefälligkeit auf alle ihre Fragen, lachte über alle ihre platten Einfälle, ließ jeden so hoch gelten, als er sich selbst würdigte, und erklärte sich sogar über ihr Theater und Musikwesen so billig, daß jedermann vollkommen mit ihm zufrie-

183

den war. – „Ein feiner Gast!" raunte der politische
Ratsherr der Dame Salabanda, die über ihm saß, ins
Ohr; „der tritt leise auf!" – „Und so höflich, so bescheiden, als ob er kein großer Kopf wäre!" erwiderte
Salabanda. – „Der drolligste Mann von der Welt,
beim Jupiter!" sagte der kurze, dicke Ratsherr beim
Aufstehen von Tische; „ein recht kurzweiliger Mann!
Hätt's ihm nicht zugetraut, mein' Seel'!" – Die Damen, die er schön gefunden hatte, waren dafür so höflich und taten, als ob sie ihn um zwanzig Jahre jünger
fänden als er war; kurz, man war ganz von ihm bezaubert und bedauerte nur, daß man die Ehre und
das Vergnügen, ihn in Abdera zu sehen, nicht länger
haben sollte; denn Euripides blieb dabei, daß er sich
nicht aufhalten könne.

Endlich nahm Frau Salabanda den politischen Ratsherrn und den jungen Onobulus auf die Seite. „Was
meinen Sie", sagte sie, „wenn wir ihn dahin bringen
könnten, daß er uns seine Andromeda gäbe? Er hat
seine eigne Truppe bei sich. Es sollen ganz außerordentliche Virtuosen sein." – Onobulus fand den Einfall göttlich. – „Ich hatte ihn eben selbst gehabt", sagte
der politische Ratsherr, „und war im Begriff, es Ihnen
vorzutragen. Aber es wird Schwierigkeiten absetzen.
Der Nomophylax –" – „Oh, dafür lassen Sie mich sorgen", fiel Salabanda ein; „ich will ihm schon warm
machen!"

„Das glaub' ich gerne, Madame, daß Sie das können", versetzte der Ratsherr mit einem schlauen Blick,
„allein wir müssen vor allen Dingen den Archon son-
dieren."

„Für meinen Oheim steh' ich", sagte Onobulus;
„und noch in dieser Nacht will ich unter unsern jungen Leuten eine Partei zusammentrommeln, die Lärms
genug in der Stadt machen soll."

„Nur nicht zu hitzig", munkelte der politische Ratsherr, mit dem Kopfe wackelnd; „wir wollen uns nichts

merken lassen! Erst das Terrain sondiert und fein leise
aufgetreten! Das ist, was ich immer sage."

„Aber wir haben keine Zeit zu verlieren, Herr
Froschpfleger! Euripides geht fort –"

„Wir wollen ihn schon aufhalten", erwiderte Salabanda; „er soll morgen bei *mir* sein! – Eine Garten-
partie, und alle unsre hübschen Leute dazu eingeladen
– lassen Sie nur mich machen; es soll gewiß gehen."

Frau Salabanda galt in Abdera für eine gar weise
Frau. Sie war stark in politicis und hatte großen
Einfluß auf den Archon Onolaus. Der Oberpriester
war ihr Oheim; und fünf oder sechs Ratsherren, die
sie in ihrer Freundschaft zählte, gaben selten eine
andre Meinung im Rate von sich, als die sie ihnen des
Abends zuvor eingetrichtert hatte. Überdies standen
ihr die Liebhaber der schönen Thryallis, mit der sie im
engsten Vertrauen lebte, gänzlich zu Gebote; nichts
von ihren eignen zu sagen, deren sie immer einige
hatte, die auf Hoffnung dienten und also so geschmeidig waren wie Handschuhe. Ihr Haus, das unter die
besten in der Stadt gehörte, war der Ort, wo alle Geschäfte vorbereitet, alle Händel geschlichtet und alle
Wahlen ins reine gebracht wurden; mit einem Worte,
Frau Salabanda machte in Abdera, was sie wollte.

Euripides, ohne die mindeste Absicht, Gebrauch von
der Wichtigkeit dieser Frau zu machen, hatte sich diesen Abend so gut bei ihr insinuiert, als ob er zum
wenigsten eine Froschpflegerstelle auf dem Korn gehabt hätte. Brachte sie ein politisches Weidsprüchlein als
einen Gedanken vor, so fand er, daß es eine sehr scharfsinnige Bemerkung sei; zitierte sie den Simonides oder
Homer, so bewunderte er ihr Talent, Verse zu deklamieren. Sie hatte ihn mit einigen Stellen seiner Werke
aufgezogen, die ihn zu Athen in den bösen Ruf eines
Weiberfeindes gesetzt, und er hatte, indem er sich
gegen sie und die schöne Thryallis verbeugte, versichert, daß es sein Unglück sei, nicht eher nach Ab-

185

dera gekommen zu sein. Kurz, er hatte sich so auf-geführt, daß Frau Salabanda bereit war, einen Auf-stand zu erregen, falls ihr mit dem politischen Rats-herrn eingefädeltes Projekt durch kein gelinderes Mittel hätte durchgesetzt werden können.

Man säumte nicht, sich vor allen Dingen des Ar-chons zu versichern, der gewöhnlich bald gewonnen war, wenn man ihm sagte, daß eine Sache der Repu-blik Abdera zu großem Ruhm gereichen und dem Volke sehr angenehm sein werde. Aber weil er ein Herr war, der seine Ruhe liebte, so erklärte er sich: er überlasse es ihnen, alles in die gehörigen Wege ein-zuleiten; er seines Orts möchte sich mit niemand des-wegen überwerfen, am wenigsten mit dem Nomophy-lax, der ein Grobian sei und unter dem Volk einen starken Anhang habe. – „Wegen des Volkes machen sich Eure Herrlichkeit keine Sorge", flüsterte ihm der Ratsherr zu; „das will ich durch die dritte Hand schon stimmen lassen, wie wir's nur wünschen können." – „Und ich", sagte Salabanda, „nehme die Ratsherren auf mich." – Wir wollen sehen", sprach der Archon, indem er zur Gesellschaft zurückkehrte.

„Seien Sie ruhig", sprach die Dame zum politischen Ratsherrn, indem sie ihn auf die Seite nahm; „ich kenne den Archon. Wenn man ihn haben will, so muß man ihm nur des Abends von einer Sache sprechen, und wenn er nein gesagt hat, des Morgens wieder-kommen und, ohne den Mund zu verkrümmen, so reden, als ob er ja gesagt habe, und ihm dabei zeigen, daß man des Erfolgs gewiß ist, so kann man sich auf ihn verlassen wie auf Gold. Es ist nicht das erstemal, daß ich ihn auf diese Art drangekriegt habe."

„Sie sind eine schlaue Frau", versetzte der Herr Froschpfleger, indem er sie sachte auf den runden Arm klopfte. – „Was Sie leise auftreten! – Aber man wird merken, daß wir etwas vorhaben – und das könnte nachteilig sein. – Wir müssen piano gehn!"

In diesem Augenblick trippelten ein paar Abderitinnen herbei, denen bald alle übrigen von der Gesellschaft folgten, um zu hören, wovon die Rede sei. Der politische Ratsherr schlich sich weg.

„Nun, wie gefällt euch Euripides?" sagte Frau Salabanda, „nicht wahr, das ist ein Mann?"

„Oh, ein scharmanter Mann!" riefen die Abderitinnen.

„Nur schade, daß er so kahl ist", setzte eine hinzu; „und daß ihm ein paar Zähne fehlen", sagte die andre.

„Närrchen, desto weniger kann er dich beißen", sagte die dritte; und weil dies ein witziger Einfall war, so lachten sie alle herzlich darüber.

„Ist er schon verheiratet?" fragte ein junges Ding, das so aussah, als ob es wie ein Pilz in einer einzigen Nacht aus dem Boden aufgeschossen wäre.

„Möchtest du ihn etwa haben?" antwortete ein andres Fräulein spöttisch; „ich denke, er hat schon Urenkel zu verheiraten."

„Oh, die will ich dir überlassen", sagte jene schnippisch; und der Stich war desto wespenartiger, weil das besagte Fräulein, wiewohl sie so jung tat als ein Mädchen von achtzehn, wenigstens ihre vollen fünfunddreißig auf dem Nacken trug.

„Kinder", unterbrach sie Frau Salabanda, „von dem allen ist jetzt die Rede nicht. Es ist was ganz andres auf dem Tapet. Wie gefiel' es euch, wenn ich den fremden Herrn beredete, etliche Tage hierzubleiben und uns mit der Truppe, die er bei sich hat, eine seiner Komödien zu geben?"

„Oh, das ist herrlich!" riefen die Abderitinnen, alle vor Freuden aufhüpfend; „o ja, wenn Sie das machen könnten!"

„Das will ich schon machen können", versetzte Salabanda; „aber ihr müßt alle dazu helfen!"

„O ja, o ja!" schnatterten die Abderitinnen; und nun liefen sie in hellem Haufen auf den Euripides zu und schrien alle auf einmal: „O ja, Herr Euripides, Sie müssen uns eine Komödie spielen! Wir lassen Sie nicht gehen, bis Sie uns eine Komödie gespielt haben. Nicht wahr? Sie versprechen's uns?"

Der arme Mann, dem diese Zumutung auf den Hals kam wie ein Kübel Wassers auf den Kopf, trat ein paar Schritte zurück und versicherte sie, es sei ihm nie in den Sinn gekommen, in Abdera Komödie zu spielen, er müsse seine Reise beschleunigen usw. Aber das half alles nichts. – „Oh, Sie müssen", schrien die Abderitinnen; „wir lassen Ihnen keine Ruhe; Sie sind viel zu artig, als daß Sie uns was abschlagen sollten. Wir wollen Sie so schön bitten –"

„Im Ernst", sagte Frau Salabanda, „wir haben einen Anschlag auf Sie gemacht –" – „Und der nicht zu Wasser werden soll", fiel Onobulus ein, „oder ich will nicht Onobulus heißen."

„Was gibt's? was gibt's?" fragte der politische Ratsherr, der den Unwissenden machte, indem er langsam und mit unstetem Blick hinzuschlich; „was haben Sie mit dem Herrn vor?" – Der kurze, dicke Ratsherr kam auch herbeigewatschelt. „Ich glaube gar, straf' mich! Sie wollen alle auf einmal sein Herz mit Arrest beschlagen, ha, ha, ha!" – schrie er und lachte, daß er sich die Seiten halten mußte. Man verständigte ihn, wovon die Rede sei. – „Ha, ha, ha, ha! ein schöner Gedanke! straf' mich Jupiter! da komm ich gewiß auch, das versprech' ich Ihnen! Der Meister selbst! das muß der Mühe wert sein! Wird recht viel Ehre für Abdera sein, Herr Euripides, große Ehre! Haben uns glücklich zu schätzen, daß unsre Leute von so einem geschickten Manne profitieren sollen!" – Noch ein paar Herren von Bedeutung machten ihm ungefähr das nämliche Kompliment.

Euripides, wiewohl er den Einfall nicht so übel fand, sich diese Lust mit den Abderiten zu machen, spielte noch immer den Erstaunten und entschuldigte sich damit, daß er dem König Archelaus versprochen habe, seine Reise zu beschleunigen.

„Ei, was!" sagte Onobulus, „Sie sind ein Republikaner, und eine Republik hat ein näheres Recht an Sie."

„Sagen Sie dem Könige nur", schnarrte die schöne Myris, „daß wir Sie so gar schön gebeten haben. Er soll ein galanter Herr sein. Er wird Ihnen nicht übelnehmen, daß Sie sechs Frauenzimmern auf einmal nichts abschlagen konnten."

„O du, Tyrann der Götter und der Menschen, Amor!" rief Euripides im Ton der Tragödie, indem er zugleich die schöne Thryallis ansah.

„Wenn das Ihr Ernst ist", sagte Thryallis mit der Miene einer Person, die nicht gewohnt ist, weder abzuweisen noch abgewiesen zu werden; „wenn das Ihr Ernst ist, so beweisen Sie es dadurch, daß Sie sich von mir erbitten lassen."

Dies „von mir" verdroß die andern Abderitinnen. „Wir wollen nicht unbescheiden sein", sagte eine, indem sie die Lippen einzog und auf die Seite sah. – „Man muß dem Herrn nichts zumuten, was ihm unmöglich ist", sagte eine andre.

„Um Ihnen Vergnügen zu machen, meine schönen Damen", sprach der Dichter, „könnte mir das Unmögliche möglich werden."

Weil dies Unsinn war, so gefiel es allgemein. Onobulus war hurtig mit seiner Schreibtafel heraus, um sich den Gedanken aufzunotieren. Die Weiber und Mädchen warfen einen Blick auf Thryallis, als ob sie sagen wollten: „Ätsch! Er hat uns auch schön geheißen! Madame braucht sich eben nicht so viel auf ihre Atalantenfigur einzubilden; er bleibt so gut um unsertwillen hier als um ihrentwillen."

Salabanda machte endlich dem Handel ein Ende, indem sie sich bloß die Gefälligkeit ausbat, daß er ihr und ihren Freunden, die alle seine großen Verehrer

189

seien, nur noch den morgenden Tag schenken-möchte. Weil Euripides im Grunde nicht zu eilen hatte und sich in Abdera sehr gut gefiel, so ließ er sich nicht lange bitten, eine Einladung anzunehmen, die ihm hübsche Beiträge zu – Possenspielen für den Hof zu Pella versprach. Und so ging denn die Gesellschaft, auf die Ehre, sich morgen bei Frau Salabanda wieder-zusehen, gegen Mitternacht in allseitigem Vergnügen auseinander.

NEUNTES KAPITEL

Euripides besieht die Stadt, wird mit dem Priester Strobylus bekannt und vernimmt von ihm die Geschichte der Latonenfrösche. Merkwürdiges Gespräch, welches bei dieser Gelegenheit zwischen Demokrit, dem Priester und dem Dichter vorfällt.

Inzwischen führte Onobulus in Begleitung etlicher junger Herren seines Schlages seinen Gast in der Stadt herum, um ihm alles, was darin sehenswürdig wäre, zu zeigen. Unterwegs begegnete ihnen Demokrit, mit welchem Euripides schon von langem her bekannt war. Sie gingen also miteinander, und da die Stadt Abdera ziemlich weitläufig war, so hatten die beiden Alten Gelegenheit genug, von den jungen Herren zu profitieren, die immer den Mund offen hatten, über alles entschieden, alles wußten und sich gar nicht zu Sinne kommen ließen, daß es ihresgleichen in Gegen-wart von Männern anständiger sei zu hören, als sich hören zu lassen.

Euripides hatte also diesen Morgen genug zu hören und zu sehen. Die jungen Abderiten, die nie weiter als bis an die äußersten Schlagbäume ihrer Vaterstadt gekommen waren, sprachen von allem, was sie ihm zeigten, als von Wundern, die gar nicht ihresgleichen in der Welt hätten. Onobulus hingegen, der die große

Reise gemacht hatte, verglich alles mit dem, was er in eben dieser Art zu Athen, Korinth und Syrakus gesehen, und brachte in einem albernen Tone von Entschuldigung eine Menge lächerlicher Ursachen hervor, warum diese Dinge in Athen, Korinth und Syrakus schöner und prächtiger wären als in Abdera.

„Junger Herr", sagte Demokrit, „es ist hübsch, daß Sie Ihre Vater- und Mutterstadt in Ehren halten; aber wenn Sie uns einen Beweis davon geben wollen, so lassen Sie Athen, Korinth und Syrakus aus dem Spiele. Nehmen wir jedes Ding, wie es ist, und keine Vergleichung, so braucht's auch keine Entschuldigung."

Euripides fand alles, was man ihm zeigte, sehr merkwürdig; und das war es auch. Denn man zeigte ihm eine Bibliothek, worin viele unnütze und ungelesene Bücher, ein Münzkabinett, worin viel abgegriffene Münzen, ein reiches Spital, worin viel übelverpflegte Arme, ein Arsenal, worin wenig Waffen, und einen Brunnen, worin noch weniger Wasser war. Man zeigte ihm auch das Rathaus, wo die gute Stadt Abdera so wohl beraten wurde, den Tempel des Jason und ein vergoldetes Widderfell, welches sie, wiewohl wenig Gold mehr daran zu sehen war, für das berühmte goldne Vlies ausgaben. Sie nahmen auch den alten rauchigen Tempel der Latona in Augenschein und das Grabmal des Abderus, der die Stadt zuerst erbaut haben sollte, und die Galerie, wo alle Archonten von Abdera in Lebensgröße gemalt standen und einander alle so ähnlich sahen, als ob der folgende immer die Kopie von dem vorhergehenden gewesen wäre. Endlich, da sie alles gesehen hatten, führte man sie auch an den geheiligten Teich, worin auf Unkosten gemeiner Stadt die größten und fettesten Frösche gefüttert wurden, die man je gesehen hat und die, wie der Oberpriester Strobylus sehr ernsthaft versicherte, in gerader Linie von den lykischen Bauern abstammten, die der umherirrenden, nirgends Ruhe findenden und vor Durst verschmachtenden Latona nicht gestatten wollten, aus einem Teiche, der ihnen zugehörte, zu trinken, und dafür von Jupiter zur Strafe ihrer Ungeschlachtheit in Frösche verwandelt wurden.

„O Herr Oberpriester", sagte Demokrit, „erzählen Sie doch dem fremden Herrn die Geschichte dieser Frösche und wie es zugegangen, daß der geheiligte Teich aus Lykien über das Ionische Meer herüber bis nach Abdera versetzt worden ist, welches, wie Sie wissen, eine ziemliche Strecke Wegs über Länder und Meere ausmacht und (wenn man so sagen darf) beinahe ein noch größeres Wunder ist als die Froschwerdung der lykischen Bauern selbst."

Strobylus sah Demokriten und dem Fremden mit einem bedenklichen Blick unter die Augen. Weil er aber nichts darin sehen konnte, das ihn berechtigt hätte, sie für Spötter zu erklären, welche nicht verdienten, zu so ehrwürdigen Mysterien zugelassen zu werden, so bat er sie, sich unter einen großen wilden Feigenbaum zu setzen, der eine Seite des kleinen Latonentempels beschattete, und erzählte ihnen hierauf mit eben der Treuherzigkeit, womit man die alltäglichste Begebenheit erzählen kann, alles, was er von der Sache zu wissen glaubte.

„Die Geschichte des Latonendienstes in Abdera", sagte er, „verliert sich im Nebel des grauesten Altertums. Unsre Vorfahren, die Tejer, die sich vor ungefähr hundertundvierzig Jahren von Abdera Meister machten, fanden ihn bereits seit undenklichen Zeiten eingeführt; und dieser Tempel hier ist vielleicht einer der ältesten in der Welt, wie Sie schon aus seiner Bauart und andern Zeichen eines hohen Altertums schließen können. Es ist, wie Sie wissen, nicht erlaubt, mit strafbarem Vorwitz den heiligen Schleier aufzuheben, den die Zeit um den Ursprung der Götter und ihres Dienstes geworfen hat. Alles verliert sich in Zeiten, wo die Kunst zu schreiben noch nicht erfunden war.

Allein die mündliche Überlieferung, die von Vater zu Sohn durch so viele Jahrhunderte fortgepflanzt wurde, ersetzt den Abgang schriftlicher Urkunden mehr als hinlänglich und macht, sozusagen, eine lebendige Urkunde aus, die dem toten Buchstaben billig noch vorzuziehen ist. Diese Tradition sagt: als die vorerwähnte Verwandlung der lykischen Bauern vorgegangen, hätten die benachbarten Einwohner und einige von den besagten Bauern selbst, welche an dem Frevel der übrigen keinen Teil genommen, als Zeugen des vorgegangenen Wunders, Latonen mit ihren noch an der Brust liegenden Zwillingen, Apollo und Diana, für Gottheiten erkannt, ihnen an dem Teiche, wo die Verwandlung geschehen, einen Altar errichtet, auch die Gegend und das Gebüsche, das den Teich umgab, zu einem Hain geheiligt. Das Land hieß damals noch Milia, und die in Frösche verwandelten Bauern waren also, eigentlich zu reden, Milier; als aber lange Zeit hernach Lykus, Pandions des Zweiten Sohn, sich mit einer attischen Kolonie des Landes bemächtigte, bekam es von ihm den Namen Lykia, und der ältere Name verlor sich gänzlich. Bei dieser Gelegenheit verließen die Einwohner der Gegend, wo der Altar und Hain der Latona stand, weil sie sich der Herrschaft des besagten Lykus nicht unterwerfen wollten, ihr Vaterland, setzten sich zu Schiffe, irrten eine Zeitlang auf dem Ägäischen Meere herum und ließen sich endlich zu Abdera nieder, welches kurz zuvor durch die Pest beinahe gänzlich entvölkert worden war. Bei ihrem Abzuge schmerzte sie, wie die Tradition sagt, nichts so sehr, als daß sie den geheiligten Hain und Teich der Latona zurücklassen mußten. Sie sannen hin und her und fanden endlich, das beste wäre, einige junge Bäume aus dem besagten Haine, mit Wurzeln und Erde, und eine Anzahl von Fröschen aus dem besagten Teich in einer Tonne voll geheiligten Wassers mitzunehmen. Sobald sie zu Abdera anlangten, war ihre erste Sorge, einen neuen Teich zu graben, welches eben dieser ist, den Sie hier vor sich sehen.

Sie leiteten einen Arm des Flusses Nestus in denselben und besetzten ihn mit den Abkömmlingen der in Frösche verwandelten Lykier oder Milier, die sie in dem geweihten Wasser mit sich gebracht hatten. Um den neuen Teich her, dem sie sorgfältig die völlige Gestalt und Größe des alten gaben, pflanzten sie die mitgebrachten heiligen Bäume, weihten sie aufs neue der Latona zum Hain, bauten ihr diesen Tempel und verordneten einen Priester, der den Dienst desselben versehen und des Hains und Teiches warten sollte, welche sich auf diese Weise, ohne ein so großes Wunder, als Herr Demokrit für nötig hielt, aus Lykien nach Abdera versetzt fanden. Dieser Tempel, Hain und Teich erhielt sich vermöge der Ehrfurcht, welche sogar die benachbarten wilden Thraker für denselben hegten, durch alle Veränderungen und Unfälle, denen Abdera in der Folge unterworfen war, bis die Stadt endlich von den Tejern, unsern Vorfahren, zu den Zeiten des großen Cyrus wiederhergestellt und (wie man ohne Ruhmredigkeit sagen kann) zu einem Glanz erhoben wurde, daß sie keine Ursache hat, irgendeine andre in der Welt zu beneiden."

„Sie reden wie ein wahrer Patriot, Herr Oberpriester", sagte Euripides. „Aber wenn es erlaubt wäre, eine bescheidene Frage zu tun –"

„Fragen Sie, was Sie wollen", fiel ihm Strobylus ein; „ich werde, gottlob! nie verlegen sein, Antwort zu geben."

„Mit Euer Ehrwürden Erlaubnis also", fuhr Euripides fort; „die ganze Welt kennt die edle Denkart und die Liebe zur Pracht und zu den schönen Künsten, die den tejischen Abderiten eigen ist und wovon ihre Stadt überall die merkwürdigsten Beweise darstellt. Wie kommt es also, da zumal die Tejer schon von alten Zeiten her im Ruf einer besondern Ehrfurcht für Latonen stehen, daß die Abderiten nicht auf den Gedanken gekommen sind, ihr einen ansehnlichern Tempel aufzubauen?"

„Ich vermutete mir diesen Einwurf", sagte Strobylus mit einem Lächeln, wobei er die Augenbrauen in die Höhe zog und mächtig weise aussehen wollte.

„Es soll kein Einwurf sein", versetzte Euripides, „sondern bloß eine bescheidene Frage."

„Ich will sie Ihnen beantworten", sagte der Priester. „Ohne Zweifel wäre es der Republik leicht gewesen, der Latona als einer Göttin vom ersten Rang einen so prächtigen Tempel aufzubauen, wie sie dem Jason, der doch nur ein Heros ist, gebaut hat. Aber sie hat mit Recht geglaubt, daß es der Ehrfurcht, die wir der Mutter des Apollo und der Diana schuldig sind, gemäßer sei, ihren uralten Tempel zu lassen, wie sie ihn gefunden; und er ist und bleibt dem ungeachtet der oberste und heiligste Tempel von Abdera, was auch immer der Priester Jasons dagegen einwenden mag."

Strobylus sagte dieses letzte mit einem Eifer und einem Crescendo il Forte, daß Demokrit für nötig fand, ihn zu versichern, daß dies wenigstens bei allen Gesunddenkenden eine ausgemachte Sache sei.

„Indessen", fuhr der Oberpriester fort, „hat die Republik gleichwohl solche Beweise ihrer besondern Devotion für den Tempel der Latona und dessen Zubehörden gegeben, daß gegen die Lauterkeit ihrer Absichten nicht der geringste Zweifel übrig sein kann. Sie hat zu Versehung des Dienstes nicht nur ein Kollegium von sechs Priestern, deren Vorsteher zu sein ich unwürdigerweise die Ehre habe, sondern auch aus dem Mittel des Senats drei Pfleger des heiligen Teichs angeordnet, von welchen der erste allezeit eines von den Häuptern der Stadt ist. Ja, sie hat aus Beweggründen, deren Richtigkeit streitig zu machen nicht länger erlaubt ist, die Unverletzlichkeit der Frösche des Latonenteichs auf alle Tiere dieser Gattung in ihrem gan-

195

zen Gebiet ausgedehnt und zu diesem Ende das ganze Geschlecht der Störche, Kraniche und aller andern Froschfeinde aus ihren Grenzen verbannt."

„Wenn die Versicherung, daß es nicht länger erlaubt ist, an der Richtigkeit dieses Verfahrens zu zweifeln, mir nicht die Zunge bände", sagte Demokrit, „so würde ich mir die Freiheit nehmen, zu erinnern, daß selbiges mehr in einer zwar an sich selbst löblichen, aber doch aufs äußerste getriebene Deisidämonie als in der Natur der Sache oder der Ehrfurcht, die wir der Latona schuldig sind, gegründet zu sein scheint. Denn in der Tat ist nichts gewisser, als daß die Frösche zu Abdera und in der Gegend umher, die den Einwohnern bereits sehr beschwerlich sind, mit der Zeit sich unter einem solchen Schutze so überschwenglich vermehren werden, daß ich nicht begreife, wie unsre Nachkommen sich mit ihnen werden vergleichen können. Ich rede hier bloß menschlicherweise und unterwerfe meine Meinung dem Urteile der Obern, wie einem rechtgesinnten Abderiten zukommt."

„Daran tun Sie wohl", sagte Strobylus, „es mag nun Ihr Ernst sein oder nicht; und Sie würden, nehmen Sie mir's nicht übel, noch besser tun, wenn Sie dergleichen Meinungen gar nicht laut werden ließen. Übrigens kann nichts lächerlicher sein, als sich vor Fröschen zu fürchten; und unter dem Schutze der Latona können wir, denke ich, gefährlichere Feinde verachten, als diese guten, unschuldigen Tierchen jemals sein könnten, wenn sie auch unsre Feinde würden."

„Das sollt' ich auch denken", sagte Euripides. „Mich wundert, wie einem so großen Naturforscher als Demokrit unbekannt sein kann, daß die Frösche, die sich von Insekten und kleinen Schnecken nähren, dem Menschen viel mehr nützlich als schädlich sind."

Der Priester Strobylus nahm diese Anmerkung so wohl auf, daß er von diesem Augenblick an ein hoher Gönner und Beförderer unsers Dichters wurde. Die

Herren hatten sich kaum von ihm beurlaubt, so ging
er in einige der besten Häuser und versicherte, Euripides sei ein Mann von großen Verdiensten. „Ich habe
sehr wohl bemerkt", sagte er, „daß er mit Demokriten
nicht zum besten steht; er gab ihm ein- oder zweimal
tüchtig auf die Kolbe. Er ist wirklich ein hübscher,
verständiger Mann – für einen Poeten."

ZEHNTES KAPITEL

Der Senat zu Abdera gibt dem Euripides, ohne daß er darum ange-
sucht, Erlaubnis, eines seiner Stücke in dem abderitischen Theater aufzuführen. Kunstgriff, wodurch sich die abderitische Kanzlei in solchen
Fällen zu helfen pflegte. Schlaues Betragen des Nomophylax. Merkwürdige Art der Abderiten, einem, der ihnen im Wege stand, allen
Vorschub zu tun.

Nachdem Euripides die Wahrzeichen von Abdera
sämtlich in Augenschein genommen hatte, führte man
ihn nach dem Garten der Salabanda, wo er den Ratsherrn, ihren Gemahl (einen Mann, der bloß wegen
seiner Gemahlin bemerkt wurde), und eine große Gesellschaft von abderitischem Beau-Monde fand, alle
sehr begierig, zu sehen, wie man es machte, um Euripides zu sein. Euripides sah nur ein Mittel, sich mit
Ehren aus der Sache zu ziehen; und das war – in so
guter abderitischer Gesellschaft nicht Euripides – sondern so sehr Abderit zu sein, als ihm nur immer möglich war. Die wackern Leute wunderten sich, ihn so
gleichartig mit ihnen selbst zu finden. „Es ist ein scharmanter Mann", sagten sie; „man dächte, er wäre sein
Leben lang in Abdera gewesen."
Die Kabale der Dame Salabanda ging inzwischen
tapfer ihren Gang, und des folgenden Morgens war
schon die ganze Stadt des Gerüchtes voll, der fremde
Dichter würde mit seinen Leuten eine Komödie aufführen, wie man in Abdera noch keine gesehen habe.

Es war ein Ratstag. Die Herren versammelten sich, und einer fragte den andern, wenn Euripides sein Stück geben würde? Keiner wollte was davon wissen, wiewohl jeder positiv versicherte, daß bereits die Zurüstungen dazu gemacht würden.

Als der Archon die Sache in Vortrag brachte, formalisierten sich die Freunde des Nomophylax nicht wenig darüber. „Wozu", sagten sie, „braucht's uns noch zu fragen, ob wir erlauben wollen, was schon beschlossen ist und wovon jedermann als von einer ausgemachten Sache spricht?"

Einer der Hitzigsten behauptete, daß der Senat eben deswegen nein dazu sagen und dadurch zeigen sollte, daß er Meister sei.

„Das wäre mir ein sauberes Partizipium", rief der Zunftmeister Pfriem; „weil die ganze Stadt für die Sache bordiert ist und die fremden Komödianten zu hören wünscht, so soll der Senat nein dazu sagen? Ich behaupte gerade das Gegenteil. Eben weil das Volk sie zu hören wünscht, so sollen sie aufspielen! Fox Populus, Fox Deus! Das ist immer mein Simplum gewesen und soll es bleiben, solange ich Zunftmeister Pfriem heißen werde!"

Die meisten traten auf des Zunftmeisters Seite. Der politische Ratsherr zuckte die Achseln, sprach dafür und dawider und beschloß endlich: wenn der Nomophylax nichts dabei zu erinnern hätte, so glaubte er, man könnte für diesmal connivendo geschehen lassen, daß die Fremden in dem Stadttheater spielten.

Der Nomophylax hatte bisher bloß die Nase gerümpft, gegrinst, seinen Knebelbart gestrichen und einige abgebrochene Worte mit untermischtem Hä, hä, hä gemeckert. Er mochte nicht gern dafür angesehen werden, als ob ihm daran gelegen sei, die Sache zu hintertreiben. Allein je mehr er's verbergen wollte, desto stärker fiel's in die Augen. Er schwoll zusehends auf wie ein Truthahn, dem man ein rotes Tuch vorhält; und endlich, da er entweder bersten oder reden mußte, sagte er: „Die Herren mögen nun glauben, was sie wollen – aber ich bin wirklich der erste, der das neue Stück zu hören wünscht. Ohne Zweifel hat der Poet den Text und die Musik selbst gemacht, und da muß es ja wohl ein ganzes Wunderding sein. Indessen, weil er sich nicht aufhalten kann, wie man sagt, so seh' ich nicht, wie man mit den Dekorationen wird fertig werden können. Und wenn wir zu den Chören unsre Leute hergeben sollen, wie zu vermuten ist, so bedaur' ich, daß ich sagen muß, vor vierzehn Tagen wird nicht daran zu denken sein."

„Dafür lassen wir den Euripides sorgen", sagte einer von den Vätern, aus deren Sprachröhren die Stimme der Dame Salabanda sprach; „man wird ihm ohnehin ehrenhalber die ganze Direktion seines Schauspiels überlassen müssen." – „Den Rechten eines zeitigen Nomophylax und der Theaterkommission in alle Wege unpräjudizierlich", setzte der Archon hinzu.

„Ich bin alles zufrieden", sagte Gryllus; „die Herren wollen was Neues. – Gut! wünsche, daß es wohl bekomme! Bin selbst begierig, das Ding zu hören, wie gesagt. Es kommt freilich alles bloß darauf an, ob man Glauben an die Leute hat – verstehen Sie mich? – Indessen wird Recht Recht, und Musik Musik bleiben; und ich wette, was die Herren wollen, die Terzen und Quinten und Oktaven der Herren Athener werden gerade so klingen wie die unsrigen, hä, hä, hä, hä!"

Es ging also mit einem großen Mehr durch: „daß den fremden Komödianten ein für allemal, und ohne daß dieser Fall zu einiger Konsequenz sollte gezogen werden können, erlaubt sein sollte, eine Tragödie auf der Nationalschaubühne aufzuführen, und daß ihnen hierzu von seiten der Theaterdeputation aller Vorschub getan und die Kosten von der Kassa bestritten werden sollten." – Allein weil der Ausdruck „erlaubt sein

sollte" dem Euripides, der nichts verlangt hatte, sondern sich bloß erbitten lassen, hätte anstößig sein können, so veranstaltete Frau Salabanda, daß der Rats-
schreiber (der ihr besonderer Freund und Diener war)
im Bescheid die Worte „erlaubt sein sollte" in „ersucht
werden sollte", und „die fremden Komödianten" in
den „berühmten Euripides" verwandelte – alles übrigens dem Ratschluß und der Kanzlei unpräjudizierlich
und citra consequentiam.

Sowie der Senat auseinanderging, begab sich der
Nomophylax zum Euripides, überschüttete ihn mit
Komplimenten, bot ihm seine Dienste an und versicherte ihn, daß ihm aller mögliche Vorschub getan
werden sollte, um sein Stück recht bald aufführen zu
können. Die Wirkung dieser Versicherung war, daß
ihm, ohne daß jemand schuld daran haben wollte, alle
möglichen Hindernisse in den Weg gelegt wurden und
daß es immer an allem fehlte, was er nötig hatte. Be-
schwerte er sich, so wies ihn immer einer an den andern, und jeder beteuerte seine Unschuld und seinen
guten Willen, indem er ganz deutlich zu verstehen gab,
daß der Fehler bloß an diesem oder jenem liege, der
eine Viertelstunde zuvor seinen guten Willen ebenso
stark beteuert hatte.

Euripides fand die abderitische Art, allen möglichen
Vorschub zu tun, so beschwerlich, daß er sich nicht entbrechen konnte, der Dame Salabanda am Morgen des
dritten Tages zu erklären: seine Meinung sei, sich mit
dem ersten Winde, woher er auch blasen möchte, wieder einzuschiffen, wofern sie nicht einen Ratsschluß
auswirkte, der den Herren von der Kommission an-
beföhle, ihm keinen Vorschub zu tun. Da der Archon,
wiewohl eigentlich alle exekutive Gewalt von ihm abhing, kein Mann von Exekution war, so war das einzige Mittel in dieser Not, den Zunftmeister Pfriem
und den Priester Strobylus, welche sehr viel beim
Volke vermochten, in Bewegung zu setzen. Salabanda

übernahm beides mit so guter Wirkung, daß binnen Tag und Nacht alles, was von seiten der Theaterkommission besorgt werden mußte, fertig und bereit war; welches um so leichter geschehen konnte, da Euripides seine eignen Dekorationen bei sich hatte und also beinahe nichts weiter zu tun war, als sie dem abderitischen Schauplatze anzupassen.

ELFTES KAPITEL

Die Andromeda des Euripides wird endlich trotz aller Hindernisse von seinen eignen Schauspielern aufgeführt. Außerordentliche Empfindsamkeit der Abderiten, mit einer Digression, welche unter die lehrreichsten in diesem ganzen Werke gehört und folglich von gar keinem Nutzen sein wird.

Die Abderiten hatten ein neues Stück erwartet und waren daher übel zufrieden, da sie hörten, daß es eben die Andromeda war, die sie vor wenig Tagen schon gesehen zu haben glaubten. Noch weniger wollten ihnen anfangs die fremden Schauspieler einleuchten, deren Ton und Aktion so natürlich war, daß die guten Leute – gewohnt, ihre Helden und Heldinnen wie Besessene herumfahren zu sehen und schreien zu hören wie der verwundete Mars in der Iliade – gar nicht wußten, was sie daraus machen sollten. „Das ist eine wunderliche Art zu agieren", flüsterten sie einander zu: „man merkt gar nicht, daß man in der Komödie ist; es klingt ja ordentlich, als ob die Leute ihre eignen Rollen spielten." Indessen bezeigten sie doch ihr Erstaunen über die Dekorationen, die zu Athen von einem berühmten Meister in der Theaterperspektive gemalt waren; und da die meisten in ihrem Leben nichts Gutes in dieser Art gesehen hatten, so glaubten sie bezaubert zu sein, wie sie das Ufer des Meeres, den Felsen, wo Andromeda angefesselt war, und den Hain der Nereiden an einer kleinen Bucht auf der einen

201

Seite, und den Palast des Königs Cepheus in der Ferne auf der andern, so natürlich vor sich sahen, daß sie geschworen hätten, es sei alles wirklich und wahrhaftig so, wie es sich darstellte. Da nun überdies die Musik vollkommen nach dem Sinne des Dichters und also das alles war, was die Musik des Nomophylax Gryllus – nicht war; da sie immer gerad' aufs Herz wirkte und ungeachtet der größten Einfalt und Singbarkeit doch immer neu und überraschend war, so brachte alles dies, mit der Lebhaftigkeit und Wahrheit der Deklamation und Pantomime und mit der Schönheit der Stimmen und des Vortrags vereinigt, einen Grad von Täuschung bei den guten Abderiten hervor, wie sie noch in keinem Schauspiel erfahren hatten. Sie vergaßen gänzlich, daß sie in ihrem Nationaltheater saßen, glaubten unvermerkt mitten in der wirklichen Szene der Handlung zu sein, nahmen Anteil an dem Glück und Unglück der handelnden Personen, als ob es ihre nächsten Blutsfreunde gewesen wären, betrübten und ängstigten sich, hofften und fürchteten, liebten und haßten, weinten und lachten, wie es dem Zauberer, unter dessen Gewalt sie waren, gefiel – kurz, Andromeda wirkte so außerordentlich auf sie, daß Euripides selbst gestand, noch niemals des Schauspiels einer so vollkommnen Empfindsamkeit genossen zu haben.

Wir bitten – in Parenthese – die empfindsamen Frauenzimmerchen und Jünkerchen unsrer vor lauter Empfindsamkeit höchst unempfindsamen Zeit sehr um Verzeihung! Aber es war in der Tat unsre Meinung nicht, durch diesen Zug der außerordentlichen Empfindsamkeit der Abderiten – ihnen einen Stich zu geben – und gleichsam dadurch einigen Zweifel gegen ihren guten Verstand bei ihnen selbst oder bei andern Leuten zu erwecken. – In ganzem Ernst, wir erzählen die Sache bloß, wie sie sich zutrug; und wem eine so große Empfindsamkeit an Abderiten befremdlich vor-

kommt, den ersuchen wir höflichst – zu bedenken, daß
sie bei aller ihrer Abderitheit am Ende doch Menschen
waren wie andre; ja, in gewissem Sinne, nur desto
mehr Menschen – je mehr Abderiten sie waren. Denn
gerade ihre Abderitheit machte, daß es ebenso leicht
war, sie zu betrügen, als die Vögel, die in die gemalten
Trauben des Zeuxis hineinpickten; indem sie sich jedem
Eindruck, besonders den Täuschungen der Kunst, viel
ungewahrsamer und treuherziger überließen, als fei-
nere und kältere, folglich auch gescheitere Leute zu tun
pflegen, welche man so leicht nicht verhindern kann,
durch jeden Zauberdunst, den man um sie her macht,
durchzusehen.

Übrigens macht der Verfasser dieser Geschichte hier
die Anmerkung: „Die große Disposition der Abderiten,
sich von den Künsten der Einbildungskraft und der
Nachahmung täuschen zu lassen, sei eben nicht das,
was er am wenigsten an ihnen liebe." Er mag aber
wohl dazu seine besondern Ursachen gehabt haben.

In der Tat haben Dichter, Tonkünstler, Maler, einem
aufgeklärten und verfeinerten Publikum gegenüber,
schlimmes Spiel; und gerade die eingebildeten Kenner,
die unter einem solchen Publikum immer den größten
Haufen ausmachen, sind am schwersten zu befriedigen.
Anstatt der Einwirkung stillzuhalten, tut man alles,
was man kann, um sie zu verhindern. Anstatt zu genießen, was da ist, räsoniert man darüber, was da sein
könnte. Anstatt sich zur Illusion zu bequemen, wo die
Vernichtung des Zaubers zu nichts dienen kann, als uns
eines Vergnügens zu berauben, setzt man, ich weiß
nicht, welche kindische Ehre darein, den Philosophen
zur Unzeit zu machen; zwingt sich zu lachen, wo
Leute, die sich ihrem natürlichen Gefühl überlassen,
Tränen im Auge haben, und, wo diese lachen, die Nase
zu rümpfen, um sich das Ansehen zu geben, als ob man
zu stark oder zu fein oder zu gelehrt sei, um sich von
so was aus seinem Gleichgewicht setzen zu lassen.

Aber auch die wirklichen Kenner verkümmern sich selbst den Genuß, den sie von tausend Dingen, die in ihrer Art gut sind, haben könnten, durch Vergleichungen derselben mit Dingen anderer Art; Vergleichungen, die meistens ungerecht und immer wider unsern eignen Vorteil sind. Denn das, was unsre Eitelkeit dabei gewinnt, ein Vergnügen zu verachten, ist doch immer nur ein Schatten, nach welchem wir schnappen, indem uns das Wirkliche entgeht.

Wir finden daher, daß es allezeit unter noch rohen Menschen war, wo die Söhne des Musengottes jene großen Wunder taten, wovon man noch immer spricht, ohne recht zu wissen, was man sagt. Die Wälder in Thrakien tanzten zur Leier des Orpheus, und die wilden Tiere schmiegten sich zu seinen Füßen, nicht weil er – ein Halbgott war, sondern weil die Thraker – Bären waren, nicht, weil er übermenschlich sang, sondern weil seine Zuhörer wie bloße Naturmenschen hörten; kurz, aus eben dem Grunde, warum (nach Forsters Bericht) eine schottische Sackpfeife die guten Seelen von Otaheite in Entzücken setzte.

Die Anwendung dieser nicht sehr neuen, aber sehr praktischen Bemerkung, die man so oft gehört hat und doch fast immer aus der Acht läßt, wird der geneigte Leser selbst machen, wenn's ihm beliebt. Unser eignes Gewissen mag uns sagen, ob und inwiefern wir in andern Dingen mehr oder weniger Thraker und Abderiten sind; aber wenn wir's in diesem einzigen Punkte wären, so möcht' es nur desto besser für uns – und freilich auch für den größten Teil unsrer poetischen Sackpfeifer sein.

ZWÖLFTES KAPITEL

Wie ganz Abdera vor Bewunderung und Entzücken über die Andromeda des Euripides zu Narren wurde. Philosophisch-kritischer Versuch
über diese seltsame Art von Phrenesie, welche bei den Alten insgemein
die abderitische Krankheit genannt wird — den Geschichtschreibern er-
gebenst zugeeignet.

Als der Vorhang gefallen war, sahen die Abderiten
noch immer mit offnem Aug' und Munde nach dem
Schauplatze hin; und so groß war ihre Verzückung,
daß sie nicht nur ihrer gewöhnlichen Frage: „Wie hat
Ihnen das Stück gefallen?" vergaßen, sondern sogar
des Klatschens vergessen haben würden, wenn Salabanda und Onolaus (die bei der allgemeinen Stille am
ersten wieder zu sich selbst kamen) nicht eilends diesem Mangel abgeholfen und dadurch ihren Mitbürgern
die Beschämung erspart hätten, gerade zum erstenmal,
wo sie wirklich Ursache dazu hatten, nicht geklatscht
zu haben. Aber dafür brachten sie auch das Versäumte
mit Wucher ein. Denn sobald der Anfang gemacht war,
wurde so laut und so lange geklatscht, bis kein Mensch
mehr seine Hände fühlte. Diejenigen, die nicht mehr
konnten, pausierten einen Augenblick und fingen dann
wieder desto stärker an, bis sie von andern, die inzwischen ausgeruht hatten, wieder abgelöst wurden.

Es blieb nicht bei diesem lärmenden Ausbruch ihres
Beifalls. Die guten Abderiten waren so voll von dem,
was sie gehört und gesehen hatten, daß sie sich genötiget fanden, ihrer Überfüllung noch auf andere Weise
Luft zu machen. Verschiedene blieben im Nachhause-
gehen auf öffentlicher Straße stehen und deklamierten
überlaut die Stellen des Stücks, wovon sie am stärksten
gerührt worden waren. Andre, bei denen die Leidenschaft so hoch gestiegen war, daß sie singen mußten,
fingen zu singen an und wiederholten, wohl oder übel,
was sie von den schönsten Arien im Gedächtnis behalten hatten. Unvermerkt wurde (wie es bei solchen

Gelegenheiten zu gehen pflegt) der Paroxysmus allgemein; eine Fee schien ihren Stab über Abdera ausgestreckt und alle seine Einwohner in Komödianten und Sänger verwandelt zu haben. Alles, was Odem hatte, sprach, sang, trallerte, leierte und pfiff wachend und schlafend viele Tage lang nichts als Stellen aus der Andromeda des Euripides. Wo man hinkam, hörte man die große Arie – O du, der Götter und der Menschen Herrscher, Amor usw., und sie wurde so lange gesungen, bis von der ursprünglichen Melodie gar nichts mehr übrig war und die Handwerksbursche, zu denen sie endlich herabsank, sie bei Nacht auf der Straße nach eigner Melodie brüllten.

Wenn der Rat nicht (wie so viele andre, die uns von den Weisen gegeben werden) den einzigen Fehler hätte – daß er nicht praktikabel ist, so würden wir eilen, was wir könnten, allen Menschen den Rat zu geben: „niemals von irgendeiner Begebenheit, die ihnen erzählt wird, ein Wort zu glauben." Denn unzählige Erfahrungen, die wir hierüber seit mehr als dreißig Jahren gemacht, haben uns überzeugt, daß an solchen Erzählungen ordentlicherweise kein Wort wahr ist, und wir wissen uns in ganzem Ernste nicht eines einzigen Falles zu besinnen, wo eine Sache, wiewohl sie sich erst vor wenigen Stunden zugetragen hatte, nicht von jedem, der sie erzählte, anders und also (weil doch ein Ding nur auf eine Art wahr ist) von jedem falsch erzählt worden wäre.

Da es diese Bewandtnis mit Dingen hat, die zu unsrer Zeit, an dem Orte unsres Aufenthalts und beinahe vor unsern sichtlichen Augen geschehen sind, so kann man leicht ermessen, wie es um die historische Treue und Zuverlässigkeit solcher Begebenheiten stehen müsse, die sich vor langer Zeit zugetragen und für die wir keine andre Gewähr haben, als was uns davon in geschriebenen oder gedruckten Büchern vorgespiegelt wird. Weiß der liebe Gott, wie sie da der armen ehrlichen Wahrheit mitspielen und was von ihr übrigbleiben kann, wenn sie ein paar tausend Jahre lang durch alle die verfälschenden Fortpflanzungsmittel von Traditionen, Chroniken, Jahrbüchern, pragmatischen Geschichten, kurzen Inbegriffen, historischen Wörterbüchern, Anekdotensammlungen usw. und durch so manche gewaschne oder ungewaschne Hände von Schreibern und Abschreibern, Setzern und Übersetzern, Zensoren und Korrektoren usw. durchgebeutelt, geseigt und gepreßt worden ist! Ich meines Orts bin durch die genauere Betrachtung dieser Umstände schon lange bewogen worden, ein Gelübde zu tun, keine andre Geschichte zu schreiben als von Personen, an deren Existenz – und von Begebenheiten, an deren Zuverlässigkeit – keinem Menschen in der Welt etwas gelegen sein kann.

Was mich zu dieser kleinen Expektoration veranlaßt, ist gerade die Begebenheit, die wir vor uns haben und die von den verschiedenen Schriftstellern, welche ihrer Erwähnung tun, so seltsam behandelt und mißhandelt worden ist, als ein gutherziger, nichts Arges wähnender Leser sich's kaum vorstellen kann.

Da ist nun zum Beispiel dieser Yorick, dieser Erfinder, Vater, Protoplastus und Prototypus aller empfindsamen Reisen und empfindelnden Wandersleute, die ohne Beutel und Tasche, ja, ohne nur ein Paar Schuhsohlen darüber abgenutzt zu haben, empfindsame Reisen, wer weiß wohin? bloß in der Absicht getan haben, um mit deren Beschreibung ihre Bier- und Tabaksrechnung zu saldieren – ich sage, da ist nun dieser Yorick, der, um ein hübsches Kapitelchen in sein berühmtes Sentimental Journey daraus zu machen, diese nämliche Begebenheit so zubereitet hat, daß sie zwar so wunderbar und abenteuerlich als ein Feenmärchen geworden ist, aber auch darüber alle ihre individuelle Wahrheit und sogar alle abderitische Familienähnlichkeit verloren hat.

Man höre nur an! – „Die Stadt Abdera", sagt er, „war die schändlichste und gottloseste Stadt in ganz Thrakien – wimmelte und brudelte von Giftmischerei, Verschwörungen, Meuchelmord, Schmähschriften, Pasquillen und Tumult. Bei hellem Tage war man seines Lebens nicht sicher; bei Nacht war's noch ärger. Nun begab sich's", fährt er fort, „als der Greuel aufs höchste gestiegen war, daß man zu Abdera die Andromeda des Euripides vorstellte. Sie gefiel allen Zuschauern; aber von allen Stellen, die dem Volke gefielen, wirkte keine stärker auf seine Imagination als die zärtlichen Naturzüge, die der Dichter in die rührende Rede des Perseus verwebt hatte –

O du, der Götter und der Menschen Herrscher, Amor!

Alle Welt sprach den folgenden Tag in Jamben und von nichts als der rührenden Anrede des Perseus: O Amor, du, der Götter und der Menschen Herrscher! – In jeder Gasse von Abdera, in jedem Hause: O Amor, o Amor! – In jedem Munde usw. nichts als: O du, der Götter und der Menschen Herrscher, Amor! Das Feuer griff um sich, und die ganze Stadt, gleich dem Herzen eines einzigen Mannes, öffnete sich der Liebe. Kein Drogist konnte einen Skrupel Nieswurz loswerden – kein Waffenschmied hatte das Herz, ein einziges Werkzeug des Todes zu schmieden – Freundschaft und Tugend begegneten sich auf den Gassen – das goldne Alter kehrte zurück und schwebte über der Stadt Abdera. Jeder Abderit nahm sein Haberrohr, und jede Abderitin verließ ihr Purpurgewebe und setzte sich keusch und horchte auf den Gesang."

In der Tat ein sehr schönes Kapitelchen! Alle jungen Knaben und Mädchen fanden es deliziös. – „O Amor, Amor! der Götter und der Menschen Herrscher, Amor!" – Und daß ein einziger Vers aus dem Euripides – ein Vers, wie wahrlich, bei beiden Ohren des Königs Midas! der geringste unter euern Haberrohrsängern sich alle

208

Augenblicke zwanzig auf einem Beine stehend zu machen getrauen kann – ein Wunder gewirkt haben soll, das alle Priester, Propheten und Weisen der ganzen Welt mit gesamter Hand nicht imstande gewesen sind nur ein einziges Mal zu bewirken – das Wunder, eine so schändliche, heillose und gottesvergessene Stadt und Republik, wie Abdera gewesen sein soll, auf einmal in ein unschuldiges, liebevolles Arkadien zu verwandeln – das gefällt freilich den gauchhaarigen, empfindsamen, gelbschnäbligen Turteltäubchen und Turteltaubern! Nur schade, wie gesagt, daß am ganzen Histörchen, so wie es Bruder Yorick erzählt, kein wahres Wort ist.

Das ganze Geheimnis ist: der wunderliche Mensch war verliebt, als er sich das alles einbildete, und so schrieb er (wie es jedem ehrlichen Amoroso und Virtuoso, Steckenpferdler und Mondritter zu gehen pflegt) alles, was er sich einbildete, für Wahrheit hin. Nur ist's nicht hübsch an ihm, daß er – um seinem Leibgötzen und Fetisch, Amor, ein desto größeres Kompliment zu machen – den armen Abderiten das Ärgste nachsagt, was sich von Menschen denken und sagen läßt. Aber das ganze griechische und römische Altertum soll auftreten und zeugen, ob jemals so etwas auf die guten Leute gebracht worden sei! Sie hatten freilich, wie man weiß, ihre Launen und Mucken, und was man im eigentlichen Verstande Klugheit und Weisheit nennt, war nie ihre Sache gewesen; aber ihre Stadt deswegen zu einer Mördergrube zu machen, das geht ein wenig über die Grenzen der berüchtigten Dichterfreiheit, die (so einen großen Tummelplatz man ihr auch immer zugestehen will) doch am Ende, wie alle andern Dinge in der Welt, ihre Grenzen haben muß.

Lucian von Samosata, im Eingang seines berühmten Büchleins, wie man die Geschichte schreiben müßte – wenn man könnte, erzählt die Sache ganz anders, wiewohl, mit seiner Erlaubnis, nicht viel richtiger als

Yorick. Er muß, wie es scheint, etwas vom König Archelaus und von der Andromeda des Euripides und von der seltsamen Schwärmerei, die sich der Abderiten bemächtigte, gehört haben; und daß man zuletzt genötiget war, den Hippokrates zu Hülfe zu rufen, damit er alles zu Abdera wieder ins alte Gleis setzen möchte. – Und nun sehe man einmal, wie der Mann das alles durcheinander wirft! – „Der Komödiant Archelaus (der damals soviel war, als wenn man bei uns Brockmann oder Schröder oder der deutsche Garrick sagt) – dieser Archelaus kam in den Tagen des Königs Lysimachus nach Abdera und gab die Andromeda des Euripides. Es war gerade ein außerordentlich heißer Sommertag. Die Sonne brannte den Abderiten auf ihre Köpfe, die wahrlich ohnehin schon warm genug waren. Die ganze Stadt brachte ein starkes Fieber aus dem Theater nach Hause. Am siebenten Tage brach sich bei den meisten die Krankheit entweder durch heftiges Nasenbluten oder einen starken Schweiß; hingegen blieb ihnen eine seltsame Art von Zufall davon zurück. Denn wie das Fieber vorbei war, überfiel sie allesamt ein unwiderstehlicher Drang, tragische Verse zu deklamieren. Sie sprachen in lauter Jamben, schrien, wo sie standen und gingen, aus vollem Halse ganze Tiraden aus der Andromeda daher, sangen den Monolog des Perseus usw."

Lucian, nach seiner spöttischen Art, macht sich sehr lustig mit der Vorstellung, wie närrisch es ausgesehen haben müsse, alle Straßen in Abdera von bleichen, entbauchten und vom siebentägigen Fieber ausgemergelten Tragikern wimmeln zu sehen, die aus allen ihren Leibeskräften: „Du aber, der Götter und der Menschen Herrscher, Amor! usw." gesungen, und er versichert, diese Epidemie habe so lange gedauert, bis der Winter und eine eingefallne große Kälte dem Unwesen endlich ein Ende gemacht.

Man muß gestehen, Lucians Art, den Hergang zu

erzählen, hat vor der Yorickschen vieles voraus. Denn so seltsam dieses abderitische Fieber scheinen mag, so werden doch alle Ärzte gestehen, daß es wenigstens möglich, und alle Dichter, daß es charaktermäßig ist. Es gilt also davon, was die Italiener zu sagen pflegen, Se non è vero, è ben trovato. Aber wahr ist's freilich nicht, wie schon aus dem einzigen Umstand erhellt, daß um die Zeit, da sich diese Begebenheit in Abdera zugetragen haben soll, eigentlich kein Abdera mehr war, weil die Abderiten schon einige Jahre zuvor ausgezogen waren und ihre Stadt den Fröschen und Ratten überlassen hatten.

Kurz, die Sache begab sich – wie wir sie erzählt haben; und wenn man den Paroxismus, der die Abderiten nach der Andromeda des Euripides überfiel, ein Fieber nennen will, so war es wenigstens von keiner andern Art als das Schauspielfieber, womit wir bis auf diesen Tag manche Städte unsers werten deutschen Vaterlandes behaftet sehen. Das Übel lag nicht sowohl im Blute als in der Abderitheit der guten Leute überhaupt.

Indessen ist nicht zu leugnen, daß es bei einigen, bei denen es mehr Zunder und Nahrung als bei andern finden mochte, ernsthaft genug wurde, um des Arztes zu bedürfen, woraus denn vermutlich in der Folge der Irrtum Lucians entstanden sein mag, die ganze Sache für eine Art von hitzigem Fieber zu halten. Zum Glück befand sich Hippokrates noch in der Nähe, und da er die Natur der Abderiten schon ziemlich kennengelernt hatte, so setzten etliche Zentner Nieswurz alles in kurzem wieder in den alten Stand – das ist, die Abderiten hörten auf: "O du, der Götter und der Menschen Herrscher, Amor!" zu singen, und waren nun samt und sonders wieder – so weise als zuvor.

Ende des ersten Teils

ZWEITER TEIL

VIERTES BUCH
Der Prozeß um des Esels Schatten

ERSTES KAPITEL
Veranlassung des Prozesses und Facti species.

Kaum hatten sich die guten Abderiten von dem wunderbaren Theaterfieber, womit sie des ehrlichen, arglosen Euripides Götter- und Menschenherrscher Amor heimgesucht hatte, wieder ein wenig erholt, kaum sprachen die Bürger wieder in Prosa miteinander auf den Straßen, kaum verkauften die Drogisten wieder ihre Nieswurz, schmiedeten die Waffenschmiede wieder ihre Rapiere und Tranchiermesser, machten sich die Abderitinnen wieder keusch und emsig an ihr Purpurgewebe und warfen die Abderiten ihr leidiges Haberrohr weg, um ihren verschiednen Berufsarbeiten wieder mit ihrem gewöhnlichen guten Verstande obzuliegen, als die Schicksalsgöttinnen ganz insgeheim aus dem schalsten, dünnsten, unhaltbarsten Stoffe, der jemals von Göttern oder Menschen versponnen worden ist, ein so verworrenes Gespinst von Abenteuern, Händeln, Erbitterungen, Verhetzungen, Kabalen, Parteien und anderm Unrat herausgezogen, daß endlich ganz Abdera davon umwickelt wurde und, da das heillose Zeug durch die unbesonnene Hitze der Helfer und Helfershelfer nun gar in Flammen geriet, diese berühmte Republik darüber beinahe, und vielleicht gänzlich, zugrunde gegangen wäre, wofern sie nach des Schicksals Schluß durch eine geringere Ursache als – Frösche und Ratten hätte vertilgt werden können.

Die Sache fing sich (wie alle großen Weltbegebenheiten) mit einer sehr geringfügigen Veranlassung an.

Ein gewisser Zahnarzt, namens Struthion, von Geburt und Voreltern aus Megara gebürtig, hatte sich schon seit vielen Jahren in Abdera häuslich niedergelassen; und weil er vielleicht im ganzen Lande der einzige von seiner Profession war, so erstreckte sich seine Kundschaft über einen ansehnlichen Teil des mittäglichen Thrakien. Seine gewöhnliche Weise, denselben in Kontribution zu setzen, war, daß er die Jahrmärkte aller kleinen Städte und Flecken auf mehr als dreißig Meilen in der Runde bereiste, wo er neben seinem Zahnpulver und seinen Zahntinkturen gelegentlich auch verschiedene Arkana wider Milz- und Mutterbeschwerungen, Engbrüstigkeit, böse Flüsse usw. mit ziemlichem Vorteil absetzte. Er hatte zu diesem Ende eine wohlbeleibte Eselin im Stalle, welche bei solchen Gelegenheiten zugleich mit seiner eignen kurz-dicken Person und mit einem großen Quersack voll Arzneien und Lebensmittel beladen wurde.

Nun begab sich's einsmals, da er den Jahrmarkt zu Gerania besuchen sollte, daß seine Eselin abends zuvor ein Füllen geworfen hatte, folglich nicht imstande war, die Reise mitzumachen. Struthion mietete sich also einen andern Esel bis zu dem Orte, wo er sein erstes Nachtlager nehmen wollte, und der Eigentümer begleitete ihn zu Fuße, um das lastbare Tier zu besorgen und wieder nach Hause zu reiten. Der Weg ging über eine große Heide. Es war mitten im Sommer und die Hitze des Tages sehr groß. Der Zahnarzt, dem sie unerträglich zu werden anfing, sah sich lechzend nach einem schattigen Platz um, wo er einen Augenblick absteigen und etwas frische Luft schöpfen könnte. Aber da war weit und breit weder Baum noch Staude noch irgendein andrer schattengebender Gegenstand zu sehen. Endlich, als er seinem Leibe keinen Rat wußte, machte er halt, stieg ab und setzte sich in den Schatten des Esels.

„Nu, Herr, was macht Ihr da", sagte der Eseltreiber, „was soll das?"

216

„Ich setze mich ein wenig in den Schatten", versetzte
Struthion, „denn die Sonne prallt mir ganz unleidlich
auf den Schädel."

„Nä, mein guter Herr", erwiderte der andre, „so
haben wir nicht gehandelt! Ich vermietete Euch den
Esel, aber des Schattens wurde mit keinem Worte dabei gedacht."

„Ihr spaßt, guter Freund", sagte der Zahnarzt
lachend; „der Schatten geht mit dem Esel, das versteht
sich."

„Ei, beim Jason! das versteht sich nicht", rief der
Eselmann ganz trotzig; „ein andres ist der Esel, ein
andres ist des Esels Schatten. Ihr habt mir den Esel um
so und so viel abgemietet. Hättet ihr den Schatten
auch dazu mieten wollen, so hättet Ihr's sagen müssen.
Mit einem Wort, Herr, steht auf und setzt Eure Reise
fort, oder bezahlt mir für des Esels Schatten, was billig
ist!"

„Was?" schrie der Zahnarzt, „ich habe für den Esel
bezahlt und soll jetzt auch noch für seinen Schatten
bezahlen? Nennt mich selbst einen dreifachen Esel,
wenn ich das tue! Der Esel ist einmal für diesen ganzen Tag mein, und ich will mich in seinen Schatten
setzen, so oft mir's beliebt, und darin sitzen bleiben,
solange mir's beliebt, darauf könnt Ihr Euch verlassen!"

„Ist das im Ernst Eure Meinung?" fragte der andre
mit der ganzen Kaltblütigkeit eines abderitischen Eseltreibers.

„In ganzem Ernste", versetzte Struthion.

„So komme der Herr nur gleich stehenden Fußes
wieder zurück nach Abdera vor die Obrigkeit", sagte
jener, „da wollen wir sehen, wer von uns beiden recht
behalten wird. So wahr Priapus mir und meinem Esel
gnädig sei, ich will sehen, wer mir den Schatten meines
Esels wider meinen Willen abtrotzen soll!"

Der Zahnarzt hatte große Lust, den Eseltreiber

217

durch die Stärke seines Arms zur Gebühr zu weisen.
Schon ballte er seine Faust zusammen, schon hob sich
sein kurzer Arm; aber als er seinen Mann genauer ins
Auge faßte, fand er für besser, den erhobnen Arm
allmählich wieder sinken zu lassen und es noch einmal
mit gelindern Vorstellungen zu versuchen. Aber er verlor seinen Atem dabei. Der ungeschlachte Mensch bestand darauf, daß er für den Schatten seines Esels
bezahlt sein wollte; und da Struthion ebenso hartnäckig dabei blieb, nicht bezahlen zu wollen, so war
kein andrer Weg übrig, als nach Abdera zurückzukehren und die Sache bei dem Stadtrichter anhängig
zu machen.

ZWEITES KAPITEL

Verhandlung vor dem Stadtrichter Philippides.

Der Stadtrichter Philippides, vor welchen alle Händel
dieser Art in erster Instanz gebracht werden mußten,
war ein Mann von vielen guten Eigenschaften; ein ehr-
barer, nüchterner, seinem Amte fleißig vorstehender
Mann, der jedermann mit großer Geduld anhörte, den
Leuten freundlichen Bescheid gab und in allgemeinem
Rufe stand, daß er unbestechlich sei. Überdies war er
ein guter Musikus, sammelte Naturalien, hatte einige
Schauspiele gemacht, die nach Gewohnheit der Stadt
sehr wohl gefallen hatten, und war beinahe gewiß,
beim ersten Erledigungsfalle Nomophylax zu werden.

Bei allen diesen Verdiensten hatte der gute Philippides nur einen einzigen kleinen Fehler, und der war,
daß, sooft zwei Parteien vor ihn kamen, ihm allemal
derjenige recht zu haben schien, der zuletzt gesprochen
hatte. Die Abderiten waren so dumm nicht, daß sie das
nicht gemerkt hätten; aber sie glaubten, einem Manne,
der so viele gute Eigenschaften besitze, könne man ja

wohl einen einzigen Fehler zugute halten. „Ja", sagten sie, „wenn Philippides diesen Fehler nicht hätte, er wäre der beste Stadtrichter, den Abdera jemals gesehen hat!"

Indessen hatte doch der Umstand, daß dem ehrlichen Manne immer beide Parteien recht zu haben schienen, natürlicherweise die gute Folge, daß ihm nichts angelegner war, als die Händel, die vor ihn gebracht wurden, in Güte auszumachen; und so würde die Blödigkeit des guten Philippides ein wahrer Segen für Abdera gewesen sein, wenn die Wachsamkeit der Sykophanten, denen mit seiner Friedfertigkeit übel gedient war, nicht Mittel gefunden hätte, ihre Wirkung fast in allen Fällen zu vereiteln.

Der Zahnarzt Struthion und der Eseltreiber Anthrax kamen also wie brennend vor diesen würdigen Stadtrichter gelaufen und brachten beide zugleich mit großem Geschrei ihre Klage vor. Er hörte sie mit seiner gewöhnlichen Langmut an; und da sie endlich fertig oder des Schreiens müde waren, zuckte er die Achseln, und der Handel deuchte ihm einer der verworrensten von allen, die ihm jemals vorgekommen. „Wer von euch beiden ist denn eigentlich der Kläger?" fragte er.

„Ich klage gegen den Eselmann", antwortete Struthion, „daß er unsern Kontrakt gebrochen hat."

„Und ich", sagte dieser, „klage gegen den Zahnarzt, daß er sich unentgeltlich einer Sache angemaßt hat, die ich ihm nicht vermietet hatte."

„Da haben wir zwei Kläger", sagte der Stadtrichter, „und wo ist der Beklagte? Ein wunderlicher Handel! Erzählt mir die Sache noch einmal mit allen Umständen – aber einer nach dem andern –, denn es ist unmöglich klug daraus zu werden, wenn beide zugleich schreien."

„Hochgeachteter Herr Stadtrichter", sagte der Zahnarzt, „ich habe ihm den Gebrauch des Esels auf einen

219

Tag abgemietet. Es ist wahr, des Esels Schatten wurde dabei nicht erwähnt. Aber wer hat auch jemals gehört, daß bei einer solchen Miete eine Klausel wegen des Schattens wäre eingeschaltet worden? Es ist ja, beim Herkules! nicht der erste Esel, der zu Abdera vermietet wird."

„Da hat der Herr recht", sagte der Richter.

„Der Esel und sein Schatten gehen miteinander", fuhr Struthion fort, „und warum sollte der, der den Esel selbst gemietet hat, nicht auch den Nießbrauch seines Schattens haben?"

„Der Schatten ist ein Akzessorium, das ist klar", versetzte der Stadtrichter.

„Gestrenger Herr", schrie der Eseltreiber, „ich bin nur ein gemeiner Mann und verstehe nichts von Euern Arien und Orien; aber das geben mir meine vier Sinne, daß ich nicht schuldig bin, meinen Esel umsonst in der Sonne stehen zu lassen, damit sich ein andrer in seinen Schatten setze. Ich habe dem Herrn den Esel vermietet, und er hat mir die Hälfte vorausbezahlt, das gesteh' ich; aber ein andres ist der Esel, ein andres ist sein Schatten."

„Auch wahr!" murmelte der Stadtrichter.

„Will er diesen haben, so mag er halb so viel dafür bezahlen als für den Esel selbst; denn ich verlange nichts, als was billig ist, und ich bitte, mir zu meinem Rechte zu verhelfen."

„Das beste, was ihr hierbei tun könnt", sagte Philippides, „ist, euch in Güte miteinander abzufinden. Ihr, ehrlicher Mann, laßt immerhin des Esels Schatten, weil es doch nur ein Schatten ist, mit in die Miete gehen; und Ihr, Herr Struthion, gebt ihm eine halbe Drachme dafür, so können beide Teile zufrieden sein."

„Ich gebe nicht den vierten Teil von einem Blaffert", schrie der Zahnarzt, „ich verlange mein Recht!"

„Und ich", schrie sein Gegenpart, „besteh' auf dem meinigen. Wenn der Esel mein ist, so ist der Schatten

220

auch mein, und ich kann damit, als mit meinem Eigentum schalten und walten; und weil der Mann da nichts von Recht und Billigkeit hören will, so verlang' ich jetzt das Doppelte; und ich will doch sehen, ob noch Justiz in Abdera ist!"

Der Richter war in großer Verlegenheit. „Wo ist denn der Esel?" fragte er endlich, da ihm in der Angst nichts andres einfallen wollte, um etwas Zeit zu gewinnen.

„Der steht unten auf der Gasse vor der Türe, gestrenger Herr!"

„Führt ihn in den Hof herein!" sagte Philippides.

Der Eigentümer des Esels gehorchte mit Freuden, denn er hielt es für ein gutes Zeichen, daß der Richter die Hauptperson im Spiele sehen wollte. Der Esel wurde herbeigeführt. Schade, daß er seine Meinung nicht auch zu der Sache sagen konnte! Aber er stand ganz gelassen da, schaute mit gereckten Ohren erst den beiden Herren, dann seinem Meister ins Gesicht, verzog das Maul, ließ die Ohren wieder sinken und sagte kein Wort.

„Da seht nun selbst, gnädiger Herr Stadtrichter", rief Anthrax, „ob der Schatten eines so schönen, stattlichen Esels nicht seine zwei Drachmen unter Brüdern wert ist, zumal an einem so heißen Tage wie der heutige!"

Der Stadtrichter versuchte die Güte noch einmal, und die Parteien fingen schon an, es allmählich näher zu geben, als unglücklicherweise Physignatus und Polyphonus, zwei von den namhaftesten Sykophanten in Abdera, dazukamen und, nachdem sie gehört, wovon die Rede war, der Sache auf einmal eine andre Wendung gaben.

„Herr Struthion hat das Recht völlig auf seiner Seite", sagte Physignatus, der den Zahnarzt für einen wohlhabenden und dabei sehr hitzigen und eigensinnigen Mann kannte. Der andre Sykophant, wiewohl

221

ein wenig verdrießlich, daß ihm sein Handwerksgenosse so eilfertig zuvorgekommen war, warf einen Seitenblick auf den Esel, der ihm ein hübsches, wohlgenährtes Tier zu sein schien, und erklärte sich sogleich mit dem größten Nachdruck für den Eseltreiber. Beide Parteien wollten nun kein Wort mehr vom Vergleichen hören, und der ehrliche Philippides sah sich genötigt, einen Rechtstag anzusetzen. Sie begaben sich hierauf, jeder mit seinem Sykophanten, nach Hause; der Esel aber mit seinem Schatten, als das Objekt des Rechtshandels, wurde bis zu Austrag der Sache in den Marstall gemeiner Stadt Abdera abgeführt.

DRITTES KAPITEL

Wie die Parteien sich höhern Orts um Unterstützung bewerben.

Nach dem Stadtrechte der Abderiten wurden alle über Mein und Dein unter den gemeinen Bürgern entstandnen Händel vor einem Gerichte von zwanzig Ehrenmännern abgetan, welche sich wöchentlich dreimal in der Vorhalle des Tempels der Nemesis versammelten. Alles wurde, aus billiger Rücksicht auf die Nahrung der Sykophanten, schriftlich vor diesem Gerichte verhandelt; und weil der Gang der abderitischen Justiz eine Art von Schneckenlinie beschrieb und sich auch mit der Geschwindigkeit der Schnecke fortbewegte, zumal die Sykophanten nicht eher zum Beschließen verbunden waren, bis sie nichts mehr zu sagen hatten, so währte das Libellieren gemeiniglich so lange, als es die Mittel der Parteien wahrscheinlicherweise aushalten konnten. Allein diesmal kamen so viele besondere Ursachen zusammen, der Sache einen schnellern Schwung zu geben, daß man sich nicht darüber zu verwundern hat, wenn der Prozeß über des Esels Schatten binnen weniger als vier Monaten schon so weit gediehen war, daß nun am nächsten Gerichtstage das Endurteil erfolgen sollte.

Ein Rechtshandel über eines Esels Schatten würde sonder Zweifel in jeder Stadt der Welt Aufsehen machen. Man denke also, was er in Abdera tun mußte!

Kaum war das Gerücht davon erschollen, als von Stund' an alle andern Gegenstände der gesellschaftlichen Unterhaltung fielen und jedermann mit ebensoviel Teilnehmung von diesem Handel sprach, als ob er ein Großes dabei zu gewinnen oder zu verlieren hätte. Die einen erklärten sich für den Zahnarzt, die andern für den Eseltreiber. Ja, sogar der Esel selbst hatte seine Freunde, welche dafür hielten, daß derselbe ganz wohl berechtigt wäre, interveniendo einzukommen, da er durch die Zumutung, den Zahnarzt in seinem Schatten sitzen zu lassen und unterdessen in der brennenden Sonnenhitze zu stehen, offenbar am meisten prägraviert worden sei. Mit einem Worte: der besagte Esel hatte seinen Schatten auf ganz Abdera geworfen, und die Sache wurde mit einer Lebhaftigkeit, einem Eifer, einem Interesse getrieben, die kaum größer hätten sein können, wenn das Heil gemeiner Stadt und Republik auf dem Spiele gestanden hätte.

Wiewohl nun diese Verfahrungsweise überhaupt niemanden, der die Abderiten aus der vorgehenden wahrhaften Geschichtsdarstellung kennengelernt hat, befremden wird, so glauben wir doch, solchen Lesern, welche eine Geschichte nur alsdann recht zu wissen glauben, wenn ihnen das Spiel der Räder und Triebfedern mit dem ganzen Zusammenhange der Ursachen und Folgen einer Begebenheit aufgeschlossen wird, keinen unangenehmen Dienst zu erweisen, wenn wir ihnen etwas umständlicher erzählen, wie es zugegangen, daß dieser Handel – der in seinem Ursprunge nur zwischen Leuten von geringer Erheblichkeit und über einen äußerst unerheblichen Gegenstand vorwaltete –

223

wichtig genug werden konnte, um zuletzt die ganze Republik in seinen Strudel hineinzuziehen.

Die sämtliche Bürgerschaft von Abdera war (wie von jeher die meisten Städte in der Welt) in Zünfte abgeteilt, und vermöge einer alten Observanz gehörte der Zahnarzt Struthion in die Schusterzunft. Der Grund davon war, wie die Gründe der Abderiten immer zu sein pflegten, mächtig spitzfindig. In den ersten Zeiten der Republik hatte nämlich diese Zunft bloß die Schuster und Schuhflicker in sich begriffen. Nachmals wurden alle Arten von Flickern mit dazugenommen, und so kam es, daß in der Folge auch die Wundärzte, als Menschenflicker, und zuletzt (ob paritatem rationis) auch die Zahnärzte zur Schustergilde geschlagen wurden. Struthion hatte demnach (bloß die Ärzte ausgenommen, mit denen er immer stark über den Fuß gespannt war) die ganze löbliche Schusterzunft und besonders alle Schuhflicker auf seiner Seite, die (wie man sich noch erinnern wird) einen sehr ansehnlichen Teil der Bürgerschaft von Abdera ausmachten. Natürlicherweise wandte sich also der Zahnarzt vor allen anderen sogleich an seinen Vorgesetzten, den Zunftmeister Pfriem; und dieser Mann, dessen patriotischer Eifer für die Freiheiten der Republik niemandem unbekannt ist, erklärte sich sogleich mit seiner gewöhnlichen Hitze, daß er sich eher mit seiner eigenen Schusterahle erstechen, als geschehen lassen wollte, daß die Rechte und Freiheiten von Abdera in der Person eines seiner Zunftverwandten so gröblich verletzt würden.

„Billigkeit", sagte er, „ist das höchste Recht. Was kann aber billiger sein, als daß derjenige, der einen Baum gepflanzt hat, wiewohl es dabei eigentlich auf die Früchte angesehen war, nebenher auch den Schatten des Baums genieße? Und warum soll das, was von einem Baume gilt, nicht ebensowohl von einem Esel gelten? Wo, zum Henker, soll es mit unsrer Freiheit hinkommen, wenn einem zünftigen Bürger von Abdera nicht einmal freistehen soll, sich in den Schatten eines Esels zu setzen? Gleich als ob ein Eselsschatten vornehmer wäre als der Schatten des Rathauses oder Jasontempels, in den sich stellen, setzen und legen mag, wer da will. Schatten ist Schatten, er komme von einem Baum oder von einer Ehrensäule, von einem Esel oder von Seiner Gnaden dem Archon selbst! Kurz und gut", setzte Meister Pfriem hinzu, „verlaßt Euch auf mich, Herr Struthion; der Grobian soll Euch nicht nur den Schatten, sondern zu Eurer gebührenden Saxfation den Esel noch obendrein lassen, oder es müßte weder Freiheit noch Eigentum mehr in Abdera sein; und dahin soll's, beim Element! nicht kommen, solang' ich der Zunftmeister Pfriem heiße!"

Während daß der Zahnarzt sich der Gunst eines so wichtigen Mannes versichert hatte, ließ es der Eseltreiber Anthrax seines Orts auch nicht fehlen, sich um einen Beschützer zu bewerben, der jenem wenigstens das Gleichgewicht halten könnte. Anthrax war eigentlich kein Bürger von Abdera, sondern nur ein Freigelassener, der sich in dem Bezirke des Jasontempels aufhielt; und er stand als ein Schutzverwandter desselben unter der unmittelbaren Gerichtsbarkeit des Erzpriesters dieses bekanntermaßen zu Abdera göttlich verehrten Heros. Natürlicherweise war also sein erster Gedanke, wie er dazu gelangen könnte, daß der Erzpriester Agathyrsus sich seiner mit Nachdruck annehmen möchte. Allein der Erzpriester Jasons war zu Abdera eine sehr große Person, und ein Eseltreiber konnte schwerlich hoffen, ohne einen besondern Kanal den Zutritt zu einem Herrn von diesem Range zu erhalten.

Nach vielen Beratschlagungen mit seinen vertrautesten Freunden wurde endlich folgender Weg beliebt. Seine Frau, Krobyle genannt, war mit einer Putzmacherin bekannt, deren Bruder der begünstigte Liebhaber des Kammermädchens einer gewissen milesischen Tänzerin war, welche (wie die Rede ging) bei dem

225

Erzpriester in großen Gnaden stand. Nicht als ob er etwa – wie es zu gehen pflegt – – sonderlich weil die Priester des Jason unverheiratet sein mußten – kurz, wie die Welt argwöhnisch ist, man sprach freilich allerlei; aber das Wahre von der Sache ist: der Erzpriester Agathyrsus war ein großer Liebhaber von pantomimischen Solotänzen; und weil er die Tänzerin, um kein Ärgernis zu geben, nicht bei Tage zu sich kommen lassen wollte, so blieb ihm nichts andres übrig, als sie – mit der erforderlichen Vorsicht – bei Nacht durch eine kleine Gartentür in sein Kabinett führen zu lassen. Da nun einst gewisse Leute eine dicht verschleierte Person in der Morgendämmerung wieder herausgehen gesehen hatten, so war das Gemurmel entstanden, als ob es die Tänzerin gewesen sei und als ob der Erzpriester eine besondere Freundschaft auf diese Person geworfen habe, welche in der Tat fähig gewesen wäre, in jedem andern als einem Erzpriester noch etwas mehr zu erregen. – Wie nun dem auch sein mochte, genug, der Eseltreiber sprach mit seiner Frau, Frau Krobyle mit der Putzmacherin, die Putzmacherin mit ihrem Bruder, der Bruder mit dem Kammermädchen; und weil das Kammermädchen alles über die Tänzerin vermochte, von welcher vorausgesetzt wurde, daß sie alles über den Erzpriester vermöge, der alles über die Magnaten von Abdera und – ihre Weiber vermochte, so zweifelte Anthrax keinen Augenblick, seine Sache in die besten Hände von der Welt gelegt zu haben.

Aber unglücklicherweise zeigte sich's, daß die Favoritin der Tänzerin ein Gelübde getan hatte, ihre Allvermögenheit ebensowenig unentgeltlich auszuleihen als Anthrax den Schatten seines Esels. Sie hatte eine Art von Taxordnung, vermöge deren der geringste Dienst, den man von ihr verlangte, wenigstens eine Erkenntlichkeit von vier Drachmen voraussetzte; und im gegenwärtigen Falle war ihr um so weniger zuzumuten, auch nur eine halbe Drachme nachzulassen, da sie ihrer Schamhaftigkeit eine so große Gewalt antun sollte, eine Sache zu empfehlen, worin ein Esel die Hauptfigur war. Kurz, die Iris bestand auf vier Drachmen, welches gerade doppelt soviel war, als der arme Mann im glücklichsten Falle mit seinem Prozeß zu gewinnen hatte. Es sah sich also wieder in der vorigen Verlegenheit. Denn wie konnte ein schlechter Eseltreiber hoffen, ohne eine haltbarere Stütze als die bloße Gerechtigkeit seiner Sache gegen einen Gegner zu bestehen, der von einer ganzen Zunft unterstützt wurde und sich überall rühmte, daß er den Sieg bereits in Händen habe?

Endlich besann sich der ehrliche Anthrax eines Mittels, wie er vielleicht den Erzpriester ohne Dazwischenkunft der Tänzerin und ihres Kammermädchens auf seine Seite bringen könnte. Das Beste daran deuchte ihm, daß er es nicht weit zu suchen brauchte. Ohne Umschweife – er hatte eine Tochter, Gorgo genannt, die, in Hoffnung, auf eine oder andre Weise beim Theater unterzukommen, ganz leidlich singen und die Zither spielen gelernt hatte. Das Mädchen war eben keine von den schönsten. Aber eine schlanke Figur, ein Paar schwarze große Augen und die frische Blume der Jugend ersetzten (seinen Gedanken nach) reichlich, was ihrem Gesicht abging; und in der Tat, wenn sie sich tüchtig gewaschen hatte, sah sie in ihrem Festtagsstaat, mit ihren langen pechschwarzen Haarzöpfen und mit einem Blumenstrauß vor dem Busen, so ziemlich dem wilden thrakischen Mädchen Anakreons ähnlich. Da sich nun bei näherer Erkundigung fand, daß der Erzpriester Agathyrsus auch ein Liebhaber vom Zitherspielen und von kleinen Liedern war, deren die junge Gorgo eine große Menge nicht übel zu singen wußte, so machten sich Anthrax und Krobyle große Hoffnung, durch das Talent und die Figur ihrer Tochter am kürzesten zu ihrem Zwecke zu kommen.

Anthrax wandte sich also an den Kammerdiener des

227

Erzpriesters, und Krobyle unterrichtete inzwischen das
Mädchen, wie sie sich zu betragen hätte, um womöglich
die Tänzerin auszustechen und von der kleinen Gartentür ausschließlich Meister zu bleiben.

Die Sache ging nach Wunsch. Der Kammerdiener,
der durch die Neigung seines Herrn zum Neuen und
Mannigfaltigen nicht selten ins Gedränge kam, ergriff
diese gute Gelegenheit mit beiden Händen, und die
junge Gorgo spielte ihre Rolle für eine Anfängerin
meisterlich. Agathyrsus fand eine gewisse Mischung
von Unschuld und Mutwillen und eine Art wilder
Grazie bei ihr, die ihn reizte, weil sie ihm neu war.
Kurz, sie hatte kaum zwei- oder dreimal in seinem
Kabinett gesungen, so erfuhr Anthrax schon von sicherer Hand, Agathyrsus habe seine gerechte Sache verschiedenen Richtern empfohlen und sich mit einigem
Nachdruck verlauten lassen, wie er nicht gesonnen sei,
auch den allergeringsten Schutzverwandten des Jasontempels den Schikanen des Sykophanten Physignatus
und der Parteilichkeit des Zunftmeisters Pfriem preis-
zugeben.

VIERTES KAPITEL

Gerichtliche Verhandlung. Relation des Beisitzers Miltias. Urteil und
was daraus erfolgt.

Inzwischen war der Gerichtstag herbeigekommen, an
dem dieser seltsame Handel durch Urteil und Recht
entschieden werden sollte. Die Sykophanten hatten in
Sachen geschlossen, und die Akten waren einem Referenten, namens Miltias, übergeben worden, gegen dessen Unparteilichkeit die Mißgönner des Zahnarztes
verschiednes einzuwenden hatten. Denn es war nicht
zu leugnen, daß er mit dem Sykophanten Physignatus
sehr vertraut umging; und überdies wurde ganz laut

davon gesprochen, daß die Dame Struthion, die für eine von den hübschen Weibern in ihrer Klasse galt, ihm die gerechte Sache ihres Mannes zu verschiedenen Malen in eigner Person empfohlen habe. Allein da diese Einwendungen auf keinem rechtsbeständigen Grunde beruhten und der Turnus nun einmal an diesem Miltias war, so blieb es bei der Ordnung.

Miltias trug die Geschichte des Streits so unbefangen und beides, sowohl Zweifels- als Entscheidungsgründe, so ausführlich vor, daß die Zuhörer lange nicht merkten, wo er eigentlich hinaus wolle. Er leugnete nicht, daß beide Parteien vieles für und wider sich hätten. „Auf der einen Seite scheine nichts klärer", sagte er, „als daß derjenige, der den Esel, als das Prinzipale, gemietet, auch das Akzessorium, des Esels Schatten, stillschweigend mit einbedungen habe; oder (falls man auch keinen solchen stillschweigenden Vertrag zugeben wollte) daß der Schatten seinem Körper von selbst folge und also demjenigen, der die Nutznießung des Esels an sich gebracht, auch der beliebige Gebrauch seines Schattens ohne weitere Beschwerde zustehe; um so mehr, als dem Esel selbst dadurch an seinem Sein und Wesen nicht das mindeste benommen werde. Hingegen scheine auf der andern Seite nicht weniger einleuchtend, daß, wiewohl der Schatten weder als ein wesentlicher noch außerwesentlicher Teil des Esels anzusehen sei, folglich von dem Abmieter des letztern keineswegs vermutet werden könne, daß er jenen zugleich mit diesem stillschweigend habe mieten wollen; gleichwohl, da besagter Schatten schlechterdings nicht für sich selbst ohne besagten Esel bestehen könne und ein Eselsschatten im Grunde nichts andres als ein Schattenesel sei, der Eigentümer des leibhaften Esels mit gutem Fug auch als Eigentümer des von jenem ausgehenden Schattenesels betrachtet, folglich keineswegs angehalten werden könne, letztern unentgeltlich an den Abmieter des erstern zu überlassen. Überdies, und wenn man auch zugeben wollte, daß der Schatten ein Akzessorium des mehr erörterten Esels sei, so könne doch dem Abmieter dadurch noch kein Recht an denselben zuwachsen; indem er durch den Mietkontrakt nicht jeden Gebrauch desselben, sondern nur denjenigen, ohne welchen die Absicht des Kontrakts, nämlich seine vorhabende Reise, unmöglich erzielt werden könne, an sich gebracht habe. Allein da sich unter den Gesetzen der Stadt Abdera keines finde, worin der vorliegende Fall klar und deutlich enthalten sei, und das Urteil also lediglich aus der Natur der Sache gezogen werden müsse, so komme es hauptsächlich auf einen Punkt an, der von den beiderseitigen Sykophanten aus der Acht gelassen oder wenigstens nur obenhin berührt worden, nämlich auf die Frage: ob dasjenige, was man Schatten nenne, unter die gemeinen Dinge, an welche jedermann gleiches Recht hat, oder unter die eigentümlichen, zu welchen einzelne Personen ein ausschließendes Recht haben und erwerben können, zu zählen sei? Da nun, in Ermanglung eines positiven Gesetzes, die Übereinstimmung und allgemeine Gewohnheit des menschlichen Geschlechts, als ein wahres Orakel der Natur selbst, billig die Kraft eines positiven Gesetzes habe, vermöge dieser allgemeinen Gewohnheit aber die Schatten der Dinge (auch derjenigen, die nicht nur einzelnen Personen, sondern ganzen Gemeinheiten, ja den unsterblichen Göttern selbst eigentümlich zugehören) bisher aller Orten einem jeden, wer er auch sei, frei, ungehindert und unentgeltlich zur Benutzung überlassen worden, so erhelle daraus: daß, ex consensu et consuetudine generis humani, besagte Schatten, ebenso wie freie Luft, Wind und Wetter, fließendes Wasser, Tag und Nacht, Mondschein, Dämmerung und dergleichen mehr, unter die gemeinen Dinge zu rechnen seien, deren Genuß jedem offenstehe und auf welche – insofern etwa besagter Genuß unter gewissen Umständen etwas Ausschließendes bei sich führe – der erste, der sich ihrer bemächtige, ein momentanes Besitzrecht erhalten habe. – Diesen Satz (zu dessen Bestätigung der scharfsinnige Miltias eine Menge Induktionen vorbrachte, die wir unsern Lesern erlassen wollen) – diesen Satz zum Grunde gelegt, könne er also nicht anders als dahin stimmen, daß der Schatten aller Esel in Thrakien, folglich auch derjenige, der zu vorliegendem Rechtshandel unmittelbar Anlaß gegeben, ebensowenig einen Teil des Eigentums einer einzelnen Person ausmachen könne als der Schatten des Berges Athos oder des Stadtturms von Abdera, folglich mehrbesagter Schatten weder geerbt noch gekauft, noch inter vivos oder mortis causa geschenkt, noch vermietet, noch auf irgendeine andre Art zum Gegenstand eines bürgerlichen Kontrakts gemacht werden könne, und daß also aus diesen und andern angeführten Gründen in Sachen des Eseltreibers Anthrax, Klägers, an einem, entgegen und wider den Zahnarzt Struthion, Beklagten, am andern Teil, pcto. des von Beklagten zu Klägers angeblicher Gefährde und Schaden angemaßten Eselschattens (salvis tamen melioribus) zu Recht zu erkennen sei: daß Beklagter sich des besagten Schattens zu seinem Gebrauch und Nutzen zu bedienen wohl befugt gewesen; Kläger aber, Einwendens ungeachtet, nicht nur mit seiner unbefugten Forderung abzuweisen, sondern auch in alle Kosten, wie nicht weniger zum Ersatz alles dem Beklagten verursachten Verlusts und Schadens, nach vorgängiger gerichtlicher Ermäßigung, zu verurteilen sei.   V. R. W."

Wir überlassen es dem geneigten und rechtserfahrnen Leser, über dieses (zwar nur auszugsweise) mitgeteilte Gutachten des scharfsinnigen Miltias nach Belieben seine Betrachtungen anzustellen. Und da wir in dieser Sache uns keines Urteils anzumaßen, sondern bloß die Stelle eines unparteiischen Geschichtschreibers zu vertreten entschlossen sind, so begnügen wir uns, zu berichten, daß es seit undenklichen Zeiten Observanz bei dem Stadtgerichte zu Abdera war, das gutachtliche Urteil des Referenten, wie es auch beschaffen sein mochte, jedesmal entweder einhellig oder doch mit einer großen Mehrheit der Stimmen zu bestätigen. Wenigstens hatte man seit mehr als hundert Jahren kein Beispiel vom Gegenteil gesehen. Es konnte auch nach Gestalt der Sachen nicht wohl anders sein. Denn während der Relation, welche gemeiniglich sehr lange dauerte, pflegten die Herren Beisitzer eher alles andre zu tun, als auf die Rationes dubitandi et decidendi des Referenten achtzugeben. Die meisten standen auf, guckten zum Fenster hinaus oder gingen weg, um in einem Nebenzimmer Kuchen oder kleine Bratwürste zu frühstücken, oder machten einen fliegenden Besuch bei einer guten Freundin; und die wenigen, welche sitzen blieben und einigen Teil an der Sache zu nehmen schienen, hatten alle Augenblicke etwas mit ihrem Nachbar zu flüstern oder schliefen wohl gar über dem Zuhören ein. Kurz, es waltete eine Art von stillschweigendem Kompromiß auf den Referenten vor, und es geschah bloß um der Form willen, daß einige Minuten, eh er zur wirklichen Konklusion kam, sich jedermann wieder auf seinem Platz einfand, um mit gehöriger Feierlichkeit das abgefaßte Urteil bekräftigen zu helfen.

So war es bisher immer, auch bei ziemlich wichtigen Händeln, gehalten worden. Allein dem Prozeß über des Esels Schatten widerfuhr die unerhörte Ehre, daß das ganze Gericht beisammen blieb und (drei bis vier Beisitzer ausgenommen, welche dem Zahnarzt ihre Stimme schon versprochen hatten und ihr Recht, in der Session zu schlafen, nicht vergeben wollten) jedermann mit aller Aufmerksamkeit zuhörte, die eines so wundervollen Prozesses würdig war; und als die Stimmen gesammelt wurden, fand sich, daß das Urteil nur mit einem Mehr von zwölf gegen acht bekräftigt wurde.

Sogleich nach geschehener Publikation ermangelte Polyphonus, der klägerische Sykophant, nicht, seine

Stimme zu erheben und gegen das Urteil, als ungerecht, parteiisch und mit unheilbaren Nullitäten behaftet, an den großen Rat von Abdera zu appellieren. Da nun der Prozeß über eine Sache geführt wurde, die der Kläger selbst nicht höher als zwei Drachmen geschätzt hatte, und dieses (auch mit Einschluß aller billig mäßigen Kosten und Schäden) noch lange nicht Summa appellabilis war, so erhob sich hierüber ein großer Lärm im Gerichte. Die Minorität erklärte sich, daß es hier gar nicht auf die Summe, sondern auf eine allgemeine Rechtsfrage ankomme, die das Eigentum betreffe und noch durch kein Gesetz in Abdera bestimmt sei, folglich vermöge der Natur der Sache vor den Gesetzgeber selbst gebracht werden müsse, als welchem allein es zukomme, in zweifelhaften Fällen dieser Art den Ausspruch zu tun.

Wie es zugegangen, daß der Referent bei aller seiner Zuneigung zur Sache des Beklagten nicht daran gedacht, daß die Gönner des Gegenteils sich dieses Vorwandes bedienen würden, die Sache vor den großen Rat zu spielen – davon wissen wir keinen andern Grund anzugeben, als daß er ein Abderit war und, nach der allgemeinen, althergebrachten Gewohnheit seiner Landsleute, jedes Ding nur von einer Seite, und auch da nur ziemlich obenhin, anzusehen pflegte. Doch kann vielleicht noch zu seiner Entschuldigung dienen, daß er einen Teil der letzten Nacht bei einem großen Gastmahle zugebracht und, als er nach Hause gekommen, der Dame Struthion noch eine ziemlich lange Audienz hatte geben müssen, und also vermutlich – nicht ausgeschlafen hatte. Genug, nach langem Streiten und Lärmen erklärte sich endlich der Stadtrichter Philippides: daß er bewandten Umständen nach nicht umhin könne, die Frage, ob die von Klägern eingewandte Appellation stattfinde? vor den Senat zu bringen.

Hiermit stand er auf; das Gericht ging ziemlich tumultuarisch auseinander, und beide Parteien eilten,

233

sich mit ihren Freunden, Gönnern und Sykophanten zu beraten, was nun weiter in der Sache anzufangen sei.

FÜNFTES KAPITEL

Gesinnungen des Senats. Tugend der schönen Gorgo und ihre Wirkungen. Der Priester Strobylus tritt auf und die Sache wird ernsthafter.

Der Prozeß über des Esels Schatten, der anfangs die Abderiten bloß durch seine Ungereimtheit belustigt hatte, fing nun an, eine Sache zu werden, in welche die Gerechtsamen, die vermeinte Ehre und allerlei Leidenschaften und Interessen verschiedner, zum Teil ansehnlicher Glieder der Republik verwickelt wurden.

Der Zunftmeister Pfriem hatte seinen Kopf darauf gesetzt, daß sein Zunftangehöriger gewinnen müßte; und da er sich meistens alle Abende in den Versammlungsorten der gemeinen Bürger einfand, hatte er schon beinahe die Hälfte des Volks auf seine Seite gebracht, und sein Anhang nahm täglich zu.

Der Erzpriester hingegen hatte den Handel bisher nicht für wichtig genug gehalten, sein ganzes Ansehen zugunsten seines Beschützten anzuwenden. Allein da die Sachen zwischen ihm und der schönen Gorgo ernsthafter zu werden anfingen, indem sie, anstatt einer gewissen Gelehrigkeit, die er bei ihr zu finden gehofft hatte, einen Widerstand tat, dessen man sich zu ihrer Herkunft und Erziehung nicht hätte vermuten sollen, ja, sich sogar vernehmen ließ: „wie sie Bedenken trage, ihre Tugend noch einmal den Gefahren eines Besuchs durch die kleine Gartentür auszusetzen", so war es ganz natürlich, daß er nun nicht länger säumte, durch den Eifer, womit er die Sache des Vaters zu unterstützen anfing, sich ein näheres Recht an die Dankbarkeit der Tochter zu erwerben.

Der neue Lärm, den der Eselsprozeß durch die Provokation an den großen Rat in der Stadt machte, gab ihm Gelegenheit, mit einigen von den vornehmsten Ratsherren aus der Sache zu sprechen. „So lächerlich dieser Handel an sich selbst sei", sagte er, „so könne doch nicht zugegeben werden, daß ein armer Mann, der unter dem Schutze Jasons stehe, durch eine offenbare Kabale unterdrückt werde. Es komme nicht auf die Veranlassung an, die oft zu den wichtigsten Begebenheiten sehr gering sei, sondern auf den Geist, womit man die Sache treibe, und auf die Absichten, die man im Schilde oder wenigstens in petto führe. Die Insolenz des Sykophanten Physignatus, der eigentlich an diesem ganzen Skandal schuld habe, müsse gezüchtigt und dem herrschsüchtigen, unverständigen Demagogen Pfriem noch inzeiten ein Zügel angeworfen werden, eh' es ihm gelinge, die Aristokratie gänzlich über den Haufen zu werfen" usw.

Wir müssen es zur Steuer der Wahrheit sagen, anfangs gab es verschiedene Herren des Rats, welche die Sache ungefähr so ansahen, wie sie anzusehen war, und es dem Stadtrichter Philippides sehr verdachten, daß er nicht Besonnenheit genug gehabt, einen so ungereimten Zwist gleich in der Geburt zu ersticken. Allein unvermerkt änderten sich die Gesinnungen, und der Schwindelgeist, der bereits einen Teil der Bürgerschaft auf die Köpfe gestellt hatte, ergriff endlich auch den größern Teil der Ratsherren. Einige fingen an, die Sache für wichtiger anzusehen, weil ein Mann wie der Erzpriester Agathyrsus sich derselben so ernstlich anzunehmen schien. Andre setzte die Gefahr, die der Aristokratie aus den Unternehmungen des Zunftmeisters Pfriem erwachsen könnte, in Unruhe. Verschiedene ergriffen die Partei des Eseltreibers bloß aus Widersprechungsgeist, andre aus einem wirklichen Gefühl, daß ihm unrecht geschehe, und noch andre erklärten sich für den Zahnarzt, weil gewisse Personen,

235

mit denen sie nie einer Meinung sein wollten, sich für seinen Gegner erklärt hatten.

Mit allem dem würde dennoch dieser geringfügige Handel, so sehr die Abderiten auch – Abderiten waren, niemals eine so heftige Gärung in ihrem gemeinen Wesen verursacht haben, wenn der böse Dämon dieser Republik nicht auch den Priester Strobylus angeschürt hätte, sich, ohne einigen nähern Beruf als seinen unruhigen Geist und seinen Haß gegen den Erzpriester Agathyrsus, mit ins Spiel zu mischen.

Um dies dem geneigten Leser verständlicher zu machen, werden wir die Sache (wie jener alte Dichter seine Ilias) ab ovo anfangen müssen, um so mehr, als auch gewisse Stellen in unsrer Erzählung des Abenteuers mit dem Euripides und gewisse Ausdrücke, die dem Priester Strobylus gegen Demokrit entfielen, ihr gehöriges Licht dadurch erhalten werden.

SECHSTES KAPITEL

Verhältnis des Latonentempels zum Tempel des Jason. Kontrast in den Charakteren des Oberpriesters Strobylus und des Erzpriesters Agathyrsus. Strobylus erklärt sich für die Gegenpartei des letztern und wird von Salabanda unterstützt, welche eine wichtige Rolle in der Sache zu spielen anfängt.

Der Dienst der Latona war (wie Strobylus den Euripides versichert hatte) so alt zu Abdera als die Verpflanzung der lykischen Kolonie; und die äußerste Einfalt der Bauart ihres kleinen Tempels konnte als eine hinlängliche Bekräftigung dieser Tradition angesehen werden. So unscheinbar dieser Latonentempel war, so gering waren auch die gestifteten Einkünfte seiner Priester. Wie aber die Not erfindsam ist, so hatten die Herren schon von langem her Mittel gefunden, zu einiger Entschädigung für die Kargheit ihres ordentlichen Einkommens den Aberglauben der Abderiten in Kontribution zu setzen; und da auch dieses nicht zureichen wollte, hatten sie es endlich dahin gebracht, daß der Senat (weil er doch von keiner Besoldungszulage hören wollte) zu Unterhaltung des geheiligten Froschgrabens gewisse Einkünfte aussetzte, deren größten Teil die genügsamen und billig denkenden Frösche ihren Versorgern überließen.

Eine ganz andre Beschaffenheit hatte es mit dem Tempel des Jason, dieses berühmten Anführers der Argonauten, welchem in Abdera die Ehre der Erhebung in den Götterstand und eines öffentlichen Dienstes widerfahren war, ohne daß wir hiervon einen andern Grund anzugeben wissen, als daß verschiedne der ältesten und reichsten Familien in Abdera ihr Geschlechtsregister von diesem Heros ableiteten. Einer von dessen Enkeln hatte sich, wie die Tradition sagte, in dieser Stadt niedergelassen und war der gemeinsame Stammvater verschiedener Geschlechter geworden, von welchen einige noch in den Tagen unserer gegenwärtigen Geschichte in voller Blüte standen. Dem Andenken des Helden, von dem sie abstammten, zu Ehren, hatten sie anfangs, nach uraltem Gebrauch, nur eine kleine Hauskapelle gestiftet. Mit der Länge der Zeit war eine Art von öffentlichem Tempel daraus geworden, den die Frömmigkeit der Abkömmlinge Jasons nach und nach mit vielen Gütern und Einkünften versehen hatte. Endlich, als Abdera durch Handelschaft und glückliche Zufälle eine der reichsten Städte in Thrakien geworden war, entschlossen sich die Jasoniden, ihrem vergötterten Ahnherrn einen Tempel zu erbauen, dessen Schönheit der Republik und ihnen selbst bei der Nachwelt Ehre machen könnte. Der neue Jasontempel wurde ein herrliches Werk und machte mit den dazu gehörigen Gebäuden, Gärten, Wohnungen der Priester, Beamten, Schutzverwandten usw. ein ganzes Quartier der Stadt aus.

Der Erzpriester desselben mußte allezeit von der ältesten Linie der Jasoniden sein; und da er, bei sehr beträchtlichen Einkünften, auch die Gerichtsbarkeit über die zu dem Tempel gehörigen Personen und Güter ausübte, so ist leicht zu erachten, daß die Oberpriester der Latona alle diese Vorzüge nicht mit gleichgültigen Augen ansehen konnten und daß zwischen diesen beiden Prälaten eine Eifersucht obwalten mußte, die auf die Nachfolger forterbte und bei jeder Gelegenheit in ihrem Betragen sichtbar wurde.

Der Oberpriester der Latona wurde zwar als das Haupt der ganzen abderitischen Priesterschaft angesehen; allein der Erzpriester Jasons machte mit seinen Untergebenen ein besonderes Kollegium aus, welches zwar unter dem Schutze der Stadt Abdera stand, aber von aller Abhängigkeit, wie sie Namen haben mochte, frei war. Die Feste des Latonentempels waren zwar die eigentlichen großen Festtage der Republik; allein da die Mäßigkeit seiner Einkünfte keinen sonderlichen Aufwand zuließ, so war das Fest des Jason, welches mit ungemeiner Pracht und großen Feierlichkeiten begangen wurde, in den Augen des Volks, wo nicht das vornehmste, wenigstens das, worauf es sich am meisten freute; und alle die Ehrerbietung, die man für das Altertum des Latonendienstes hegte, und der große Glaube des Pöbels an den Oberpriester desselben und seine heiligen Frösche konnte doch nicht verhindern, daß die größere Figur, die der Erzpriester machte, ihm nicht auch einen höhern Grad von Ansehen hätte geben sollen. Und wiewohl das gemeine Volk überhaupt mehr Zuneigung zu dem Latonenpriester trug, so wurde doch dieser Vorzug dadurch wieder überwogen, daß der Priester Jasons mit den aristokratischen Häusern in einer Verbindung stand, die ihm soviel Einfluß gab, daß es einem ehrgeizigen Manne an diesem Platze ein leichtes gewesen wäre, einen kleinen Tyrannen von Abdera vorzustellen.

Zu so vielen Ursachen der althergebrachten Eifersucht und Abneigung zwischen den beiden Fürsten der abderitischen Klerisei kam bei Strobylus und Agathyrsus noch ein persönlicher Widerwille, der eine natürliche Frucht des Kontrastes ihrer Sinnesarten war.

Agathyrsus, mehr Weltmann als Priester, hatte in der Tat vom letztern wenig mehr als die Kleidung. Die Liebe zum Vergnügen war seine herrschende Leidenschaft. Denn wiewohl es ihm nicht an Stolz fehlte, so kann man doch von niemand sagen, daß er ehrgeizig sei, solange sein Ehrgeiz eine andre Leidenschaft neben sich herrschen läßt. Er liebte die Künste und den vertraulichen Umgang mit Virtuosen aller Arten und stand in dem Ruf, einer von den Priestern zu sein, die wenig Glauben an ihre eignen Götter haben. Wenigstens ist nicht zu leugnen, daß er öfters ziemlich frei über die Frösche der Latona scherzte; und es war jemand, der es beschwören wollte, aus seinem eignen Munde gehört zu haben: „die Frösche dieser Göttin wären schon längst alle in elende Poeten und abderitische Sänger verwandelt worden." – Daß er mit Demokriten in ziemlich gutem Vernehmen lebte, war auch nicht sehr geschickt, seine Orthodoxie zu bestätigen. Kurz, Agathyrsus war ein Mann von munterm Temperament, hellem Kopf und ziemlich freiem Leben, beliebt bei dem abderitischen Adel, noch beliebter bei dem schönen Geschlecht und, wegen seiner Freigebigkeit und jasonmäßigen Figur, beliebt sogar bei den untersten Klassen des Volks.

Nun hätte die Natur in ihrer launigsten Minute keinen völligern Gegenfüßler von allem, was Agathyrsus war, hervorbringen können als den Priester Strobylus. Dieser Mann hatte (wie viele seinesgleichen) ausfündig gemacht, daß eine in Falten gelegte Miene und ein steifes Wesen unfehlbare Mittel sind, bei dem großen Haufen für einen weisen und unsträflichen Mann zu gelten. Da er nun von Natur ziemlich sauertöpfisch aussah, so hatte es ihm wenig Mühe gekostet, sich diese Gravität anzugewöhnen, die bei den meisten weiter nichts beweist als die Schwere ihres Witzes und die Ungeschliffenheit ihrer Sitten. Ohne Sinn für das Große und Schöne, war er ein geborner Verächter aller Talente und Künste, die diesen Sinn voraussetzen, und sein Haß gegen die Philosophie war bloß eine Maske für den natürlichen Groll eines Dummkopfes gegen alle, die mehr Verstand und Wissenschaft haben als er. In seinen Urteilen war er schief und einseitig, in seinen Meinungen eigensinnig, im Widerspruch hitzig und grob, und wo er entweder in seiner eignen Person oder in den Fröschen der Latona beleidigt zu sein glaubte, äußerst rachgierig; aber nichtsdestoweniger bis zur Niederträchtigkeit geschmeidig, sobald er eine Sache, an der ihm gelegen war, nicht ohne Hülfe einer Person, die er haßte, durchsetzen konnte. Überdies stand er mit einigem Grund in dem Rufe, daß er mit einer gehörigen Dose von Dariken und Philippen zu allem in der Welt zu bringen sei, was mit dem Äußerlichen seines Charakters nicht ganz unverträglich war.

Aus so entgegengesetzten Gemütsarten und aus so vielen Veranlassungen zu Neid und Eifersucht auf seiten des Priesters Strobylus entsprang notwendig bei beiden ein wechselseitiger Haß, der den Zwang, den ihnen ihr Stand und Platz auferlegte, mit Mühe ertrug und nur darin verschieden war, daß Agathyrsus den Oberpriester zu sehr verachtete, um ihn sehr zu hassen, und dieser jenen zu sehr beneidete, um ihn so herzlich verachten zu können, als er wohl gewünscht hätte.

Zu diesem allen kam noch, daß Agathyrsus, kraft seiner Geburt und ganzen Lage, für die Aristokratie, Strobylus hingegen, ungeachtet seiner Verhältnisse zu einigen Ratsherren, ein erklärter Freund der Demokratie und nächst dem Zunftmeister Pfriem derjenige war, der durch seinen persönlichen Charakter, seine

Würde, seine schwärmerische Hitze und eine gewisse populare Art von Beredsamkeit den meisten Einfluß auf den Pöbel hatte.

Man sieht nun leicht voraus, daß die Sache mit dem Eselsschatten oder Schattenesel notwendig eine ernsthafte Wendung nehmen mußte, sobald ein paar Männer wie die beiden Hohenpriester von Abdera darein verwickelt wurden.

Strobylus hatte, solange der Prozeß vor den Stadtrichtern geführt wurde, nicht anders teil daran genommen, als daß er sich gelegentlich erklärte, er würde an des Zahnarztes Platz ebenso gehandelt haben. Aber kaum erfuhr er durch die Dame Salabanda, seine Nichte, daß Agathyrsus die Sache seines in der ersten Instanz verurteilten Schutzverwandten zu seiner eignen mache, so fühlte er sich auf einmal berufen, sich mit an die Spitze der Partei des Beklagten zu stellen und die Kabale des Zunftmeisters mit allem Ansehen, das er bei den Ratsherren sowohl als bei dem Volke hatte, zu unterstützen.

Salabanda war zu sehr gewohnt, ihre Hand in allen abderitischen Händeln zu haben, als daß sie unter den letzten gewesen sein sollte, die in dem gegenwärtigen Partei nahmen. Außer ihrem Verhältnis zu dem Priester Strobylus hatte sie noch eine besondere Ursache, es mit ihm zu halten, eine Ursache, die darum nicht weniger wog, weil sie solche in petto behielt. Wir haben bei einer andern Gelegenheit erwähnt, daß diese Dame, es sei nun aus bloß politischen Absichten, oder daß sich vielleicht auch ein wenig Koketterie – und wer weiß, ob nicht auch zuweilen das, was man in der Sprache der neuern französischen feinen Welt das Herz einer Dame nennt, mit einmischen mochte; genug, ausgemacht war es, daß sie immer eine Anzahl demütiger Sklaven an der Hand hatte, unter denen (wie man glaubte) doch immer wenigstens der eine oder andre wissen müsse, wofür er diene. Die geheime Chronik

von Abdera sagte, der Erzpriester Agathyrsus hätte
eine geraume Zeit die Ehre gehabt, einer von den letztern zu sein; und in der Tat kam eine Menge Umstände zusammen, warum man dieses Gerücht für
etwas mehr als eine bloße Vermutung halten konnte.
So viel ist gewiß, daß die vertrauteste Freundschaft
seit geraumer Zeit unter ihnen obgewaltet hatte, als
die milesische Tänzerin nach Abdera kam und dem
flatterhaften Jasoniden in kurzem so merkwürdig
wurde, daß Salabanda endlich nicht länger umhin
konnte, sich selbst für aufgeopfert zu halten.

Agathyrsus besuchte zwar ihr Haus noch immer auf
dem Fuß eines alten Bekannten, und die Dame war
zu politisch, um in ihrem äußern Betragen gegen ihn
die geringste Veränderung durchscheinen zu lassen;
aber ihr Herz kochte Rache. Sie vergaß nichts, was den
Erzpriester immer tiefer in die Sache verwickeln und
immer mehr in Feuer setzen konnte; heimlich aber
beleuchtete sie alle seine Schritte und Tritte und alle
großen und kleinen Vorder- und Hintertüren, die zu
seinem Kabinett führen konnten, so genau, daß sie
seine Intrige mit der jungen Gorgo gar bald entdeckte
und den Priester Strobylus in den Stand setzen konnte,
den Eifer des Erzpriesters für die Sache des Eseltreibers
in ein ebenso verhaßtes Licht zu stellen, als sie selbst
unter der Hand bemüht war, ihm einen lächerlichen
Anstrich zu geben.

Agathyrsus, so wenig es ihm kostete, politische und
ehrgeizige Vorteile dem Interesse seiner Vergnügungen
aufzuopfern, hatte doch Augenblicke, wo der kleinste
Widerstand in einer Sache, an der ihm im Grunde gar
nichts gelegen war, seinen ganzen Stolz aufrührisch
machte; und sooft dies geschah, pflegte ihn seine Lebhaftigkeit gemeiniglich unendlich weiterzuführen, als
er gegangen wäre, wenn er die Sache einiger kühlen
Überlegung gewürdiget hätte. Die Ursache, warum er
sich anfangs mit diesem abgeschmackten Handel be-

mengt hatte, fand jetzt zwar nicht länger statt, denn
die schöne Gorgo hatte, ungeachtet des Unterrichts
ihrer Mutter Krobyle, entweder nicht Geschicklichkeit
oder nicht Ausdaurungskraft genug gehabt, den anfänglich entworfnen Verteidigungsplan gegen einen
so gefährlichen und erfahrnen Belagerer gehörig
zu befolgen; allein er war nun einmal in die
Sache verwickelt; seine Ehre war dabei betroffen;
er empfing täglich und stündlich Nachrichten, wie
unziemlich der Zunftmeister und der Priester
Strobylus mit ihrem Anhang wider ihn loszögen,
wie sie drohten, wie übermütig sie die Sache durchzusetzen hofften, und dergleichen – und dies war
mehr, als es brauchte, um ihn dahin zu bringen, daß
er seine ganze Macht anzuwenden beschloß, um Gegner, die er so sehr verachtete, zu Boden zu werfen und
für die Verwegenheit, sich gegen ihn aufgelehnt zu
haben, zu züchtigen. Der Kabalen der Dame Salabanda ungeachtet (die nicht fein genug gesponnen
waren, um ihm lange verborgen zu bleiben), war der
größte Teil des Senats auf seiner Seite; und wenngleich seine Gegner nichts unterließen, was das Volk
gegen ihn erbittern konnte, so hatte er doch, zumal
unter den Zünften der Gerber, Fleischer und Bäcker,
einen Anhang von derben, stämmigen Gesellen, die
ebenso hitzig vor der Stirne als nervig von Armen und
auf jeden Wink bereit waren, für ihn und seine Partei,
je nachdem es nötig wäre, zu schreien oder zuzuschla-
gen.

SIEBENTES KAPITEL

Ganz Abdera teilt sich in zwei Parteien. Die Sache kommt vor Rat.

In dieser Gärung befanden sich die Sachen, als auf einmal die Namen *Schatten* und *Esel* in Abdera gehört und in kurzem durchgängig dazu gebraucht wurden, die beiden Parteien zu bezeichnen.

Man hat über den wahren Ursprung dieser Übernamen keine zuverlässige Nachricht. Vermutlich, weil doch Parteien nicht lange ohne Namen bestehen können, hatten die Anhänger des Zahnarztes Struthion unter dem Pöbel den Anfang gemacht, sich selbst, weil sie für sein Recht an des Esels Schatten stritten, die Schatten, und ihre Gegner, weil sie den Schatten gleichsam zum Esel selbst machen wollten, aus Spott und Verachtung die Esel zu nennen. Da nun die Anhänger des Erzpriesters diese Benennung nicht verhindern konnten, so hatten sie (wie es zu gehen pflegt) sich unvermerkt daran gewöhnt, sie, wiewohl anfänglich bloß zum Scherz, selbst zu gebrauchen, nur mit dem Unterschied, daß sie den Spieß umdrehten und das Verächtliche mit dem Schatten und das Ehrenvolle mit dem Esel verknüpften. „Wenn es ja eins von beiden sein soll", sagten sie, „so wird jeder brave Kerl doch immer lieber ein wirklicher leibhafter Esel mit allem seinem Zubehör als der bloße Schatten von einem Esel sein wollen."

Wie es auch damit zugegangen sein mag, genug, in wenig Tagen war ganz Abdera in diese zwei Parteien geteilt; und sowie sie einen Namen hatten, nahm auch der Eifer auf beiden Seiten so schnell und heftig zu, daß es gar nicht mehr erlaubt war, neutral zu bleiben. „Bist du ein Schatten oder ein Esel?" war immer die erste Frage, welche die gemeinen Bürger aneinander taten, wenn sie sich auf der Straße oder in der Schenke antrafen; und wenn einen Schatten gerade das Unglück traf, an einem solchen Orte der einzige seinesgleichen unter einer Anzahl von Eseln zu sein, so blieb ihm, wofern er sich nicht gleich mit der Flucht rettete, nichts übrig, als entweder auf der Stelle zu apostasieren oder sich mit tüchtigen Stößen zur Tür hinauswerfen zu lassen.

Wie viele und große Unordnungen hieraus entstehen mußten, kann man sich ohne unser Zutun vorstellen. Die Erbitterung ging in kurzem so weit, daß ein Schatten sich lieber vor Hunger zum wirklichen Gespenst abgezehrt, als einem Bäcker von der Gegenpartei für einen Dreier Brot abgekauft hätte.

Auch die Weiber nahmen, wie leicht zu erachten, Partei, und gewiß nicht mit der wenigsten Hitze. Denn das erste Blut, das bei Gelegenheit dieses seltsamen Bürgerkriegs vergossen wurde, kam von den Nägeln zweier Hökerweiber her, die einander auf öffentlichem Markte in die Physiognomie geraten waren. Man bemerkte indessen, daß bei weitem der größte Teil der Abderitinnen sich für den Erzpriester erklärte; und wo in einem Hause der Mann ein Schatten war, da konnte man sich darauf verlassen, die Frau war eine Eselin, und gemeiniglich eine so hitzige und unbändige Eselin, als man sich eine denken kann. Unter einer Menge teils heilloser, teils lächerlicher Folgen dieses Parteigeistes, der in die Abderitinnen fuhr, war keine der geringsten, daß mancher Liebeshandel dadurch auf einmal abgebrochen wurde, weil der eigensinnige Seladon lieber seine Ansprüche als seine Partei aufgeben wollte; sowie hingegen auch mancher, der sich schon jahrelang vergebens um die Gunst einer Schönen beworben und ihre Antipathie gegen ihn durch nichts, was gewöhnlich von einem unglücklichen Liebhaber versucht wird, hatte überwinden können, jetzt auf einmal keines andern Titels bedurfte, um glücklich zu werden, als seine Dame zu überzeugen, daß er – ein Esel sei.

Inzwischen wurde die Präjudizialfrage, ob die von

Klägern eingewandte Abberufung an den großen Rat stattfinde oder nicht? vor den Senat gebracht. Wiewohl dies das erstemal war, daß es über die Eselssache vor diesem ehrwürdigen Kollegium zur Sprache kam, so zeigte sich doch bald, daß jedermann schon seine Partei genommen hatte. Der Archon Onolaus war der einzige, der in Verlegenheit zu sein schien, wie er der Sache einen leidlichen Anstrich geben könnte. Denn man bemerkte, daß er viel leiser als gewöhnlich sprach und am Schlusse seines Vortrags in die merkwürdigen und ominösen Worte ausbrach: „er besorge sehr, der Eselsschatten, über welchen jetzt mit so vieler Hitze gestritten werde, möchte den Ruhm der Republik auf viele Jahrhunderte verfinstern." Seine Meinung war, man würde am besten tun, die eingelegte Appellation als unstatthaft abzuweisen, den Spruch des Stadtgerichts (bis auf den Punkt der Kosten, die gegeneinander aufgehoben werden könnten) zu bestätigen und beiden Parteien ein ewiges Stillschweigen aufzulegen. Indessen setzte er doch hinzu: wofern die Majora dafür hielten, daß die Gesetze von Abdera nicht zureichend wären, einen so geringfügigen Handel auszumachen, so müsse er sich gefallen lassen, daß der große Rat den Ausspruch darüber tue; jedoch wollte er darauf angetragen haben, vorher im Archiv nachsuchen zu lassen, ob sich nicht etwa schon in ältern Zeiten dergleichen ungewöhnliche Fälle ereignet und wie man sich dabei benommen habe.

Diese Mäßigung des Archon – die ihm von der unparteiisch richtenden Nachwelt einstimmig als ein Beweis von wahrer Regentenweisheit zum Verdienst angerechnet werden wird – wurde damals, da der Parteigeist alle Augen verblendet hatte, als Schwachheit und phlegmatische Gleichgültigkeit ausgelegt. Verschiedene Senatoren von der Partei des Erzpriesters ließen sich weitläufig und mit großem Eifer vernehmen, man könne nichts geringfügig nennen, was die Rechte und

246

Freiheiten der Abderiten betreffe; wo kein Gesetz sei, finde auch kein gerichtliches Verfahren statt, und das erste Beispiel, wo den Richtern gestattet würde, einen Handel nach einer willkürlichen Billigkeit zu entscheiden, würde das Ende der Freiheit von Abdera sein. Wenn der Streit auch noch was Geringeres beträfe, so komme es nicht auf die Frage an, wie viel oder wenig er wert sei, sondern welche von den Parteien recht habe; und da kein Gesetz vorhanden sei, welches in vorliegendem Fall entscheide, ob des Esels Schatten stillschweigend in der Miete begriffen sei oder nicht, so könne sich weder das Untergericht noch der Senat selbst ohne die offenbarste Tyrannei anmaßen, dem Abmieter etwas zuzusprechen, woran der Vermieter wenigstens ebensoviel Recht habe, oder vielmehr ein ungleich besseres, da aus der Natur ihres Kontrakts keineswegs notwendig folge, daß die Meinung des letztern gewesen sei, jenem auch den Schatten seines Esels zu vermieten usw. Einer von diesen Herren ging so weit, daß er in der Hitze herausfuhr: „er sei jederzeit ein eifriger Patriot gewesen; aber eh' er zugeben würde, daß einer seiner Mitbürger sich anmaßen sollte, nur den Schatten einer tauben Nuß dem andern willkürlich abzusprechen, ehe wollt' er ganz Abdera in Feuer und Flammen sehen."

Jetzt verlor der Zunftmeister Pfriem alle Geduld. Das Feuer, sagte er, womit man die ganze Stadt mit solcher Verwegenheit bedrohe, sollte mit demjenigen angezündet werden, der sich so zu reden unterstehe. „Ich bin kein studierter Mann", fuhr er fort, „aber bei allen Göttern, ich lasse mir Mäusedreck nicht für Pfeffer verkaufen! Man muß den Verstand verloren haben, um einem gesunden Menschen weismachen zu wollen, daß es ein eignes Gesetz brauche, wenn die Frage ist, ob sich einer auf eines Esels Schatten setzen dürfe, der mit barem Geld das Recht erkauft hat, auf dem Esel selbst zu sitzen. Überhaupt ist es Schande und Spott, daß so viele ernsthafte und gescheite Männer sich den Kopf über einen Handel zerbrechen, den jedes Kind auf der Stelle entschieden haben würde. Wenn ist denn jemals in der Welt erhört worden, daß Schatten unter die Dinge gehören, die man einander vermietet?"

„Herr Zunftmeister", fiel der Ratsherr Buphranor ein, „Ihr schlagt Euch selbst auf den Mund, wenn Ihr das behauptet. Denn wenn des Esels Schatten nicht vermietet werden konnte, so ist klar, daß er nicht vermietet worden ist; denn a non posse ad non esse valet consequentia. Der Zahnarzt kann also, nach Eurem eignen Grundsatze, kein Recht an den Schatten haben, und das Urteil ist an sich null und nichtig."

Der Zunftmeister stutzte, und weil ihm nicht gleich einfiel, was sich auf dieses feine Argument antworten ließe, so fing er desto lauter an zu schreien und rief Himmel und Erde zu Zeugen an, daß er eher seinen grauen Bart Haar für Haar ausraufen, als sich noch in seinen alten Tagen zum Esel machen lassen wollte. Die Herren von seiner Partei unterstützten ihn aus allen Kräften; allein sie wurden überstimmt, und alles, was sie endlich mit Beihilfe des Archon und des Ratsherrn, der immer leise auftrat, erhalten konnten, war: „daß die Sache einstweilen in statu quo bleiben sollte, bis man im Archiv nachgesehen hätte, ob sich kein Präjudizium fände, wodurch dieser Handel ohne größere Weitläuftigkeit entschieden werden könnte."

ACHTES KAPITEL

Gute Ordnung in der Kanzlei von Abdera. Präjudizialfälle, die nichts ausmachen. Das Volk will das Rathaus stürmen und wird von Agathyrsus besänftigt. Der Senat beschließt, die Sache dem großen Rat zu überlassen.

Die Kanzlei der Stadt Abdera – weil es doch die Gelegenheit mit sich bringt, ihrer hier mit zwei Worten zu erwähnen – war überhaupt so gut eingerichtet und bedient, als man es von einer so weisen Republik erwarten wird. Indessen hatte sie doch mit vielen andern Kanzleien zwei Fehler gemein, über welche zu Abdera schon seit Jahrhunderten fast täglich Klage geführt wurde, ohne daß jemand auf den Einfall gekommen wäre, ob es nicht etwa möglich sein könnte, dem Übel auf eine oder andre Weise abzuhelfen.

Das eine dieser Gebrechen war, daß die Urkunden und Akten in einigen sehr dumpfen und feuchten Gewölben verwahrt lagen, wo sie aus Mangel der Luft verschimmelten, vermoderten, von Schaben und Würmern gefressen und nach und nach ganz unbrauchbar wurden; das andre, daß man, alles Suchens ungeachtet, nichts darin finden konnte. Sooft dies begegnete, pflegte irgendein patriotischer Ratsherr, meistens mit Beistimmung des ganzen Senats, die Anmerkung zu machen, „es komme bloß daher, weil keine Ordnung in der Kanzlei gehalten werde." In der Tat ließ sich schwerlich eine Hypothese erdenken, vermittelst welcher diese Erscheinung auf eine leichtere und begreiflichere Weise zu erklären gewesen wäre. Daher kam es nun, daß fast allemal, wenn bei Rat beschlossen wurde, daß in der Kanzlei nachgesehen werden sollte, jedermann schon voraus wußte und meistens sicher darauf rechnete, daß sich nichts finden würde. Und eben daher kam es auch, daß die gewöhnliche Erklärung, die bei der nächsten Ratssitzung erfolgte, „es habe sich, alles Suchens ungeachtet, nichts in der Kanzlei gefunden", mit der kaltsinnigsten Gelassenheit, als eine Sache, die man erwartet hatte und die sich von selbst verstand, aufgenommen wurde.

Dies war nun auch dermalen der Fall gewesen, da die Kanzlei den Auftrag erhalten hatte, in den ältern Akten nachzusehen, ob sich nicht vielleicht ein Präjudizium finde, das der Weisheit des Senats bei Entscheidung des höchst beschwerlichen Handels über den Eselsschatten zur Fackel dienen könnte. Es hatte sich nichts gefunden, ungeachtet verschiedene Herren in der letzten Session ganz positiv versicherten, es müßten unzählige ähnliche Fälle vorhanden sein.

Indessen hatte gleichwohl der Eifer eines Ratsherrn von der Partei der Esel die Akten von zwei alten Rechtshändeln aufgetrieben, die einst vielen Lärm in Abdera gemacht und mit dem gegenwärtigen einige Ähnlichkeit zu haben schienen.

Der eine betraf einen Streit zwischen den Besitzern zweier Grundstücke in der Stadtflur über das Eigentumsrecht an einen zwischen beiden gelegnen kleinen Hügel, der ungefähr fünf oder sechs Schritte im Umfange betrug und im Verlauf der Zeit aus etlichen zusammengeflossenen Maulwurfshaufen entstanden sein mochte. Tausend kleine Nebenumstände hatten nach und nach eine so heftige Erbitterung zwischen den beiden im Streite befangenen Familien erregt, daß jeder Teil entschlossen war, lieber Haus und Hof als sein vermeintes Recht an diesen Maulwurfshügel zu verlieren. Die abderitische Justiz wurde dadurch in eine desto größere Verlegenheit gesetzt, da Beweis und Gegenbeweis von einer so ungeheuern Kombination unendlich kleiner, zweifelhafter und unaufklärbarer Umstände abhing, daß nach einem Prozeß von fünfundzwanzig Jahren die Sache nicht nur der Entscheidung nicht um einen Schritt näher gekommen, sondern im Gegenteil gerade fünfundzwanzigmal verworrener geworden war als anfangs. Wahrscheinlicherweise würde sie auch nie zu Ende gebracht worden sein, wenn sich nicht beide Parteien endlich gezwungen gesehen hätten, die Grundstücke, zwischen welchen das Objectum litis lag, mit allen Zubehören, Gerechtsamen und Ansprüchen, worunter auch das im Streite befangene Recht an dem Maulwurfshügel war, ihren Sykophanten für Prozeßkosten und Advokatengebühren abzutreten. Denn nunmehr verglichen sich die Sykophanten noch selbigen Tages in Güte, dieses Hügelchen der großen Themis zu heiligen, einen Feigenbaum darauf zu pflanzen und unter denselben auf gemeinschaftliche Kosten die Bildsäule besagter Göttin aus gutem Föhrenholz, mit Steinfarbe angestrichen, setzen zu lassen. Auch wurde, unter Garantie des abderitischen Senats, festgesetzt, daß die Besitzer beider Grundstücke zu ewigen Zeiten schuldig sein sollten, besagte Bildsäule nebst dem Feigenbaume gemeinschaftlich zu unterhalten. Gestalten denn auch beide, und zwar der Feigenbaum in sehr ansehnlichen, die Bildsäule aber in sehr verfallnen und wurmstichigen Umständen, zum ewigen Gedächtnis dieses merkwürdigen Handels noch zur Zeit des gegenwärtigen zu sehen waren.

Der andre Prozeß schien mit dem vorliegenden noch eine nähere Verwandtschaft zu haben. Ein Abderit, namens Pamphus, besaß ein Landgut, dessen vornehmste Annehmlichkeit darin bestand, daß es auf der südwestlichen Seite eine herrliche Aussicht über ein schönes Tal hatte, welches zwischen zwei waldigen Bergen hinlief, in der Ferne immer schmäler wurde und sich endlich in das Ägäische Meer verlor. Pamphus pflegte oft zu sagen, daß ihm diese Aussicht nicht um hundert attische Talente feil wäre; und er hatte um so mehr Ursache, sie so hoch zu taxieren, da das Gut an sich selbst so unerheblich war, daß ihm niemand, der bloß auf den Nutzen sah, fünf Talente dafür würde gegeben haben. Unglücklicherweise fand ein ziemlich begüterter abderitischer Bauer, der auf eben dieser südwestlichen Seite sein Nachbar war, sich veranlaßt, eine Scheune bauen zu lassen, die dem guten Pamphus einen so großen Teil seiner Aussicht entzog, daß sein Landgütchen, seiner Rechnung nach, wenigstens um achtzig Talente dadurch schlechter wurde. Pamphus wandte alles mögliche an, den Nachbar in Güte und Ernst von einem so fatalen Bau abzuhalten. Allein der Bauer bestand auf seinem Rechte, seinen erbeigentümlichen Grund und Boden zu überbauen, wo und wie es ihm beliebte.

251

Es kam also zum Prozeß. Pamphus konnte zwar nicht erweisen, daß die streitige Aussicht ein notwendiges und wesentliches Pertinenzstück seines Gutes sei oder daß ihm Luft und Licht durch den neuen Bau entzogen werde oder daß sein Großvater, der es käuflich an seine Familie gebracht, um besagter Aussicht willen nur eine Drachme mehr bezahlt habe, als das Gut nach damaligem Preise an sich selbst wert war, noch daß ihm sein Nachbar, der Bauer, mit einiger Servitut verhaftet sei, kraft deren er ein Recht hätte, ihm den Bau niederzulegen; allein sein Sykophant behauptete, daß die Entscheidungsgründe dieser Sache viel tiefer lägen und aus der ersten ursprünglichen Quelle alles Eigentumsrechts unmittelbar geschöpft werden müßten. „Wäre die Luft nicht ein durchsichtiges Wesen", sagte der Sykophant, „so möchte Elysium und der Olympus selbst dem Landgute meines Prinzipals gegenüberliegen, er würde so wenig jemals davon zu sehen bekommen haben, als ob unmittelbar vor seinen Fenstern eine Mauer stünde, die bis an den Himmel reichte. Die durchsichtige Natur und Eigenschaft der Luft ist also die erste und wahre Grundursache der schönen Aussicht, die das Gut meines Prinzipals beseligt. Nun ist aber die freie, durchsichtige Luft, wie jedermann weiß, eines von den gemeinen Dingen, an welche ursprünglich alle ein gleiches Recht haben, und eben darum ist jede noch von niemand in Besitz genommene Portion derselben als eine res nullius, als eine Sache, die noch niemandem eigentümlich zugehört, anzusehen und wird folglich ein Eigentum des ersten, der sich ihrer bemächtiget. Seit unfürdenklichen Zeiten haben die Vorfahren meines Prinzipals an diesem Gute die dermalen in Streit verfangne Aussicht innegehabt, besessen und genossen, von männiglichen ungehindert und unangefochten. Sie haben also die dazu erforderliche Portion der Luft mit ihren Augen okkupiert, und sie ist durch diese Okkupation sowohl als durch einen ununter-

252

brochnen Besitz seit unfürdenklicher Zeit ein eigentümlicher Teil des mehrbesagten Gutes geworden, wovon solchem nicht das geringste entzogen werden kann, ohne die Grundgesetze aller bürgerlichen Ordnung und Sicherheit umzustoßen." – Der Senat von Abdera fand diese Gründe ganz bedenklich; es wurde lange für und wider mit großer Subtilität gestritten, und da Pamphus einige Zeit darauf in den Rat gewählt worden war, schien die Sache um so viel verwickelter und seine Gründe von Zeit zu Zeit immer bedenklicher zu werden. Der Bauer starb, ohne den Ausgang des Handels zu erleben, und seine Erben, welche zuletzt merkten, daß gemeine Bauersleute, wie sie, gegen einen so großen Herrn, als ein Ratsherr von Abdera war, nichts gewinnen könnten, ließen sich endlich von ihrem Sykophanten zu einem Vergleich bereden, vermöge dessen sie die Prozeßkosten bezahlten und von dem Bau der streitigen Scheune um so mehr abstanden, da sie – kein Geld mehr dazu hatten und der Prozeß von ihrem Erbgute soviel weggefressen hatte, daß sie keiner neuen Scheune mehr bedurften, um die wenigen Früchte, die ihnen noch zu bauen übrigblieben, aufzubehalten.

Nun war es zwar ziemlich klar, daß diese beiden Rechtshändel zu Entscheidung des vorliegenden sehr wenig Licht geben konnten; zumal da in keinem von beiden definitiv gesprochen worden war, sondern beide durch gütlichen Vergleich ihre Endschaft erreicht hatten; allein der Ratsherr, der sie produzierte, schien auch keinen andern Gebrauch davon machen zu wollen, als dem Senat zu zeigen, daß diese beiden Händel, die sowohl in Rücksicht auf die Wichtigkeit des Gegenstandes als die Subtilität der Rechtsgründe sehr viele Ähnlichkeit mit dem Eselsprozeß zu haben schienen, so viele Jahre lang vor dem abderitischen kleinen Rat geführt und verhandelt worden seien, ohne daß sich jemand habe beigehen lassen, an den großen Rat zu provozieren, oder nur zu zweifeln, ob der kleine auch

253

wohl Fug und Macht habe, in Sachen dieser Art zu erkennen.

Die sämtlichen Esel unterstützten diese Meinung ihres Parteiverwandten mit desto größerm Eifer, da sie die Stimmenmehrheit in Händen hatten, wofern die Sache vor Rat abgetan worden wäre. Allein eben darum beharrten die Schatten desto hartnäckiger bei ihrem Widerspruch.

Der ganze Morgen wurde mit Streiten und Schreien zugebracht, und die Herren würden endlich (wie ihnen öfters zu begegnen pflegte) um Essenszeit unverrichteter Dinge auseinander gegangen sein, wenn eine große Anzahl gemeiner Bürger von der Schattenpartei, die sich auf Veranstaltung des Zunftmeisters Pfriem vor dem Rathause versammelt hatte und durch eine Menge herbeigelaufnen Pöbels von der niedrigsten Gattung verstärkt worden war, der Sache nicht endlich den Ausschlag gegeben hätte. Die Partei des Erzpriesters legte in der Folge dem Zunftmeister zur Last, daß er geflissentlich ans Fenster getreten sei und das Volk durch gegebne Zeichen zum Aufruhr angereizt habe. Allein die Gegenpartei leugnete diese Beschuldigung schlechterdings und behauptete: das unziemliche Geschrei, das einige Esel auf einmal erhoben hätten, habe die unten versammelten Bürger auf die Gedanken gebracht, als ob den Herren von ihrem Anhang Gewalt geschehe, und dieser Irrtum habe den ganzen Lärm veranlaßt.

Wie dem auch sein mochte, auf einmal schallte ein brüllendes Geschrei zu den Fenstern des Rathauses hinauf: „Freiheit, Freiheit! Es lebe der Zunftmeister Pfriem! Weg mit den Eseln! Weg mit den Jasoniden!" usw.

Der Archon kam ans Fenster und gebot den Aufrührern Ruhe. Aber ihr Geschrei nahm überhand, und einige der Frechsten drohten das Rathaus auf der Stelle anzuzünden, wenn die Herren nicht unverzüglich auseinander gehen und die Sache dem großen Rat und dem Volk anheimstellen würden. Etliche lose Buben und Heringsweiber drangen wirklich mit Gewalt in die benachbarten Häuser, rissen Brände von den Feuerherden und kamen damit zurück, um den gnädigen Herren zu zeigen, daß es mit ihrer Drohung im Ernste gemeinet sei.

Indessen hatte der Auflauf, der hierdurch verursacht wurde, eine Anzahl Esel herbeigerufen, die den Herren von ihrer Partei mit Knitteln, Feuerzangen, Hämmern, Fleischmessern, Mistgabeln und dem ersten dem besten, was ihnen in die Hände gefallen war, zu Hülfe kommen wollten; und wiewohl sie von den Schatten bei weitem übermehrt waren, so trieb sie doch ihre Herzhaftigkeit und die Verachtung, womit sie die ganze Partei der Schatten ansahen, die wörtlichen Beleidigungen mit so nachdrücklichen Hieben und Stößen zu erwidern, daß es blutige Köpfe absetzte und das Handgemenge in wenig Augenblicken allgemein wurde.

Bei so gestalten Sachen war nun freilich in der Ratsstube nichts andres zu tun, als einhellig zu beschließen: „daß man, lediglich aus Liebe zum Frieden und um des gemeinen Besten willen, für diesmal citra praejudicium sich gefallen lassen könne, daß der Handel wegen des Eselsschattens vor den großen Rat gebracht und der Entscheidung desselben überlassen würde."

Inzwischen war den guten Ratsherren so eng in ihrer Haut, daß sie, sobald man sich (wiewohl auf eine sehr tumultuarische Weise) zu diesem Schlusse vereiniget hatte, den Zunftmeister Pfriem mit aufgehobnen Händen baten, sich herunter zu begeben und das aufgebrachte Volk zu beruhigen. Der Zunftmeister, dem es mächtig wohl tat, die stolzen Patrizier so tief unter die Gewalt des Knieriemens gedemütiget zu sehen, zögerte zwar nicht, ihnen diese Probe seines guten Willens und seines Ansehens bei dem Volke zu geben, aber der Tumult war schon so groß, daß seine Stimme,

255

wiewohl eine der besten Bierstimmen von ganz Abdera, ebensowenig gehört wurde als das Geschrei eines Schiffsjungen im Mastkorb unter dem donnernden Geheul des Sturms und dem Brausen der zusammenprallenden Wellen. Er würde sogar in der ersten Wut, in welcher der Pöbel (der ihn nicht sogleich erkannte) bei seinem Anblick aufbrannte, seines eignen Lebens nicht sicher gewesen sein, wenn nicht glücklicherweise der Erzpriester Agathyrsus – der diesen zufälligen Tumult für den geschicktesten Augenblick hielt, der Gegenpartei in die Flanke zu fallen – mit seinem vergoldeten Hammelsfell an einer Stange vor sich her und mit seiner ganzen Priesterschaft hinterdrein, in eben diesem Augenblick herbeigekommen wäre, dem Aufruhr Einhalt zu tun, indem er dem Pöbel die Versicherung gab, daß ihnen genug geschehen sollte und daß er selbst der erste sei, der darauf antrage, daß die Sache vor dem großen Rat abgetan werden müsse.

Diese öffentliche Versicherung des Prälaten und seine Herablassung und Leutseligkeit, nebst der Ehrfurcht, die das abderitische Volk für das vergoldete Hammelsfell zu tragen gewohnt war, tat eine so gute Wirkung, daß in wenigen Augenblicken alles wieder ruhig war, und der ganze Markt von einem lauten „Es lebe der Erzpriester Agathyrsus!" erschallte. Die Verwundeten schlichen sich ganz ruhig nach Hause, um sich ihre Köpfe verbinden zu lassen; der übrige Troß strömte hinter dem zurückkehrenden Erzpriester her; der Zunftmeister aber hatte den Verdruß, zu sehen, daß ein großer Teil seiner sonst so treu ergebenen Schatten, von der Ansteckung des übrigen Haufens hingerissen, den Triumph seines Gegners vergrößern half und in diesem Augenblick des Taumels leicht dahin hätte gebracht werden können, allen den wilden Mutwillen, den sie kurz zuvor an ihren vermeintlichen Feinden, den Eseln, auszuüben bereit waren, nun an ihren eignen Freunden, den Schatten, auszulassen.

NEUNTES KAPITEL

Politik beider Parteien. Der Erzpriester verfolgt seinen erhaltenen Vorteil. Die Schatten ziehen sich zurück. Der entscheidende Tag wird festgesetzt.

Dieser unvermutete Vorteil, den der Erzpriester über die Schatten gewann, kränkte diese um so viel empfindlicher, da er ihnen nicht nur die Freude und Ehre des Sieges, den sie im Senat erhalten hatten, verkümmerte, sondern ihre Partei selbst merklich schwächte und ihnen überhaupt zu erkennen gab, wie wenig sie sich auf die Unterstützung eines leichtsinnigen Pöbels verlassen dürften, der von jedem Wind auf eine andere Seite geworfen wird und selten recht weiß, was er selbst will, geschweige, was diejenigen mit ihm machen wollen, von denen er sich treiben läßt.

Agathyrsus, der nun das erklärte Haupt der Esel war, hatte durch seine Emissarien erfahren, daß die Gegenpartei durch nichts mehr bei der gemeinen Bürgerschaft gewonnen habe als durch den Widerstand, den die Beschützer des Eseltreibers anfänglich taten, da die Sache vor den großen Rat gespielt werden sollte.

Da dieser Rat aus vierhundert Männern bestand, welche als die Repräsentanten der gesamten Bürgerschaft von Abdera angesehen wurden und wovon die Hälfte wirklich bloße Krämer und Handwerksleute waren, so glaubte sich jeder gemeine Mann durch die vermeinte Absicht, die Vorrechte desselben einschränken zu wollen, persönlich beleidigt; und die Vorspiegelung des Zunftmeisters Pfriem, daß es auf einen gänzlichen Umsturz ihrer demokratischen Verfassung abgezielt sei, fand desto leichter Eingang.

In der Tat war es auch um das, was in der abderitischen Staatseinrichtung demokratisch schien, bloßes Schattenwerk und politisches Gaukelspiel. Denn der kleine Rat, dessen zwei Drittel aus alten Geschlechtern bestanden, machte im Grunde alles, was er wollte; und

257

die Fälle, wo die Vierhundert zusammenberufen werden mußten, waren in dem abderitischen Grundgesetz auf solche Schrauben gestellt, daß es beinahe gänzlich von dem Urteil des kleinen Rats abhing, wann und wie oft sie die Vierhundertmänner zusammenberufen wollten, um zu dem, was jener schon beschlossen hatte, ihre treugehorsamste Beistimmung zu geben. Denn gewöhnlich war dies alles, was man diesen wackern Leuten zumutete, die (nach einer billigen Voraussetzung) zuviel mit ihren eigenen Angelegenheiten zu tun hatten, um sich über Gesetzgebungs- und Staatsverwaltungssachen die Köpfe zu zerbrechen. Aber eben darum, weil dieses Vorrecht der abderitischen Gemeinen nicht viel zu bedeuten hatte, waren sie desto eifersüchtiger darauf, und um so nötiger war es, dem Volke das Gängelband zu verbergen, an welchem man es führte, indem es allein zu gehen glaubte.

Es war also ein wahrer Meisterstreich von dem Erzpriester, daß er sich nun auf einmal und in einem Augenblicke, wo die Wirkung davon plötzlich und entscheidend sein mußte, dem Volk in einer Sache zu Willen erklärte, auf die es einen so hohen Wert legte. Und da er, anstatt etwas dabei zu wagen, vielmehr dadurch einen starken Riß in den Plan der Gegenpartei machte, so hatte diese nunmehr alle Ursache, auf neue Mittel und Wege zu denken, wie sie den Erzpriester und seinen Anhang wieder aus dem Vorteil heben und den günstigen Eindruck auslöschen möchte, den er auf das gemeine Volk gemacht hatte.

Die Häupter der Schatten kamen noch am selbigen Abend in dem Hause der Dame Salabanda zusammen und beschlossen: daß man, anstatt die Ernennung eines nahen Tages zur Zusammenberufung der Vierhundert bei dem Archon zu betreiben, sich vielmehr (falls es nötig sein sollte) verwenden wolle, solche zu verzögern, um dem Volke Zeit zu geben, sich wieder abzukühlen. Inzwischen wollte man die Bürgerschaft

258

unter der Hand und mit aller Gelassenheit zu überzeugen suchen, wie töricht sie wären, sich von dem Erzpriester und seinen Miteseln als etwas Verdienstliches anrechnen zu lassen, was doch nichts weniger als guter Wille, sondern eine bloße Folge ihrer Schwäche sei. Wenn die Esel es in ihrer Gewalt gehabt hätten, die Sache dem großen Rat aus den Händen zu reißen, so würden sie es getan und sich wenig darum bekümmert haben, ob es dem Volke lieb oder leid sei. Dieser plötzliche Absprung von ihrem vorigen stadtkundigen Betragen sei ein allzu grober Kunstgriff, die Volkspartei zu trennen, als daß man sich dadurch betrügen lassen könne. Vielmehr habe man um desto mehr Ursache, auf seiner Hut zu sein, da es augenscheinlich darauf angesehen sei, das Volk durch süße Worte einzuschläfern und unvermerkt dahin zu bringen, daß es unwissenderweise ein Werkzeug seiner eignen Unterdrückung werde.

Der Oberpriester Strobylus, der bei dieser Beratschlagung zugegen war, billigte zwar alles, was man tun könnte, um das Ansehen seines Nebenbuhlers bei der Bürgerschaft zu vermindern und seine Absichten verdächtig zu machen: „Allein ich zweifle sehr", setzte er hinzu, „daß wir die gehofften Früchte davon erleben werden. Ich bereite ihm aber eine andere und schärfere Lauge zu, die desto besser wirken wird, weil sie ihm ganz unversehens über den Kopf kommen soll. Es ist noch nicht Zeit, mich deutlicher zu erklären. Laßt mich nur machen! Mag er sich doch eine Weile mit der Hoffnung schmeicheln, den Priester Strobylus im Triumph hinter sich her zu schleppen! Die Freude soll ihm übel versalzen werden, darauf verlaßt euch! Inzwischen, wenn wir (wie ich hoffe) ehrlich aneinander handeln, und wenn es uns Ernst ist, den Sieg über unsre Feinde zu erhalten, so müssen wir reinen Mund über das halten, was ich euch von meinem geheimen Anschlag habe merken lassen und seinerzeit da-

259

von entdecken werde. Agathyrsus muß sicher gemacht werden. Er muß glauben, daß wir nur noch mit *einem* Flügel schlagen und daß alle unsre Hoffnung auf unserm Vertrauen, das Übergewicht im großen Rate zu machen, beruhe."

Jedermann fand, daß der Oberpriester die Sache richtig gefaßt habe, und die Gesellschaft trennte sich, sehr neugierig, was das wohl für ein Anschlag sein könne, den er gegen den Erzpriester in petto behalte, aber auch sehr überzeugt, daß, wenn es auf den Sturz des letztern angesehen sei, die Sache in keine bessern als in des Priesters Strobylus Hände gestellt werden könne.

Agathyrsus ermangelte inzwischen nicht, aus dem kleinen Siege, den er durch eine ihm eigene Gegenwart des Geistes zu so gelegener Zeit über seine Gegner erhalten hatte, allen möglichen Vorteil zu ziehen. Er hatte unter den Haufen des gemeinen Volks, der ihn bis in den Vorhof des erzpriesterlichen Palastes begleitete, Brot und Wein austeilen lassen, bevor er sie mit einer ernstlichen Vermahnung, ruhig zu sein, wieder nach Hause gehen ließ, wo sie nun vom Lobe seiner Person, seiner Leutseligkeit und Freigebigkeit gegen ihre Nachbarn und Bekannten überflossen. Aber wiewohl er den Geist der Republiken zu gut kannte, um die Gunst des Pöbels für nichts zu achten, so wußte er doch wohl, daß er damit noch nicht viel gewonnen hatte. Das Notwendigste war, sich der Zuneigung des größten Teils der Vierhundert gänzlich zu versichern; teils weil jetzt auf diese alles ankam, teils weil man, wenn sie einmal gewonnen waren, mehr Staat auf sie machen konnte als auf das übrige Volk. Er hatte zwar bereits einen ansehnlichen Anhang unter ihnen, aber außer einer Anzahl erklärter und eifriger Schatten, mit denen er sich nicht einlassen mochte, befanden sich noch sehr viele – und sie bestanden meistens aus den Vermöglichsten und Angesehensten von der Bürgerschaft –, die sich entweder noch gar nicht erklärt hatten oder nur darum gegen die Partei der Schatten hin schwankten, weil ihnen die Häupter der Gegenpartei als herrschsüchtige, gewalttätige Leute beschrieben worden waren, die diese ganze lächerliche Onoskiamachie bloß darum angezettelt hätten, um die Stadt in Verwirrung zu setzen und Unruhen, wovon sie selbst die Urheber wären, zum Vorwand und Werkzeug ihrer ehrgeizigen Absichten zu gebrauchen.

Diese Leute auf seine Seite zu bringen, schien ihm nun ebenso leicht, als es für den Triumph seiner Partei entscheidend war. Er ließ sie alle noch an selbigem Abend zu Gaste bitten. Die meisten erschienen, und der Erzpriester, der eine besondere Gabe hatte, seiner Politik einen Firnis von Offenheit und aufrichtigem Wesen anzustreichen, machte ihnen kein Geheimnis daraus, daß er sie zu sich gebeten habe, um mit Hülfe so braver und verständiger Männer die Vorurteile zu zerstreuen, die (wie er höre) der Bürgerschaft wider ihn beigebracht worden. „Daß man", sagte er, „in dem Handel zwischen einem Eseltreiber und einem Zahnarzt, und in einem Handel, wo es bloß um den Schatten eines Esels zu tun sei, einen Mann seines Standes zum Haupt einer Partei machen wolle, komme ihm allzu lächerlich vor, als daß er sich jemals einfallen lassen werde, eine so alberne Beschuldigung von sich abzulehnen. Indessen sei der arme Anthrax ein Schutzverwandter des Jasontempels, und er habe ihm also nicht versagen können, sich seiner, soweit es die Gerechtigkeit erfordre, anzunehmen. Ohne die bekannte auffahrende Hitze des Zunftmeisters Pfriem, der sich etwas unzeitig zum Sachwalter des Zahnarztes aufgeworfen – nicht weil dieser recht habe, sondern bloß weil er bei den Schustern zünftig sei –, würde eine so unbedeutende Sache unmöglich zu solcher Weitläuftigkeit gekommen sein. Sei aber einmal ein Feuer angezündet, so fänden sich immer Leute, denen damit ge-

261

dient sei, es anzublasen und zu nähren. Er seines Orts habe sich immer zum Gesetz gemacht, sich in nichts zu mischen, das ihn nichts angehe. Daß er sich aber dazu verwendet habe, den gefährlichen Tumult, der diesen Morgen von den Anhängern des Zunftmeisters vor dem Rathause erregt worden, durch seine Dazwischenkunft und gütliches Zureden zu stillen, werde ihm hoffentlich von keinem Billigdenkenden als eine ungeziemende Anmaßung, sondern vielmehr als die Tat eines guten Bürgers und Patrioten ausgelegt werden; zumal da es dem Charakter eines Priesters immer anständiger sei, Friede zu stiften und Unordnungen zu verhüten, als Öl ins Feuer zu gießen, wie von manchen bekannt sei, die er nicht zu nennen nötig habe. Im übrigen leugne er nicht, daß er – da die Sache mit dem Eselsschatten nun einmal in erster Instanz verdorben worden und zu einem Handel erwachsen sei, an welchem ganz Abdera Anteil zu nehmen sich gleichsam genötigt sehe – immer gewünscht habe, daß die Sache je eher je lieber vor den großen Rat gebracht würde; nicht sowohl, damit der arme Anthrax die gebührende Genugtuung erhalte (wiewohl nicht zu zweifeln sei, daß ihm solche bei dieser hohen Gerichtsstelle nicht entstehen könne), als damit dem zügellosen Mutwillen der Sykophanten endlich einmal durch irgendein angemessenes Gesetz Schranken gesetzt und dergleichen schnöden Händeln, die der Stadt Abdera zu schlechter Ehre gereichten, fürs Künftige nach Möglichkeit vorgebaut werden möchte."

Agathyrsus brachte alles dies mit so vieler Gelassenheit und Mäßigung vor, daß seine Gäste sich nicht genug über die Ungerechtigkeit derjenigen verwundern konnten, welche einen so gutdenkenden Herrn zum vornehmsten Anstifter dieser Unruhen hätten machen wollen. Sie hielten sich nun alle von dem Gegenteil vollkommen überzeugt, und es gelang ihm in wenigen Stunden, diese wackern Leute, ohne daß sie es selbst merkten, und indem sie noch immer ganz unparteiisch zu sein glaubten, zu so guten Eseln zu machen, als es vielleicht in ganz Abdera gab; zumal nachdem die köstlichen Weine, womit er sie bei der Abendmahlzeit beträufte, jeden Schatten des Mißtrauens vollends ausgelöscht und jede Seele zur Empfänglichkeit aller Eindrücke, die er ihnen geben wollte, geöffnet hatten.

Man kann sich leicht vorstellen, daß dieser Schritt des Agathyrsus die Gegenpartei nicht wenig beunruhigen mußte. Da die Revolution, welche unter demjenigen Teile der Bürgerschaft, der bisher gleichgültig geblieben, dadurch bewirkt worden war, bald darauf sehr merklich zu werden anfing und alle Batterien, die man mit verdoppeltem Eifer dagegen spielen ließ, nicht nur ohne Wirkung blieben, sondern gerade die gegenteilige Wirkung taten und die Übelgesinntheit der Schatten, durch die Vergleichung mit der Mäßigung und patriotischen Gesinnung des Prälaten, nur desto auffallender machten, so würden die besagten Schatten äußerst verlegen gewesen sein, was sie anfangen wollten, um ihrer beinahe ganz gesunkenen Partei wieder einen Schwung zu geben, wenn der Priester Strobylus sie nicht bei Mut erhalten und versichert hätte, daß er, sobald der Gerichtstag festgesetzt sei, dem kleinen Jason (wie er ihn zu nennen pflegte) ein Gewitter über den Hals schicken wolle, dessen er sich mit aller seiner Schlauheit gewiß nicht versehe, und wodurch die Sache sogleich ein ganz anderes Ansehen gewinnen werde.

Die Schatten schienen sich nun so ruhig zu halten, daß Agathyrsus und sein Anhang diese anscheinende Niedergeschlagenheit ihrer Geister sehr wahrscheinlich der wenigen Hoffnung zuschreiben konnte, welche ihnen nach dem über sie erhaltnen zwiefachen Vorteil übriggeblieben. Sie verdoppelten daher ihre Bemühungen bei dem Archon Onolaus (dessen Sohn ein vertrauter Freund des Erzpriesters und einer der hitzigsten Esel war), einen nahen Tag zur Versammlung des großen Rats anzuberaumen; und sie erhielten endlich durch ihr ungestümes Anhalten, daß diese Feierlichkeit auf den sechsten Tag nach der letzten Ratssitzung festgesetzt wurde.

Diejenigen, welche die Weisheit eines Plans oder einer genommenen Maßregel nach dem Erfolg zu beurteilen pflegen, werden vielleicht in der Sicherheit des Erzpriesters bei der plötzlichen Untätigkeit seiner Gegenpartei einen Mangel an Klugheit und Vorsicht finden, von welchem wir ihn allerdings nicht gänzlich freisprechen können. Ganz gewiß würde es behutsamer von ihm gewesen sein, diese Untätigkeit vielmehr irgendeinem wichtigen Anschlag, über welchem sie in der Stille brütete, als einem zu Boden gesunknen Mute zuzuschreiben. Allein es war einer von den Fehlern dieses Jasoniden, daß er, aus allzu lebhaftem Gefühl seiner eignen Stärke, seine Gegner immer mehr verachtete, als die Klugheit erlaubt. Er handelte fast immer wie einer, der es nicht der Mühe wert hält, zu berechnen, was ihm seine Feinde schaden können, weil er sich überhaupt bewußt ist, daß es ihm nie an Mitteln fehlen werde, das Ärgste, was sie ihm tun können, von sich abzutreiben. Indessen ist doch im gegenwärtigen Falle zu vermuten, daß tausend andre an seinem Platz und bei so günstigen Anscheinungen ebenso gedacht und wie er geglaubt hätten, sehr wohl daran zu tun, wenn sie sich den guten Willen ihrer neuen Freunde zunutze machten, bevor er wieder erkaltete, und ihren Feinden keine Zeit ließen, wieder zu sich selbst zu kommen.

Daß der Erfolg seiner Erwartung nicht gemäß war, kam von einem Streiche des Priesters Strobylus her, den er mit aller seiner Klugheit nicht voraussehen konnte, und der, so sehr er auch in dem Charakter dieses Mannes gegründet sein mochte, doch so beschaffen war, daß man nur durch die unmittelbare Erfahrung dahin gebracht werden konnte, ihn dessen für fähig zu halten.

ZEHNTES KAPITEL

Was für eine Mine der Priester Strobylus gegen seinen Kollegen springen läßt. Zusammenberufung der Zehnmänner. Der Erzpriester wird vorgeladen, findet aber Mittel, sich sehr zu seinem Vorteil aus der Sache zu ziehen.

Tags vorher, ehe der Prozeß über den Eselsschatten, der seit einigen Wochen die unglückliche Stadt Abdera in so weit aussehende Unruhen gestürzt hatte, vor dem großen Rat entschieden werden sollte, kam der Oberpriester Strobylus mit zwei andern Priestern der Latona und verschiedenen Personen aus dem Volke in großer Gemütsbewegung und Eilfertigkeit frühmorgens zu dem Archon Onolaus, um Seiner Gnaden ein Wunderzeichen zu berichten, welches (wie man die höchste Ursache habe zu fürchten) die Republik mit irgendeinem großen Unglück bedrohe.

Es hätten nämlich schon in der ersten und zweiten Nacht vor dieser letztern einige zum Latonentempel gehörige Personen zu hören geglaubt, daß die Frösche des geheiligten Teiches – anstatt des gewöhnlichen Wreckeckeck koax koax, welches sie sonst mit allen andern natürlichen Fröschen und selbst mit denen in den stygischen Sümpfen (wie aus dem Aristophanes zu ersehen) gemein hätten – ganz ungewöhnliche und klägliche Töne von sich gegeben; wiewohl besagte Leute sich nicht getraut hätten, so nahe hinzuzugehen, um solche genau unterscheiden zu können. Auf die Anzeige, die ihm, dem Oberpriester, gestern abends hiervon gemacht worden, habe er die Sache wichtig genug gefunden, um mit seiner untergebnen Priesterschaft die ganze Nacht bei dem geheiligten Teiche zu-

zubringen. Bis gegen Mitternacht habe die tiefste Stille auf demselben geruht; allein um besagte Zeit habe sich plötzlich ein dumpfes, unglückweissagendes Getön aus dem Teich erhoben, und da sie näher hinzugetreten, hätten sie insgesamt die Töne: „Weh! Weh! Pheu! Pheu! Eleleleleleu!" ganz deutlich unterscheiden können. Dieses Wehklagen habe eine ganze Stunde lang gedauert und sei, außer den Priestern, noch von allen denen gehört worden, die er als Zeugen eines so unerhörten und höchst bedenklichen Wunders mit sich gebracht habe. Da nun gar nicht zu bezweifeln sei, daß die Göttin ihr bisher geliebtes Abdera durch dieses drohende und wundervolle Anzeichen vor irgendeinem bevorstehenden großen Unglück habe warnen oder vielleicht zur Untersuchung und Bestrafung irgendeines noch unentdeckten Frevels auffordern wollen, der den Zorn der Götter auf die ganze Stadt ziehen könnte; so wolle er, kraft seines Amtes und im Namen der Latona, Seine Gnaden hiermit ersucht haben, das ehrwürdige Kollegium der Zehnmänner unverzüglich zusammenberufen zu lassen, damit die Sache ihrer Wichtigkeit gemäß erwogen und die weitern Vorkehrungen, die ein solcher Vorfall erfordere, getroffen werden könnten.

Der Archon, der in dem Rufe stand, sich in betreff der geheiligten Frösche ziemlich stark auf die freien Meinungen Demokrits zu neigen, schüttelte bei diesem Vortrage den Kopf und ließ die Priester eine ziemliche Weile ohne Antwort. Allein der Ernst, womit diese Herren die Sache vorbrachten, und der seltsame Eindruck, den solche bereits auf die gegenwärtigen Personen aus dem Volke gemacht zu haben schien, ließen ihn leicht voraussehen, daß in wenig Stunden die ganze Stadt von diesem vorgeblichen Wunder voll sein und in schreckenvolle Ahndungen gesetzt werden dürfte, bei welchen ihm nicht erlaubt sein würde, gleichgültig zu bleiben. Es blieb ihm also nichts übrig, als sogleich in Gegenwart der Priester den Befehl zu geben, daß die Zehnmänner sich wegen eines außerordentlichen Vorfalls binnen einer Stunde in dem Tempel der Latona versammeln sollten.

Inzwischen hatte durch Veranstaltung des Oberpriesters das Gerücht von einem furchtbaren Wunderzeichen, welches seit drei Nächten in dem Haine der Latona gehört werde, sich bereits durch ganz Abdera verbreitet. Die Freunde des Erzpriesters Agathyrsus, die nicht so einfältig waren, sich durch ein solches Gaukelwerk täuschen zu lassen, wurden dadurch erbittert, weil sie nicht zweifelten, daß irgendein böser Anschlag gegen ihre Partei darunter verborgen liege. Verschiedene junge Herren und Damen von der ersten Klasse affektierten, über das vorgegebene Wunder zu spotten, und machten Partien, in der nächsten Nacht der neumodischen Trauermusik im Froschteiche der Latona beizuwohnen. Aber auf das gemeine Volk und auf einen großen Teil der Vornehmern, die in Sachen dieser Art allenthalben gemeines Volk zu sein pflegen, tat die Erfindung des Oberpriesters ihre vollständige Wirkung. Das Pheu! Pheu! Eleleleleu! der Latonenfrösche unterbrach auf einmal alle bürgerlichen und häuslichen Beschäftigungen. Alte und Junge, Weiber und Kinder liefen auf den Gassen zusammen und forschten mit erschrocknen Gesichtern nach den Umständen des Wunders. Und da beinahe ein jedes die Sache aus dem eignen Munde der ersten Zeugen gehört haben wollte, und der Eindruck, den man dergleichen Erzählungen auf die Zuhörer machen sieht, eine natürliche Anreizung für den Erzähler zu sein pflegt, immer etwas, das die Sache interessanter macht, hinzuzutun, so wurde das Wunder in weniger als einer Stunde in den verschiedenen Gegenden der Stadt mit so furchtbaren Umständen gefüttert, daß den Leuten beim bloßen Hören die Haare zu Berge standen. Einige versicherten, die Frösche, als sie den fatalen Gesang angestimmt,

267

hätten Menschenköpfe aus dem Teich emporgereckt; andere, daß sie ganz feurige Augen von der Größe einer Walnuß gehabt hätten; noch andere, daß man zu eben der Zeit allerlei fürchterliche Gespenster, ungeheure heulende Töne von sich gebend, im Hain umherfahren gesehen; wieder andere, daß es bei hellem Himmel ganz erschrecklich über dem Teich geblitzt und gedonnert habe; und endlich beteuerten einige Ohrenzeugen, daß sie ganz deutlich die Worte: „Weh dir, Abdera!" zu wiederholten Malen hätten unterscheiden können. Kurz, das Wunder wurde (wie gewöhnlich) immer größer, je weiter es sich fortwälzte, und fand desto mehr Glauben, je ungereimter, widersprechender und unglaublicher die Berichte waren, die davon gegeben wurden. Und da man bald darauf die Zehnmänner zu einer ungewöhnlichen Zeit in großer Hast und mit bedeutungsvollen Gesichtern dem Tempel der Latona zueilen sah, so zweifelte nun niemand mehr, daß Begebenheiten von der größten Wichtigkeit in dem Becher des abderitischen Schicksals gemischt würden, und die ganze Stadt schwebte in zitternder Erwartung der Dinge, die da kommen sollten.

Das Kollegium der Zehnmänner war aus dem Archon, den vier ältesten Ratsherren, den zwei ältesten Zunftmeistern, dem Oberpriester der Latona und zwei Vorstehern des geheiligten Teiches zusammengesetzt und stellte das ehrwürdigste unter allen abderitischen Tribunalen vor. Alle Sachen, bei denen die Religion von Abdera unmittelbar betroffen war, standen unter seiner Gerichtsbarkeit, und sein Ansehen war beinahe unumschränkt.

Es ist eine alte Bemerkung, daß verständige Leute durchs Alter gewöhnlich weiser und Narren mit den Jahren immer alberner werden. Ein abderitischer Nestor hatte daher selten viel dadurch gewonnen, daß er zwei oder drei neue Generationen gesehen hatte; und so konnte man ohne Gefahr voraussetzen, daß die

Zehnmänner von Abdera, im Durchschnitt genommen, den Ausschuß der blödesten Köpfe in der ganzen Republik ausmachten. Die guten Leute waren so bereitwillig, die Erzählung des Oberpriesters für eine Tatsache, die gar keinem Einwurf ausgesetzt sein könne, anzunehmen, daß sie die Abhörung der Zeugen für eine bloße Formalität anzusehen schienen, womit man so schnell als möglich fertig zu werden suchen müsse. Da nun Strobylus die Herren von der Richtigkeit des Wunders schon zum voraus so wohl überzeugt fand, so glaubte er um so weniger zu wagen, wenn er ohne Zeitverlust zu demjenigen fortschritte, weswegen er sich die Mühe genommen, die ganze Fabel zu erfinden.

„Von dem ersten Augenblick an", sagte er, „da meine eignen Ohren Zeugen dieses Wunderzeichens gewesen sind, welches (wie ich wohl sagen kann) in den Jahrbüchern von Abdera niemals seinesgleichen gehabt hat, stieg der Gedanke in mir auf, daß es eine Warnung der Göttin sein könnte vor den Folgen ihrer Rache, die wegen irgendeines geheimen unbestraften Verbrechens über unsern Häuptern schweben möchte; und dies setzte mich in die Notwendigkeit, des Archons Gnaden zu gegenwärtiger Versammlung des sehr ehrwürdigen Zehnmännergerichts zu veranlassen. Was damals bloß Vermutung war, hat sich seit einer einzigen Stunde zur Gewißheit aufgeklärt. Der Frevler ist bereits entdeckt, und das Verbrechen durch Augenzeugen erweislich, gegen deren Wahrhaftigkeit um so weniger einiger Zweifel vorwaltet, da der Täter ein Mann von zu großem Ansehen ist, daß etwas Geringeres als die Furcht der Götter Leute von gemeinem Stande dahin bringen könnte, als Zeugen wider ihn aufzutreten. Sollten Sie es jemals für möglich gehalten haben, hochgeachtete Herren, daß jemand mitten unter uns verwegen genug sein könne, unsern uralten, von den ersten Stiftern unsrer Stadt auf uns angeerbten und durch so viele Jahrhunderte unbefleckt erhaltenen

Gottesdienst und dessen Gebräuche und heilige Dinge zu verachten und, ohne Ehrerbietung weder für die Gesetze noch den gemeinen Glauben und die Sitten unsrer Stadt, mutwilligerweise zu mißhandeln, was uns allen heilig und ehrwürdig ist? Mit einem Worte, können Sie glauben, daß ein Mann mitten in Abdera lebt, der dem Buchstaben des Gesetzes zum Trotz Störche in seinem Garten unterhält, die sich täglich mit Fröschen aus dem Teich der Latona füttern?"

Erstaunen und Entsetzen drückte sich bei diesen Worten auf jedem Gesicht aus. Wenigstens mußte der Archon, um nicht der einzige zu sein, der die Ausnahme machte, sich ebenso bestürzt anstellen, als es seine übrigen Kollegen wirklich waren. „Ist's möglich?" schrien drei oder vier von den Ältesten zugleich, „und wer kann der Bösewicht sein, der sich eines solchen Verbrechens schuldig gemacht hat?"

„Verzeihen Sie mir", erwiderte Strobylus, „wenn ich Sie bitte, diesen harten Ausdruck zu mildern. Ich meines Orts will lieber glauben, daß nicht Gottlosigkeit, sondern bloßer Leichtsinn und was man heutzutage, zumal seit Demokrit sein Unkraut unter uns ausgestreut hat, Philosophie zu nennen pflegt, die Quelle dieser anscheinenden Verachtung unsrer heiligen Gebräuche und Ordnungen sei. Ich will und muß dies um so mehr glauben, da der Mann, der des besagten Frevels durch das einhellige Zeugnis von mehr als sieben glaubwürdigen Personen überwiesen werden kann, selbst ein Mann von geheiligtem Stande, selbst ein Priester, mit einem Worte, da es – der Jasonide Agathyrsus ist."

„Agathyrsus?" riefen die erstaunten Zehnmänner aus einem Munde. Drei oder vier von ihnen erblaßten und schienen verlegen zu sein, einen Mann von solcher Bedeutung, und mit dessen Hause sie immer in gutem Vernehmen gestanden, in einen so schlimmen Handel verwickelt zu sehen.

270

Strobylus ließ ihnen keine Zeit, sich zu erholen. Er befahl, die Zeugen hereinzurufen. Sie wurden einer nach dem andern abgehört, und es ergab sich: daß Agathyrsus allerdings seit einiger Zeit zwei Störche in seinen Gärten unterhielt, daß man sie öfters über dem geheiligten Teiche schweben sehen und daß wirklich einer seiner quakenden Bewohner, der sich eben am Ufer sonnen wollte, von einem derselben verschlungen worden sei.

Wiewohl nun hierdurch die Wahrheit der Beschuldigung außer allem Zweifel gesetzt schien, so glaubte der Archon Onolaus dennoch, die Klugheit erfordere, zu Verhütung unangenehmer Folgen, mit einem Manne wie der Erzpriester Jasons säuberlich zu verfahren. Er trug also darauf an: daß man sich begnügen sollte, ihm von seiten der Zehnmänner freundlich bedeuten zu lassen: „man sei geneigt, für diesmal zu glauben, daß die Sache, worüber man sich zu beklagen habe, ohne sein Vorwissen geschehen sei; man verspreche sich aber von seiner bekannten billigen Denkart, er werde keinen Augenblick Anstand nehmen, die verbrecherischen Störche an die Vorsteher des heiligen Teiches auszuliefern und den Zehnmännern sowohl als der ganzen Stadt hierdurch eine gefällige Probe seiner Achtung gegen die Gesetze und religiösen Gebräuche seiner Vaterstadt zu geben."

Drei Stimmen von neunen bekräftigten den Antrag des Archon; aber Strobylus und die übrigen setzten sich mit großem Eifer dagegen. Sie behaupteten, außerdem, daß es auf keine Weise zu billigen sei, eine so übermäßige Gelindigkeit gegen einen Bürger von Abdera zu gebrauchen, der eines Verbrechens von solcher Schwere überwiesen sei, so erfordere auch die Gerichtsordnung, daß man ihn nicht eher verurteile, eh' er gehört und zur Verantwortung gelassen worden. Diesem zufolge trug Strobylus darauf an, daß der Erzpriester vorgeladen werden sollte, unverzüglich vor den Zehnmännern zu erscheinen und sich auf die wider ihn angebrachte Klage zu verantworten; und dieser Antrag ging, alles Einwendens der Minorität ungeachtet, mit sechs Stimmen gegen viere durch. Der Erzpriester wurde also mit allen in solchen Fällen üblichen Förmlichkeiten vorgeladen.

Agathyrsus war nicht unvorbereitet, als die Abgeordneten der Zehnmänner in seinem Haus erschienen. Nachdem er sie über eine Stunde hatte warten lassen, wurden sie endlich in einen Saal geführt, wo der Erzpriester, in seinem ganzen Ornat auf einem erhöhten elfenbeinernen Lehnstuhle sitzend, das stotternde Anbringen ihres Worthalters mit großer Gelassenheit anhörte. Als sie damit fertig waren, winkte er mit der Hand einem Bedienten, der seitwärts hinter seinem Stuhle stand. „Führe die Herren", sagte er zu ihm, „in die Gärten und zeige ihnen die Störche, von denen die Rede ist, damit sie ihren Prinzipalen sagen können, daß sie solche mit eignen Augen gesehen haben; hernach bringe sie wieder hierher."

Die Abgeordneten machten große Augen; aber die Ehrfurcht vor dem Erzpriester band ihre Zungen, und sie folgten dem Diener stillschweigend, als Leute, denen nicht ganz wohl bei der Sache war. Als sie wieder zurückgekommen, fragte sie Agathyrsus, ob sie die Störche gesehen hätten? und da sie insgesamt mit ja geantwortet hatten, fuhr er fort: „Nun so geht, macht dem sehr ehrwürdigen Gericht der Zehnmänner mein Kompliment und sagt denen, die euch geschickt haben, ich lasse ihnen wissen, daß diese Störche, wie alles übrige, was in dem Umfang des Jasontempels liegt, auch unter Jasons Schutze stehen, und daß ich die Anmaßung, einen Erzpriester dieses Tempels vorzuladen und nach den abderitischen Gesetzen richten zu wollen, sehr lächerlich finde." Und damit winkte er ihnen, sich wegzubegeben.

Diese Antwort – deren sich die Zehnmänner um so

mehr hätten versehen sollen, da ihnen nicht unbekannt sein konnte, daß der Jasontempel mit seiner Priesterschaft von der Gerichtsbarkeit der Stadt Abdera gänzlich befreit war – setzte sie in eine unbeschreibliche Verlegenheit, und der Oberpriester Strobylus geriet darüber in einen so heftigen Zorn, daß er vor Wut gar nicht mehr wußte, was er sagte, und endlich damit endigte, der ganzen Republik den Untergang zu drohen, wofern dieser unleidliche Stolz eines kleinen aufgeblasenen Pfaffen, der (wie er sagte) nicht einmal als ein öffentlicher Priester anzusehen sei, nicht gedemütigt und der beleidigten Latona die vollständigste Genugtuung gegeben werde.

Allein der Archon und seine drei Ratsherren erklärten sich: daß Latona (für deren Frösche sie übrigens alle schuldige Ehrerbietung hegten) nichts damit zu tun habe, wenn die Zehnmänner die Grenzen ihrer Gerichtsbarkeit überschritten. „Ich hab' euch's vorhergesagt", sprach der Archon; „aber ihr wolltet nicht hören. Würde mein Vorschlag angenommen worden sein, so bin ich gewiß, der Erzpriester hätte uns eine höfliche und gefällige Antwort gegeben; denn ein gut Wort findet eine gute Statt. Aber der ehrwürdige Oberpriester glaubte eine Gelegenheit gefunden zu haben, seinen alten Groll an dem Erzpriester auszulassen, und nun zeigt es sich, daß er und diejenigen, die sich von seinem unzeitigen Eifer hinreißen ließen, dem Gericht der Zehnmänner einen Schandfleck zugezogen haben, den alles Wasser des Hebrus und Nestus in hundert Jahren nicht wieder abwaschen wird. Ich gesteh' es", setzte er mit einer Hitze hinzu, die man in vielen Jahren nicht an ihm wahrgenommen hatte, „ich bin es müde, der Vorsteher einer Republik zu sein, die sich von Eselsschatten und Fröschen zugrunde richten läßt, und ich bin sehr gesonnen, mein Amt, eh' es Morgen wird, niederzulegen; aber so lang' ich es noch trage, Herr Oberpriester, sollt Ihr mir für jede Unordnung haften, die von diesem Augenblick an auf den Straßen von Abdera entstehen wird." – Und mit diesen Worten, die mit einem sehr ernstlichen Blick auf den betroffnen Strobylus begleitet waren, begab sich der Archon mit seinen drei Anhängern hinweg und ließ die übrigen in sprachloser Bestürzung zurück.

„Was ist nun anzufangen?" sagte endlich der Oberpriester, den die Wendung, die das Werk seiner Erfindung wider alles Vermuten genommen hatte, nicht wenig zu beunruhigen anfing; „was ist nun zu tun, meine Herren?"

„Das wissen wir nicht", sagten die beiden Zunftmeister und der vierte Ratsherr und gingen ebenfalls davon, so daß Strobylus und die zwei Vorsteher des geheiligten Teiches allein blieben und, nachdem sie eine Zeitlang alle drei zugleich gesprochen hatten, ohne selbst recht zu wissen, was sie sagten, endlich des Schlusses eins wurden: vor allen Dingen bei dem einen der Vorsteher – die Mittagsmahlzeit einzunehmen und sodann mit ihren Freunden und Anhängern zu Rate zu gehen, wie sie es nun anzufangen hätten, um die Bewegung, worein das Volk diesen Morgen gesetzt worden war, auf einen Zweck zu lenken, der den Sieg ihrer Partei entscheiden könnte.

ELFTES KAPITEL

Agathyrsus beruft seine Anhänger zusammen. Substanz seiner Rede an sie. Er ladet sie zu einem großen Opferfest ein. Der Archon Onolaus will sein Amt niederlegen. Unruhe der Partei des Erzpriesters über dieses Vorhaben. Durch was für eine List sie solches vereiteln.

Inzwischen ließ Agathyrsus, sobald die Abgeordneten der Zehnmänner sich wieder wegbegeben hatten, unverzüglich die Vornehmsten von seinem Anhang im Rat und unter der Bürgerschaft nebst allen Jasoniden zu sich berufen. Er erzählte ihnen, was ihm soeben auf Anstiften des Priesters Strobylus mit den Zehnmännern begegnet war, und stellte ihnen vor, wie notwendig es nun für das Ansehen ihrer Partei sowohl als für die Ehre und selbst für die Erhaltung der Stadt Abdera sei, die Anschläge dieses ränkevollen Mannes zu vereiteln und dem Volke, welches er durch die lächerliche Fabel von der Wehklage der Latonenfrösche in Unruhe gesetzt, wieder einen entgegengesetzten Stoß zu geben. Es falle einem jeden von selbst in die Augen, daß Strobylus dieses armselige Märchen nur deswegen ersonnen habe, um die ebenso ungereimte, aber wegen der abergläubischen Vorurteile des Volkes desto gefährlichere Anklage, die er gegen ihn, den Erzpriester, bei den Zehnmännern angebracht, vorzubereiten und eine wichtige, die Wohlfahrt der ganzen Republik betreffende Sache daraus zu machen. Aber auch dies sei im Grunde doch nur ein Mittel, wozu er in der Verzweiflung gegriffen habe, um seiner darniedergesunkenen Partei wieder auf die Füße zu helfen und von den Bewegungen, welche in der Stadt dadurch erregt worden, bei bevorstehender Entscheidung des Eselsschattenhandels Vorteil zu ziehen. Weil nun aus eben diesem Grunde leicht vorauszusehen sei, daß der unruhige Priester aus dem, was diesen Morgen mit den Zehnmännern vorgegangen, neuen Stoff hernehmen werde, ihn, den Erzpriester, bei dem Volke verhaßt zu machen und im Notfalle wohl gar einen abermaligen, noch gefährlichern Aufstand zu erregen, so habe er für nötig gehalten, seine und des gemeinen Wesens zuverlässigste Freunde in den Stand zu setzen, dem Volke und allen, die dessen bedürften, richtigere Begriffe von dem heutigen Vorgang und dessen etwannigen Folgen geben zu können. Was also die Störche anbelange, so wären solche ohne sein Zutun von selbst gekommen und hätten sich auf einem Baume seines Gartens ein Nest gebaut. Er habe sich nicht für berechtigt gehalten, sie

275

darin zu stören, teils weil die Störche seit undenklichen Zeiten bei allen gesitteten Völkern im Besitz
einer Art von geheiligtem Gastrecht stünden, teils weil
die Freiheit des Jasontempels und der Schutz dieses
Gottes alle lebenden und leblosen Dinge angehe, die
sich in dem Umfang seiner Mauern befänden. Das
Gesetz, wodurch die Zehnmänner vor einigen Jahren
die Störche aus dem Gebiet von Abdera verwiesen
hätten, gehe ihn nichts an, indem die Gerichtsbarkeit
dieses Tribunals sich nur über dasjenige erstrecke, was
auf den Dienst der Latona und die Gebräuche desselben Bezug habe; und überhaupt sei bekannt, daß
der Jasontempel nur insofern, als die Republik bei
dessen Stiftung versprochen habe, ihn gegen alle ge-
waltsamen Unternehmungen einheimischer oder aus-
wärtiger Feinde zu beschützen, mit derselben in Verbindung stehe, übrigens aber von allem Gerichts-
zwange der abderitischen Tribunale und von aller
Oberherrlichkeit der Republik vollkommen und auf
ewig befreit sei. Er habe also, indem er die unbefugte
Vorladung von sich abgewiesen, nichts getan, als was
seine Würde von ihm erfordere; die Zehnmänner hingegen hätten durch diesen unbesonnenen Schritt, wozu
die Mehrheit derselben von dem Priester Strobylus
verleitet worden, ihn in den Fall gesetzt, von der Republik wegen einer so groben Verletzung seiner erzpriesterlichen Vorrechte im Namen Jasons und aller
Jasoniden die strengste und vollständigste Genugtuung zu fordern. Die Sache wäre von wichtigern Folgen, als die Anhänger des Zunftmeisters Pfriem und
Strobylus mit seinen Froschpflegern sich vielleicht vorstellten. Das goldne Vlies, welches die Jasoniden als
ihr wichtigstes Erbgut in diesem Tempel aufbewahrten,
wäre seit Jahrhunderten als das Palladium von Abdera betrachtet und verehrt worden. Die Abderiten
hätten sich also wohl vorzusehen, keine Schritte zu
tun noch zuzulassen, wodurch sie vielleicht durch eigne

276

Schuld desjenigen beraubt werden könnten, an welches, nach einem uralten und zur Religion gewordnen Glauben, das Schicksal und die Erhaltung ihrer Republik gebunden sei.

Der Erzpriester empfing auf diesen Vortrag von allen Anwesenden die stärksten Versicherungen ihres Eifers, sowohl für die gemeine Sache als für die Rechte und Freiheiten des Jasontempels. Man besprach sich über die verschiednen Maßregeln, die man nehmen wollte, um die Bürgerschaft in ihren guten Gesinnungen zu befestigen und diejenigen wiederzugewinnen, die entweder das vorgegebne Wunderzeichen mit den Fröschen der Latona irregemacht oder Strobylus gegen die Störche des Erzpriesters aufgewiegelt haben würde. Die Versammlung trennte sich hierauf, und jeder begab sich an seinen Posten, nachdem Agathyrsus sie alle zu einem feierlichen Opfer eingeladen hatte, welches er diesen Abend dem Jason in seinem Tempel bringen wollte.

Während dies im Palaste des Erzpriesters vorging, war der Archon äußerst mißvergnügt über die nicht allzu ehrenfeste Rolle, die er wider Willen hatte spielen müssen, nach Hause gekommen und hatte alle seine Verwandten, Brüder, Schwäger, Söhne, Tochtermänner, Neffen und Vettern zu sich berufen lassen, um ihnen anzukündigen, wie er fest entschlossen sei, morgenden Tages vor dem großen Rat seine Würde niederzulegen und sich auf ein Landgut, das er vor einigen Jahren auf der Insel Thasus gekauft hatte, zurückzuziehen. Sein ältester Sohn und noch etliche von der Familie waren bei diesem Familienkonvent nicht zugegen, weil sie eine halbe Stunde zuvor zu dem Erzpriester waren gebeten worden. Da nun die übrigen sahen, daß Onolaus, aller ihrer Bitten und Vorstellungen ungeachtet, unbeweglich auf seinem Vorsatz beharrte, so schlich sich einer von ihnen weg, um der Versammlung im Jasontempel Nachricht davon zu geben und sie um

277

ihren Beistand gegen einen so unverhofften widrigen Zufall zu ersuchen.

Er langte eben an, da die Versammlung im Begriff war auseinanderzugehen. Diejenigen, denen die Gemütsart des Archon von langem her bekannt war, fanden die Sache bedenklicher, als sie beim ersten Anblick den meisten vorkam. „Seit zehn Jahren", sagten sie, „ist dies vielleicht das erstemal, daß der Archon eine Entschließung aus sich selbst genommen hat. Gewiß ist sie ihm nicht plötzlich gekommen! Er brütet schon eine geraume Zeit darüber, und der heutige Vorgang hat nur die Schale gesprengt, die über kurz oder lang doch hätte brechen müssen. Kurz, diese Entschließung ist sein eignes Werk; man kann also sicher darauf rechnen, daß es nicht so leicht sein wird, ihn davon zurückzubringen."

Die ganze Versammlung geriet darüber in Unruhe. Man fand, daß dieser Streich in einem so schwankenden Zeitpunkte wie der gegenwärtige der ganzen Partei und der Republik selbst sehr nachteilig werden könnte. Es wurde also einhellig beschlossen, daß man zwar so viel von diesem Vorhaben des Archon unter das Volk kommen lassen müßte, als vonnöten sei, solches in Furcht und Ungewißheit zu setzen; zugleich aber wollte man auch veranstalten, daß noch vor dem Opfer im Jasontempel die angesehensten von den Räten und Bürgern beider Parteien sich zu dem Archon begeben und ihn im Namen des ganzen Abdera beschwören sollten, das Ruder der Republik nicht mitten in einem Sturme zu verlassen, wo sie eines so weisen Steuermanns am meisten vonnöten hätten.

Der Gedanke, die Vornehmsten von beiden Parteien hierin zu vereinigen, wurde dadurch notwendig, weil man voraussah, daß ohne dieses Mittel alle ihre Arbeit an dem Archon fruchtlos sein würde. Denn wiewohl er von Jugend an der Aristokratie eifrig ergeben war, so hatte er sich doch zu einem Grundsatz gemacht, nicht dafür angesehen sein zu wollen; und die Popularität, die er zu diesem Ende schon so lange spielte, daß sie ihm endlich ganz natürlich ließ, war es eben, was ihn beim Volke so beliebt gemacht hatte, als noch wenige von seinen Vorfahren gewesen waren. Besonders hatte er, seitdem sich die Stadt in die zwei Parteien der Esel und der Schatten geteilt fand, einen ordentlichen Ehrenpunkt darein gesetzt, sich so zu betragen, daß er keiner von beiden Parteien Ursache gäbe, ihn zu der ihrigen zu zählen; und wiewohl beinahe alle seine Freunde und Anverwandten erklärte Esel waren, so blieben die Schatten doch überzeugt, daß sie nichts dadurch bei ihm verlören und die Esel nichts dabei gewönnen; indem diese letztern genötigt waren, alle ihre Schritte vor ihm zu verbergen und bei jedem Vorteil, den sie über die Schatten erhielten, sich darauf verlassen konnten, daß er, um die Sachen wieder ins Gleichgewicht zu bringen, sich auf die Seite ihrer Gegner neigen würde, wiewohl er keinen einzigen von ihnen persönlich liebte.

Die Bekanntmachung der Entschließung des Archons hatte alle die Wirkung, die man sich davon versprochen hatte. Das Volk geriet darüber in neue Bestürzung. Die meisten sagten: „man brauche nun weiter nicht nachzuforschen, was die Wehklage der geheiligten Frösche vorbedeute; wenn der Archon die Republik in dem betrübten Zustande, worin sie sich befinde, verlasse, so sei alles verloren."

Der Priester Strobylus und der Zunftmeister Pfriem erhielten die Nachricht von dem großen Opfer, das der Erzpriester veranstalte, und das Gerücht von dem Entschlusse des Archon, seine Stelle niederzulegen, zu gleicher Zeit. Sie übersahen beim ersten Blick die Folgen dieses gedoppelten Streichs und eilten, den einen zu erwidern und dem andern zuvorzukommen. Strobylus ließ das Volk zu einer Expiation einladen, welche auf den Abend in dem Tempel der Latona mit großen

Feierlichkeiten angestellt werden sollte, um die Stadt von geheimen Verbrechen zu reinigen und die schlimme Vorbedeutung des Eleleleleu der geheiligten Frösche abzuwenden. Meister Pfriem hingegen ging, die Räte, Zunftmeister und angesehensten Bürger von seiner Partei aufzusuchen und sich mit ihnen zu beraten, wie der Archon auf andere Gedanken zu bringen sein möchte. Die meisten waren schon durch die geheimen Werkzeuge der Gegenpartei vorbereitet, welche als ein großes Geheimnis herumgeflüstert hatten: man wüßte ganz gewiß, daß die Esel sich alle mögliche Mühe gäben, den Archon unter der Hand in seinem Entschluß zu bestärken. Die Schatten hielten sich dadurch überzeugt, daß ihre Gegner einen aus ihrem Mittel zu der höchsten Würde in der Republik zu erheben gedächten und also der Mehrheit im großen Rat, bei welchem die Wahl stand, schon ganz gewiß sein müßten. Diese Betrachtung setzte sie in so großen Alarm, daß sie, mit einer Menge Volks hinter ihnen her, zur Wohnung des Onolaus eilten und, während der Pöbel ein Vivat nach dem andern erschallen ließ, hinaufgingen, um Seine Gnaden im Namen der ganzen Bürgerschaft flehentlich zu bitten, den unglücklichen Gedanken an Resignation aufzugeben und sie niemals, am wenigsten zu einer Zeit zu verlassen, wo seine Weisheit zu Beruhigung der Stadt unentbehrlich sei.

Der Archon zeigte sich über diesen öffentlichen Beweis der Liebe und des Vertrauens seiner werten Mitbürger sehr vergnügt. Er verhielt ihnen nicht, daß kaum vor einer Viertelstunde der größte Teil der Ratsherren, der Jasoniden und aller übrigen alten Geschlechter von Abdera bei ihm gewesen und eben diese Bitte in ebenso geneigten und dringenden Ausdrücken an ihn getan hätten. So große Ursache er auch habe, der beschwerlichen Regierungslast müde zu sein und zu wünschen, daß sie auf stärkere Schultern als die seinigen gelegt werden möchte, so habe er doch kein

Herz, das diesem so lebhaft ausgedrückten Zutrauen beider Parteien widerstehen könne. Er sehe diese ihre Einmütigkeit in Absicht auf seine Person und Würde als eine gute Vorbedeutung für die baldige Wiederherstellung der allgemeinen Ruhe an und werde seines Orts alles mögliche mit Vergnügen dazu beitragen.

Als der Archon diese schöne Rede geendigt hatte, sahen die Schatten einander mit großen Augen an und fanden sich, zu ihrem empfindlichsten Mißvergnügen, auf einmal um die Hälfte klüger als zuvor; denn sie merkten nun, daß sie von den Eseln betrogen und zu einem falschen Schritte verleitet worden waren. Sie hatten, in der Meinung, daß sie diesen Schritt allein täten, den Archon ganz dadurch auf ihre Seite zu ziehen gehofft, und nun fand sich's, daß er ihren Gegnern ebensoviel Verbindlichkeit hatte als ihnen, welches gerade so viel war, als ob er ihnen gar keine hätte. Aber dies war noch nicht das Ärgste. Das hinterlistige Betragen der Esel war ein offenbarer Beweis, wieviel ihnen daran gelegen sei, daß die Stelle des Archons nicht ledig würde. Nun konnte ihnen aber an der Person des Onolaus nicht viel gelegen sein, denn er hatte nie das geringste für ihre Partei getan. Wenn sie also so eifrig wünschten, daß er seinen Platz behalten möchte, so konnt' es aus keiner andern Ursache geschehen, als weil sie sich versichert hielten, daß die Schatten Meister von der Wahl des neuen Archon bleiben würden. Diese Betrachtungen, die sich ihnen jetzt mit einem Blicke darstellten, waren von einer so verdrießlichen Art, daß die armen Schatten alle Mühe von der Welt hatten, ihren Unmut zu verbergen, und sich, zu großem Vergnügen des Archons, ziemlich eilfertig wegbegaben, ohne daß es diesem eingefallen wäre, sich darüber zu wundern oder die Veränderung in ihren Gesichtern wahrzunehmen.

Der heutige Tag war ein großer Tag für den weisen und ziemlich schwer beleibten Onolaus gewesen, und er war nun vollkommen wieder mit Abdera ausgesöhnt. Er befahl also, daß seine Tür geschlossen werden sollte, zog sich in sein Gynäzeum zurück, warf sich in seinen Lehnstuhl, schwatzte mit seiner Frau und seinen Töchtern, aß zu Nacht, ging zeitig zu Bette und schlief, wohlgetröstet und unbesorgt um das Schicksal von Abdera, bis an den hellen Morgen.

ZWÖLFTES KAPITEL

Der Entscheidungstag. Maßregeln beider Parteien. Die Vierhundert versammeln sich, und das Gericht nimmt seinen Anfang. Philanthropisch-patriotische Träume des Herausgebers dieser merkwürdigen Geschichte.

Die verschiedenen Maschinen, welche man diesen Tag über auf beiden Seiten hatte spielen lassen, brachten den abderitischen Staatskörper, bei dem Anschein der größten innerlichen Bewegung, durch die Stöße, die er nach entgegengesetzter Richtung erhielt, in eine Art von waagerechtem Schwanken, vermöge dessen um die Zeit, da die Vierhundert zu Entscheidung des Eselsschattenhandels zusammenkamen, sich alles ungefähr in eben dem Stande befand, worin es einige Tage zuvor gewesen war, das ist, daß die Esel den größten Teil des Rats, die Patrizier und die Ansehnlichsten und Vermöglichsten von der Bürgerschaft auf ihrer Seite hatten, die Schatten hingegen ihre meiste Stärke von der größern Anzahl zogen; denn seit dem feierlichen Umgang um den Froschteich der Latona, welchen Strobylus den Abend zuvor veranstaltet, und dem die sämtlichen Schatten, mit dem Nomophylax Gryllus und dem Zunftmeister Pfriem an ihrer Spitze, sehr andächtig beigewohnt hatten, war der Pöbel wieder gänzlich für die letztere Partei erklärt.

Es würde bei Gelegenheit dieses Umgangs dem Priester Strobylus und den übrigen Häuptern derselben ein leichtes gewesen sein, mittelst ihres Ansehens über einen fanatischen Haufen Volkes, welcher größtenteils bei gänzlicher Zerrüttung der Republik mehr zu gewinnen als zu verlieren hatte, noch an selbigem Abend viel Unheil in Abdera anzurichten. Allein – außerdem, daß der Oberpriester im Namen des Archons noch einmal nachdrücklichst angewiesen worden war, den Pöbel in gehöriger Ordnung zu erhalten und dafür zu sorgen, daß der Tempel und alle Zugänge zu dem geheiligten Teiche noch vor Sonnenuntergang geschlossen wären – so waren sie auch selbst weit entfernt, die Sache ohne höchste Not aufs äußerste treiben oder die ganze Stadt in Blut und Flammen setzen zu wollen; und so klug waren sie doch, trotz ihrer übrigen Abderitheit, um einzusehen, daß, wenn ihnen der Pöbel einmal die Zügel aus den Händen gerissen hätte, es nicht mehr in ihrer Gewalt sein würde, der ungestümen Wut eines so blinden reißenden Tiers wieder Einhalt zu tun. Der Zunftmeister begnügte sich also, da der Umgang vorbei war und die Türen des Tempels geschlossen wurden, dem auseinandergehenden Volke zu sagen: „er hoffe, daß sich alle redlichen Abderiten morgen um neun Uhr auf dem Markte bei dem Urteil über den Handel ihres Mitbürgers Struthion einfinden, und, soviel an ihnen wäre, dazu mithelfen würden, daß seine gerechte Sache den Sieg davontrage."

Diese Einladung war zwar, ungeachtet der glimpflichen und (seiner Meinung nach) sehr behutsamen Ausdrücke, worin er sie vorbrachte, nicht viel besser als ein höchst gesetzwidriges Verfahren eines aufrührischen Zunftmeisters, der im Notfall die Richter durch die unmittelbare Gefahr eines Tumults nötigen wollte, das Urteil nach seinem Sinn abzufassen; allein dies war es auch, worauf es ankommen zu lassen die Schatten fest entschlossen waren; und da die andere Partei hiervon völlig überzeugt war, so hatten sie

283

ihrerseits alle möglichen Maßregeln genommen, sich auf das Äußerste, was geschehen könnte, gefaßt zu halten.

Der Erzpriester ließ, sobald das Gericht den Anfang nahm, alle Zugänge zum Jasontempel von einer Schar handfester Gerber und Fleischer, die mit tüchtigen Knitteln und Messern versehen waren, besetzen; und in den Häusern der vornehmsten Esel hatte man sich in eine Verfassung gesetzt, als ob man eine Belagerung auszuhalten gedenke. Die Esel selbst erschienen mit Dolchen unter ihren langen Kleidern auf dem Gerichtsplatze; und einige von denen, die am lautesten sprachen, hatten die Vorsicht gebraucht, sogar einen Panzer unter ihrem Brustlatze zu tragen, um ihren patriotischen Busen mit desto größerer Sicherheit den Stößen der Feinde der guten Sache entgegensetzen zu können.

Die neunte Stunde kam nun heran. Ganz Abdera stand in zitternder Bewegung, erwartungsvoll des Ausgangs, den ein so unerhörter Handel nehmen würde; niemand hatte sein Frühstück ordentlich zu sich genommen, wiewohl alles schon mit Tagesanbruch auf den Füßen war. Die Vierhundert versammelten sich auf dem erhöhten Vorplatze der Tempel des Apollo und der Diana (dem gewöhnlichen Orte, wo der große Rat unter freiem Himmel gehalten wurde) dem großen Marktplatze gegenüber, von welchem man auf einer breiten Treppe von vierzehn Stufen zur Terrasse hinaufstieg. Auch der Kläger und Beklagte mit ihren nächsten Anverwandten und mit ihren beiden Sykophanten hatten sich bereits eingefunden und ihren gehörigen Platz eingenommen, indessen sich der ganze Markt mit einer Menge Volks anfüllte, dessen Gesinnungen durch ein lärmendes Vivat, sooft ein Ratsherr oder Zunftmeister von der Schattenpartei einhergestiegen kam, sich deutlich genug verrieten.

Alles wartete nun auf den Nomophylax, der, nach

den Gewohnheiten der Stadt Abdera, in allen Fällen, wo die Versammlung des großen Rates nicht unmittelbare Angelegenheiten des gemeinen Wesens betraf, den Vorsitz bei demselben führte. Die Esel hatten zwar alles angewandt, den Archon Onolaus dahin zu bringen, daß er, weil es doch um ein neues Gesetz zu tun wäre, den elfenbeinernen Lehnstuhl (der, um drei Stufen über die Bänke der Räte erhöht, für den Präsidenten gesetzt war) mit seiner eignen, ehrwürdigen Person ausfüllen möchte; aber er erklärte sich: daß er lieber das Leben lassen, als sich dazu verstehen wolle, über ein Eselsschattengericht zu präsidieren. Man hatte sich also gezwungen gesehen, seiner Delikatesse nachzugeben.

Der Nomophylax – als ein großer Anhänger der Etikette, gewohnt bei dergleichen Gelegenheiten auf sich warten zu lassen – hatte dafür gesorgt, daß die Versammlung indessen mit einer Musik von seiner Komposition unterhalten und (wie er sagte) zu einer so feierlichen Handlung vorbereitet würde. Dieser Einfall, wiewohl er eine Neuerung war, wurde dennoch sehr wohl aufgenommen und tat (gegen die Absicht des Nomophylax, der seine Partei dadurch in verstärkte Bewegungen von Mut und Eifer hatte setzen wollen) eine sehr gute Wirkung. Denn die Musik gab denen von der Partei des Erzpriesters zu einer Menge spaßhafter Einfälle Anlaß, über welche sich von Zeit zu Zeit ein großes Gelächter erhob. Einer sagte: „Dieses Allegro klingt ja wie ein Schlachtgesang" – „zu einem Wachtelkampfe", fiel ein anderer ein. „Dafür tönt aber auch", sagte ein dritter, „das Adagio, als ob es dem Zahnbrecher Struthion und Meister Knieriemen, seinem Schutzpatron, zu Grabe singen sollte." – „Die ganze Musik", meinte ein vierter, „verdiene, von Schatten gemacht und von Eseln gehört zu werden", usw. Wie frostig nun auch diese Scherze waren, so brauchte es doch bei einem so jovialischen

285

und so leicht anzusteckenden Völkchen nichts mehr, um die ganze Versammlung unvermerkt in ihre natürliche komische Laune umzustimmen; eine Laune, die der Parteiwut, wovon sie noch kaum besessen waren, unvermerkt ihren Gift benahm und vielleicht mehr als irgend etwas andres zur Erhaltung der Stadt in diesem kritischen Augenblicke beitrug.

Endlich erschien der Nomophylax mit seiner Leibwache von armen ausgemergelten und bresthaften Handwerkern, welche, mit stumpfen Hellebarden und mit einer friedsamen Art von eingerosteten Degen bewaffnet, mehr das Ansehen der lächerlichen Figuren hatten, womit man in Gärten die Vögel schreckt, als von Kriegsmännern, die dem Gerichte beim Pöbel Würde und Furchtbarkeit verschaffen sollten. Wohl indessen der Republik, die zu Beschirmung ihrer Tore und innerlichen Sicherheit keiner andern Helden nötig hat als solcher!

Der Anblick dieser grotesken Milizer und die ungeschickte, possierliche Art, wie sie sich in dem kriegerischen Aufzuge, worein man sie nicht ohne Mühe verkleidet hatte, gebärdeten, erweckte bei dem zuschauenden Volke einen neuen Anstoß von Lustigkeit, so daß der Herold viele Mühe hatte, die Leute endlich zu einer leidlichen Stille und zu dem Respekt, den sie dem höchsten Gerichte schuldig waren, zu bringen.

Der Präsident eröffnete nunmehr die Sitzung mit einer kurzen Rede, der Herold gebot ein abermaliges Stillschweigen, und die Sykophanten beider Teile wurden namentlich aufgefordert, sich mit ihrer Klage und Verantwortung mündlich vernehmen zu lassen.

Den Sykophanten, welche für große Meister in ihrer Art galten, mußte die Gelegenheit, ihre Kunst an einem Eselsschatten sehen zu lassen, an sich allein schon eine große Aufmunterung sein. Man kann also leicht denken, wie sie sich nun vollends zusammengenommen haben werden, da dieser Eselsschatten ein Gegenstand geworden war, woran die ganze Republik Anteil nahm, und um dessentwillen sie sich in zwei Parteien getrennt hatte, deren jede die Sache ihres Klienten zu ihrer eignen machte. Seit ein Abdera in der Welt war, hatte man noch keinen Rechtshandel gesehen, der so lächerlich an sich selbst und so ernsthaft durch die Art, wie er behandelt wurde, gewesen wäre. Ein Sykophant müßte auch ganz und gar kein Genie und keinen Sykophantensinn gehabt haben, der bei einer solchen Gelegenheit nicht sich selbst übertroffen hätte.

Um so mehr ist es zu beklagen, daß der übelberüchtigte Zahn der Zeit, dem so viele andere große Werke des Genies und Witzes nicht entgehen konnten, noch künftig entgehen werden, leider! auch der Originale dieser beiden berühmten Reden nicht verschont hat! – wenigstens soviel uns bekannt ist. Denn wer weiß, ob es nicht vielleicht einem künftigen Fourmont, Sevin oder Villoison, der auf Entdeckung alter Handschriften ausgeht, dereinst gelingen mag, eine Abschrift derselben in irgendeinem bestaubten Winkel einer alten Klosterbibliothek aufzuspüren? Oder, wenn dies nicht zu hoffen stünde, wer kann sagen, ob nicht in der Folge der Zeiten Thrakien selbst wieder in die Hände christlicher Fürsten fallen wird, die sich eine Ehre daraus machen werden, mächtige Beförderer der Wissenschaften zu sein, Akademien zu stiften, versunkne Städte ausgraben zu lassen usw. Wer weiß, ob nicht alsdann diese gegenwärtige Abderitengeschichte selbst (so unvollkommen sie ist) in die Sprache dieses künftigen bessern Thrakiens übersetzt, die Ehre haben wird, Gelegenheit zu geben, daß ein solcher neuthrakischer Musaget auf den Einfall kommt, die Stadt Abdera aus ihrem Schutte hervorzurufen? da denn ohne Zweifel auch die Kanzlei und das Archiv dieser berühmten Republik, und in demselben die sämtlichen Originalakten des Prozesses um des Esels Schatten, nebst den beiden Reden, deren Verlust wir beklagen, sich wiederfinden

287

werden. – Es ist wenigstens angenehm, auf den Flügeln solcher patriotisch-menschenfreundlicher Träume sich in die Zukunft zu schwingen und seinen Anteil an den Glückseligkeiten vorauszunehmen, die unsern Nachkommen noch bevorstehen; Glückseligkeiten, für welche die immer steigende Vervollkommnung der Wissenschaften und Künste und die von ihnen sich über alles Fleisch ergießende Erleuchtung, Verschönerung und Sublimierung der Denkart, des Geschmacks und der Sitten uns augenscheinliche Bürgschaft leisten!

Inzwischen gereicht es uns doch zu einigem Troste, aus den Papieren, aus welchen gegenwärtige Fragmente der Abderitengeschichte genommen sind, wenigstens einen Auszug dieser Reden liefern zu können, dessen Echtheit um so unverdächtiger ist, da kein Leser, der eine Nase hat, den Duft der Abderitheit, der daraus emporsteigt, verkennen wird. Ein innerliches Argument, das am Ende doch immer das beste zu sein scheint, welches sich für das Werk irgendeines Sterblichen, er sei nun ein Ossian oder ein abderitischer Feigenredner, geben läßt!

DREIZEHNTES KAPITEL

Rede des Sykophanten Physignatus.

Der Sykophant Physignatus, der als Sachwalter des Zahnarztes Struthion zuerst sprach, war ein Mann von Mittelgröße, starken Muskeln und mächtiger Lunge. Er wußte sich viel damit, daß er ein Schüler des berühmten Gorgias gewesen war, und machte Ansprüche, einer der größten Redner seiner Zeit zu sein. Aber in diesem Stücke war er, wie in vielen andern, ein offenbarer Abderit. Seine größte Kunst bestand darin, daß er, um seinem wortreichen Vortrag durch die mannigfaltige Modulation seiner Stimme mehr Lebhaftigkeit und Ausdruck zu geben, in dem Umfange von anderthalb Oktaven von einem Intervall zum andern wie ein Eichhorn herumsprang und so viel Grimassen und Gestikulationen dazu machte, als ob er seinen Zuhörern nur durch Gebärden verständlich werden könnte.

Indessen wollen wir ihm doch das Verdienst nicht ableugnen, daß er mit allen den Handgriffen, womit man die Richter zu seinem Vorteil einnehmen, ihren Verstand verwirren, seinen Gegenteil verhaßt und überhaupt eine Sache besser, als sie ist, scheinen machen kann, ziemlich fertig umzuspringen, auch bei Gelegenheit keine unfeinen Gemälde zu machen wußte, wie der scharfsinnige Leser aus seiner Rede selbst ohne unser Erinnern am besten abnehmen wird.

Physignatus trat mit der ganzen Unverschämtheit eines Sykophanten auf, der sich darauf verläßt, daß er Abderiten zu Zuhörern hat, und fing also an:

„Edle, Ehrenfeste und Weise! Großmögende Vierhundertmänner!

Wenn jemals ein Tag war, an welchem sich die Vortrefflichkeit der Verfassung unsrer Republik in ihrem größten Glanz enthüllt hat, und wenn jemals ich mit dem Gefühl, was es ist, ein Bürger von Abdera zu sein, unter euch aufgetreten bin, so ist es an diesem großen Tage, da vor diesem ehrwürdigen höchsten Gerichte, vor dieser erwartungsvollen und teilnehmenden Menge des Volks, vor diesem ansehnlichen Zusammenfluß von Fremden, die der Ruf eines so außerordentlichen Schauspiels scharenweise herbeigezogen hat, ein Rechtshandel zur Entscheidung gebracht werden soll, der in einem minder freien, minder wohleingerichteten Staate, der selbst in einem Theben, Athen oder Sparta nicht für wichtig genug gehalten worden wäre, die stolzen Verwalter des gemeinen Wesens nur einen Augenblick zu beschäftigen. Edles, preiswürdiges, dreimal glück-

289

liches Abdera! Du allein genießest unter dem Schutz einer Gesetzgebung, der auch die geringsten, auch die zweifelhaftesten und spitzfindigsten Rechte und Ansprüche der Bürger heilig sind, du allein genießest das Wesen einer Sicherheit und Freiheit, wovon andere Republiken (was auch sonst die Vorzüge sein mögen, womit sich ihre patriotische Eitelkeit brüstet) nur den Schatten zum Anteil haben.

Oder, saget mir, in welcher andern Republik würde ein Rechtshandel zwischen einem gemeinen Bürger und einem der geringsten aus dem Volke, ein Handel, der dem ersten Anblick nach kaum zwei oder drei Drachmen beträgt, über einen Gegenstand, der so unbedeutend scheint, daß die Gesetze ihn bei Benennung der Dinge, welche ins Eigentum kommen können, gänzlich vergessen haben, ein Handel über etwas, dem ein subtiler Dialektiker sogar den Namen eines Dinges streitig machen könnte – mit einem Wort, ein Streit über den Schatten eines Esels –, saget mir, in welcher andern Republik würde ein solcher Rechtshandel zum Gegenstand der allgemeinen Teilnehmung, zur Sache eines jeden und also, wenn ich so sagen darf, gleichsam zur Sache des ganzen Staats geworden sein? In welcher andern Republik sind die Gesetze des Eigentums so scharf bestimmt, die gegenseitigen Rechte der Bürger vor aller Willkür der obrigkeitlichen Personen so sicher gestellt, die geringfügigsten Ansprüche oder Forderungen selbst des Ärmsten in den Augen der Obrigkeit so wichtig und hoch angesehen, daß das höchste Gericht der Republik selbst es nicht unter seiner Würde hält, sich feierlich zu versammeln, um über das zweifelhaft scheinende Recht an einen Eselsschatten zu erkennen?

Wehe dem Manne, der bei diesem Worte die Nase rümpfen und aus albernen, kindischen Begriffen von dem, was groß oder klein ist, mit unverständigem Hohnlächeln ansehen könnte, was die höchste Ehre unsrer Justizverfassung, der Ruhm unsrer Obrigkeit, der Triumph des ganzen abderitischen Wesens und eines jeden guten Bürgers ist! Wehe dem Manne, ich wiederhol' es zum zweiten- und drittenmal, der keinen Sinn hätte, dies zu fühlen! Und Heil der Republik, in welcher, sobald es auf die Gerechtsame der Bürger, auf einen Zweifel über Mein und Dein, die Grundfeste aller bürgerlichen Sicherheit, ankommt, auch ein Eselsschatten keine Kleinigkeit ist!

Aber indem ich solchergestalt auf der einen Seite mit aller Wärme eines Patrioten, allem gerechten Stolz eines echten Abderiten fühle und erkenne, welch ein glorreiches Zeugnis von der vortrefflichen Verfassung unsrer Republik sowohl als von der unparteiischen Festigkeit und nichts übersehenden Sorgfalt, womit unsre ruhmwürdigst regierende Obrigkeit die Waage der Gerechtigkeit handhabet, dieser vorliegende Handel bei der spätesten Nachkommenschaft ablegen wird: wie sehr muß ich auf der andern Seite die Abnahme jener treuherzigen Einfalt unsrer Voreltern, das Verschwinden jener mitbürgerlichen und freundnachbarlichen Sinnesart, jener gegenseitigen Dienstbeflissenheit, jener freiwilligen Geneigtheit, aus Liebe und Freundschaft, aus gutem Herzen, oder wenigstens um des Friedens willen, etwas von unserm vermeinten strengen Rechte fahren zu lassen – wie sehr, mit einem Worte, muß ich den Verfall der guten alten abderitischen Sitten beklagen, der die wahre und einzige Quelle des unwürdigen, schamvollen Rechtshandels ist, in welchem wir heute befangen sind! – Wie werd' ich's ohne glühende Schamröte heraussagen können? – O du einst so berühmte Biederherzigkeit unsrer guten Alten, ist es dahin mit dir gekommen, daß abderitische Bürger – sie, die bei jeder Gelegenheit aus vaterländischer Treue und nachbarlicher Freundschaft bereit sein sollten, das Herz im Leibe miteinander zu teilen – so eigennützig, so karg, so unfreundlich, was sag' ich, so unmenschlich sind, einander sogar den Schatten eines Esels zu versagen?

Doch – verzeiht mir, werte Mitbürger! ich irrte mich in dem Worte – verzeiht mir eine unvorsätzliche Beleidigung! Derjenige, der einer so niedrigen, so rohen und barbarischen Denkart fähig war, ist keiner unsrer Mitbürger. Es ist ein bloß geduldeter Einwohner unsrer Stadt, ein bloßer Schutzverwandter des Jasontempels, ein Mensch aus den dicksten Hefen des Pöbels, ein Mensch, von dessen Geburt, Erziehung und Lebensart nichts Bessers zu erwarten war, mit einem Wort, ein Eseltreiber – der, außer dem gleichen Boden und der gemeinsamen Luft, die er atmet, nichts mit uns gemein hat, als was uns auch mit den wildesten Völkern der Hyperboreischen Wüsten gemein ist. Seine Schande klebt an ihm allein; uns kann sie nicht besudeln. Ein abderitischer Bürger, ich unterstehe mich's zu sagen, hätte sich keiner solchen Untat schuldig machen können.

Aber – nenn' ich sie vielleicht mit einem zu strengen Namen, diese Tat? – Stellet euch, ich bitte, an den Platz eures guten Mitbürgers Struthion und – fühlet!

Er reiset in seinen Geschäften, in Geschäften seiner edeln Kunst, die es bloß mit Verminderung der Leiden seiner Nebenmenschen zu tun hat, von Abdera nach Gerania. Der Tag ist einer der schwülsten Sommertage. Die strengste Sonnenhitze scheint den ganzen Horizont in den hohlen Bauch eines glühenden Backofens verwandelt zu haben. Kein Wölkchen, das ihre sengenden Strahlen dämpfe! Kein wehendes Lüftchen, den verlechzten Wandrer anzufrischen! Die Sonne flammt über seiner Scheitel, saugt das Blut aus seinen Adern, das Mark aus seinen Knochen. Lechzend, die dürre Zung' am Gaumen, mit trüben, von Hitze und Glanz erblindenden Augen, sieht er sich nach einem Schattenplatz, nach irgendeinem einzelnen mitleidigen Baum um, unter dessen Schirm er sich erholen, er einen

292

Mundvoll frischerer Luft einatmen, einen Augenblick vor den glühenden Pfeilen des unerbittlichen Apollo sicher sein könnte.

Umsonst! Ihr kennet alle die Gegend von Abdera nach Gerania. Zwei Stunden lang, zur Schande des ganzen Thrakiens sei es gesagt! kein Baum, keine Staude, die das Auge des Wandrers in dieser abscheulichen Fläche von magern Brach- und Kornfeldern erfrischen oder ihm gegen die mittägliche Sonne Zuflucht geben könnte!

Der arme Struthion sank endlich von seinem Tier herab. Die Natur vermocht' es nicht länger auszudauern. Er ließ den Esel halten und setzte sich in seinen Schatten. – Schwaches, armseliges Erholungsmittel! Aber so wenig es war, war es doch etwas!

Und welch ein Ungeheuer mußte der Gefühllose, der Felsenherzige sein, der seinem leidenden Nebenmenschen in solchen Umständen den Schatten eines Esels versagen konnte! Wär' es glaublich, daß es einen solchen Menschen gäbe, wenn wir ihn nicht mit eignen Augen vor uns sähen? – Aber hier steht er, und – was beinahe noch ärger, noch unglaublicher als die Tat selbst ist – er bekennt sich von freien Stücken dazu, scheint sich seiner Schande noch zu rühmen; und damit er keinem seinesgleichen, der künftig noch geboren werden mag, eine Möglichkeit, ihm an schamloser Frechheit gleichzukommen, übriglasse, treibt er sie so weit, nachdem er schon von dem ehrwürdigen Stadtgericht in erster Instanz verurteilt worden, sogar vor der Majestät dieses höchsten Gerichtshofes der Vierhundertmänner zu behaupten, daß er recht daran getan habe. – Ich versagte ihm den Eselsschatten nicht, spricht er, wiewohl ich nach dem strengen Recht nicht schuldig war, ihn darin sitzen zu lassen; ich verlangte nur eine billige Erkenntlichkeit dafür, daß ich ihm zu dem Esel, den ich ihm vermietet hatte, nun auch den Schatten des Esels überlassen sollte, den ich nicht

vermietet hatte. – Elende, schändliche Ausflucht! Was
würden wir von dem Manne denken, der einem halb-
verschmachteten Wandrer verwehren wollte, sich unentgeltlich in den Schatten seines Baumes zu setzen?
Oder wie würden wir denjenigen nennen, der einem
vor Durst sterbenden Fremdling nicht gestatten wollte,
sich aus dem Wasser zu laben, das auf seinem Grund
und Boden flösse?

Erinnert euch, o ihr Männer von Abdera, daß dies
allein, und kein andres, das Verbrechen jener lykischen
Bauern war, die der Vater der Götter und der Menschen zur Rache wegen einer gleichartigen Unmensch-
lichkeit, welche diese Elenden an seiner geliebten Latona und ihren Kindern ausübten – zum schrecklichen
Beispiel aller Folgezeiten in Frösche verwandelte. Ein
furchtbares Wunder, dessen Wahrheit und Andenken
mitten unter uns in dem heiligen Hain und Teich der
Latona, der ehrwürdigen Schutzgöttin unsrer Stadt,
lebendig erhalten, verewigt und gleichsam täglich erneuert wird! Und du, Anthrax, du, ein Einwohner der
Stadt, in welcher dieses furchtbare Denkmal des Zorns
der Götter über verweigerte Menschlichkeit ein Gegenstand des öffentlichen Glaubens und Gottesdienstes
ist, du scheutest dich nicht, ihre Rache durch ein ähnliches Verbrechen auf dich zu ziehen?

Aber du trotzest auf dein Eigentumsrecht. – ,Wer
sich seines Rechts bedient', sprichst du, ,der tut niemand unrecht. Ich bin einem andern nicht mehr schuldig, als er um mich verdient. Wenn der Esel mein
Eigentum ist, so ist es auch sein Schatten.'

Sagst du das? Und glaubst du, oder glaubt der
scharfsinnige und beredte Sachwalter, in dessen Hände
du die schlimmste Sache, die jemals vor ein Götter-
oder Menschengericht gekommen, gestellt hast, glaubt
er, mit aller Zauberei seiner Beredsamkeit oder mit
allem Spinnengewebe sophistischer Trugschlüsse unsern
Verstand dergestalt zu überwältigen und zu umspin-

nen, daß wir uns überreden lassen sollten, einen Schatten für etwas Wirkliches, geschweige für etwas, an welches jemand ein direktes und ausschließendes Recht haben könne, zu halten?

Ich würde, großmögende Herren, eure Geduld mißbrauchen und eure Weisheit beleidigen, wenn ich alle Gründe hier wiederholen wollte, womit ich bereits in der ersten Instanz, aktenkundigermaßen, die Nichtigkeit der gegnerischen Scheingründe dargetan habe. Ich begnüge mich für jetzt, nach Erfordernis der Notdurft, nur dies wenige davon zu sagen. Ein Schatten kann, genau zu reden, nicht unter die wirklichen Dinge gerechnet werden. Denn das, was ihn zum Schatten macht, ist nichts Wirkliches und Positives, sondern gerade das Gegenteil, nämlich die Entziehung desjenigen Lichtes, welches auf den übrigen, den Schatten umgebenden Dingen liegt. In vorliegendem Fall ist die schiefe Stellung der Sonne und die Undurchsichtigkeit des Esels (eine Eigenschaft, die ihm nicht, insofern er ein Esel, sondern insofern er ein dichter und dunkler Körper ist, anklebt) die einzige wahre Ursache des Schattens, den der Esel zu werfen scheint, und den jeder andre Körper an seinem Platze werfen würde; denn die Figur des Schattens tut hier nichts zur Sache. Mein Klient hat sich also, genau zu reden, nicht in den Schatten eines Esels, sondern in den Schatten eines Körpers gesetzt; und der Umstand, daß dieser Körper ein Esel, und der Esel ein Hausgenosse eines gewissen Anthrax aus dem Jasontempel zu Abdera war, ging ihn ebensowenig an, als er zur Sache gehörte. Denn, wie gesagt, nicht die Eselheit (wenn ich so sagen darf), sondern die Körperlichkeit und Undurchsichtigkeit des mehr besagten Esels ist der Grund des Schattens, den er zu werfen scheint.

Allein, wenn wir auch zum Überfluß zugeben, daß der Schatten unter die Dinge gehöre, so ist aus unzähligen Beispielen klar und weltbekannt, daß er zu den gemeinen Dingen zu rechnen ist, an welche ein jeder soviel Recht hat als der andre, und an die sich derjenige das nächste Recht erwirbt, der sie zuerst in Besitz nimmt.

Doch ich will noch mehr tun; ich will sogar zugeben, daß des Esels Schatten ein Zubehör des Esels sei, so gut als es seine Ohren sind; was gewinnt der Gegenteil dadurch? Struthion hatte den Esel gemietet, folglich auch seinen Schatten. Denn es versteht sich bei jedem Mietkontrakt, daß der Vermieter dem Abmieter die Sache, wovon die Rede ist, mit allem ihrem Zubehör und mit allen ihren Nießbarkeiten zum Gebrauch überläßt. Mit welchem Schatten eines Rechts konnte Anthrax also begehren, daß ihm Struthion den Schatten des Esels noch besonders bezahle? Das Dilemma ist außer aller Widerrede; entweder ist der Schatten des Esels ein Zubehör des Esels oder nicht. Ist er es nicht, so hat Struthion und jeder andre ebensoviel Recht daran als Anthrax. Ist er es aber, so hatte Anthrax, indem er den Esel vermietete, auch den Schatten vermietet; und seine Forderung ist ebenso ungereimt, als wenn mir einer seine Leier verkauft hätte und verlangte dann, wenn ich darauf spielen wollte, daß ich ihn auch noch für ihren Klang bezahlen müßte.

Doch wozu so viele Gründe in einer Sache, die dem allgemeinen Menschensinn so klar ist, daß man sie nur zu hören braucht, um zu sehen, auf welcher Seite das Recht ist? Was ist ein Eselsschatten? Welche Unverschämtheit von diesem Anthrax, wofern er kein Recht an ihn hat, sich dessen anzumaßen, um Wucher damit zu treiben! Und wofern der Schatten wirklich sein war: welche Niederträchtigkeit, ein so weniges, das wenigste, was sich nennen oder denken läßt, etwas in tausend andern Fällen gänzlich Unbrauchbares, einem Menschen, einem Nachbar und Freunde, in dem einzigen Falle zu versagen, wo es ihm unentbehrlich ist!

Lasset, edle und großmögende Vierhundertmänner,

lasset nicht von Abdera gesagt werden, daß ein solcher Mutwille, ein solcher Frevel vor einem Gerichte, vor welchem (wie vor jenem berühmten Areopagus zu Athen) Götter selbst nicht erröten würden, ihre Streitigkeiten entscheiden zu lassen, Schutz gefunden habe! Die Abweisung des Klägers mit seiner unstatthaften, ungerechten und lächerlichen Klage und Appellation, die Verurteilung desselben in alle Kosten und Schäden, die er dem unschuldigen Beklagten durch sein unbefugtes Betragen in dieser Sache verursacht hat, ist jetzt das wenigste, was ich im Namen meines Klienten fordern kann. Auch Genugtuung, und wahrlich eine ungeheure Genugtuung, wenn sie mit der Größe seines Frevels im Ebenmaße stehen soll, ist der unbefugte Kläger schuldig! Genugtuung dem Beklagten, dessen häusliche Ruhe, Geschäfte, Ehre und Leumund von ihm und seinen Beschützern während des Laufs dieses Handels auf unzählige Art gestört und angegriffen worden! Genugtuung dem ehrwürdigen Stadtgerichte, von dessen gerechtem Spruch er, ohne Grund, an dieses hohe Tribunal appelliert hat! Genugtuung diesem höchsten Gerichte selbst, welches er mit einem so nichtswürdigen Handel mutwilligerweise zu behelligen sich unterstanden! Genugtuung endlich der ganzen Stadt und Republik Abdera, die er bei dieser Gelegenheit in Unruhe, Zwiespalt und Gefahr gesetzt hat!

Fordre ich zuviel, großmögende Herren? fordre ich etwas Unbilliges? Sehet hier das ganze Abdera, das sich unzählbar an die Stufen dieser hohen Gerichtsstätte drängt und im Namen eines verdienstvollen, schwer gekränkten Mitbürgers, ja im Namen der Republik selbst, Genugtuung erwartet, Genugtuung fordert. Bindet die Ehrfurcht ihre Zungen, so funkelt sie doch aus jedem Auge, diese gerechte, diese nicht zu verweigernde Forderung! Das Vertrauen der Bürger, die Sicherheit ihrer Gerechtsame, die Wiederherstellung unsrer innerlichen und öffentlichen Ruhe, die Begrün-

297

dung derselben auf die Zukunft, mit einem Worte, die Wohlfahrt unsers ganzen Staats hängt von dem Ausspruch ab, den ihr tun werdet, hängt von Erfüllung einer gerechten und allgemeinen Erwartung ab. Und wenn in den ersten Zeiten der Welt ein Esel das Verdienst hatte, die schlummernden Götter bei dem nächtlichen Überfall der Titanen mit seinem Geschrei zu wecken und dadurch den Olympus selbst vor Verwüstung und Untergang zu retten: so möge jetzt der Schatten eines Esels die Gelegenheit und der heutige Tag die glückliche Epoche sein, in welcher diese uralte Stadt und Republik nach so vielen und gefahrvollen Erschütterungen wieder beruhiget, das Band zwischen Obrigkeit und Bürgern wieder fest zusammengezogen, alle vergangnen Mißhelligkeiten in den Abgrund der Vergessenheit versenkt, durch gerechte Verurteilung eines einzigen frevelhaften Eseltreibers der ganze Staat gerettet und dessen blühender Wohlstand auf ewige Zeiten sichergestellt werde!"

VIERZEHNTES KAPITEL

Antwort des Sykophanten Polyphonus.

Sobald Physignatus zu reden aufgehört hatte, gab das Volk, oder vielmehr der Pöbel, der den Markt erfüllte, seine Beistimmung mit einem lauten Geschrei, welches so heftig und anhaltend war, daß die Richter endlich zu besorgen anfingen, die ganze Handlung möchte dadurch unterbrochen werden. Die Partei des Erzpriesters geriet in sichtbare Verlegenheit. Die Schatten hingegen, wiewohl sie im großen Rat die kleinere Zahl waren, faßten neuen Mut und versprachen sich von dem Eindruck, den dieses Vorspiel auf die Esel machen müßte, einen günstigen Erfolg.

Indessen ermangelten die Zunftmeister nicht, das Volk durch Zeichen zur Ruhe zu vermahnen, und nachdem der Herold endlich durch einen dreimaligen Ruf die allgemeine Stille wiederhergestellt hatte, trat Polyphonus, der Sykophant des Eseltreibers, ein untersetzter stämmiger Mann, mit kurzem, krausem Haar und dicken, pechschwarzen Augenbrauen, auf, erhob eine Baßstimme, die auf dem ganzen Markt widerhallte, und ließ sich folgendermaßen vernehmen.

„Großmögende Vierhundertmänner!

Wahrheit und Licht haben das vor allen andern Dingen in der Welt voraus, daß sie keiner fremden Hülfe bedürfen, um gesehen zu werden. Ich überlasse meinem Gegenpart willig alle Vorteile, die er von seinen Rednerkünsten zu ziehen vermeint hat. Dem, der unrecht hat, kommt es zu, durch Figuren und Wendungen und Fechterstreiche und das ganze Gaukelspiel der Schulrhetorik Kindern und Narren einen Dunst vor die Augen zu machen. Gescheite Leute lassen sich nicht dadurch blenden. Ich will nicht untersuchen, wieviel Ehre und Nachruhm die Republik Abdera bei diesem Handel über einen Eselsschatten gewinnen wird. Ich will die Richter weder durch grobe Schmeicheleien zu bestechen noch durch versteckte Drohungen zu schrecken suchen. Noch viel weniger will ich dem Volke durch aufwiegelnde Reden das Signal zu Lärmen und Aufruhr geben. Ich weiß, warum ich da bin und zu wem ich rede. Kurz, ich werde mich begnügen, zu beweisen, daß der Eseltreiber Anthrax recht oder, um mich genauer und billiger auszudrücken, als von einem Sachwalter gefordert werden könnte, weniger unrecht hat als sein unbefugter Widersacher. Der Richter wird alsdann schon wissen, was seines Amtes ist, ohne daß ich ihn daran zu erinnern brauche."

Hier fingen einige wenige vom Pöbel, die zunächst an den Stufen der Terrasse standen, an, den Redner

299

mit Geschrei, Schimpfreden und Drohungen zu unterbrechen. Da aber der Nomophylax sich von seinem elfenbeinernen Thron erhob, der Herold abermals Stille gebot, und die Bürgerwache, die an den Stufen stand, ihre langen Spieße lupfte, so ward plötzlich alles wieder still, und der Redner, der sich nicht so leicht aus der Fassung bringen ließ, fuhr also fort:

„Großmögende Herren, ich stehe hier nicht als Sachwalter des Eseltreibers Anthrax, sondern als Bevollmächtigter des Jasontempels und von wegen des erlauchten und hochwürdigen Agathyrsus, zeitigen Erzpriesters und Obervorstehers desselben, Hüters des wahren goldnen Vlieses, obersten Gerichtsherrn über alle dessen Stiftungen, Güter, Gerichte und Gebiete und Oberhaupts des hochedeln Geschlechts der Jasoniden, um im Namen Jasons und seines Tempels von euch zu begehren, daß dem Eseltreiber Anthrax Genugtuung geschehe, weil er im Grunde doch am meisten recht hat; und daß er's habe, hoffe ich, trotz allen den Kniffen, die mein Gegner von seinem Meister Gorgias gelernt zu haben sich rühmt, so klar und laut zu beweisen, daß es die Blinden sehen und die Tauben hören sollen. Also, ohne weitere Vorrede, zur Sache!

Anthrax vermietete dem Zahnarzte Struthion seinen Esel auf einen Tag, nicht zu selbstbeliebigem Gebrauch, sondern um ihn, den Zahnarzt mit seinem Mantelsack, halben Weges nach Gerania zu tragen, welches, wie jedermann weiß, acht starke Meilen von hier entfernt liegt.

Bei der Vermietung des Esels dachte natürlicherweise keiner von beiden an seinen Schatten. Aber als der Zahnarzt mitten auf dem Felde abstieg und den Esel, der wahrlich von der Hitze noch mehr gelitten hatte als er, in der Sonne zu stehen nötigte, um sich in dessen Schatten zu setzen, war es ganz natürlich, daß der Herr und Eigentümer des Esels dabei nicht gleichgültig blieb.

Ich begehre nicht zu leugnen, daß Anthrax eine

alberne und eselhafte Wendung nahm; da er von dem Zahnbrecher verlangte, daß er ihn für des Esels Schatten deswegen bezahlen sollte, weil er ihm den Schatten nicht mitvermietet habe. Aber dafür ist er auch nur ein Eseltreiber von Voreltern her, d. i. ein Mann, der eben darum, weil er unter lauter Eseln aufgewachsen ist und mehr mit Eseln als ehrlichen Leuten lebt, eine Art von Recht hergebracht und erworben hat, selbst nicht viel besser als ein Esel zu sein. Im Grunde war's also bloß – der Spaß eines Eseltreibers.

Aber in welche Klasse von Tieren sollen wir den setzen, der aus einem solchen Spaß Ernst machte? Hätte Herr Struthion wie ein verständiger Mann gehandelt, so brauchte er dem Grobian nur zu sagen: Guter Freund, wir wollen uns nicht um eines Eselsschattens willen entzweien. Weil ich dir den Esel nicht abgemietet habe, um mich in seinen Schatten zu setzen, sondern um darauf nach Gerania zu reiten, so ist es billig, daß ich dir die etlichen Minuten Zeitverlust vergüte, die dir mein Absteigen verursacht; zumal da der Esel um so viel länger in der Hitze stehen muß und dadurch nicht besser wird. Da, Bruder, hast du eine halbe Drachme; laß mich einen Augenblick hier verschnaufen, und dann wollen wir uns, in aller Frösche Namen! wieder auf den Weg machen! –

Hätte der Zahnarzt aus diesem Tone gesprochen, so hätt' er gesprochen wie ein ehrliebender und billiger Mann. Der Eseltreiber hätte ihm für die halbe Drachme noch ein Gott vergelt's! gesagt, und die Stadt Abdera wäre des ungewissen Nachruhms, den ihr mein Gegenteil von diesem Eselsprozeß verspricht, und aller der Unruhen, die daraus entstehen mußten, sobald sich so viele große angesehene Herren und Damen in die Sache mischten, überhoben gewesen. Statt dessen setzt sich der Mann auf seinen eignen Esel, besteht auf seinem bodenlosen Rechte, sich vermöge seines Mietkontrakts in des Esels Schatten zu setzen, so oft und

301

so lang' er wolle, und bringt dadurch den Eseltreiber in die Hitze, daß er vor den Stadtrichter läuft und eine Klage anbringt, die ebenso abgeschmackt ist als die Verantwortung des Beklagten.

Ob es nun nicht, zu Statuierung eines lehrreichen Beispiels, wohlgetan wäre, wenn dem Sykophanten Physignatus, meinem wertesten Kollegen – als dessen Aufhetzung es ganz allein zuzuschreiben ist, daß der Zahnbrecher den von dem ehrwürdigen Stadtrichter Philippides vorgeschlagnen billigen Vergleich nicht eingegangen –, für den Dienst, den er dem abderitischen gemeinen Wesen dadurch geleistet, die Ohren gestutzt und allenfalls, zum ewigen Andenken, ein Paar Eselsohren dafür angesetzt würden; ingleichen, was für einen öffentlichen Dank der ehrwürdige Zunftmeister Pfriem und die übrigen Herren, die durch ihren patriotischen Eifer Öl ins Feuer gegossen, für ihre Mühe verdient haben möchten, überläßt der erlauchte Erzpriester, mein Prinzipal, dem eignen einsichtsvollen Ermessen des höchsten Gerichts der Vierhundert. Er seines Ortes wird, als angeborner Oberherr und Richter des Eseltreibers Anthrax, nicht ermangeln, ihm zu wohlverdienter Belohnung seines in diesem Handel bewiesenen Unverstands unmittelbar nach geendigtem Prozeß fünfundzwanzig Prügel zuzählen zu lassen. Da aber darum das Recht des mehrbesagten Eseltreibers, wegen der von dem Zahnarzte Struthion erlittnen Ungebühr, wegen des Mißbrauchs, den dieser von seinem Esel gemacht, und wegen der Weigerung einer billigen Vergütung des verursachten Zeitverlusts und Deterioration seines lastbaren Tieres Genugtuung zu fordern, nichtsdestoweniger in seiner ganzen Kraft besteht: so begehret und erwartet der erlauchte Erzpriester von der Gerechtigkeit dieses hohen Gerichts, daß seinem Untertanen ohne längern Aufschub die gebührende vollständigste Entschädigung und Genugtuung verschafft werde.

Euch aber (setzte er hinzu, indem er sich umdrehte und gegen das Volk kehrte) soll ich im Namen Jasons ankündigen, daß alle diejenigen, die auf eine unge- bührliche und aufrührische Art an der bösen Sache des Zahnbrechers Anteil genommen, so lange, bis sie da- für gebührenden Abtrag getan haben werden, von den Wohltaten, die der Tempel Jasons alle Monate den armen Bürgern zufließen läßt, ausgeschlossen sein und bleiben sollen."

FÜNFZEHNTES KAPITEL

Bewegungen, welche die Rede des Polyphonus verursachte. Nachtrag des Sykophanten Physignatus. Verlegenheit der Richter.

Diese kurze und unerwartete Rede brachte auf einige Augenblicke ein tiefes Stillschweigen hervor. Der Syko- phant Physignatus schien zwar große Lust zu haben, sich über die Stelle, die ihn persönlich betroffen hatte, mit Hitze vernehmen zu lassen; allein, da er die Niedergeschlagenheit bemerkte, die der Inhalt der letzten Periode seines Gegners unter dem gemeinen Volk hervorgebracht zu haben schien, so begnügte er sich, gegen die ehrenrührige Stelle vom Ohrenabschnei- den und andre Anzüglichkeiten sich quaevis compe- tentia vorzubehalten, zuckte die Achseln und schwieg.

Das Licht, in welches der Sykophant Polyphonus den wahren Statum controversiae gestellt hatte, tat einen so guten Effekt, daß unter den sämtlichen Vier- hundertmännern kaum ihrer zwanzig übriglieben, die, nach abderitischer Gewohnheit, nicht versicherten, daß sie die Sache gleich vom Anfang an ebenso an- gesehen; und es wurde in ziemlich lebhaften Aus- drücken gegen diejenigen gesprochen, welche Schuld daran hätten, daß eine so simple Sache zu solchen Weitläuftigkeiten getrieben worden sei. Die meisten schienen darauf anzutragen: daß dem Erzpriester nicht nur die für seinen Angehörigen verlangte Entschädigung und Genugtuung zugesprochen, sondern auch eine Kommission aus dem großen Rat niedergesetzt werden sollte, um nach der Schärfe zu untersuchen, wer die ersten Anstifter und Verhetzer dieses Handels eigentlich gewesen seien.

Dieser Antrag brachte den Zunftmeister und diejenigen, die ihre Partei mit ihm gegen allen Erfolg zum voraus genommen hatten, auf einmal wieder in Harnisch. Der Sykophant Physignatus, der dadurch wieder Mut bekam, verlangte von dem Nomophylax, noch einmal zum Gehör gelassen zu werden, weil er auf die Rede seines Gegenteils etwas Neues vorzubringen habe; und da ihm dieses den Rechten nach nicht versagt werden konnte, so ließ er sich folgendermaßen vernehmen:

„Wenn das gerechte Vertrauen zu einem so ehrwürdigen Gericht wie das gegenwärtige den verhaßten Namen einer bestechenden Schmeichelei, womit mein Gegenteil solches zu belegen sich nicht gescheut hat, verdient, so muß ich mich darein ergeben, einen Vorwurf auf mir sitzen zu lassen, den ich nicht vermeiden kann; und ich glaube allenfalls durch eine allzu hohe Meinung von euch, großmögende Herren, weniger zu sündigen, als mein Gegner durch die Einbildung, eure Gerechtigkeit und Einsicht in einer so groben Schlinge zu fangen, als diejenige ist, die er euch gelegt hat. Der Schein von gesunder Vernunft, womit er seine plumpe Vorstellungsart der Sache überstrichen, und ein Ton, den er seinem Klienten abgeborgt zu haben scheint, können höchstens eine augenblickliche Überraschung wirken; aber daß sie die Weisheit des obersten Rats von Abdera ganz umzuwerfen vermögend sein könnten, wäre an mir Lästerung zu fürchten und war Unsinn an ihm zu hoffen.

Wie? Polyphonus, anstatt die gerechte Sache seines

Klienten zu behaupten, wie er vor dem ehrwürdigen Stadtgerichte und bisher immer hartnäckig getan hat, gesteht nun auf einmal selbst ein, daß der Eseltreiber unrecht und unsinnig daran getan habe, seine gegen den Zahnarzt Struthion erhobne Klage auf sein vermeintes Eigentumsrecht an den Eselsschatten zu gründen; er bekennt öffentlich, daß der Kläger eine unbefugte, ungegründete, frivole Klage erhoben habe, und er untersteht sich, von Recht an Schadloshaltung zu schwatzen und in dem trotzigen Ton eines Eseltreibers Genugtuung zu fordern? Was für eine neue unerhörte Art von Rechtsgelehrsamkeit, wenn der unrecht habende Teil damit durchkäme, daß er am Ende, wenn er sich nicht mehr anders zu helfen wüßte, selbst gestände, er habe unrecht, und mit fünfundzwanzig Prügeln, die er sich dafür geben ließe und die ein Kerl wie Anthrax schon auf seinen Buckel nehmen kann, sich noch ein Recht an Entschädigung und Genugtuung erwerben könnte! Gesetzt auch, des Eseltreibers Fehler bestünde bloß darin, daß er nicht die rechte Aktion instituiert hätte: was geht das den unschuldigen Gegenteil oder den Richter an? Jener muß sich mit seiner Verantwortung nach der Klage richten, und dieser urteilt über die Sache, nicht wie sie vielleicht in einem andern Lichte und unter einem andern Gesichtspunkt erscheinen könnte, sondern wie sie ihm vorgetragen worden. Ich verspreche mir also im Namen meines Klienten, daß, der gegenteiligen Luftstreiche ungeachtet, die vorliegende Sache nicht nach dem neuen und allen bisherigen Verhandlungen zuwiderlaufenden Schwunge, den ihr Polyphonus zu geben gesucht, sondern nach Beschaffenheit der Klage und des Beweises abgeurteilt werde. Die Rede ist in gegenwärtigem Rechtsstreite nicht von Zeitverlust und Deterioration des Esels, sondern von des Esels Schatten. Kläger behauptete, daß sein Eigentumsrecht an den Esel sich auch auf dessen Schatten erstrecke, und

305

hat es nicht bewiesen. Beklagter behauptete, daß er so viel Recht an des Esels Schatten habe als der Eigentümer, oder was allenfalls daran abgehen könnte, hab' er durch den Mietkontrakt erworben; und er hat seine Behauptung bewiesen.

Ich stehe also hier, großmögende Herren, und verlange einen richterlichen Spruch über das, was bisher den Gegenstand des Streits ausgemacht hat. Um dessentwillen allein ist gegenwärtiges höchstes Gericht niedergesetzt worden! Dies allein macht jetzt die Sache aus, worüber es zu erkennen hat! Und ich unterstehe mich's, vor diesem ganzen mich hörenden Volke zu sagen: entweder ist kein Recht in Abdera mehr, oder meine Forderung ist gesetzmäßig, und die Rechte eines jeden Bürgers sind darunter befangen, daß meinem Klienten das seinige zugesprochen werde!"

Der Sykophant schwieg, die Richter stutzten, das Volk fing von neuem an zu murmeln und unruhig zu werden, und die Schatten reckten ihre Köpfe wieder empor.

„Nun", sagte der Nomophylax, indem er sich an Polyphonus wandte, „was hat der klägerische Anwalt hierauf beizubringen?"

„Hochgeachteter Herr Oberrichter", erwiderte Polyphonus, „nichts – als alles von Wort zu Wort, was ich schon gesagt habe. Der Prozeß über des Esels Schatten ist ein so böser Handel, daß er nicht bald genug ausgemacht werden kann. Der Kläger hat dabei gefehlt, der Beklagte hat gefehlt, die Anwälte haben gefehlt, der Richter der ersten Instanz hat gefehlt, ganz Abdera hat gefehlt! Man sollte denken, ein böser Wind habe uns alle angeblasen, und es sei nicht so ganz richtig mit uns gewesen, als wohl zu wünschen wäre. Käm' es schlechterdings darauf an, uns noch länger zu prostituieren, so sollte mir's wohl auch nicht an Atem fehlen, für das Recht meines Klienten an seines Esels Schatten eine Rede zu halten, die von Sonnenaufgang bis zu Sonnenuntergang reichen sollte. Aber, wie gesagt, wenn die Komödie, die wir gespielt haben, solange sie bloß Komödie blieb, noch zu entschuldigen ist, so wär' es doch, dünkt mich, auf keine Weise recht, sie vor einem so ehrwürdigen Gerichte, wie der hohe Rat von Abdera ist, länger fortzuspielen. Wenigstens habe ich keinen Auftrag dazu und überlasse euch also, großmögende Herren, unter nochmaliger Wiederholung alles dessen, was ich im Namen des erlauchten und hochwürdigen Erzpriesters zu Recht gefordert habe, den Handel nun abzuurteln und auszumachen – wie es euch die Götter eingeben werden."

Die Richter befanden sich in großer Verlegenheit, und es ist schwer zu sagen, was für ein Mittel sie endlich ergriffen haben würden, um mit Ehren aus der Sache zu kommen, wenn der Zufall, der zu allen Zeiten der große Schutzgott aller Abderiten gewesen ist, sich ihrer nicht angenommen und diesem feinen bürgerlichen Drama eine Entwicklung gegeben hätte, deren sich einen Augenblick vorher kein Mensch versah noch versehen konnte.

SECHZEHNTES KAPITEL

Unvermutete Entwicklung der ganzen Komödie und Wiederherstellung der Ruhe in Abdera.

Der Esel, dessen Schatten zeither (nach dem Ausdruck des Archon Onolaus) eine so seltsame Verfinsterung in den Hirnschädeln der Abderiten angerichtet hatte, war bis zu Austrag der Sache in den öffentlichen Stall der Republik abgeführt und bisher daselbst notdürftig verpflegt worden. Das Beste, was man davon sagen kann, ist, daß er nicht fetter davon geworden war.

Diesen Morgen nun war es den Stallbedienten der Republik, welche wußten, daß der Handel zu Ende

307

gehen sollte, auf einmal eingefallen, der Esel, der gleichwohl eine Hauptperson bei der Sache vorstellte, sollte doch billig auch von der Partie sein. Sie hatten ihn also gestriegelt, mit Blumenkränzen und Bändern herausgeputzt und brachten ihn nun, unter der Begleitung und dem Nachjauchzen unzähliger Gassenjungen, in großem Pomp herbeigeführt. Der Zufall wollte, daß sie in der nächsten Gasse, die in den Markt auslief, anlangten, als Polyphonus eben seinen Nachtrag geendigt hatte und die armen Richter sich gar nicht mehr zu helfen wußten, das Volk hingegen zwischen der Furcht vor dem Erzpriester und dem neuen Stoß, den ihm die zweite Rede des Sykophanten Physignatus gegeben, in einer ungewissen und mißmutigen Art von Bewegung schwankte.

Der Lärm, den die besagten Gassenjungen um den Esel her machten, drehte jedermanns Augen nach der Seite, woher er kam. Man stutzte und drängte sich hinzu. „Ha!" rief endlich einer aus dem Volke, „da kommt der Esel selbst!" – „Er wird den Richtern wohl zu einem Ausspruch helfen wollen", sagte ein andrer. – „Der verdammte Esel", rief ein dritter, „er hat uns alle zugrunde gerichtet! Ich wollte, daß ihn die Wölfe gefressen hätten, eh' er uns diesen gottlosen Handel auf den Hals zog!" – „Heida!" schrie ein Kesselflicker, der immer einer der eifrigsten Schatten gewesen war, „was ein braver Abderit ist, über den Esel her! Er soll uns die Zeche bezahlen! Laßt nicht ein Haar aus seinem schäbigen Schwanz von ihm übrigbleiben!"

In einem Augenblick stürzte sich die ganze Menge auf das arme Tier, und in wenig Augenblicken war es in tausend Stücke zerrissen. Jedermann wollte auch einen Bissen davon haben. Man riß, schlug, zerrte, kratzte, balgte und raufte sich darum mit einer Hitze, die gar nicht ihresgleichen hatte. Bei einigen ging die Wut so weit, daß sie ihren Anteil auf der Stelle roh und blutig auffraßen; die meisten aber liefen mit dem, was sie davongebracht, nach Hause; und da ein jeder eine Menge hinter sich her hatte, die ihm seinen Raub mit großem Geschrei abzujagen suchte, so wurde der ganze Markt in wenig Minuten so leer als um Mitternacht.

Die Vierhundertmänner waren im ersten Augenblick dieses Aufruhrs, wovon sie die Ursache nicht sogleich sehen konnten, in so große Bestürzung geraten, daß sie alle, ohne selbst zu wissen, was sie taten, die Mordwerkzeuge hervorzogen, die sie heimlich unter ihren Mänteln bei sich führten, und die Herren sahen einander mit keinem kleinen Erstaunen an, da auf einmal, vom Nomophylax bis zum untersten Beisitzer, in jeder Hand ein bloßer Dolch funkelte. Als sie aber endlich sahen und hörten, was es war, steckten sie geschwinde ihre Messer wieder in den Busen und brachen allesamt, gleich den Göttern im ersten Buche der Ilias, in ein unauslöschliches Gelächter aus.

„Dank sei dem Himmel!" rief endlich, nachdem die sehr ehrwürdigen Herren wieder zu sich selbst gekommen waren, der Nomophylax lachend aus, „mit aller unsrer Weisheit hätten wir der Sache keinen schicklichern Ausgang geben können. Wozu wollten wir uns noch länger die Köpfe zerbrechen? Der Esel, der unschuldige Anlaß dieses leidigen Handels, ist (wie es zu gehen pflegt) das Opfer davon geworden; das Volk hat sein Mütchen an ihm abgekühlt, und es kommt jetzt nur auf eine gute Entschließung von unsrer Seite an, so kann dieser Tag, der noch kaum so aussah, als ob er ein trübes Ende nehmen würde, ein Tag der Freude und Wiederherstellung der allgemeinen Ruhe werden. Da der Esel selbst nicht mehr ist, was hälf' es, noch lange über seinen Schatten zu rechten? Ich trage also darauf an, daß diese ganze Eselssache hiermit öffentlich für geendigt und abgetan genommen, beiden Teilen, unter Vergütung aller ihrer Kosten und Schäden aus der Stadtrenterei, ein ewiges Stillschwei-

309

gen auferlegt, dem armen Esel aber auf gemeiner Stadt Kosten ein Denkmal aufgerichtet werde, das zugleich uns und unsern Nachkommen zur ewigen Erinnerung diene, wie leicht eine große und blühende Republik sogar um eines Eselsschatten willen hätte zugrunde gehen können."

Jedermann klatschte dem Antrag des Nomophylax seinen Beifall zu, als dem klügsten und billigsten Auswege, den man nach Gestalt der Sachen treffen könne. Beide Parteien konnten damit zufrieden sein, und die Republik erkaufte ihre Beruhigung und Verhütung größeren Schimpfs und Unheils noch immer wohlfeil genug. Der Schluß wurde also von den Vierhundertmännern einhellig diesem Vortrage gemäß abgefaßt, wiewohl es einige Mühe kostete, den Zunftmeister Pfriem dahin zu bringen, daß er nicht den Ungeraden machte; und der große Rat, mit seiner martialischen Bürgerwache im Vor- und Hintertreffen, begleitete den Nomophylax bis vor seine Wohnung zurück, wo er die Herren Kollegen samt und sonders auf den Abend zu einem großen Konzert einlud, welches er ihnen zur Befestigung der wiederhergestellten Eintracht zum besten geben wollte.

Der Erzpriester Agathyrsus erließ dem Eseltreiber nicht nur die versprochnen fünfundzwanzig Prügel, sondern schenkte ihm noch obendrein drei schöne Maulesel aus seinem eignen Stalle, mit dem ausdrücklichen Verbot, keine Schadloshaltung aus dem abderitischen Stadtsäckel anzunehmen. Des folgenden Tages gab er den sämtlichen Schatten aus dem kleinen und großen Rat ein prächtiges Gastmahl, und am Abend ließ er unter die gemeinen Bürger von allen Zünften eine halbe Drachme auf den Mann austeilen, um dafür auf seine und aller guten Abderiten Gesundheit zu trinken. Diese Freigebigkeit gewann ihm auf einmal wieder alle Herzen, und da die Abderiten ohnehin (wie wir wissen) Leute waren, denen es nichts kostete,

von einer Extremität zur andern überzugehen, so ist es
bei einem so edeln Betragen des bisherigen Oberhauptes
der stärkern Partei nicht zu bewundern, daß die Namen von Eseln und Schatten in kurzem gar nicht mehr
gehört wurden. Die Abderiten lachten jetzt selbst über
ihre Torheit, als einen Anstoß von fieberischer Raserei,
der nun, gottlob! vorüber sei. Einer ihrer Balladen-
männer (deren sie sehr viele und sehr schlechte hatten)
eilte, was er konnte, die ganze Geschichte in ein Gassen-
lied zu bringen, das sogleich auf allen Straßen gesungen
wurde, und der Dramenmacher Thlaps ermangelte
nicht, binnen wenigen Wochen sogar eine Komödie
daraus zu verfertigen, wozu der Nomophylax eigen-
händig die Musik komponierte.

Dieses schöne Stück wurde öffentlich mit großem
Beifall aufgeführt, und beide vormalige Parteien lachten so herzlich darin, als ob die Sache sie gar nichts
anginge.

Demokrit, der sich von dem Erzpriester hatte bereden lassen, mit in dies Schauspiel zu gehen, sagte
beim Herausgehen: „Diese Ähnlichkeit mit den Athenern muß man den Abderiten wenigstens eingestehen,
daß sie recht treuherzig über ihre eignen Narren-
streiche lachen können. Sie werden zwar nicht weiser
darum, aber es ist immer schon viel gewonnen, wenn
ein Volk leiden kann, daß ehrliche Leute sich über
seine Torheiten lustig machen, und mitlacht, anstatt
wie die Affen tückisch darüber zu werden."

Es war die letzte abderitische Komödie, in welche
Demokrit in seinem Leben ging; denn bald darauf zog
er mit Sack und Pack aus der Gegend von Abdera
weg, ohne einem Menschen zu sagen, wo er hinginge;
und von dieser Zeit an hat man keine weiteren Nachrichten von ihm.

FÜNFTES BUCH
Die Frösche der Latona

ERSTES KAPITEL

Erste Quelle des Übels, welches endlich den Untergang der abderitischen Republik nach sich zog. Politik des Erzpriesters Agathyrsus. Er läßt einen eignen öffentlichen Froschgraben anlegen. Nähere und entferntere Folgen dieses neuen Instituts.

Die Republik Abdera genoß einige Jahre auf die ebenso gefährlichen als – Dank ihrem gutlaunigen Genius! – so glücklich abgelaufnen Bewegungen wegen des Eselsschattens der vollkommensten Ruhe von innen und außen; und wenn es natürlicherweise möglich wäre, daß Abderiten sich lange wohl befinden könnten, so hätte man dem Anschein nach ihrem Wohlstande die längste Dauer versprechen sollen. Aber zu ihrem Unglück arbeitete eine ihnen allen verborgene Ursache, ein geheimer Feind, der desto gefährlicher war, weil sie ihn in ihrem eignen Busen herumtrugen, unvermerkt an ihrem Untergange.

Die Abderiten verehrten (wie wir wissen) seit undenklichen Zeiten die Latona als ihre Schutzgöttin.

Soviel sich auch immer mit gutem Fug gegen den Latonendienst einwenden läßt, so war es nun einmal ihre von Voreltern auf sie geerbte Volks- und Staatsreligion, und sie waren in diesem Stücke nicht schlimmer daran als alle übrigen griechischen Völkerschaften. Ob sie, wie die Athener, Minerven, oder Juno, wie die von Samos, oder Dianen, wie die Ephesier, oder die Grazien, wie die Orchomenier, oder ob sie Latonen verehrten, darauf kam's nicht an; eine Religion mußten sie haben, und in Ermangelung einer bessern war eine jede besser als gar keine.

Aber der Latonendienst hätte auch ohne den Froschgraben bestehen können. Wozu hatten sie nötig, den einfältigen Glauben der alten Tejer, ihrer Voreltern, durch einen so gefährlichen Zusatz aufzustutzen? Wozu die Frösche der Latona, da sie die Latona selbst hatten?

Oder wenn sie ja ein sichtbares Denkmal jener wundervollen Verwandlung der lykischen Bauern zur Nahrung ihres abderitischen Glaubens bedurften: hätte ein halbes Dutzend ausgestopfte Froschhäute, mit einer schönen goldnen Inschrift in einer Kapelle des Latonentempels aufgestellt, mit einem brokatnen Tuch umschleiert und alle Jahre mit gehörigen Feierlichkeiten dem Volke vorgezeigt, ihrer Einbildungskraft nicht die nämlichen Dienste getan?

Demokrit, ihr guter Mitbürger – aber zum Unglück ein Mann, dem man nichts glauben konnte, weil er in dem bösen Rufe stand, daß er selbst nichts glaube –, hatte, während er sich unter ihnen aufhielt, bei Gelegenheit zuweilen ein Wort davon fallen lassen, daß man des Guten, zumal wo Frösche mit im Spiele wären, leicht zu viel tun könne. Und da seine Ohren, nach einer zwanzigjährigen Abwesenheit, an das liebliche Wreckeckeck koax koax, das ihm zu Abdera Tag und Nacht um die Ohren schnarrte, nicht so gewöhnt waren als die etwas dickeren Ohren seiner Landsleute, so hatte er ihnen einigemal nachdrückliche Vorstellungen gegen ihre Deisibatrachie (wie er's nannte) getan und ihnen öfters bald im Scherz, bald im Ernst vorhergesagt, daß, wenn sie nicht in Zeiten Vorkehrung täten, ihre quakenden Mitbürger sie endlich aus Abdera hinausquaken würden. Die Vornehmern konnten über diesen Punkt sehr gut Scherz vertragen; denn sie wollten wenigstens nicht dafür angesehen sein, als ob sie mehr von den Fröschen der Latona glaubten als Demokrit selbst. Aber das Übel war, daß er sie weder durch Schimpf noch Ernst dahin bringen konnte, die

313

Sache aus einem vernünftigen Gesichtspunkte zu beherzigen. Scherzte er darüber, so scherzten sie mit; sprach er ernsthaft, so lachten sie über ihn, daß er über so was ernsthaft sein könne. Und so blieb es denn, Einwendens ungeachtet, wie in allen Dingen, so auch hierin zu Abdera immer – beim alten Brauch.

Indessen wollte man doch bereits zu Demokrits Zeiten eine gewisse Lauigkeit in Absicht auf die Frösche unter der edeln abderitischen Jugend wahrgenommen haben. Wenigstens stimmte der Priester Strobylus öfters große Klaglieder darüber an, daß die meisten guten Häuser die Froschgräben, die sie von alters her in ihren Gärten unterhalten hätten, unvermerkt eingehen ließen und der gemeine Mann beinahe der einzige sei, der in diesem Stücke noch an dem löblichen alten Brauch hange und seine Ehrfurcht für den geheiligten Teich auch durch freiwillige Gaben zutage lege.

Wer sollte nun bei so bewandten Sachen vermutet haben, daß gerade unter allen Abderiten derjenige, auf den am wenigsten ein Verdacht, daß er an der Deisibatrachie krank sei, fallen konnte – daß der Erzpriester Agathyrsus der Mann war, der bald nach Endigung der Fehde zwischen den Eseln und Schatten dem erkalteten Eifer der Abderiten für die Frösche wieder ein neues Leben gab?

Gleichwohl ist es unmöglich, ihn von diesem seltsamen Widerspruch zwischen seiner innern Überzeugung und seinem äußerlichen Betragen freizusprechen; und wenn wir nicht bereits von seiner Art zu denken unterrichtet wären, würde das letztere kaum zu erklären sein. Aber wir kennen diesen Priester als einen ehrsüchtigen Mann. Er hatte sich während der letzten Unruhen an der Spitze einer mächtigen Partei gesehen und hatte keine Lust, dieses Vergnügen gegen ein geringeres Äquivalent zu vertauschen als einen fortdauernden Einfluß auf die ganze wieder beruhigte

Republik; eine Sache, die er nunmehr durch kein gewisseres Mittel erhalten konnte als durch eine große Popularität und eine Gefälligkeit gegen die Vorurteile des Volks, die ihm um so weniger kostete, da er (wie so viele seinesgleichen) die Religion bloß als eine politische Maschine ansah und im Grunde äußerst gleichgültig darüber war, ob es Frösche oder Eulen oder Hammelsfelle seien, was ihm die freieste und sicherste Befriedigung seiner Lieblingsleidenschaften gewährte.

Diesem nach also, und um sich auf die wohlfeilste Art bei dem Volke in Ansehen und Einfluß zu erhalten, verbannte er bald nach Endigung des Schattenkriegs nicht nur die Störche, über welche die Froschpfleger Klage geführt hatten, aus allen Gerichten und Gebieten des Jasontempels, sondern er trieb die Gefälligkeit gegen seine neuen Freunde so weit, daß er mitten auf einer Esplanade (die einer seiner Vorfahren zu einem öffentlichen Spazierplatz gewidmet hatte) einen Teich graben ließ und sich zu Besetzung desselben auf eine sehr verbindliche Art einige Fässer mit Froschlaich aus dem geheiligten Teiche von dem Oberpriester Strobylus ausbat, welche ihm denn auch, nach einem der Latona gebrachten feierlichen Opfer, in Begleitung des ganzen abderitischen Pöbels mit großem Prunk zugeführt wurden.

Von diesem Tage an war Agathyrsus der Abgott des Volks, und ein Froschgraben, zu rechter Zeit angelegt, verschaffte ihm, was er sonst mit aller Politik, Wohlredenheit und Freigebigkeit nie erlangt haben würde. Er herrschte, ohne die Ratsstube jemals zu betreten, so unumschränkt in Abdera als ein König; und weil er den Ratsherren und Zunftmeistern alle Wochen zwei- oder dreimal zu essen gab und ihnen seine Befehle nie anders als in vollen Bechern von Chierwein insinuierte, so hatte niemand etwas gegen einen so liebenswürdigen Tyrannen einzuwenden. Die Herren glaubten nichtsdestoweniger auf dem Rathause ihre

315

eigne Meinung zu sagen, wenn ihre Vota gleich nur der Widerhall der Schlüsse waren, welche tags zuvor im Speisesaal des Erzpriesters abgefaßt wurden.

Agathyrsus war der erste, der sich unter vertrautern Freunden über seinen neuen Froschgraben lustig machte. Aber das Volk hörte nichts davon. Und da sein Beispiel auf die Edeln von Abdera mehr wirkte als seine Scherze, so hätte man den Wetteifer sehen sollen, womit sie, um ebenfalls Proben von ihrer Popularität abzulegen, entweder die vertrockneten Froschgräben in ihren Gärten wiederherstellten oder neue anlegten, wo noch keine gewesen waren.

Wie in Abdera alle Torheiten ansteckend waren, so blieb auch von dieser niemand frei. Anfangs war es bloß Mode, eine Sache, die zum guten Ton gehörte. Ein Bürger von einigem Vermögen würde sich's zur Schande gerechnet haben, hierin hinter seinem vornehmern Nachbar zurückzubleiben. Aber unvermerkt wurde es ein Erfordernis zu einem guten Bürger, und wer nicht wenigstens eine kleine Froschgrube innerhalb seiner vier Pfähle aufweisen konnte, würde für einen Feind Latonens und für einen Verräter am Vaterlande ausgeschrien worden sein.

Bei einem so warmen Eifer der Privatpersonen ist leicht zu erachten, daß der Senat, die Zünfte und übrigen Kollegien nicht die letzten waren, der Latona gleiche Beweise ihrer Devotion zu geben. Jede Zunft ließ sich ihren eignen Froschzwinger graben. Auf jedem öffentlichen Platze der Stadt, ja sogar vor dem Rathause (wo die Kräuter- und Eierweiber ohnehin Lärms genug machten) wurden große, mit Schilf und Rasen eingefaßte Wasserbehälter zu diesem Ende angelegt; und das Polizeikollegium, welches hauptsächlich die Verschönerung der Stadt in seinen Pflichten hatte, kam endlich gar auf den Einfall, durch die Spaziergänge, womit Abdera rings umgeben war, zu beiden Seiten schmale Kanäle ziehen und mit Fröschen besetzen zu lassen. Das Projekt wurde vor Rat gebracht und ging ohne Widerspruch durch; wiewohl man sich genötigt sah, um diese Kanäle und die übrigen öffentlichen Froschteiche mit dem benötigten Wasser zu versehen, den Fluß Nestus beinahe gänzlich abgraben zu lassen. Weder die Kosten, die durch alle diese Operationen der Stadtkasse aufgeladen wurden, noch der vielfältige Nachteil, der aus dem Abgraben des Flusses entstand, wurden in die mindeste Betrachtung gezogen; und als ein junger Ratsherr nur im Vorbeigehen erwähnte, daß der Nestus nahe am Eintrocknen wäre, rief einer von den Froschpflegern: „Desto besser! so haben wir einen großen Froschgraben mehr, ohne daß es der Republik einen Heller kostet!"

Wer sich bei diesem (freilich nur in Abdera möglichen) Enthusiasmus für die Verschönerung der Stadt durch Froschgräben am besten befand, waren die Priester des Latonentempels. Denn ungeachtet sie den Laich aus dem heiligen Teiche sehr wohlfeil, nämlich den abderitischen Cyathus (der ungefähr ein Nößel unsers Maßes betragen mochte) nur für zwei Drachmen verkauften, so wollte doch jemand berechnet haben, daß sie in den ersten zwei bis drei Jahren, da die Schwärmerei am wirksamsten war, über fünftausend Dariken damit gewonnen hätten. Die Summe scheint uns bei allem dem zu hoch angesetzt; wiewohl nicht zu leugnen ist, daß sie sich für den Laich, den sie der Republik ablieferten, das Doppelte aus der Baukasse bezahlen ließen.

Übrigens dachte in ganz Abdera niemand an die Folgen dieser schönen Anstalten. Die Folgen kamen, wie gewöhnlich, von sich selbst. Aber weil sie nicht auf einmal dastanden, so währte es nicht nur eine geraume Zeit, bis man sie bemerkte, sondern da sie endlich auffallend genug wurden, um nicht länger, sogar von Abderiten, übersehen zu werden, so konnten diese doch, trotz ihrem bekannten Scharfsinn, die

Quelle derselben nicht ausfindig machen. Die abderitischen Ärzte zerbrachen sich die Köpfe, um zu erraten, woher es käme, daß Schnupfen, Flüsse und Hautkrankheiten aller Arten von Jahr zu Jahr so mächtig überhand nahmen und so hartnäckig wurden, daß sie aller ihrer Kunst und aller Nieswurz von Antikyra Trotz boten. Kurz, Abdera mit der ganzen Gegend umher war beinahe in einen allgemeinen, unabsehbaren Froschteich verwandelt, eh' es einem ihrer politischen Spitzköpfe einfiel, die Frage aufzuwerfen: ob eine grenzenlose Vermehrung der Froschmenge dem Staat nicht vielleicht mehr Schaden tun könnte, als die Vorteile, die man sich davon versprach, jemals wieder gut zu machen vermöchten?

ZWEITES KAPITEL

Charakter des Philosophen Korax. Nachrichten von der Akademie der Wissenschaften zu Abdera. Korax wirft in derselben eine verfängliche Frage in betreff der Latonenfrösche und sich selbst zum Haupt der Gegenfröschler auf. Betragen der Latonenpriester gegen diese Sekte, und wie sie bewogen wurden, selbige für unschädlich anzusehen.

Der merkwürdige Kopf, der zuerst die Wahrnehmung machte, daß die Menge der Frösche in Abdera in der Tat übermäßig sei und mit der Anzahl und dem Bedürfnis der zweibeinigen unbefiederten Einwohner ganz und gar in keinem Verhältnis stehe, nannte sich Korax. Es war ein junger Mann von gutem Hause, der sich etliche Jahre zu Athen aufgehalten und in der Akademie (wie die von Plato gestiftete Philosophenschule bekanntermaßen genannt wurde) gewisse Grundsätze eingesogen hatte, die den Fröschen der Latona nicht allzu günstig waren. Die Wahrheit zu sagen, Latona selbst hatte durch seinen Aufenthalt zu Athen so viel bei ihm verloren, daß es kein Wunder war, wenn er ihre Frösche nicht mit aller der Ehrfurcht an-

318

sehen konnte, die von einem orthodoxen Abderiten gefordert wurde. – „Eine jede schöne Frau ist eine Göttin", pflegte er zu sagen, „wenigstens eine Göttin der
Herzen; und Latona war unstreitig eine sehr schöne
Frau; aber was geht das die Frösche an? und – die
Sache bloß menschlich und im Lichte der Vernunft betrachtet – was gehen am Ende die Frösche Latonen an?
Gesetzt aber auch, die Göttin – für die ich übrigens
alle Ehrfurcht hege, die einer schönen Frau und einer
Göttin gebührt –, gesetzt, sie habe die Frösche vor
allem andern Geziefer und Ungeziefer der Welt in
ihren besondern Schutz genommen: folgt denn daraus, daß man der Frösche nie zu viel haben könne?"

Korax war, als er so zu vernünfteln anfing, ein Mitglied der Akademie, welche in Abdera zur Nachahmung der athenischen gestiftet worden war. Diese
Akademie war ein kleiner, in Spaziergänge ausge-
hauener Wald, ganz nahe bei der Stadt; und da sie
unter dem Schutze des Senats stand und auf gemeiner
Stadt Kosten angelegt worden war, so hatten die Herren von der Polizeikommission nicht ermangelt, sie
reichlich mit Froschgräben zu versehen. Die Glieder
der Akademie fanden sich zwar nicht selten durch den
eintönigen Chorgesang dieser quakenden Philomelen
in ihren tiefsinnigen Betrachtungen gestört; allein da
dies an jedem andern Orte in und um die Stadt Abdera ebensowohl der Fall gewesen wäre, so hatten sie
sich immer in Geduld darein ergeben; oder, richtiger
zu reden, man war des Froschgesangs in Abdera so
gewohnt, daß man nicht mehr davon hörte als die
Einwohner von Katadupa von dem großen Nilfall,
in dessen Nachbarschaft sie leben, oder als die Anwoh-
ner irgendeines andern Wasserfalls in der Welt.

Allein mit Korax, dessen Ohren durch seinen Aufenthalt zu Athen die Empfindlichkeit, die allen gesunden menschlichen Ohren natürlich ist, wiedererlangt
hatten, war es eine andre Sache. Man wird es also nicht

befremdlich finden, daß er gleich bei der ersten Sitzung, welcher er beiwohnte, die spitzige Anmerkung machte: er glaube, das Käuzlein der Minerva qualifiziere sich ungleich besser zu einem außerordentlichen Mitgliede der Akademie als die Frösche der Latona. – „Ich weiß nicht, meine Herren, wie *Sie* die Sache ansehen", setzte er hinzu; „aber mir deucht, die Frösche haben seit einigen Jahren auf eine ganz unbegreifliche Art in Abdera zugenommen."

Die Abderiten waren ein dumpfes Völklein, wie wir alle wissen; und es gab vielleicht (eine einzige berühmte Nation allenfalls ausgenommen) kein andres in der Welt, das in der sonderbaren Eigenschaft, einen Wald vor lauter Bäumen nicht sehen zu können, ihnen den Vorzug streitig machen konnte. Aber dies mußte man ihnen lassen, sobald es nur einem unter ihnen einfiel, eine Bemerkung zu machen, die jedermann ebensogut hätte machen können als er, wiewohl sie niemand vor ihm gemacht hatte, so schienen sie allesamt plötzlich aus einem langen Schlaf zu erwachen, sahen nun auf einmal – was ihnen vor der Nase lag, wunderten sich über die gemachte Entdeckung und glaubten demjenigen sehr verbunden zu sein, der ihnen dazu verholfen hatte. „In der Tat", antworteten die Herren von der Akademie, „die Frösche haben seit einiger Zeit auf eine ganz unbegreifliche Art zugenommen."

„Wenn ich sagte, auf eine ganz unbegreifliche Art", versetzte Korax, „so will ich damit keineswegs gesagt haben, daß etwas Übernatürliches in der Sache sei. Im Grunde ist nichts begreiflicher, als daß die Frösche sich an einem Orte vermehren müssen, wo man solche Anstalten zu ihrer Unterhaltung vorkehrt wie zu Abdera; das Unbegreifliche liegt (meiner geringen Meinung nach) bloß darin, wie die Abderiten einfältig genug sein können, diese Anstalten vorzukehren?"

Die sämtlichen Mitglieder der Akademie stutzten

über die Freiheit dieser Rede, sahen einander an und schienen verlegen zu sein, was sie von der Sache denken sollten.

„Ich rede bloß menschlicherweise", sagte Korax.

„Wir zweifeln nicht daran", versetzte der Präsident der Akademie, der ein Ratsherr und einer von den Zehnmännern war; „allein die Akademie hat sich's bisher zum Gesetz gemacht, dergleichen schlüpfrige Materien, auf welchen die Vernunft so leicht ausglitschen kann, lieber gar nicht zu berühren –"

„Die Akademie zu Athen hat sich kein solches Gesetz gemacht", fiel ihm Korax ein; „wenn man nicht über alles philosophieren darf, so wär's ebensogut, man philosophierte über – gar nichts."

„Über alles", sagte der Präsident-Zehnmann mit einer bedenklichen Miene, „nur nicht über Latonen und –"

„Ihre Frösche?" – setzte Korax lächelnd hinzu. Dies war's auch wirklich, was der Präsident hatte sagen wollen; aber bei dem Wörtchen „und" überfiel ihn eine Art von Beklemmung, als ob er wider Willen fühlte, daß er im Begriff sei, eine Albernheit zu sagen; und so hielt er plötzlich mit offnem Munde ein und überließ es Koraxen, die Periode zu vollenden.

„Ein jedes Ding kann von sehr vielerlei Seiten und in mancherlei Lichte betrachtet werden", fuhr Korax fort; „und dies zu tun, ist (deucht mir) gerade, was dem Philosophen zukommt, und was ihn von dem dummen, undenkenden Haufen unterscheidet. Unsre Frösche zum Beispiel können als Frösche schlechtweg und als Frösche der Latona betrachtet werden. Denn insofern sie Frösche schlechtweg sind, sind sie weder mehr noch weniger Frösche als andre. Ihr Verhältnis gegen die Abderiten ist insofern ungefähr das nämliche wie das Verhältnis aller übrigen Frösche zu allen übrigen Menschen; und insofern kann nichts unschuldiger sein, als zu untersuchen, ob die Froschmenge in

321

einem Staate mit der Volksmenge in gehörigem Verhältnisse stehe oder nicht? – und, wofern sich fände, daß der Staat einen großen Teil mehr Frösche ernähren müßte, als er nötig hätte, die diensamsten Mittel vorzuschlagen, wodurch ihre übermäßige Menge vermindert werden könnte."

„Korax spricht verständig", sagten etliche junge Akademisten.

„Ich rede bloß menschlicherweise von der Sache", sagte Korax.

„Ich wollte lieber, daß wir gar nicht davon angefangen hätten", sagte der Präsident.

Dies war der erste Funke, den Korax in die schwindligen Köpfe einiger naseweisen jungen Abderiten warf. Unvermerkt wurde er zum Haupt und Worthalter einer Sekte, von deren Grundsätzen und Meinungen in Abdera nicht allzu vorteilhaft gesprochen wurde. Man beschuldigte sie nicht ohne Grund, daß sie nicht nur unter sich, sondern sogar in großen Gesellschaften und auf den öffentlichen Spazierplätzen behaupteten: es lasse sich mit keinem einzigen triftigen Grunde beweisen, daß die Frösche der Latona etwas Besseres als gemeine Frösche wären; die Sage, daß sie von den milischen Froschbauern oder Bauerfröschen abstammten, wäre ein albernes Volksmärchen; und selbst die alte Tradition, daß Jupiter die besagten Bauern, weil sie Latonen mit ihren Zwillingen nicht aus ihrem Teiche hätten trinken lassen wollen, in Frösche verwandelt habe, sei etwas, woran man allenfalls zweifeln könnte, ohne sich eben darum an Jupitern oder Latonen zu versündigen. Es möchte aber auch damit sein, wie es wollte, so sei es doch ungereimt, aus Devotion gegen die schöne Latona die ganze Stadt und Republik Abdera zu einer Froschpfütze zu machen – und was dergleichen Behauptungen mehr waren, die, so simpel und vernunftmäßig sie auch uns heutigestags vorkommen, zu Abdera gleichwohl (zumal in den

322

Ohren der Latonenpriester) sehr übelklingend gefunden wurden und dem Philosophen Korax und seinen Anhängern den verhaßten Namen Batrachomachen oder Gegenfröschler zuzogen; einen Titel, dessen sie sich jedoch um so weniger schämten, weil es ihnen gelungen war, beinahe die ganze junge und schöne Welt mit ihren freien Meinungen anzustecken.

Die Priester des Latonentempels und das hohe Kollegium der Froschpfleger ermangelten nicht, bei jeder Gelegenheit ihr Mißfallen an dem mutwilligen Witze der Gegenfröschler zu zeigen, und der Oberpriester Stilbon vermehrte aus dieser Veranlassung sein Buch „Von den Altertümern des Latonentempels" mit einem großen Kapitel über die Natur der Latonenfrösche. Indessen hatten sie einen sehr wesentlichen Beweggrund, es dabei bewenden zu lassen, und dieser war: daß, ungeachtet der freigeisterischen Denkart über die Frösche, welche Korax in Abdera zur Mode gemacht hatte, nicht ein einziger Froschgraben in und um die Stadt weniger zu sehen war als zuvor. Korax und seine Anhänger waren schlau genug gewesen, zu merken, daß sie sich die Freiheit, „von den Fröschen überlaut zu denken, was sie wollten", nicht wohlfeiler erkaufen könnten, als wenn sie es, was die Ausübung betraf, gerade ebenso machten wie alle andern Leute. Ja, der weise Korax, als derjenige, auf den man am meisten achtgab, und der es für sicherer hielt, lieber zu viel als zu wenig zu tun, hatte gleich nach seiner Aufnahme in die Akademie auf seinem angeerbten Grund und Boden einen der schönsten Froschgräben in ganz Abdera angelegt und mit einer beträchtlichen Menge schöner, wohlbeleibter Frösche aus dem geheiligten Teiche besetzt, wovon er den Priestern jedes Stück mit vier Drachmen bezahlte. Dies war eine Höflichkeit, für welche diese Herren, so wenig sie sich ihm auch sonst dafür verbunden halten mochten, doch um des guten Beispiels willen nicht umhin konnten, dankbar zu

323

scheinen; zumal da diese nämliche Handlung des sogenannten Philosophen hinlänglichen Vorwand gab, diejenigen, die sich an seinen freien Meinungen und witzigen Einfällen hätten ärgern mögen, zu überzeugen,
daß es ihm nicht Ernst damit sei. „Seine Zunge ist
schlimmer als sein Gemüt", pflegten sie zu sagen; „er
will dafür angesehen sein, als ob er zu viel Witz hätte,
um zu denken wie andre Leute; aber im Grunde ist's
bloße Ziererei. Wenn er nicht im Herzen eines Bessern
überzeugt wäre, würde er wohl seine freigeisterischen
Meinungen durch seine Handlungen widerlegen? Man
muß solche Leute nicht nach dem, was sie sprechen, beurteilen, sondern nach dem, was sie tun."

Bei allem dem ist nicht zu leugnen, daß Korax unter
der Hand mit keinem geringern Anschlag umging,
als – gleich einem neuen Herkules, Theseus oder Har-
modius – sein Vaterland von den Fröschen zu befreien,
von welchen es, wie er zu sagen pflegte, mit größerm
Unheil bedroht würde, als alle die Ungeheuer, Räuber und Tyrannen, von denen jene Heroen das ihrige
befreiten, jemals in ganz Griechenland angerichtet
hätten.

DRITTES KAPITEL

Ein unglücklicher Zufall nötigt den Senat, von der unmäßigen Froschmenge in Abdera Notiz zu nehmen. Unvorsichtigkeit des Ratsherrn
Meidias. Die Majora beschließen, ein Gutachten der Akademie einzuholen. Der Nomophylax Hypsiboas protestiert gegen diesen Schluß und
eilt, den Oberpriester Stilbon dagegen in Bewegung zu setzen.

Das Ungemach, das die Abderiten von der ungeheuern Vermehrung ihrer heiligen Frösche erduldeten,
wurde inzwischen von Tag zu Tag drückender, ohne
daß der damalige Archon Onokradias (ein Schwester-
sohn des berühmten Onolaus und, die Wahrheit zu
sagen, der lockerste Kopf, der jemals am Ruder von

324

Abdera gewackelt hatte) vermocht werden konnte, die Sache vor den Senat zu bringen – bis bei einer großen Feierlichkeit, wo der Rat und die ganze Bürgerschaft in Prozession durch die Hauptstraßen ziehen mußte, das Unglück geschah, daß ein paar Dutzend Frösche, die sich zu weit aus ihren Gräben herausgewagt hatten, im Gedränge des Volks zertreten wurden und, aller schleunig vorgekehrten Hülfe ungeachtet, jämmerlich ums Leben kamen.

Dieser Vorfall schien so bedenklich, daß sich der Archon genötiget fand, eine außerordentliche Ratsversammlung ansagen zu lassen, um zu beratschlagen, was für eine Genugtuung die Stadt für dieses zwar unvorsätzliche, aber nichtsdestoweniger höchst unglückliche Sakrilegium der Latona zu leisten hätte, und durch was für Vorkehrungen einem ähnlichen Unglücke fürs künftige vorgebaut werden könnte?

Nachdem eine gute Weile viel abderitische Plattheiten über die Sache vorgetragen worden waren, platzte endlich der Ratsherr Meidias, ein Verwandter und Anhänger des Philosophen Korax, heraus: „Ich begreife nicht, warum die Herren um ein halb Schock Frösche mehr oder weniger ein solches Aufheben machen mögen. Jedermann ist überzeugt, daß die Sache ein bloßer Zufall war, den uns Latona unmöglich übelnehmen kann; und weil das Schicksal, das über Götter, Menschen und Frösche zu befehlen hat, doch nun einmal den Untergang einiger quakenden Geschöpfe bei dieser Gelegenheit verhängen wollte, möchten's doch anstatt vierundzwanzig ebenso viele Myriaden gewesen sein!"

Es waren unter allen Ratsherren vielleicht nicht fünf, die in ihrem Hause oder in Privatgesellschaften (wenigstens seit Korax zuerst die Entdeckung gemacht) nicht tausendmal über die allzu große Vermehrung der Frösche geklagt hätten. Gleichwohl, da es in vollem Senat noch nie darüber zur Sprache gekommen war,

325

stutzte jedermann über die Kühnheit des Ratsherrn Meidias, nicht anders, als ob er der Latona selbst an die Kehle gegriffen hätte. Einige alte Herren sahen so erschrocken aus, als ob sie erwarteten, daß ihr Herr Kollege für diese verwegene Rede auf der Stelle zum Frosch werden würde.

„Ich hege alle gebührende Achtung für den geheiligten Teich", fuhr Meidias, der alles wohl bemerkte, ganz gelassen fort, „aber ich berufe mich auf die innere Überzeugung aller Menschen, deren Mutterwitz noch nicht ganz eingetrocknet ist, ob jemand unter uns ohne Unverschämtheit leugnen könne, daß die Menge der Frösche in Abdera ungeheuer ist?"

Die Ratsherren hatten sich indessen von ihrem ersten Schrecken wieder erholt, und wie sie sahen, daß Meidias noch immer in seiner eignen Gestalt dasaß und ungestraft hatte sagen dürfen, was sie im Grunde allesamt als Wahrheit fühlten, so fing einer nach dem andern an zu bekennen, und nach einer kleinen Weile zeigte sich's, daß der ganze Senat einhellig der Meinung war: es wäre zu wünschen, daß der Frösche in Abdera weniger sein möchten.

„Man ist in seinem eignen Hause nicht mehr vor ihnen sicher", sagte einer. – „Man kann nicht über die Straße gehen, ohne Gefahr zu laufen, einen oder ein paar mit jedem Tritte zu zerquetschen", sagte ein andrer. – „Man hätte der Freiheit, Froschgräben anzulegen, gleich anfangs Schranken setzen sollen", sagte ein dritter. – „Wär' ich damals im Senat gewesen, da die Stiftung der öffentlichen Froschteiche beschlossen wurde, ich würde meine Stimme nimmermehr dazu gegeben haben", sagte ein vierter. – „Wer hätte aber auch gedacht, daß sich die Frösche in wenig Jahren so unmenschlich vermehren würden?" sagte ein fünfter. – „Ich sah es wohl vorher", sagte der Präsident der Akademie; „aber ich habe mir zum Gesetz gemacht, mit den Priestern der Latona in Frieden zu leben."

326

„Ich auch", sagte Meidias; „aber unsre Umstände werden dadurch nichts gebessert."

„Was ist also bei so gestalten Sachen anzufangen, meine Herren?" fragte endlich in seinem gewöhnlichen nieselnden Tone der Archon Onokradias.

„Da sitzt eben der Knoten!" antworteten die Ratsherren aus einem Munde. „Wenn uns nur jemand sagen wollte, was anzufangen ist?"

„Was anzufangen ist?" rief Meidias hastig und hielt plötzlich wieder ein.

Es erfolgte eine allgemeine Stille in der Ratsstube. Die weisen Männer ließen ihre Häupter auf die Brust fallen und schienen mit Anstrengung aller ihrer Gesichtsmuskeln nachzusinnen, was anzufangen sei.

„Aber wofür haben wir denn eine Akademie der Wissenschaften in Abdera?" rief nach einer Weile der Archon zu allgemeiner Verwunderung aller Anwesenden. Denn man hatte ihn seit seiner Erwählung zum Archonat noch nie seine Meinung in einer rhetorischen Figur vorbringen hören.

„Der Gedanke Seiner Hochweisheit ist unverbesserlich", versetzte der Ratsherr Meidias; „man trage der Akademie auf, ihr Gutachten zu geben, durch was für Mittel –"

„Das ist's eben, was ich meine", unterbrach ihn der Archon; „wofür haben wir eine Akademie, wenn wir uns mit dergleichen subtilen Fragen die Köpfe zerbrechen sollen?"

„Vortrefflich!" rief eine Menge dicker Ratsherren, indem sie sich alle zugleich mit der flachen Hand über ihre platten Stirnen fuhren. – „Die Akademie! die Akademie soll ein Gutachten stellen!"

„Ich bitte Sie, meine Herren", rief Hypsiboas, einer der Häupter der Republik; denn er war zur Zeit Nomophylax, erster Froschpfleger und Mitglied des ehrwürdigen Kollegiums der Zehnmänner. Aller dieser Würden ungeachtet lebte schwerlich in ganz Abdera

327

ein Mann, der an Latonen und ihren Fröschen im Herzen weniger Anteil nahm als er. Aber weil ihm der Jasonide Onokradias bei der letzten Archonswahl vorgezogen worden war, so hatte er sich's zum Grundsatz gemacht, dem neuen Archon immer und in allem zuwider zu sein. Er wurde daher von den Jasoniden und ihren Freunden nicht unbillig beschuldigt, daß er ein unruhiger Kopf sei und mit nichts Geringerm umgehe, als eine Partei im Rate zu formieren, die sich allen Absichten und Schlüssen der Jasoniden (welche freilich seit langer Zeit den Meister in der Stadt gespielt hatten) entgegensetzen sollte. – „Ich bitte Sie, meine Herren, übereilen Sie sich nicht", rief Hypsiboas; „die Sache gehört nicht vor die Akademie, sie gehört vor das Kollegium der Froschpfleger. Es wäre wider alle gute Ordnung und würde von den Priestern der Latona als die gröbste Beleidigung aufgenommen werden müssen, wenn man eine Frage von dieser Natur und Wichtigkeit der Akademie auftragen wollte!"

„Es betrifft aber keine bloße Froschsache, Herr Nomophylax", sagte Meidias mit seiner gewöhnlichen spöttischen Gelassenheit; „leider ist es, Dank sei den schönen Anstalten, die man seit einigen Jahren getroffen hat, eine Staatssache –"

„Und vielleicht die wichtigste, die jemals ein allgemeines Zusammentreten aller vaterländischgesinnten Gemüter notwendig gemacht hat", fiel ihm Stentor ins Wort – Stentor, einer der heißesten Köpfe in der Stadt, der seiner polternden Stimme wegen viel im Senat vermochte. Die Jasoniden hatten ihn, wiewohl er nur ein Plebejer war, durch die Vermählung mit einer natürlichen Tochter des verstorbenen Erzpriesters Agathyrsus auf ihre Seite gebracht und pflegten sich gewöhnlich seiner guten Stimme zu bedienen, wenn etwas gegen den Nomophylax Hypsiboas durchzusetzen war, der eine ebenso starke, wiewohl nicht völlig so polternde Stimme hatte als Stentor.

Wohl bekam es diesmal den Ohren der abderitischen Ratsherren, daß sie durch das ewige Koax Koax ihrer Frösche ein wenig dickhäutig geworden waren; sie würden sonst in Gefahr gewesen sein, bei dieser Gelegenheit völlig taub zu werden. Aber man war solcher Artigkeiten auf dem Rathause zu Abdera schon gewohnt und ließ also die beiden mächtigen Schreier gleich zwei eifersüchtigen Bullen einander so lange anbrüllen, bis sie – vor Heiserkeit nicht mehr schreien konnten.

Da es von diesem Augenblick an nicht mehr der Mühe wert war, ihnen zuzuhören, so fragte der Archon den Stadtschreiber, wieviel die Uhr sei – und auf die Versicherung, daß die Mittagessenszeit herannahe, wurde unverzüglich zur Umfrage geschritten.

Hier beliebe man sich zu erinnern, daß es auf dem Rathause zu Abdera bei Abfassung eines Schlusses niemals darum zu tun war, die Gründe, welche für oder wider eine Meinung vorgetragen worden waren, kaltblütig gegeneinander abzuwägen und sich auf die Seite desjenigen zu neigen, der die besten gegeben hatte, sondern man schlug sich entweder zu dem, der am längsten und lautesten geschrien hatte, oder zu dem, dessen Partei man hielt. Nun pflegte zwar die Partei des Archons in gewöhnlichen Sachen fast immer die stärkere zu sein, aber diesmal, da es (mit dem Präsidenten der Akademie zu reden) einen so schlüpfrigen Punkt betraf, würde Onokradias schwerlich die Oberhand erhalten haben, wenn Stentor seine Lunge nicht ganz außerordentlich angegriffen hätte. Es wurde also mit achtundzwanzig Stimmen gegen zweiundzwanzig beschlossen: daß der Akademie ein Gutachten abgefordert werden sollte, durch was für Mittel und Wege der übermäßigen Vermehrung der Frösche in und um Abdera (jedoch der schuldigen Ehrfurcht für Latonen und den Rechten ihres Tempels in alle Wege unbeschadet) Einhalt getan werden könnte?

329

Die Klausel hatte der Ratsherr Meidias ausdrücklich einrücken lassen, um der Partei des Nomophylax keinen Vorwand zu lassen, das Volk gegen die Majorität aufzuwiegeln. Aber Hypsiboas und sein Anhang versicherten, daß sie nicht so einfältig wären, sich durch Klauseln eine Nase drehen zu lassen. Sie protestierten gegen den Schluß zum Protokoll, ließen sich davon Extractum in forma probante erteilen und begaben sich unverzüglich in Prozession zu dem Oberpriester Stilbon, um Seiner Ehrwürden von diesem unerhörten Eingriffe in die Rechte der Froschpfleger und des Latonentempels Nachricht zu geben und die Maßnehmungen mit ihm abzureden, welche zu Aufrechterhaltung ihres Ansehens schleunigst ergriffen werden müßten.

VIERTES KAPITEL

Charakter und Lebensart des Oberpriesters Stilbon. Verhandlung zwischen den Latonenpriestern und den Ratsherren von der Minorität. Stilbon sieht die Sache aus einem eignen Gesichtspunkt an und geht, dem Archon selbst Vorstellungen zu machen. Merkwürdige Unterredung zwischen den Zurückgebliebnen.

Der Oberpriester Stilbon war bereits der dritte, der dem ehrwürdigen Strobylus (dessen Asche in Frieden ruhe!) in dieser Würde gefolgt war. In den Charakteren dieser beiden Männer war, den Eifer für die Sache ihres Ordens ausgenommen, sonst‘ wenig Ähnliches. Stilbon hatte von Jugend an die Einsamkeit geliebt und sich in den unzugangbarsten Gegenden des Latonenhains oder in den abgelegensten Winkeln ihres Tempels mit Spekulationen beschäftigt, die desto mehr Reiz für seinen Geist hatten, je weiter sie sich über die Grenzen der menschlichen Erkenntnis zu erheben schienen, oder (richtiger zu reden) je weniger sich der mindeste praktische Gebrauch zum Vorteil des menschlichen Lebens davon machen ließ. Gleich einer unermü-

deten Spinne saß er im Mittelpunkt seiner Gedanken-
und Wortgewebe, ewig beschäftigt, den kleinen Vorrat von Begriffen, den er in dem engen Bezirke des
Latonentempels bei einer so abgeschiedenen Lebensart
hatte erwerben können, in so klare und dünne Fäden
auszuspinnen, daß er alle die unzählbaren leeren Zel-
len seines Gehirns über und über damit austapezieren
konnte.

Außer diesen metaphysischen Spekulationen hatte
er sich am meisten mit den Altertümern von Abdera,
Thrakien und Griechenland, besonders mit der Geschichte aller festen Länder, Inseln und Halbinseln, die
(nach uralten Traditionen) einst dagewesen, aber seit
undenklichen Zeiten nicht mehr da waren, zu schaffen
gemacht. Der ehrliche Mann wußte kein Wort davon,
was zu seiner eignen Zeit in der Welt vorging, und
noch weniger, was fünfzig Jahre vor seiner Zeit darin
vorgegangen; sogar die Stadt Abdera, an deren einem
Ende er lebte, war ihm noch weniger bekannt als
Memphis oder Persepolis. Dafür aber war er desto
einheimischer in dem alten Pelasgerlande, wußte genau,
wie jedes Volk, jede Stadt und jeder kleine Flecken
geheißen, ehe sie ihren gegenwärtigen Namen führten,
wußte, wer jeden in Ruinen liegenden Tempel gebauet
hatte, und zählte die Reihen aller der Könige an den
Fingern her, die vor der Überschwemmung Deukalions
unter den Toren ihrer kleinen Städte saßen und jedem
Recht sprachen, der – sich's nicht selbst zu verschaffen
imstande war. Die berühmte Insel Atlantis war ihm
so bekannt, als ob er alle ihre herrlichen Paläste, Tempel, Marktplätze, Gymnasien, Amphitheater usw. mit
eignen Augen gesehen hätte, und er würde untröstbar
gewesen sein, wenn ihm jemand in seinem dicken Buche
von den Wanderungen der Insel Delos oder in irgendeinem andern von den dicken Büchern, die er über
ebenso interessante Materien hatte ausgehen lassen, die
kleinste Unrichtigkeit hätte zeigen können.

Mit allen diesen Kenntnissen war Stilbon freilich ein sehr gelehrter, aber auch, ungeachtet derselben, ein sehr beschränkter und in allen Sachen, die das praktische Leben betrafen, höchst einfältiger Mann. Seine Begriffe von den menschlichen Dingen waren fast alle unbrauchbar, weil sie selten oder nie auf die Fälle paßten, wo er sie anwandte. Er urteilte immer schief von dem, was gerade vor ihm stand, schloß immer richtig aus falschen Vordersätzen, wunderte sich immer über die natürlichsten Ereignisse und erwartete immer einen glücklichen Erfolg von Mitteln, die seine Absichten notwendig vereiteln mußten. Sein Kopf war und blieb, solang' er lebte, ein Sammelplatz aller populären Vorurteile. Das blödeste alte Mütterchen in Abdera war nicht leichtgläubiger als er, und, so ungereimt es vielen unsrer Leser scheinen wird, so gewiß ist es, daß er vielleicht der einzige Mann in Abdera war, der in vollem Ernst an die Frösche der Latona glaubte.

Bei allem dem wurde der Oberpriester Stilbon durchgehends für einen wohlgesinnten und friedliebenden Mann gehalten – und insofern man ihm die negativen Tugenden, die eine notwendige Folge seiner Lebensart, seines Standes und seiner Neigung zum spekulativen Leben waren, für voll anrechnete, so konnte er allerdings für weiser und besser gelten als irgendeiner seiner Mitabderiten. Diese letztern hielten ihn für einen Mann ohne Leidenschaften, weil sie sahen, daß nichts von allem, was die Begierden andrer Leute zu reizen pflegt, Gewalt über ihn hatte. Aber sie dachten nicht daran, daß er auf alle diese Dinge keinen Wert legte, entweder weil er sie nicht kannte, oder weil er durch eine lange Gewohnheit, bloß in Spekulationen zu leben, sich Abneigung und Untüchtigkeit zu allem, was andre Gewohnheiten voraussetzt, zugezogen hatte.

Indessen hatte der gute Stilbon, ohne es selbst zu

wissen, eine Leidenschaft, welche ganz allein hinreichend war, soviel Unheil in Abdera anzustiften als alle übrigen, die er nicht hatte; und das war die Leidenschaft für seine Meinungen. Selbst aufs vollkommenste von ihrer Wahrheit überzeugt, konnte er nicht begreifen, wie ein Mensch, wenn er auch nichts als seine bloßen fünf Sinne und den allgemeinsten Menschenverstand hätte, über irgend etwas eine andre Vorstellungsart haben könne als er. Wenn sich also dieser Fall zutrug, so wußte er sich die Möglichkeit desselben nicht anders zu erklären als durch die Alternative, daß ein solcher Mensch entweder nicht bei Sinnen – oder daß er ein boshafter, vorsätzlicher und verstockter Feind der Wahrheit, und also ein ganz verabscheuenswürdiger Mensch sein müsse. Durch diese Denkart war der Oberpriester Stilbon, mit aller seiner Gelehrsamkeit und mit allen seinen negativen Tugenden, ein gefährlicher Mann in Abdera und würde es noch ungleich mehr gewesen sein, wenn seine Indolenz und sein entschiedener Hang zur Einsamkeit nicht alles, was um ihn her geschah, so weit von ihm entfernt hätte, daß es ihm selten bedeutend genug vorkam, um die mindeste Kenntnis davon zu nehmen.

„Ich habe nie gehört, daß man Ursache haben könnte, sich über eine allzu große Menge der Frösche zu beklagen", sagte Stilbon ganz gelassen, als der Nomophylax mit seinem Vortrag zu Ende war.

„Davon soll jetzt die Rede nicht sein, Herr Oberpriester", versetzte jener. „Der Senat ist über diesen Punkt so ziemlich einer Meinung, und, ich denke, die ganze Stadt dazu. Aber daß der Akademie aufgetragen worden, die Mittel und Wege, wodurch der übermäßigen Froschmenge am füglichsten abgeholfen werden könne, vorzuschlagen, das ist's, was wir niemals zugeben können."

„Hat der Senat der Akademie einen solchen Auftrag gegeben?" fragte Stilbon.

333

„Sie hören ja", rief Hypsiboas etwas ungeduldig; „das ist's ja eben, was ich Ihnen sagte, und warum wir da sind."

„So hat der Senat einen Schritt getan, wobei ihn seine gewöhnliche Weisheit gänzlich verlassen hat", erwiderte der Priester ebenso kaltblütig wie zuvor. „Haben Sie den Ratsschluß bei sich?"

„Hier ist eine Abschrift davon!"

„Hm, hm", sagte Stilbon und schüttelte den Kopf, nachdem er dieselbe sehr bedächtlich ein- oder zweimal überlesen hatte; „hier sind ja beinahe so viel Absurditäten als Worte! Erstens soll noch erwiesen werden, daß zu viel Frösche in Abdera sind; oder vielmehr, dies kann in Ewigkeit nicht erwiesen werden. Denn um bestimmen zu können, was zu viel ist, muß man erst wissen, was genug ist; und dies ist gerade, was wir unmöglich wissen können, es wäre denn, daß der delphische Apollo oder seine Mutter Latona selbst uns durch ein Orakel darüber verständigen wollte. Die Sache ist sonnenklar. Denn da die Frösche unmittelbar unter dem Schutz und Einfluß der Göttin stehen, so ist es ungereimt, zu sagen, daß ihrer jemals mehr seien, als der Göttin beliebt; und also braucht die Sache nicht nur gar keiner Untersuchung, sondern sie läßt auch keine Untersuchung zu. Zweitens, gesetzt daß der Frösche wirklich zu viel wären, so ist es doch ungereimt, von Mitteln und Wegen zu reden, wodurch ihre Anzahl vermindert werden könnte. Denn es gibt keine solche Mittel und Wege, wenigstens keine, die in unsrer Willkür stehen, welches ebensoviel ist, als ob es gar keine gebe. Drittens ist es ungereimt, der Akademie einen solchen Auftrag zu geben, denn die Akademie hat nicht nur kein Recht, über Gegenstände von dieser Wichtigkeit zu erkennen, sondern sie besteht auch, wie ich höre, größtenteils aus Witzlingen und seichten Köpfen, die von solchen Dingen gar nichts verstehen; und zum klaren Beweis, daß sie nichts davon verstehen, sollen sie, wie ich höre, sogar albern genug sein, darüber zu scherzen und zu spotten. Ich traue diesen armen Leuten zu, daß es aus Unverstand geschieht. Denn, hätten sie mein Buch von den Altertümern des Latonentempels mit Bedacht gelesen, so müßten sie entweder aller Sinne beraubt oder offenbare Bösewichter sein, wenn sie der Wahrheit, die ich darin sonnenklar dargelegt habe, widerstehen könnten. Das Senatuskonsultum ist also, wie gesagt, durchaus ungereimt und kann folglich von keinem Effekt sein, indem ein absurder Satz ebensoviel ist als gar kein Satz. Sagen Sie dies unsern gnädigen Herren in der nächsten Session, hochgeachteter Herr Nomophylax! Unsre gnädigen Herren werden sich unfehlbar eines Bessern besinnen; und solchenfalls werden wir am besten tun, die Sache auf sich beruhen zu lassen."

„Herr Oberpriester", antwortete ihm Hypsiboas, „Sie sind ein grundgelehrter Mann, das wissen wir alle. Aber, nehmen Sie mir nicht übel, auf Welthändel und Staatssachen verstehen sich Euer Ehrwürden nicht. Die Majora im Senat haben einen Schluß gefaßt, der den Gerechtsamen der Batrachotrophen präjudizierlich ist. Indessen nach der Regel bleibt's bei diesem Ratsschlusse, und der Archon wird ihn zur Exekution gebracht haben, eh' ich in der nächsten Session Ihre logischen Einwendungen vortragen könnte, wenn ich mich auch damit beladen wollte."

„Es kommt aber ja in solchen spekulativen Dingen nicht auf die Majora, sondern auf die Saniora an", sagte Stilbon.

„Vortrefflich, Herr Oberpriester", versetzte der Nomophylax. „Das ist ein Wort! Die Saniora! die Saniora haben unstreitig recht. Die Frage ist also jetzt nur, wie wir es anzugreifen haben, daß sie auch recht behalten. Wir müssen auf ein schleuniges Mittel denken, die Vollstreckung des Ratsschlusses aufzuhalten."

„Ich will Seiner Gnaden, dem Archon, augenblicklich mein Buch von den Altertümern des Latonentempels schicken. Er muß es noch nicht gelesen haben. Denn in dem Kapitel von den Fröschen ist alles, was über diesen Gegenstand zu sagen ist, ins klare gesetzt."

„Der Archon hat in seinem Leben kein Buch gelesen, Herr Oberpriester", sagte einer von den Ratsherren lachend; „dies Mittel wird nicht anschlagen, dafür bin ich Ihnen gut!"

„Desto schlimmer!" erwiderte Stilbon. „In was für Zeiten leben wir, wenn das wahr ist! Wenn das Oberhaupt des Staats ein solches Beispiel gibt – doch ich kann unmöglich glauben, daß es schon so weit mit Abdera gekommen sei."

„Sie sind auch gar zu unschuldig, Herr Oberpriester", sagte der Nomophylax. „Aber lassen wir das auf sich beruhen! Es stünde noch gut genug, wenn das der größte Fehler des Archons wäre."

„Ich sehe nur ein Mittel in der Sache", sprach jetzt einer von den Priestern, namens Pamphagus; „das hochpreisliche Kollegium der Zehnmänner ist *über* dem Senat – folglich –"

„Um Vergebung", fiel ihm ein Ratsherr ins Wort, „nicht über dem Senat, sondern nur –"

„Sie haben mich nicht ausreden lassen", sagte der Priester etwas hitzig. „Die Zehnmänner sind nicht über dem Senat in Justiz-, Staats- und Polizeisachen. Aber da alle Sachen, wobei der Latonentempel betroffen ist, vor die Zehnmänner gehören und von ihrer Entscheidung nicht weiter appelliert werden kann, so ist klar, daß –"

„Die Zehnmänner nicht über dem Senat sind!" fiel jener ein; „denn der Senat behängt sich mit Latonensachen gar nicht und kann also nie mit den Zehnmännern in Kollission kommen."

„Desto besser für den Senat", sagte der Priester. „Aber, wenn sich denn ja einmal der Senat beigehen ließe, über einen Gegenstand, der dem Dienst der

Latona wenigstens sehr nahe verwandt ist, erkennen zu wollen, wie dermalen wirklich der Fall ist, so sehe ich kein ander Mittel, als die Zehnmänner zusammenberufen zu lassen."

„Das kann nur der Archon", wandte Hypsiboas ein, „und natürlicherweise wird er sich dessen weigern."

„Er kann sich nicht weigern, wenn er von der gesamten Priesterschaft darum angegangen wird", sagte Pamphagus.

„Herr Kollege, ich bin nicht Ihrer Meinung", fiel der Oberpriester ein. „Es wäre wider die Würde der Zehnmänner und sogar wider die Ordnung, wenn wir in vorliegendem Fall auf ihre Zusammenberufung dringen wollten. Die Zehnmänner können und müssen sich versammeln, wenn die Religion wirklich verletzt worden ist. Wo ist aber hier die Verletzung? Der Senat hat einen absurden Schluß gefaßt, das ist alles. Es ist schlimm, aber nicht schlimm genug; Sie müßten denn erweisen können, daß die Zehnmänner darum da seien, den Senat zu syndizieren, wenn er ungereimte Schlüsse macht."

Der Priester Pamphagus biß die Lippen zusammen, drehte sich nach dem Sitze des Nomophylax und murmelte ihm etwas ins linke Ohr.

Stilbon, ohne darauf achtzugeben, fuhr fort: „Ich will stehenden Fußes selbst zum Archon gehen. Ich will ihm mein Buch von den Altertümern des Latonentempels bringen. Er soll das Kapitel von den Fröschen lesen! Es ist unmöglich, daß er nicht sogleich von der Ungereimtheit des Ratsschlusses überzeugt werde."

„So gehen Sie denn und versuchen Sie Ihr Heil", versetzte der Nomophylax. – Der Oberpriester ging unverzüglich.

„Was das für ein Kopf ist!" sagte der Priester Pamphagus, wie er weggegangen war.

„Er ist ein sehr gelehrter Mann", versetzte der Ratsherr Bucephalus; „aber – –"

337

„Ein gelehrter Mann?" fiel jener ein. „Was nennen Sie gelehrt? Gelehrt in lauter Dingen, die kein Mensch zu wissen verlangt!"

„Davon können Euer Ehrwürden besser urteilen als unsereiner", erwiderte der Ratsherr; „ich verstehe nichts davon; aber es ist mir doch immer unbegreiflich vorgekommen, daß ein so gelehrter Mann in Geschäftssachen so einfältig sein kann wie ein kleines Kind."

„Es ist unglücklich für den Latonentempel", sagte ein andrer Priester – –

„Und für den ganzen Staat", setzte ein dritter hinzu.

„Das weiß ich eben nicht", sprach der Nomophylax mit einem spitzfindigen Naserümpfen; „wir wollen aber bei der Sache bleiben. Die Herren scheinen mir sämtlich der Meinung zu sein, daß die Zehnmänner zusammenberufen werden müßten – –"

„Um so mehr", sagte einer der Ratsherren, „weil wir gewiß sind, die Majora gegen den Archon zu machen."

„Wenn wir uns nicht besser helfen können", fuhr der Nomophylax fort, „so bin ich's zufrieden. Aber sollten wir uns denn in einer Sache, wobei Latona und ihre Priesterschaft auf unsrer Seite sind, nicht besser helfen können? Machen wir nicht beinahe die Hälfte des Rats aus? Wir sind bloß mit sechs Stimmen majorisiert worden; und wenn wir fest zusammenhalten –"

„Das wollen wir", schrien die Ratsherren aus voller Kehle.

„Ich habe einen Gedanken, meine Herren; aber ich muß ihn reifer werden lassen. Erkiesen Sie zwei oder drei aus Ihrem Mittel, mit denen ich mich diesen Abend auf meinem Gartenhause näher von der Sache besprechen könne. Es wird sich inzwischen zeigen, wie weit es der Oberpriester mit dem Archon Onokradias gebracht haben wird."

„Ich wette meinen Kopf gegen eine Melone", sagte

338

der Priester Charox, „er wird aus arg ärger machen."

„Desto besser!" versetzte der Nomophylax.

FÜNFTES KAPITEL

Was zwischen dem Oberpriester und dem Archon vorgefallen — eines
der lehrreichsten Kapitel in dieser ganzen Geschichte.

Während dies in dem Vorsaal des Oberpriesters verhandelt wurde, hatte sich dieser in eigner Person zum Archon erhoben und über eine Sache, woran dem Archon viel gelegen sei, Audienz verlangt.

„Oh, das wird ganz gewiß die Frösche betreffen", sagte der Ratsherr Meidias, der eben allein bei dem Archon war und ihm berichtet hatte, daß man den Nomophylax mit seinem ganzen Anhang nach dem Latonentempel habe gehen sehen.

„Daß doch der Henker – verzeih' mir's Latona! alle Frösche hätte", rief Onokradias ungeduldig; „da wird mir der sauertöpfische Pfaffe die Ohren so voll Warums und Darums schwatzen, daß ich am Ende nicht wissen werde, wo mir der Kopf steht! Helfen Sie mir, ich bitte Sie, von dem gespenstmäßigen alten Kerl."

Meidias lachte über die Verlegenheit des Archons. „Hören Sie ihn immer an", sagte er; „aber halten Sie fest über Ihrem Ansehen und an dem Grundsatze, daß Not kein Gesetz hat. Wir können uns doch wahrlich nicht von Fröschen auffressen lassen; und wenn's so fortgehen sollte wie bisher, so möchte uns Latona ebensowohl allzumal in Frösche verwandeln. Es wäre immer noch das Glücklichste, was uns widerfahren könnte, wenn uns nicht bald auf andre Weise geholfen wird. Allenfalls kann's auch nicht schaden, wenn Euer Gnaden dem Priester zu verstehen geben, daß Jason auch einen Tempel zu Abdera hat und daß Götter nur insofern Götter sind, als sie Gutes tun."

339

„Schön, schön", sagte der Archon. „Wenn ich nur alles so behalten könnte, wie Sie mir's da gesagt haben! Aber ich will mich schon zusammennehmen. Laßt den Priester nur anrücken! – Gehn Sie indessen in mein Kabinett, Meidias. Sie werden eine feine Anzahl kleiner Stücke von Parrhasius darin finden, die man nicht überall sieht. – Aber sagen Sie meiner Frau nichts davon! Sie verstehen mich doch?"

Meidias schlich sich in das Kabinett; der Archon stellte sich in Positur, und Stilbon wurde vorgelassen.

„Gnädiger Herr Archon", sagte er, „ich komme, Euer Gnaden einen guten Rat zu geben, weil ich eine große Meinung von dero Weisheit hege und gern Unheil verhüten möchte."

„Ich danke Ihnen für beides, Herr Oberpriester! Ein guter Rat findet, wie Sie wissen, eine gute Statt. Was haben Sie anzubringen?"

„Der Senat", fuhr Stilbon fort, „hat sich, wie ich höre, in Sachen, die Frösche der Latona betreffend, eines übereilten Schlusses schuldig gemacht –"

„Herr Oberpriester! – –"

„Ich sage nicht, daß Sie es aus bösem Willen getan haben. Die Menschen sündigen bloß, weil sie unwissend sind. Hier bringe ich Euer Gnaden ein Buch, woraus Sie sich belehren können, was es mit unsern Fröschen für eine Bewandtnis hat. Es hat mir viele Mühe und Nachtwachen gekostet. Sie können daraus lernen, daß die Akademie, die von gestern her ist, kein Recht haben kann, über Frösche zu erkennen, die so alt sind als die Gottheit der Latona. Die Frösche zu Abdera sind, wie wir alle wissen sollten, ganz ein ander Ding als die Frösche andrer Orte in der Welt. Sie gehören der Latona an. Sie sind niemals aussterbende Zeugen und lebendige Dokumente ihrer Gottheit. Es ist Unsinn, zu sagen, daß ihrer zu viel sein könnten, und ein Sakrilegium, von Mitteln zu reden, wodurch ihre Anzahl vermindert werden soll."

340

„Ein Sakrilegium, Herr Oberpriester?"

„Ich verdiente nicht Oberpriester zu sein, wenn ich
zu solchen Dingen schweigen wollte. Denn wenn wir
einmal zugelassen hätten, daß die Anzahl der Latonenfrösche vermindert werden dürfe, so möchten unsre
noch schlimmern Nachkommen wohl gar so weit ver-
fallen, sie gänzlich ausrotten zu wollen. Wie gesagt,
in diesem Buche werden Euer Gnaden alles finden,
was von der Sache zu glauben ist. Sorgen Sie dafür,
daß Abschriften davon gemacht und jedes Haus mit
einem Exemplar versehen werde. Ist dies geschehen,
dann wird das sicherste sein, gar nicht mehr über die
Sache zu räsonieren. Die Akademie mag sonst Gutachten stellen, worüber sie immer will. Die ganze
Natur liegt vor ihr offen. Sie kann reden vom Elefan-
ten bis zur Blattlaus, vom Adler bis zur Wassermotte,
vom Walfisch bis zur Schmerle und von der Zeder bis
zum Lykopodion; aber von den Fröschen soll sie
schweigen!"

„Herr Oberpriester", sagte der Archon, „die Götter
sollen mich bewahren, daß ich mir jemals einfallen
lasse, zu untersuchen, was es mit Ihren Fröschen für
eine Bewandtnis hat. Ich bin Archon, um alles in Abdera zu lassen, wie ich es gefunden habe. Indessen liegt
am Tage, daß wir uns vor lauter Fröschen nicht mehr
rühren können; und diesem Unwesen muß gesteuert
werden. Denn schlimmer darf's nicht mit uns werden,
das sehen Sie selbst. Unsre Voreltern begnügten sich,
den geheiligten Teich zu unterhalten, und wer seinen
eignen Froschgraben haben wollte, dem stand's frei.
Dabei hätte man's lassen sollen. Da es aber nun einmal so weit mit uns gekommen ist, daß wir nächstens
in Gefahr sind, lebendig oder tot von Fröschen gefressen zu werden, so werden uns Euer Ehrwürden
doch wohl nicht zumuten wollen, daß wir's darauf ankommen lassen sollen? Denn wenn einer von Fröschen
gefressen würde, so möcht's ihm wohl ein schlechter

341

Trost sein, zu denken, daß es keine gemeinen Frösche seien. Kurz und gut, Herr Oberpriester! die Akademie soll ihr Gutachten stellen, weil ihr's vom Senat aufgetragen worden ist; und – mit aller Achtung, die ich Euer Ehrwürden schuldig bin, ich werde Ihr Buch *nicht* lesen; und es soll mir ein für allemal ausgemacht werden, ob die Frösche um der Abderiten willen, oder die Abderiten um der Frösche willen da sind. Denn sobald die Republik durch die Frösche in Gefahr gesetzt wird, sehen Sie, so wird eine Staatssache daraus, und da haben die Priester der Latona nichts dreinzureden, wie Sie wissen. Denn Not hat kein Gesetz, und – mit einem Wort, Herr Oberpriester, wir wollen uns nicht von Ihren Fröschen fressen lassen. Sollten Sie aber wider Verhoffen darauf bestehen, so täte mir's leid, wenn ich Ihnen sagen müßte, daß der Latonentempel nicht der einzige in Abdera ist, und das goldne Vlies, dessen Verwahrung die Götter meiner Familie anvertraut haben, könnte vielleicht eine bisher noch unerkannte Tugend äußern und Abdera auf einmal von – aller Not befreien. Mehr will ich nicht sagen. Aber merken Sie sich das, Herr Oberpriester! Der Krug geht so lange zum Wasser, bis er bricht."

Der gute Oberpriester wußte nicht, ob er wache oder träume, da er den Archon, den er immer für einen wohldenkenden und exemplarischen Regenten gehalten hatte, eine solche Sprache führen hörte. Er stand eine Weile da, ohne ein Wort hervorbringen zu können; nicht, weil er nichts zu sagen wußte, sondern weil er so viel zu sagen hatte, daß er nicht wußte, wo er anfangen sollte. – „Das hätte ich nimmermehr für möglich gehalten", fing er endlich an, „daß ich die Zeit erleben sollte, wo der Oberpriester der Latona aus dem Munde eines Archons hören müßte, was ich gehört habe!"

Dem Archon fing bei diesen Worten an unheimlich zu werden. Denn weil er selbst nicht mehr so eigentlich wußte, was er dem Oberpriester gesagt hatte, so wurde ihm bang, er möchte mehr gesagt haben als sich geziemte. Er sah mit einiger Verlegenheit nach der Kabinettür, als ob er seinen geheimen Rat Meidias gern zu Hülfe gerufen hätte. Da er sich aber diesmal allein helfen mußte, so zupfte, er sich wechselsweise bald an der Nase, bald am Bart, hustete, räusperte sich und erwiderte endlich dem Oberpriester mit aller Würde, die er sich in der Eile geben konnte: „Ich weiß nicht, wie ich das nehmen soll, was Sie mir da sagten. Aber das weiß ich, wenn Sie was gehört zu haben glauben, das Sie nicht hätten hören sollen, so müssen Sie mich ganz unrecht verstanden haben. Sie sind ein sehr gelehrter Mann, und ich trage alle mögliche Achtung für Ihre Person und Ihr Amt –"

„Sie wollen also mein Buch lesen?" fragte Stilbon.

„Das eben nicht; aber – wenn Sie darauf bestehen – wenn Sie glauben, daß es schlechterdings –"

„Man soll das Gute niemand aufdringen", sagte der Priester mit einer Empfindlichkeit, über die er nicht Meister war. „Ich will es Ihnen da lassen. Lesen Sie es oder nicht! desto schlimmer für Sie, wenn es Ihnen gleichgültig ist, ob Sie richtig oder unrichtig denken –"

„Herr Oberpriester", fiel ihm der Archon, der endlich auch warm zu werden anfing, ins Wort. „Sie sind ein empfindlicher Mann, wie ich sehe. Ich verdenk' es Ihnen zwar nicht, daß Ihnen die Frösche am Herzen liegen, denn dafür sind Sie Oberpriester; Sie sollten aber auch bedenken, daß ich Archon über Abdera und nicht über einen Froschteich bin. Bleiben Sie in Ihrem Tempel und regieren Sie dort, wie Sie wollen und können; auf dem Rathause lassen Sie uns regieren. Die Akademie soll ihr Gutachten über die Frösche stellen, dafür geb' ich Ihnen mein Wort! – und es soll Ihnen kommuniziert werden, ehe der Senat einen Schluß darüber faßt, darauf können Sie sich auch verlassen!"

Der Oberpriester verschlang seinen Unwillen über

343

den unerwarteten schlechten Erfolg seines Besuchs, so gut er konnte, machte seinen Bückling und zog sich zurück, mit der Versicherung, daß er vollkommen überzeugt sei, der Senat werde nichts in Sachen verfügen, ohne mit den Priestern des Latonentempels vorher einverstanden zu sein. Der Archon versicherte ihm dagegen zurück, daß ihm die Rechte des Latonentempels so heilig seien als die Rechte des Senats und das Beste der Stadt Abdera; und somit schieden sie, nach Gestalt der Sachen, noch ziemlich höflich voneinander.

„Der Pfaffe hat mir warm gemacht", sagte der Archon zum Ratsherrn Meidias, indem er sich mit seinem Schnupftuche die Stirn wischte.

„Sie haben sich aber auch tapfer gehalten", versetzte der Ratsherr. „Das Pfäffchen wird Gift und Galle kochen; aber seine Blitze sind nur von Bärenlappen. Man braucht sich nur auf seine Distinktionen und Syllogismen nicht einzulassen, so ist er geschlagen und weiß weder wo aus noch wo an."

„Ja, wenn der Nomophylax nicht hinter ihm stäke", erwiderte der Archon. „Ich wollte, daß ich mich nicht so weit herausgelassen hätte. Aber was das auch für eine Zumutung ist, das dicke Buch zu lesen, woran sich der hohläugige alte Kerl blind geschrieben hat! Wer hätte nicht ungeduldig werden sollen!"

„Sorgen Sie für nichts, Herr Archon! Wir haben die Akademie für uns, und in wenig Tagen sollen auch die Lacher in ganz Abdera auf unsrer Seite sein. Ich will Liedchen und Gassenhauer unter das Volk streuen. Der Balladenmacher Lelex soll mir die Geschichte der lykischen Froschbauern in eine Ballade bringen, über die sich die Leute krank lachen sollen. Man muß die Herren mit ihren Fröschen lächerlich machen. Auf eine feine Art, versteht sich, aber Schlag auf Schlag, Gassenhauer auf Gassenhauer! Euer Gnaden sollen sehen, wie das Mittel anschlagen wird."

„Ich will es herzlich wünschen", sagte der Archon; „denn Sie können sich kaum vorstellen, wie mir die verwetterten Frösche diesen Sommer über meinen Garten zugerichtet haben! Ich kann den Jammer gar nicht mehr ansehen. Es fehlt uns nichts, als daß nächstens ein trocknes Jahr käme und uns noch eine Armee von Feldmäusen und Maulwürfen über den Hals schickte."

„Fürs erste wollen wir uns die Frösche vom Leibe schaffen", versetzte Meidias; „für die Mäuse, die noch kommen sollen, wird's dann auch Mittel geben."

„Aber was, zum Henker, soll ich mit dem dicken Buche machen, das mir der Oberpriester zurückgelassen hat?" sagte der Archon. – „Sie werden mir doch nicht zumuten wollen, daß ich's lesen soll?"

„Da sei Jason und Medea vor, Herr Archon", versetzte Meidias. „Geben Sie mir's. Ich will's meinem Vetter Korax bringen, dem ohne Zweifel die Ausfertigung des Gutachtens von der Akademie aufgetragen werden wird. Er wird guten Gebrauch davon machen, dafür bin ich Ihnen Bürge."

„Es mag schönes Zeug drin stehen", sagte der Archon.

„Wenn es sonst zu nichts zu gebrauchen ist", erwiderte der Ratsherr, „so machen wir's zu Pulver und geben's den Ratten ein, die nach Euer Gnaden Weissagung noch kommen sollen. Es muß ein herrliches Rattenpulver geben."

SECHSTES KAPITEL

Was der Oberpriester Stilbon tat, als er wieder nach Hause gekommen war.

Sobald der Oberpriester Stilbon wieder in seiner Zelle angelangt war, setzte er sich an sein Schreibepult und nahm sein Werk von den Altertümern des Latonen-

345

tempels vor die Hand, in der Absicht, das Kapitel von den Fröschen (welches das größte Kapitel in dem ganzen Buche war) wieder durchzulesen; und zwar, wie er sich schmeichelte, mit aller Unparteilichkeit eines Richters, der kein andres Interesse bei der Sache hat als die Entdeckung der Wahrheit. Denn so überzeugt er auch von den Resultaten seiner Untersuchungen war, so hielt er doch für billig und nötig, eh' er sich weiter einließe, sein ganzes System und die Beweise desselben noch einmal Punkt für Punkt zu prüfen in der Absicht, wenn es sich auch bei dieser neuen und scharfen Untersuchung wahr befände, es desto zuversichtlicher gegen alle Anfechtungen des Witzes und der Modephilosophie seiner Zeit behaupten zu können.

Armer Stilbon! wenn du (wie ich lieber glauben als nicht glauben will) aufrichtig warst, was für ein betrügliches Ding ist es um eines Menschen Vernunft! und was für eine glatte, verführerische Schlange ist die Erzzauberin Eigenliebe!

Stilbon durchlas sein Kapitel von den Fröschen mit aller Unparteilichkeit, deren er fähig war, prüfte jeden Satz, jeden Beweis, jeden Syllogismus mit der Kaltblütigkeit eines Arkesilas und – fand: „daß man entweder dem allgemeinen Menschensinn entsagen oder von seinem System überzeugt werden müsse."

Das kann nicht möglich sein, sagt Ihr? – Um Verzeihung, das kann sehr möglich sein; denn es ist geschehen und geschieht noch immer alle Tage. Nichts ist natürlicher. Der gute Mann liebte sein System wie sein eigen Fleisch und Blut. Er hatte es aus sich selbst gezeugt. Es war ihm statt Weib und Kind, statt aller Güter, Ehren und Freuden der Welt, auf die er bei seinem Eintritt in den Latonentempel Verzicht getan hatte; es war ihm über alles. Als er sich hinsetzte, es von neuem zu prüfen, war er bereits so vollkommen von der Wahrheit und Schönheit desselben überzeugt

als von seinem eignen Dasein. Es ging ihm also natürlicherweise ebenso, als wenn er sich hingesetzt hätte,
um mit aller Kaltblütigkeit von der Welt zu untersuchen, ob der Schnee auf dem Gipfel des Hämus weiß
oder schwarz sei.

Daß die milischen Bauern, die der durstenden La-
tona aus ihrem Teiche zu trinken verwehrten, in
Frösche verwandelt worden (sagte Stilbon in seinem
Buche), das ist Tatsache.

Daß eine Anzahl dieser Frösche auf die Art und
Weise, wie die Tradition berichtet, nach Abdera in den
Teich des Latonenhains versetzt worden, ist Tatsache.

Beide Fakta gründen sich auf das, worauf sich alle
historische Wahrheit gründet, auf menschlichen Glauben an menschliches Zeugnis; und solange Abdera
steht, hat sich kein Vernünftiger einfallen lassen, dem
allgemeinen Glauben der Abderiten an diese Fakta zu
widersprechen. Denn wer sie leugnen wollte, müßte
ihre Unmöglichkeit beweisen können; und wo ist der
Mensch auf Erden, der dies könnte?

Aber ob die Frösche, die sich zu unsern heutigen
Zeiten in dem geheiligten Teiche befinden, eben diejenigen seien, die von Latonen, oder (was auf eins
hinausläuft) von Jupitern auf Latonens Bitte, in
Frösche verwandelt worden, darüber sind bisher verschiedene Meinungen gewesen.

Unsre Gelehrten haben größtenteils dafür gehalten,
daß die Unterhaltung des geheiligten Teichs als bloßes
Institut unsrer Voreltern und die darin aufbewahrten
Frösche als bloße Erinnerungszeichen der Macht unsrer
Schutzgöttin mit gebührender Ehre anzusehen seien.

Das gemeine Volk hingegen hat von diesen Fröschen
immer ebenso gesprochen und geglaubt, als ob sie die
nämlichen wären, an denen das bekannte Wunder geschehen sei.

Und ich – Stilbon, aus Jupiters und Latonens Barmherzigkeit zur Zeit Oberpriester von Abdera, habe nach

reiflicher Erwägung der Sache befunden, daß dieser Glaube des Volks sich auf unumstößliche Gründe stützt; und hier ist mein Beweis! –

Der geneigte Leser würde sich wahrscheinlicherweise schlecht erbaut finden, wenn wir ihm diesen Beweis, so weitläufig als er in besagtem Buche des Oberpriesters Stilbon vorgetragen ist, zu lesen geben wollten, zumal da wir alle von dem Ungrunde desselben zum voraus wenigstens ebenso vollkommen überzeugt sind, als es der gute Stilbon von dessen Gründlichkeit war. Wir begnügen uns also, nur mit zwei Worten zu sagen, daß sich sein ganzes System über die mehrbesagten Frösche um eine heutigestags sehr gemeine, damals aber (in Abdera wenigstens) ganz neue und nach Stilbons ausdrücklicher Versicherung von ihm selbst erfundene Hypothese drehte, nämlich um die Lehre: „daß alle Zeugung nichts andres als Entwicklung ursprünglicher Keime sei." – Stilbon fand diese Entdeckung, als er sie zuerst machte, so schön und wußte sie mit so vielen dialektischen und moralischen Gründen (denn die Physik war seine Sache nicht) zu unterstützen, daß sie ihm mit jedem Tage wahrscheinlicher vorkam.

Endlich glaubte er sie auf den höchsten Grad der Wahrscheinlichkeit gebracht zu haben. Da nun von dieser zur Gewißheit nur noch ein leichter Sprung zu tun ist: was Wunder, daß ihm eine so sinnreiche, so subtile, so wahrscheinliche Hypothese – eine Hypothese, die er selbst erfunden, mit so vieler Mühe ausgearbeitet, mit allen seinen übrigen Ideen in Verbindung gesetzt und zur Grundlage eines neuen, durchaus räsonierten Systems über die Latonenfrösche gemacht hatte – zuletzt ebenso gewiß, anschaulich und unzweifelhaft vorkam als irgendein Lehrsatz im Euklides?

„Als die milischen Bauern verwandelt wurden", sagte Stilbon, „führten sie Keime aller Bauern und

Nichtbauern, die von damals an bis auf diesen Tag und von diesem Tage bis ans Ende der Tage nach dem ordentlichen Lauf der Natur von ihnen entspringen konnten und sollten, in ebenso vielen ineinandergeschobenen Keimen bei sich, und in dem Augenblicke, da besagte milische Bauern zu Fröschen wurden, wurden auch die sämtlichen Menschenkeime, die jeder bei sich führte, in Froschkeime verwandelt. Denn (sagte er) entweder wurden diese Keime vernichtet, oder sie wurden ranifiziert, oder sie wurden gelassen wie sie waren. Das erste ist unmöglich, weil aus etwas ebensowenig nichts als aus nichts etwas werden kann. Das dritte läßt sich auch nicht denken; denn wären die besagten Keime Menschenkeime geblieben, so müßten die milischen Ανθρωποβατραχοι oder Menschenfrösche wirkliche Menschen gezeugt haben, welches wider die historische Wahrheit und an sich selbst in alle Wege ungereimt ist. Es bleibt also nur das zweite übrig, nämlich sie sind ranifiziert, das ist in Froschkeime verwandelt worden, und man kann also mit vollkommner Richtigkeit sagen, daß die Frösche, die sich auf diesen Tag in dem geheiligten Teiche befinden, und alle übrigen, deren Abstammung von denselben erweislich ist, folglich die sämtlichen Frösche in Abdera, eben diejenigen sind, welche von Latonen in Frösche verwandelt wurden; nämlich insofern sie damals in den froschwerdenden Bauern im Keim vorhanden waren und zugleich uno eodemque actu mit ihnen verwandelt wurden."

Dies nun ein für allemal als erwiesene Wahrheit angenommen, schien dem ehrlichen Stilbon nichts sonnenklarer (wie er zu sagen pflegte) als die Folgerungen, die gleichsam von selbst daraus abflossen. „So wie zum Beispiel eine vom Strahl getroffne Eiche als eine Res sacra, als dem Donnerer Zeus angehörig und geheiligt mit schaudernder Ehrfurcht angesehen wird, ebenso müssen", sagte er, „die von Latonen oder Jupitern

349

verwandelten Menschenfrösche nebst allen ihren im Keim mitverwandelten Abkömmlingen bis ins tausendste und zehntausendste Glied als eine Art wundervoller, der Latona angehöriger Mittelwesen angesehen und also auch als solche behandelt und geehret werden. Sie sind zwar dem Äußerlichen nach Frösche wie andre; aber sie sind gleichwohl auch keine Frösche wie andre. Denn da sie von Geburt und Natur Menschen gewesen waren, und alles, was wir von Natur und Geburt sind, uns einen unauslöschlichen Charakter gibt, so sind sie nicht sowohl Frösche als Froschmenschen, und also in gewissem Sinne noch immer unsers Geschlechts, unsre Brüder, unsre verunglückten Brüder, zu unsrer Warnung mit dem furchtbaren Stempel der Rache der Götter bezeichnet, aber eben darum unsers zärtlichsten Mitleidens würdig. – Doch nicht nur unsers Mitleidens (setzte Stilbon hinzu), sondern auch unsrer Ehrerbietung, da sie fortdauernde, unverletzliche Denkmäler der Macht unsrer Göttin sind, an denen man sich nicht vergreifen kann, ohne sich an ihr selbst zu vergreifen, indem ihre Erhaltung durch so viele Jahrhunderte der redendste Beweis ist, daß sie solche erhalten wissen wolle."

Der gute Oberpriester – ein Mann, der unsern Lesern so gar verächtlich, wie er ihnen vermutlich ist, nicht vorkommen würde, wenn sie sich recht in seine Seele hineinzudenken wüßten – hatte den ganzen Abend mit Durchlesung und Prüfung seines Kapitels über die Frösche zugebracht und sich in das Bestreben, sein System mit neuen Gründen zu befestigen, dermaßen vertieft, daß ihm sein Versprechen, dem Nomophylax von dem Erfolg seines Besuchs bei dem Archon Nachricht zu geben, gänzlich aus dem Sinne gekommen war. Er erinnerte sich dessen nicht eher, als da er um die Dämmerungszeit die Tür seiner Zelle aufgehen hörte und diesen Herrn in eigner Person vor sich stehen sah.

„Ich habe Ihnen nicht viel Tröstliches zu berichten",

rief er ihm entgegen; „wir sind in schlechtern Händen, als ich mir jemals vorgestellt hätte. Der Archon weigerte sich, mein Buch zu lesen, vielleicht weil er überhaupt gar nicht lesen kann –"

„Dafür wollt' ich nicht Bürge sein", sagte Hypsiboas.

„Und er sprach in einem Tone, dessen ich mich zu einem Oberhaupte der Republik nimmermehr versehen hätte."

„Was sagte er denn?"

„Ich danke dem Himmel, daß ich das meiste wieder vergessen habe, was er sagte. Genug, er bestand darauf, daß die Akademie ihr Gutachten geben müßte –"

„Das soll sie wohl bleiben lassen müssen", fiel der Nomophylax ein; „die Gegenfröschler sollen mehr Widerstand finden, als sie sich vermuten werden! Aber damit man uns nicht beschuldigen könne, daß wir gewalttätig zu Werke gehen, ehe wir die gelindern Mittel versucht haben, ist die sämtliche Minorität entschlossen, dem Senat ungesäumt eine schriftliche Vorstellung zu tun, wofern die Latonenpriesterschaft geneigt ist, gemeine Sache mit uns zu machen."

„Von Herzen gern", sagte Stilbon; „ich will die Vorstellung selbst aufsetzen; ich will ihnen dartun –"

„Vorderhand", unterbrach ihn der Nomophylax, „kann es an einem kurzen Promemoria, welches ich bereits, sub spe rati et grati, aufgesetzt habe, genug sein. Wir müssen eine so gelehrte Feder wie die Ihrige auf den letzten Notfall aufsparen."

Der Oberpriester ließ sich zwar berichten, setzte sich aber vor, noch in dieser Nacht an einem kleinen Traktätchen zu arbeiten, worin er sein System über die Latonenfrösche in ein neues Licht setzen und auf eine noch subtilere Art, als es in seinem Werke von den Altertümern des Latonentempels geschehen war, allen Einwendungen zuvorkommen wollte, welche der Philosoph Korax dagegen machen könnte. „Vorgesehene

Pfeile schaden desto weniger", sagte er zu sich selbst. „Ich will die Sache so klar und deutlich hinlegen, daß auch die Einfältigsten überzeugt werden sollen. Es müßte doch wahrlich nicht mit rechten Dingen zugehen, wenn die Wahrheit ihre natürliche Macht über den Verstand der Menschen nur gerade in diesem Falle verloren haben sollte!"

SIEBENTES KAPITEL

Auszüge aus dem Gutachten der Akademie. Ein Wort über die Absichten, welche Korax dabei gehabt, mit einer Apologie, woran Stilbon und Korax gleichviel Anteil nehmen können.

Inzwischen hatte, während aller dieser Bewegungen unter der Minorität des Senats und unter den Latonenpriestern, die Akademie eine Weisung bekommen, ihr Gutachten, „durch was für diensame Mittel der übermäßigen Froschmenge (den Gerechtsamen der Latona unbeschadet) aufs schleunigste gesteuert werden könnte", binnen sieben Tagen an den Senat abzugeben.

Die Akademie ermangelte nicht, sich den nächstfolgenden Morgen zu versammeln. Da die Gegenfröschler zur Zeit den größten Teil derselben ausmachten, so wurde die Ausfertigung des Gutachtens dem Philosophen Korax aufgetragen, jedoch von seiten des Präsidenten mit der ausdrücklichen Erinnerung, daß er sich aufs sorgfältigste hüten möchte, die Akademie in keine bösen Händel mit dem Latonentempel zu verwickeln.

Korax versprach, er wolle alle seine Weisheit aufbieten, die Wahrheit, wo möglich, auf eine unanstößige Art zu sagen: „Denn zum Unmöglichen", setzte er hinzu, „ist, wie meine hochgeehrten Herren wissen, niemand in irgendeinem Falle verbunden."

„Darin haben Sie recht", versetzte der Präsident;

„meine Meinung ging auch bloß dahin, daß Sie sich möglichst in acht nehmen sollten. Denn der Wahrheit darf die Akademie freilich – soviel möglich – nichts vergeben."

„Das ist's, was ich immer sage", erwiderte Korax.

„In was für eine seltsame Lage doch ein ehrlicher Mann kommen kann, sobald er das Unglück hat, ein Abderit zu sein!" sagte Korax zu sich selbst, da er sich anschickte, das Gutachten der Akademie über die Froschsache zu Papier zu bringen. – „In welcher andern Stadt auf dem Erdboden würde man sich's einfallen lassen, einer Akademie der Wissenschaften eine solche Frage vorzulegen? – Und gleichwohl ist's dem Senat noch zum Verdienste anzurechnen, daß er noch so viel Verstand und Mut gehabt hat, die Akademie zu fragen. Es gibt Städte in der Welt, wo man so was nicht auf die Akademie ankommen läßt. Man muß gestehen, daß die Abderiten zuweilen vor lauter Narrheit auf einen guten Einfall stoßen!"

Korax setzte sich also an seinen Schreibtisch und arbeitete mit so viel Lust und Liebe zum Dinge, daß er noch vor Sonnenuntergang mit seinem Gutachten fertig war.

Da wir dem geneigten Leser eine, wo nicht ausführliche, doch hinlängliche Nachricht von dem System des Oberpriesters Stilbon gegeben haben, so erfordert die Unparteilichkeit, als die erste Pflicht eines Geschichtschreibers, daß wir ihm auch von dem Inhalte dieses akademischen Gutachtens wenigstens so viel mitteilen, als zum Verständnis dieser merkwürdigen Geschichte vonnöten zu sein scheint.

„Der hohe Senat", sagte Korax im Eingang seiner Schrift, „setzt in dem der Akademie zugefertigten verehrlichen Ratsschlusse voraus, daß die Froschmenge in Abdera die Volksmenge dermalen in einem unmäßigen Grade übersteige, und überhebt dadurch die Akademie der unangenehmen Arbeit, erst *beweisen* zu müssen,

353

was als eine stadt- und weltkündige Tatsache vor jedermanns Augen liegt.

Es gewinnt demnach das Ansehen, als ob die Akademie bei so bewandter Sache sich bloß über die Mittel zu erklären hätte, wodurch diesem Unwesen am schleunigsten abgeholfen werden könne.

Allein da die Frösche in Abdera, vermöge eines uralten und ehrwürdig gewordnen Instituts und Glaubens unsrer Voreltern, Vorrechte erlangt haben, in deren Besitze sie zu stören vielen bedenklich, manchen sogar unerlaubt scheinen mag, und da es vermöge der Natur der Sache leicht geschehen könnte, daß die einzigen diensamen Mittel, welche die Akademie in dem gegenwärtigen äußersten Notstande des gemeinen Wesens vorzuschlagen hat, jenen wirklichen oder vermeinten Gerechtsamen der abderitischen Frösche Abbruch zu tun scheinen könnten, so wird es ebenso zweckmäßig als unumgänglich sein, eine historisch-pragmatische Beleuchtung der Frage, was es mit unsern besagten Fröschen für eine besondere Bewandtnis habe, vorauszuschicken.

Die Akademie bittet sich also bei diesem theoretischen Teile ihres unmaßgeblichen Gutachtens von allen hoch- und wohlansehnlichen Mitgliedern des hohen Senats um so mehr geneigte Aufmerksamkeit aus, als der glückliche Erfolg dieser ganzen, der Republik so hoch angelegnen Sache lediglich von Berichtigung der Präliminarfrage abhängt: ob und inwiefern die Frösche zu Abdera als wirkliche Frösche anzusehen seien oder nicht."

Diese Berichtigung nimmt in dem Gutachten selbst mehr als zwei Drittel des Ganzen ein. Der schlaue Philosoph, wohl eingedenk dessen, was er dem vorsichtigen Präsidenten versprochen, erwähnt der Verwandlung der milischen Bauern nur im Vorbeigehen und mit aller Ehrerbietung, die man einer alten Volkssage schuldig ist. Er setzt sie, mit Beziehung auf das

Buch des Oberpriesters Stilbon, als eine Sache voraus, die keinem mehrern Zweifel ausgesetzt ist als die Verwandlung des Narcissus in eine Blume, des Cyknus in einen Schwan, der Daphne in einen Lorbeerbaum oder irgendeine andre Verwandlung, die auf einem ebenso festen Grunde beruhet. Wenn es auch nicht unzulässig und unanständig wäre, dergleichen uralte Sagen leugnen zu wollen, so wäre es, meint er, unverständig. Denn da es auf der einen Seite unmöglich sei, ihre Glaubwürdigkeit durch historische Zeugnisse umzustoßen, und auf der andern kein Naturforscher in der Welt imstande sei, ihre absolute Unmöglichkeit zu erweisen, so werde jeder Verständige sich um so lieber enthalten, sie zu bezweifeln, da er doch weiter nichts dagegen sagen könnte als die gemeinen Plattheiten: „es ist unglaublich, es ist wider den Lauf der Natur" und dergleichen Formeln, die auch dem schalsten Kopfe beim ersten Anblick ebensogut einfallen müßten. Er betrachte also die Umgestaltung der milischen Bauern in Frösche als eine auf sich beruhende Sache, behaupte aber, daß ihre Wahrheit bei der vorliegenden Frage vollkommen gleichgültig sei. Denn es werde doch wohl niemand leugnen wollen, daß diese milischen Menschenfrösche schon ein paar tausend Jahre wenigstens tot und abgetan seien. Gesetzt aber auch, daß die abderitischen Frösche ihre Abstammung von denselben genüglich erweisen könnten, so würden sie damit doch weiter nichts erwiesen haben, als daß sie seit undenklichen Zeiten von Vater zu Sohn wahre, echt gebrochne Frösche seien. Denn so wie die mehrbesagten milischen Bauern durch ihre Verwandlung und von dem Augenblick ihrer Einfroschung an aufgehört hätten, Menschen zu sein, so hätten sie auch von diesem Augenblick an nichts andres als ihresgleichen, nämlich leibhafte, natürliche Frösche zeugen können. Mit einem Worte, Frösche seien Frösche, und der Umstand, daß ihre ersten Stammväter vor ihrer Verwandlung milische

Bauern gewesen, verändre ebensowenig an ihrer gegenwärtigen Froschnatur, als wenig ein von zweiunddreißig Ahnen her geborner Bettler für einen Prinzen angesehen werde, wenngleich weislich wäre, daß der erste Bettler seines Stammbaums in gerader Linie von Ninus und Semiramis entsprossen sei. Die Anhänger der entgegenstehenden Meinung schienen dies auch selbst so gut einzusehen, daß sie, um die vorgebliche höhere Natur der abderitischen Frösche zu begründen, ihre Zuflucht zu einer Hypothese nehmen müßten, deren bloße Darstellung alle Widerlegung überflüssig mache.

Der scharfsinnige Leser (und es versteht sich von selbst, daß ein Werk wie dies keine andern Leser haben kann) wird sogleich ohne unser Erinnern bemerkt haben, daß Korax durch diese Einlenkung auf des Oberpriesters Stilbon System von den Keimen kommen wollte, welches er – eh' er es wagen durfte, mit seinem Vorschlage wegen Verminderung der Frösche hervorzurücken – entweder widerlegen oder lächerlich machen mußte.

Da von diesen zwei Wegen der letzte zugleich der bequemste und der Fähigkeit der Hoch- und Wohlweisheiten, mit denen er es zu tun hatte, der angemessenste war, so begnügte sich Korax, das Unbegreifliche dieser Hypothese durch eine komische Berechnung der unendlichen Kleinheit der angeblichen Keime zum Ungereimten zu treiben.

„Wir wollen", sagte er, „um die Aufmerksamkeit des hohen Senats nicht ohne Not mit arithmetischen Subtilitäten zu ermüden, annehmen, der Sohn des größten und dicksten von den froschgewordnen Miliern habe sich in seinem Keimstande zu seinem Vater verhalten wie eins zu hundert Millionen. Wir wollen es bloß um der runden Zahl willen so annehmen, wiewohl ohne große Mühe zu erweisen wäre, daß der größte unter allen Homunculis als Keim wenigstens noch zehnmal kleiner ist, als ich angegeben habe. Nun steckt, nach des Priesters Stilbon Meinung, in diesem Keim, nach gleicher Proportion verkleinert, der Keim des Enkels, im Keim des Enkels der Keim des Urenkels, und so in jedem folgenden Abkömmling bis ins zehntausendste Glied, immer mit jedem Grad hundertmillionenmal kleiner, der Keim des nächstfolgenden, so daß der Keim eines jetzt lebenden abderitischen Frosches, gesetzt, daß er auch nur im vierzigsten Grade von seinem Stammvater, dem milischen Froschmenschen, entfernt wäre, damals, da er sich als Keim in seinem besagten Stammvater befand, um so viele Millionen von Billionen, von Trillionen usw. kleiner als eine Käsemilbe hätte gewesen sein müssen, daß der geschwindeste Schreiber, den der hohe Senat von Abdera in seiner Kanzlei hat, schwerlich in seinem ganzen Leben mit allen den Nullen, die er, um diese Zahl zu bezeichnen, schreiben müßte, fertig werden könnte; und das ganze Gebiet der preiswürdigen Republik (so viel nämlich davon noch nicht in Froschgräben verwandelt ist) schwerlich Raum genug für das Papier oder Pergament hätte, welches diese ungeheure Zahl zu fassen groß genug wäre. Die Akademie überläßt es dem Ermessen des Senats, ob das allerwinzigste aller kleinen Tierchen in der Welt winzig genug sei, um sich von einer solchen unaussprechlich winzigen Kleinheit einen Begriff zu machen, und ob man also anders glauben könne, als daß dem ehrwürdigen Oberpriester etwas Menschliches begegnet sein müsse, da er die Hypothese von den Keimen erfunden, um der vorgeblichen Heiligkeit der abderitischen Frösche eine zwar nicht sehr scheinbare, aber wenigstens doch sehr dunkle und unbegreifliche Unterlage zu geben.

Die Akademie hat mit allem Fleiß die Einbildungskraft der erlauchten Väter des Vaterlandes nicht über die Gebühr anstrengen wollen. Wenn man aber bedenkt, wie kurz das natürliche Leben eines Frosches ist, und daß unsre dermaligen Frösche (nach der Vor-

357

aussetzung) wenigstens im fünfhundertsten Grade von den milischen Bauern abstammen: so verliert sich die Hypothese des sehr ehrwürdigen Oberpriesters in einem solchen Abgrund von Kleinheit, daß es ungereimt und grausam wäre, nur ein Wort weiter davon zu sagen.

Die Natur ist (wie die berühmte Aufschrift zu Sais sagt) alles, was ist, was war und was sein wird, und ihren Schleier hat noch kein Sterblicher aufgedeckt. Die Akademie, von dieser großen Wahrheit tiefer als sonst irgend jemand durchdrungen, ist weit entfernt, sich einiger besondern und genauern Einsicht in Geheimnisse, welche unergründlich bleiben sollen, anzumaßen. Sie glaubt, daß es vergebens sei, von der Entstehungsart der organisierten Wesen mehr wissen zu wollen, als was die Sinne bei einer anhaltenden Aufmerksamkeit davon entdecken. Und wenn sie es ja für erlaubt hält, dem angebornen Triebe des menschlichen Geistes – sich alles begreiflich machen zu wollen – durch Hypothesen nachzuhängen, so findet sie diejenige noch immer die natürlichste, vermöge deren die Keime der organischen Körper durch die geheimen Kräfte der Natur erst alsdann gebildet werden, wenn sie ihrer wirklich vonnöten hat. Dieser Erklärungsart zufolge ist der Keim eines jeden jetzt lebenden quakenden Geschöpfes in allen Sümpfen und Froschgräben von Abdera nicht älter als der Moment seiner Zeugung und hat mit dem individuellen Frosche, der zur Zeit des Trojanischen Krieges quakte und von welchem der jetzt lebende in gerader Linie abstammt, weiter nichts gemein, als daß die Natur beide nach einem gleichförmigen Modell, durch gleichförmige Werkzeuge und zu gleichförmigen Absichten gebildet hat."

Der Philosoph Korax, nachdem er ein langes und breites zu Befestigung dieser Meinung vorgebracht, zieht endlich die Folgerung daraus: daß die abderitischen Frösche ebenso natürliche, gemeine und alltägliche Frösche seien als alle übrigen Frösche in der Welt und daß also die sonderbaren Vorrechte, deren sie sich in Abdera zu erfreuen hätten, nicht auf irgendeiner Vorzüglichkeit ihrer Natur und ihrer vorgeblichen Verwandtschaft mit der menschlichen, sondern bloß auf einem populären Glauben beruheten, welchen man, zu größtem Nachteil des gemeinen Wesens, allzu lange unbestimmt und in einem Dunkel gelassen habe, unter dessen Begünstigung die Einbildungskraft der einen und der Eigennutz der andern freien Spielraum gehabt habe, mit diesen Fröschen eine Art von Unfug zu treiben, wovon man außerhalb Ägypten schwerlich etwas Ähnliches in der Welt finden werde.

„Die Altertümer von Abdera (fährt er fort) liegen ungeachtet alles Lichtes, welches der ehrwürdige und gelehrte Stilbon so reichlich über sie ausgegossen, noch immer – wie die Altertümer aller andern Städte in der Welt – in einem Nebel, dessen Undurchdringlichkeit dem wahrheitsbegierigen Forscher wenig Hoffnung läßt, seine Begierde jemals befriediget zu sehen. Aber wozu hätten wir denn auch vonnöten, mehr davon zu wissen, als wir wirklich wissen? Was es auch mit dem Ursprung des Latonentempels und seines geheiligten Froschgrabens für eine Bewandtnis haben mag, würde etwa, wenn wir diese Bewandtnis wüßten, Latona mehr oder weniger Göttin, ihr Tempel mehr oder weniger Tempel und ihr Froschteich mehr oder weniger Froschteich sein? – Latona soll und muß in ihrem uralten Tempel verehrt, ihr uralter Froschteich soll und muß in gebührenden Ehren gehalten werden. Beides ist Institut unsrer ältesten Vorfahren, ehrwürdig durch das grauste Altertum, befestigt durch die Gewohnheit so vieler Jahrhunderte, unterhalten durch den ununterbrochnen fortgepflanzten allgemeinen Glauben unsers Volkes, geheiligt und unverletzlich gemacht durch die Gesetze unsrer Republik, welche die Bewachung und Beschützung desselben dem ansehnlichsten Kollegium des Staats anvertraut haben. Aber wenn Latona, oder Jupiter um Latonens willen, die milischen Bauern in Frösche verwandelt hat, folgt denn daraus, daß alle Frösche der Latona heilig sind und sich des priesterlichen Vorrechts persönlicher Unverletzlichkeit anzumaßen haben? Und wenn unsre wackern Vorfahren für gut befunden haben, zum ewigen Gedächtnis jenes Wunders im Bezirk des Latonentempels einen kleinen Froschgraben zu unterhalten, folgt denn daraus, daß ganz Abdera in eine Froschlache verwandelt werden muß?

Die Akademie kennt sehr wohl die Achtung, die man gewissen Meinungen und Gefühlen des Volks schuldig ist. Aber dem Aberglauben, in welchen sie immer auszuarten bereit sind, kann doch nur so lange nachgesehen werden, als er die Grenzen der Unschädlichkeit nicht gar zu weit überschreitet. Frösche können in Ehren gehalten werden; aber die Menschen den Fröschen aufzuopfern, ist unbillig. Der Zweck, um dessentwillen die Abderiten, unsre Vorfahren, den geheiligten Froschteich einsetzten, hätte freilich auch durch einen einzigen Frosch erreicht werden können. Doch laß es sein, daß ein ganzer Teich voll gehalten wurde; wenn es nur bei diesem einzigen geblieben wäre! Abdera würde darum nicht weniger blühend, mächtig und glücklich gewesen sein. Bloß der seltsame Wahn, daß man der Frösche und Froschteiche nicht zu viel haben könne, hat uns dahin gebracht, daß uns nun wirklich keine andre Wahl übrigbleibt – als uns entweder dieser überlästigen und allzu fruchtbaren Mitbürger ungesäumt zu entladen oder alle insgesamt mit bloßen Häuptern und Füßen nach dem Latonentempel zu wallen und mit fußfälligem Bitten so lange bei der Göttin anzuhalten, bis sie das alte Wunder an uns erneuert und auch uns, so viel unser sind, in Frösche verwandelt haben wird.

360

Die Akademie müßte sich sehr gröblich an der Weisheit der Häupter und Väter des Vaterlandes versündigen, wenn sie nur einen Augenblick zweifeln wollte, daß das Mittel, welches sie in einer so verzweifelten Lage vorzuschlagen aufgefordert worden – das einzige, welches sie vorzuschlagen imstande ist –, nicht mit beiden Händen ergriffen werden sollte. Dieses Mittel hat alle von dem hohen Senat erforderten Eigenschaften: es ist in unsrer Gewalt; es ist zweckmäßig und von unmittelbarer Wirkung; es ist nicht nur mit keinem Aufwand, sondern sogar mit einer namhaften Ersparnis verbunden, und weder Latona noch ihre Priester können, unter den gehörigen Einschränkungen, etwas dagegen einzuwenden haben."

Und nun rate der geneigte Leser, was für ein Mittel das wohl sein konnte? – Es ist, um ihn nicht lange aufzuhalten, das einfachste Mittel von der Welt. Es ist etwas in Europa von langen Zeiten her bis auf diesen Tag sehr Gewöhnliches, eine Sache, worüber in der ganzen Christenheit sich niemand das mindeste Bedenken macht und wovor gleichwohl, als diese Stelle des Gutachtens im Senat zu Abdera abgelesen wurde, der Hälfte der Ratsherren die Haare zu Berge standen. Mit einem Worte, das Mittel, das die Akademie von Abdera vorschlug, um der überzähligen Frösche mit guter Art los zu werden, war – sie zu essen.

Der Verfasser des Gutachtens beteuerte, daß er auf seinen Reisen zu Athen und Megara, zu Korinth, in Arkadien und an hundert andern Orten Froschkeulen essen gesehen und selbst gegessen habe. Er versicherte, daß es eine sehr gesunde, nahrhafte und wohlschmeckende Speise sei, man möchte sie nun gebacken oder frikassiert oder in kleinen Pastetchen auf die Tafel bringen. Er berechnete, daß auf diese Weise die übermäßige Froschmenge in kurzer Zeit auf eine sehr gemäßigte Zahl gebracht und dem gemeinen und Mittel-

mann, bei dermaligen klemmen Zeiten, keine geringe
Erleichterung durch diese neue Eßware verschafft werden würde. Und wiewohl der daher entstehende Vorteil sich vermöge der Natur der Sache von Tag zu Tag
vermindern müßte, so würde hingegen der Abgang
um so reichlicher ersetzt werden, indem man nach und
nach einige tausend Froschteiche und Gräben austrock-
nen und wieder urbar machen könnte – ein Umstand,
wodurch wenigstens der vierte Teil des zu Abdera gehörigen Grund und Bodens wieder gewonnen werden
und den Einwohnern zu Nutzen gehen würde. Die
Akademie (setzt er hinzu) habe die Sache aus allen
möglichen Gesichtspunkten betrachtet und könne nicht
absehen, wie von seiten der Latona oder ihrer Priester
die mindeste Einwendung dagegen sollte gemacht werden können. Denn was die Göttin selbst betreffe, so
würde sie sich ohne Zweifel durch den bloßen Argwohn, als ob ihr an den Fröschen mehr als an den
Abderiten gelegen sei, sehr beleidiget finden. Von den
Priestern aber sei zu erwarten, daß sie viel zu gute
Bürger und Patrioten seien, um sich einem Vorschlage
zu widersetzen, durch welchen dasjenige, was bisher
das größte Übel und Drangsal des abderitischen gemeinen Wesens gewesen, bloß durch eine geschickte
Wendung in den größten Nutzen desselben verwandelt
würde. Da es aber nicht mehr als billig sei, sie, die
Priester, um des gemeinen Besten willen nicht zu
beeinträchtigen, so hielte die Akademie unmaßgeblich dafür, daß ihnen nicht nur die Unverletzlichkeit
des uralten Froschgrabens am Latonentempel von
neuem zu garantieren, sondern auch die Verordnung
zu machen wäre, daß von dem Augenblick an, da die
abderitischen Froschkeulen für eine erlaubte Eßware
erklärt sein würden, von jedem Hundert derselben
eine Abgabe von einem oder zwei Obolen an den
Latonentempel bezahlt werden müßte – eine Abgabe,
die nach einem sehr mäßigen Überschlag in kurzer Zeit

eine Summe von dreißig- bis vierzigtausend Drachmen
abwerfen und also den Latonentempel wegen aller
andern kleinen Vorteile, die durch die neue Einrichtung aufhörten, reichlich schadlos halten würde.

Endlich beschloß der Philosoph Korax sein Gutachten mit diesen merkwürdigen Worten: „Die Akademie glaube durch diesen ebenso notgedrungenen als
gemeinnützigen Vorschlag ihrer Schuldigkeit genug getan zu haben. Sie sei nun wegen des Erfolgs ganz
ruhig, indem sie dabei nicht mehr betroffen sei als alle
übrigen Bürger von Abdera. Aber da sie überzeugt sei,
daß nur ganz erklärte Batrachosebisten fähig sein
könnten, sich einer so unumgänglichen Reformation
entgegenzusetzen, so hoffe sie, die preiswürdigen Väter
des Vaterlandes würden nicht zugeben, daß eine so
lächerliche Sekte die Oberhand gewinnen und vor den
Augen aller Griechen und Barbaren den abderitischen
Namen mit einem Schandflecken beschmitzen sollte,
den keine Zeit wieder ausbeizen würde."

Es ist schwer, von den Absichten eines Menschen aus
seinen Handlungen zu urteilen, und hart, schlimme
Absichten zu argwohnen, bloß weil eine Handlung
ebenso leicht aus einem bösen als guten Beweggrunde
hergeflossen sein konnte; aber einen jeden, dessen Vorstellungsart nicht die unsrige ist, bloß darum für einen
schlimmen Mann zu halten, ist ungerecht und unvernünftig. Wiewohl wir also nicht mit Gewißheit sagen
können, wie rein die Absichten des Philosophen Korax
bei Abfassung dieses Gutachtens gewesen sein mochten, so können wir doch nicht umhin, zu glauben, daß
der Priester Stilbon in seiner Leidenschaft zu weit gegangen sei, da er besagten Korax dieses Gutachtens
wegen für einen offenbaren Feind der Götter und der
Menschen erklärte und ihn einer augenscheinlichen Absicht, alle Religion über den Haufen zu werfen, beschuldigte. So überzeugt auch immer der Hohepriester
Stilbon von seiner Meinung sein mochte, so ist doch,

bei der großen und unwillkürlichen Verschiedenheit der Vorstellungsarten unter den armen Sterblichen, nicht unmöglich, daß Korax von der Wahrheit der seinigen ebenso aufrichtig überzeugt war, daß er die abderitischen Frösche im Innersten seines Herzens für nichts mehr als bloße natürliche Frösche hielt und durch seinen Vorschlag seinem Vaterlande wirklich einen wichtigen Dienst zu leisten glaubte. Indessen bescheidet sich Schreiber dieses ganz gern, daß es für uns jetzt Lebende, und in Betrachtung, daß die allgemein in Europa angenommenen Grundsätze den Fröschen wenig günstig sind, eine äußerst zarte Sache ist, über diesen Punkt ein vollkommen unparteiisches Urteil zu fällen.

Wie es also auch um die Moralität der Absichten des Philosophen Korax stehen mochte, so viel ist wenigstens gewiß, daß er ebensowenig ohne Leidenschaften war als der Oberpriester und daß er sich die Vermehrung seiner Anhänger viel zu eifrig angelegen sein ließ, um nicht den Verdacht zu erwecken, die Eitelkeit, das Haupt einer Partei zu sein, die Begierde, über Stilbon den Sieg davonzutragen, und der stolze Gedanke, in den Annalen von Abdera dereinst Figur zu machen, habe wenigstens ebensoviel zu seiner großen Tätigkeit in dieser Froschsache beigetragen als seine Tugend. Aber daß er alles, was er getan, aus bloßer Näscherei getan habe, halten wir für eine Verleumdung schwachköpfiger und leidenschaftlicher Leute, woran es bekanntermaßen bei solchen Gelegenheiten (zumal in kleinen Republiken) nie zu fehlen pflegt.

Korax hatte solche Maßregeln genommen, daß sein Gutachten bei der zweiten Zusammenkunft der Akademie einhellig genehmigt wurde. Denn der Präsident und drei oder vier Ehrenmitglieder, die sich nicht bloßgeben wollten, hatten tags zuvor eine Reise aufs Land getan.

ACHTES KAPITEL

Das Gutachten wird bei Rat verlesen und nach verschiedenen heftigen
Debatten einhellig beschlossen, **daß** es den Latonenpriestern kommuniziert werden sollte.

Das Gutachten wurde in der vorgeschriebnen Zeit
dem Archon eingehändigt und bei der nächsten Sitzung
des Senats von dem Stadtschreiber Pyrops, einem erklärten Gegenfröschler, aus voller Brust und mit ungewöhnlich scharfer Beobachtung aller Kommas und
übrigen Unterscheidungszeichen abgelesen.

Die Minorität hatte zwar indessen bei dem Archon
große Bewegungen gemacht, um ihn dahin zu bringen,
die Vollziehung des Ratsschlusses aufzuschieben und
es in einer außerordentlichen Ratsversammlung noch
einmal auf die Mehrheit ankommen zu lassen, ob die
Sache nicht, mit Vorbeigehung der Akademie, den
Zehnmännern übergeben werden sollte; Onokradias
hatte auch diesen Antrag auf Bedenkzeit angenommen,
aber ungeachtet des täglichen Anhaltens der Gegenpartei seine Antwort um so mehr aufgeschoben, da er
versichert worden war, daß das Gutachten bis zum
nächsten gewöhnlichen Ratstage fertig sein sollte.

Der Nomophylax Hypsiboas und seine Anhänger
fanden sich also nicht wenig beleidigt, als nach Be-
endigung der Geschäfte des Tages der Archon ein großes Heft unter seinem Mantel hervorzog und dem
Senat berichtete, daß es das Gutachten sei, welches
vermöge des letzten Ratsschlusses der Akademie in der
bekannten leidigen Froschsache aufgetragen worden.
Sie standen alle auf einmal mit Ungestüm auf, be-
schuldigten den Archon, hinterlistig zu Werke gegangen zu sein, und erklärten sich, daß sie die Ver-
lesung des Gutachtens nimmermehr zugeben würden.

Onokradias, der unter andern kleinen Naturfehlern
auch diesen hatte, immer hitzig zu sein, wo er kalt,
und kalt, wo er hitzig sein sollte, war im Begriff, eine

365

sehr hitzige Antwort zu geben, wenn ihn der Ratsherr
Meidias nicht gebeten hätte, ruhig zu sein und die
Herren schreien zu lassen. „Wenn sie alles gesagt haben
werden", flüsterte er ihm zu, „so werden sie nichts
mehr zu sagen haben, und dann müssen sie wohl von
selbst aufhören."

Dies war auch, was geschah. Die Herren lärmten,
krähten und fochten mit den Händen, bis sie es müde
waren; und da sie endlich merkten, daß ihnen niemand
zuhörte, setzten sie sich brummend wieder hin, wisch-
ten den Schweiß von der Stirn, und – das Gutachten
wurde verlesen.

Wir kennen die Art der Abderiten, so schnell, wie
man die Hand umdreht, vom Tragischen zum Komischen überzugehen und über der kleinsten Gelegenheit
zum Lachen die ernsthafte Seite eines Dinges gänzlich
aus den Augen zu verlieren. Kaum war der dritte Teil
des Gutachtens gelesen, so zeigte sich schon die Wirkung dieser jovialischen Laune sogar bei denjenigen,
die kurz zuvor so laut dagegen geschrien hatten. „Das
nenn' ich doch beweisen", sagte einer der Ratsherren
zu seinem Nachbar, während Pyrops innehielt, um,
nach damaliger Gewohnheit, eine Prise Nieswurz zu
nehmen. – „Man muß gestehen", sagte ein andrer,
„das Ding ist meisterhaft geschrieben." – „Ich will
gern sehen", sagte ein dritter, „was man gegen den
Beweis, daß Frösche am Ende doch nur Frösche sind,
wird einwenden können?" – „Ich habe schon lange so
was gemerkt", sagte ein vierter mit einer schlauen
Miene; „aber es ist doch angenehm, wenn man sieht,
daß gelehrte Leute mit uns einer Meinung sind."

„Nur weiter, Herr Stadtschreiber!" sagte Meidias,
„denn das Beste muß noch erst kommen."

Pyrops las fort. Die Ratsherren lachten, daß sie die
Bäuche halten mußten, über die Berechnung der Kleinheit der Keime des Priesters Stilbon, wurden aber auf
einmal wieder ernsthaft, da die traurige Alternative

366

vorkam, und sie sich vorstellten, was für ein Jammer das wäre, wenn sie in corpore, mit dem regierenden Archon an der Spitze, nach dem Latonentempel ziehen und sich's noch zur besondern Gnade anrechnen lassen müßten, in Frösche verwandelt zu werden. Sie reckten die dicken Hälse und schnappten nach Odem bei dem bloßen Gedanken, wie ihnen bei einer solchen Katastrophe zumute sein würde, und waren von Herzen geneigt, jedes Mittel gut zu heißen, wodurch ein solches Unglück verhütet werden könnte.

Aber als das Geheimnis nun heraus war, als sie hörten, daß die Akademie kein andres Mittel vorzuschlagen hätte, als die Frösche, deren sie einen Augenblick zuvor um jeden Preis loszuwerden gewünscht hatten, zu essen: – welche Zunge vermöchte das Gemisch von Erstaunen, Entsetzen und Verdruß über fehlgeschlagne Erwartung zu beschreiben, das sich auf einmal in den verzerrten Gesichtern der alten Ratsherren malte, welche beinahe die Hälfte des Senats ausmachten? Die Leute sahen nicht anders aus, als ob man ihnen zugemutet hätte, ihre eignen leiblichen Kinder in kleine Pastetchen hacken zu lassen. Auf einmal von der unbegreiflichen Macht des Vorurteils überwältigt, fuhren sie alle mit Entsetzen auf und erklärten, daß sie nichts weiter hören wollten und daß sie sich einer solchen Gottlosigkeit zu der Akademie nimmermehr versehen hätten.

„Sie hören aber ja, daß es nur gemeine, natürliche Frösche sind, die wir essen sollen", rief der Ratsherr Meidias. „Essen wir doch Pfauen und Tauben und Gänse, ungeachtet jene der Juno und Venus und diese dem Priapus selbst heilig sind. Bekommt uns denn etwa das Rindfleisch schlechter, weil Jupiter sich selbst in einen Stier und die Prinzessin Jo in eine Kuh verwandelte? Oder machen wir uns das mindeste Bedenken, alle Arten von Fischen zu essen, wiewohl sie unter dem Schutz aller Wassergötter stehen?"

„Aber die Rede ist weder von Gänsen noch Fischen, sondern von Fröschen", schrien die alten Ratsherren und Zunftmeister; „das ist ganz was andres! Gerechte Götter! die Frösche der Latona zu essen! Wie kann ein Mensch von gesundem Kopfe sich so etwas nur zu Sinne kommen lassen?"

„So fassen Sie sich doch, meine Herren", schrie ihnen der Ratsherr Stentor entgegen. „Sie werden doch nicht solche Batrachosebisten sein wollen –"

„Lieber Batrachosebisten als Batrachophagen", rief der Nomophylax, der diesen glücklichen Augenblick nicht entwischen lassen wollte, sich zum Haupt einer Partei aufzuwerfen, auf deren Schultern er sich in kurzem zum Archontat erhoben zu sehen hoffte.

„Lieber alles in der Welt als Batrachophagen", schrien die Ratsherren von der Minorität und ein paar graubärtige Zunftmeister, die sich zu ihnen schlugen.

„Meine Herren", sagte der Archon Onokradias – indem er mit einiger Hitze von seinem elfenbeinernen Stuhl auffuhr, da die Batrachosebisten so laut zu schreien anfingen, daß ihm um sein Gehör bang wurde – „ein Vorschlag der Akademie ist noch kein Ratsschluß. Setzen Sie sich und hören Sie Vernunft an, wenn Sie können! Ich will nicht hoffen, daß hier jemand ist, der sich einbildet, daß mir so viel daran gelegen sei, Frösche zu essen. Auch werd' ich noch wohl Rat zu schaffen wissen, daß sie mich nicht fressen sollen. Aber die Akademie, die aus den gelehrtesten Leuten in Abdera besteht, muß doch wohl wissen, was sie sagt –"

(„Nicht immer", murmelte Meidias zwischen den Zähnen.)

„Und da das gemeine Beste allem vorgeht und nicht billig ist, daß die Frösche den Menschen – daß die Menschen, sage ich, den Fröschen aufgeopfert werden, wie die Akademie sehr wohl erwiesen hat, so ist meine Meinung – daß das Gutachten ohne weiteres –

368

der ehrwürdigen Latonenpriesterschaft kommuniziert werde. Können Sie einen bessern Vorschlag tun, so will ich der erste sein, der ihn unterstützen hilft. Denn ich habe für meine Person nichts gegen die Frösche, insofern sie keinen Schaden tun."

Da der Antrag des Archons nichts andres war, als worauf beide Parteien ohnehin hätten antragen müssen, so wurde die Kommunikation des Gutachtens zwar einhellig beliebt, aber die Ruhe im Senat wurde dadurch nicht hergestellt; und von dieser Stunde an fand sich die arme Stadt Abdera wieder, unter andern Namen, in Esel und Schatten geteilt.

NEUNTES KAPITEL

Der Oberpriester Stilbon schreibt ein sehr dickes Buch gegen die Akademie. Es wird von niemand gelesen; im übrigen aber bleibt vorderhand alles beim alten.

Jedermann bildete sich ein, daß der Oberpriester über das Gutachten der Akademie Feuer und Flammen sprühen werde, und man war nicht wenig verwundert, da er dem Anschein nach so gelassen dabei blieb, als ob ihn die Sache gar nichts anginge.

„Was für armselige Köpfe", sagte er, den seinigen schüttelnd, indem er das Gutachten mit flüchtigem Blick überlief; „und gleichwohl sollte man denken, sie müßten mein Buch von den Altertümern gelesen haben, worin alles so augenscheinlich dargelegt ist. Es ist unbegreiflich, wie man mit fünf gesunden Sinnen so dumm sein kann! Aber ich will ihnen noch wohl das Verständnis öffnen. Ich will ein Buch schreiben – ein Buch, das mir alle Akademien der Welt widerlegen sollen, wenn sie können!"

Und Stilbon, der Oberpriester, setzte sich hin und schrieb ein Buch dreimal so dick als das erste, das der

369

Archon Onokradias nicht lesen wollte, und bewies darin: daß der Verfasser des Gutachtens keinen Menschenverstand habe, daß er ein Unwissender sei, der nicht einmal gelernt habe, daß nichts groß und nichts klein in der Natur sei, nicht wisse, daß die Materie ins Unendliche geteilt werden könne und daß die unendliche Kleinheit der Keime (wenn man sie auch noch unendlich kleiner annehme, als Korax in seiner ganz lächerlich übertriebnen Berechnung getan habe) gegen ihre Möglichkeit nicht ein Minimum beweise. Er unterstützte die Gründe seines Systems von den abderitischen Fröschen mit neuen Gründen und beantwortete mit großer Genauigkeit und Weitläuftigkeit alle möglichen Einwürfe, die er sich selbst dagegen machte. Seine Einbildung und seine Galle erhitzten sich unterm Schreiben unvermerkt so sehr, daß er sich sehr bittere Ausfälle gegen seine Gegner erlaubte, sie eines vorsätzlichen und verstockten Hasses gegen die Wahrheit anklagte und ziemlich deutlich zu verstehen gab, daß solche Menschen in einem wohlpolizierten Staate gar nicht geduldet werden sollten.

Der Senat von Abdera erschrak, da der Archon nach etlichen Monaten (denn eher hatte Stilbon, wiewohl er Tag und Nacht schrieb, nicht mit seinem Buche fertig werden können) die Gegenschrift des Oberpriesters vor Rat brachte, die so voluminös war, daß er sie, um die Sache kurzweiliger zu machen, durch zwei von den breitschultrigsten Sackträgern von Abdera auf einer Trage hereinschleppen und auf den großen Ratstisch legen ließ. Die Herren fanden, daß es keine Möglichkeit sei, ein so weitläuftiges Werk verlesen zu lassen. Es wurde also durch die Mehrheit der Stimmen beschlossen, es geradeswegs dem Philosophen Korax zuzuschicken, mit dem Auftrage, dasjenige, was er etwa dagegen zu erinnern hätte, schriftlich und sobald als möglich an den regierenden Archon gelangen zu lassen.

Korax stand eben mitten unter einem Haufen naseweiser abderitischer Jünglinge in der Vorhalle seines Hauses, als die Sackträger mit ihrer gelehrten Ladung bei ihm anlangten. Als er nun von dem mitkommenden Ratsboten vernommen hatte, worum es zu tun sei, entstand ein so unmäßiges Gelächter unter der gegenwärtigen Versammlung, daß man es über drei oder vier Gassen bis in die Ratsstube hören konnte. „Der Priester Stilbon hat einen schlauen Genius", sagte Korax; „er hat gerade das unfehlbarste Mittel ergriffen, um nicht widerlegt zu werden. Aber er soll sich doch betrogen finden! Wir wollen ihm zeigen, daß man ein Buch widerlegen kann, ohne es gelesen zu haben."

„Wo sollen wir denn abladen?" fragten die Sackträger, die schon eine gute Weile mit ihrer Trage dagestanden hatten und von allen den scherzhaften Einfällen der gelehrten Herren nichts verstanden.

„In meinem Häuschen ist kein Platz für ein so großes Buch", sagte Korax.

„Wissen Sie was", fiel einer von den jungen Philosophen ein, „weil das Buch doch geschrieben ist, um *nicht* gelesen zu werden, so stiften Sie es auf die Ratsbibliothek. Dort liegt es sicher und wird unter dem Schutz einer Kruste von fingerdickem Staub ungelesen und wohlbehalten auf die späte Nachwelt kommen."

„Der Einfall ist trefflich", sagte Korax. „Gute Freunde", fuhr er fort, sich an die Sackträger wendend, „hier sind zwei Drachmen für eure Mühe; tragt eure Ladung auf die Ratsbibliothek und bekümmert euch weiter um nichts; ich nehme die ganze Sache auf meine Verantwortung."

Die Träger zogen also, unter Begleitung einer Menge von Gassenjungen, nach der Ratsbibliothek; und einer von den jungen Herren eilte, die ganze Geschichte in ein Lied zu bringen, das in der nächsten Nacht schon in allen Straßen von Abdera gesungen wurde.

Stilbon, dem das Schicksal eines Buches, das ihm so

viele Zeit und Mühe gekostet hatte, nicht lange verborgen bleiben konnte, wußte vor Erstaunen und Ingrimm weder was er denken noch tun sollte. „Große Latona", rief er ein Mal übers andre aus, „in was für Zeiten leben wir! Was ist mit Leuten anzufangen, die nicht hören wollen! – Aber sei es darum! Ich habe das Meinige getan. Wollen sie nicht hören, so mögen sie's bleiben lassen! Ich setze keine Feder mehr an, rühre keinen Finger mehr für ein so undankbares, ungeschliffnes und unverständiges Volk."

So dachte er im ersten Unmut; aber der gute Priester betrog sich selbst durch diese anscheinende Gelassenheit. Seine Eigenliebe war zu sehr beleidigt, um so ruhig zu bleiben. Je mehr er der Sache nachdachte (und er konnte die ganze Nacht an nichts andres denken), je stärker fühlte er sich überzeugt, daß es ihm nicht erlaubt sei, bei einer so lauten Aufforderung für die gute Sache still zu sitzen.

Der Nomophylax und die übrigen Feinde des Archons Onokradias ermangelten nicht, seinen Eifer durch ihre Aufhetzungen vollends zu entflammen. Man hielt fast täglich Zusammenkünfte, um sich über die Maßregeln zu beratschlagen, welche man zu nehmen hätte, um dem einreißenden Strom der Unordnung und Ruchlosigkeit (wie es Stilbon nannte) Einhalt zu tun.

Aber die Zeiten hatten sich wirklich sehr geändert. Stilbon war kein Strobylus. Das Volk kannte ihn wenig, und er hatte keine von den Gaben, wodurch sich sein besagter Vorgänger mit unendlichemal weniger Gelehrsamkeit so wichtig in Abdera gemacht hatte. Beinahe alle jungen Leute beiderlei Geschlechts waren von den Grundsätzen des Philosophen Korax angesteckt. Der größere Teil der Ratsherren und angesehenen Bürger neigte sich ohne Grundsätze auf die Seite, wo es am meisten zu lachen gab. Und sogar unter dem gemeinen Volke hatten die Gassenlieder, womit einige Versifexe von Koraxens Anhang die Stadt anfüllten, so gute Wirkung getan, daß man sich vorderhand wenig Hoffnung machen konnte, den Pöbel so leicht als ehemals in Aufruhr zu setzen. Aber was noch das Allerschlimmste war, man hatte Ursache, zu glauben, es gebe unter den Priestern selbst einen und den andern, der insgeheim mit den Gegenfröschlern in Verbindung stehe. Es war in der Tat mehr als bloßer Argwohn, daß der Priester Pamphagus mit einem Anschlag schwanger gehe, sich die gegenwärtigen Umstände zunutze zu machen und den ehrlichen Stilbon von einer Stelle zu verdrängen, welcher er (wie Pamphagus unter der Hand zu verstehen gab) wegen seiner gänzlichen Unerfahrenheit in Geschäften in einer so bedenklichen Krisis auf keine Weise gewachsen sei.

Bei allem dem machten gleichwohl die Batrachosebisten eine ansehnliche Partei aus, und Hypsiboas hatte Geschicklichkeit genug, sie immer in einer Bewegung zu erhalten, welche mehr als einmal gefährliche Ausbrüche hätte nehmen können, wenn die Gegenpartei – zufrieden mit ihren erhaltenen Siegen und ungeneigt, das Übergewicht, in dessen Besitz sie war, in Gefahr zu setzen – nicht so untätig geblieben und alles, was zu ungewöhnlichen Bewegungen Anlaß geben könnte, sorgfältig vermieden hätte. Denn wiewohl sie sich des Namens der Batrachophagen eben nicht zu weigern schienen und die Frösche der Latona den gewöhnlichen Stoff zu lustigen Einfällen in ihren Gesellschaften hergaben, so ließen sie es doch nach echter abderitischer Weise dabei bewenden, und die Frösche blieben trotz dem Gutachten der Akademie und den Scherzen des Philosophen Korax noch immer ungestört und ungegessen im Besitz der Stadt und Landschaft Abdera.

ZEHNTES KAPITEL

Seltsame Entwicklung dieses ganzen tragikomischen Possenspiels.

Aller Wahrscheinlichkeit nach würden die Frösche der Latona dieser Sicherheit noch lange genossen haben, wenn nicht zufälligerweise im nächsten Sommer eine unendliche Menge Mäuse und Ratten von allen Farben auf einmal die Felder der unglücklichen Republik überschwemmt und dadurch die ganz unschuldige und ungefähre Weissagung des Archons Onokradias unvermutet in Erfüllung gebracht hätte.

Von Fröschen und Mäusen zugleich aufgefressen zu werden, war für die armen Abderiten zu viel auf einmal. Die Sache wurde ernsthaft.

Die Gegenfröschler drangen nun ohne weiters auf die Notwendigkeit, den Vorschlag der Akademie unverzüglich ins Werk zu setzen.

Die Batrachosebisten schrien: die gelben, grünen, blauen, roten und flohfarbnen Mäuse, die in wenig Tagen die greulichste Verwüstung auf den abderitischen Feldern angerichtet hätten, seien eine sichtbare Strafe der Gottlosigkeit der Batrachophagen und augenscheinlich von Latonen unmittelbar abgeschickt, die Stadt, die sich des Schutzes der Göttin unwürdig gemacht habe, gänzlich zu verderben.

Vergebens bewies die Akademie, daß gelbe, grüne und flohfarbne Mäuse darum nicht mehr Mäuse seien als andre; daß es mit diesen Mäusen und Ratten ganz natürlich zugehe; daß man in den Jahrbüchern aller Völker ähnliche Beispiele finde und daß es nunmehr, da besagte Mäuse entschlossen schienen, den Abderiten ohnehin nichts andres zu essen übrigzulassen, um so nötiger sei, sich des Schadens, welchen beiderlei gemeine Feinde der Republik verursachten, wenigstens an der eßbaren Hälfte derselben, nämlich an den Fröschen, zu erholen.

Vergebens schlug sich der Priester Pamphagus ins

Mittel, indem er den Vorschlag tat, die Frösche künftig zu ordentlichen Opfertieren zu machen und, nachdem der Kopf und die Eingeweide der Göttin geopfert worden, die Keulen als Opferfleisch zu ihren Ehren zu verzehren.

Das Volk, bestürzt über eine Landplage, die es sich nicht anders als unter dem Bilde eines Strafgerichts der erzürnten Götter denken konnte, und von den Häuptern der Froschpartei empört, lief in Rotten vor das Rathaus und drohte, kein Gebein von den Herren übrig zu lassen, wenn sie nicht auf der Stelle ein Mittel fänden, die Stadt vom Verderben zu erretten.

Guter Rat war noch nie so teuer auf dem Rathause zu Abdera gewesen als jetzt. Die Ratsherren schwitzten Angstschweiß. Sie schlugen vor ihre Stirne; aber es hallte hohl zurück. Je mehr sie sich besannen, je weniger konnten sie finden, was zu tun wäre. Das Volk wollte sich nicht abweisen lassen und schwor, Fröschlern und Gegenfröschlern die Hälse zu brechen, wenn sie nicht Rat schafften.

Endlich fuhr der Archon Onokradias auf einmal wie begeistert von seinem Stuhl auf. – „Folgen Sie mir!" sagte er zu den Ratsherren und ging mit großen Schritten auf die marmorne Tribüne hinaus, die zu öffentlichen Anreden an das Volk bestimmt war. Seine Augen funkelten von einem ungewöhnlichen Glanz; er schien eines Hauptes länger als sonst, und seine ganze Gestalt hatte etwas Majestätischeres, als man jemals an einem Abderiten gesehen hatte. Die Ratsherren folgten ihm stillschweigend und erwartungsvoll.

„Höret mich, ihr Männer von Abdera!" sagte Onokradias mit einer Stimme, die nicht die seinige war; „Jason, mein großer Stammvater, ist vom Sitz der Götter herabgestiegen und gibt mir in diesem Augenblicke das Mittel ein, wodurch wir uns alle retten können. Gehet, jeder nach seinem Hause, packet alle

375

eure Gerätschaften und Habseligkeiten zusammen, und morgen bei Sonnenaufgang stellet euch mit Weibern und Kindern, Pferden und Eseln, Rindern und Schafen, kurz, mit Sack und Pack vor dem Jasontempel ein. Von da wollen wir, mit dem goldnen Vliese an unsrer Spitze, ausziehen, diesen von den Göttern verachteten Mauern den Rücken wenden und in den weiten Ebenen des fruchtbaren Makedoniens einen andern Wohnort suchen, bis der Zorn der Götter sich gelegt haben und uns oder unsern Kindern wieder vergönnt sein wird, unter glücklichen Vorbedeutungen in das schöne Abdera zurückzukehren. Die verderblichen Mäuse, wenn sie nichts mehr zu zehren finden, werden sich untereinander selbst auffressen, und was die Frösche betrifft – denen mag Latona gnädig sein! – Geht, meine Kinder, und macht euch fertig! Morgen mit Aufgang der Sonne werden alle unsre Drangsale ein Ende haben."

Das ganze Volk jauchzte dem begeisterten Archon Beifall zu, und in einem Augenblick atmete wieder nur eine Seele in allen Abderiten. Ihre leicht bewegliche Einbildungskraft stand auf einmal in voller Flamme. Neue Aussichten, neue Szenen von Glück und Freuden tanzten vor ihrer Stirne. Die weiten Ebenen des glücklichen Makedoniens lagen wie fruchtbare Paradiese vor ihren Augen ausgebreitet. Sie atmeten schon die mildern Lüfte und sehnten sich mit unbeschreiblicher Ungeduld aus dem dicken, froschsumpfigen Dunstkreise ihrer ekelhaften Vaterstadt heraus. Alles eilte, sich zu einem Auszug zu rüsten, von welchem wenige Augenblicke zuvor kein Mensch sich hatte träumen lassen.

Am folgenden Morgen war das ganze Volk von Abdera reisefertig. Alles, was sie von ihren Habseligkeiten nicht mitnehmen konnten, ließen sie ohne Bedauern in ihren Häusern zurück; so ungeduldig waren sie, an einen Ort zu ziehen, wo sie weder von Fröschen noch Mäusen mehr geplagt werden würden.

Am vierten Morgen ihrer Auswanderung begegnete ihnen der König Kassander. Man hörte das Getöse ihres Zugs von weitem, und der Staub, den sie erregten, verfinsterte das Tageslicht. Kassander befahl den Seinigen haltzumachen und schickte jemand aus, sich zu erkundigen, was es wäre.

„Gnädigster Herr", sagte der zurückkommende Abgeschickte, „es sind die Abderiten, die vor Fröschen und Mäusen nicht mehr in Abdera zu bleiben wußten und einen andern Wohnplatz suchen."

„Wenn's dies ist, so sind's gewiß die Abderiten", sagte Kassander.

Indem erschien Onokradias an der Spitze einer Deputation von Ratsmännern und Bürgern, dem König ihr Anliegen vorzutragen.

Die Sache kam Kassandern und seinen Höflingen so lustig vor, daß sie sich mit aller ihrer Höflichkeit nicht enthalten konnten, den Abderiten überlaut ins Gesicht zu lachen; und die Abderiten, wie sie den ganzen Hof lachen sahen, hielten es für ihre Schuldigkeit mitzulachen.

Kassander versprach ihnen seinen Schutz und wies ihnen einen Ort an den Grenzen von Makedonien an, wo sie sich so lange aufhalten könnten, bis sie Mittel gefunden haben würden, mit den Fröschen und Mäusen ihres Vaterlandes einen billigen Vergleich zu treffen.

Von dieser Zeit an weiß man wenig mehr als nichts von den Abderiten und ihren Begebenheiten. Doch ist so viel gewiß, daß sie einige Jahre nach dieser seltsamen Auswanderung (deren historische Gewißheit durch das Zeugnis des von Justinus in einen Auszug gebrachten Geschichtsschreibers Trogus Pompejus B. 15, K. 2, außer allem Zweifel gesetzt wird) wieder nach Abdera zurückzogen. Allem Vermuten nach müssen sie die Ratten in ihren Köpfen, die sonst immer mehr Spuk darin gemacht hatten als alle Ratten und Frösche

377

in ihrer Stadt und Landschaft, in Makedonien zurückgelassen haben. Denn von dieser Epoche an sagt die Geschichte weiter nichts von ihnen, als daß sie unter dem Schutze der makedonischen Könige und der Römer verschiedene Jahrhunderte durch ein stilles und geruhiges Leben geführt und, da sie weder witziger noch dümmer gewesen als andre Munizipalen ihresgleichen, den Geschichtsschreibern keine Gelegenheit gegeben, weder Böses noch Gutes von ihnen zu sagen.

Um übrigens unsern geneigten Lesern eine vollkommene Probe unsrer Aufrichtigkeit zu geben, wollen wir ihnen unverhalten lassen, daß – wofern der ältere Plinius und sein aufgestellter Gewährsmann Varro hierin Glauben verdienten – Abdera nicht die einzige Stadt in der Welt gewesen wäre, die von so unansehnlichen Feinden, als Frösche und Mäuse sind, ihren natürlichen Einwohnern abgejagt wurde. Denn Varro soll nicht nur einer Stadt in Spanien erwähnen, die von Kaninchen, und einer andern, die von Maulwürfen zerstört worden, sondern auch einer Stadt in Gallien, deren Einwohner wie die Abderiten den Fröschen hätten weichen müssen. Allein da Plinius weder die Stadt, welcher dies Unglück begegnet sein soll, mit Namen nennt, noch ausdrücklich sagt, aus welchem von den unzähligen Werken des gelehrten Varro er diese Anekdote genommen habe, so glauben wir der Ehrerbietung, die man diesem großen Manne schuldig ist, nicht zu nahe zu treten, wenn wir vermuten, daß sein Gedächtnis (auf dessen Treue er sich nicht selten zu viel verließ) ihm für Thrakien Gallien untergeschoben habe und daß die Stadt, von welcher beim Varro die Rede war, keine andre gewesen als unser Abdera selbst.

Und hiermit sei denn der Gipfel auf das Denkmal gesetzt, welches wir dieser einst so berühmten und nun schon so viele Jahrhunderte lang wieder vergessenen Republik zu errichten ohne Zweifel von einem für

378

ihren Ruhm sorgenden Dämon angetrieben worden, nicht ohne Hoffnung, daß es, ungeachtet es aus so leichten Materialien, als die seltsamen Launen und jovialischen Narrheiten der Abderiten, zusammengesetzt ist, so lange dauern werde, bis unsre Nation den glücklichen Zeitpunkt erreicht haben wird, wo diese Geschichte niemand mehr angehen, niemand mehr unterhalten, niemand mehr verdrießlich und niemand mehr aufgeräumt machen wird; mit einem Worte, wo die Abderiten niemand mehr ähnlich sehen und also ihre Begebenheiten ebenso unverständlich sein werden, als uns Geschichten aus einem anderen Planeten sein würden – ein Zeitpunkt, der nicht mehr weit entfernt sein kann, wenn die Knaben der ersten Generation des neunzehnten Jahrhunderts nur um ebensoviel weiser sein werden, als die Knaben im letzten Viertel des achtzehnten sich weiser als die Männer des vorhergehenden dünken – oder wenn alle die Erziehungsbücher, womit wir seit zwanzig Jahren so reichlich beschenkt worden sind und täglich noch beschenkt werden, nur den zwanzigsten Teil der herrlichen Wirkungen tun, die uns die wohlmeinenden Verfasser hoffen lassen.

DER SCHLÜSSEL
ZUR ABDERITENGESCHICHTE

Als die Homerischen Gedichte unter den Griechen bekannt worden waren, hatte das Volk – das in vielen Dingen mit seinem schlichten Menschenverstande richtiger zu sehen pflegt als die Herren mit bewaffneten Augen – gerade Verstand genug, um zu sehen, daß in diesen großen heroischen Fabeln, ungeachtet des Wunderbaren, Abenteuerlichen und Unglaublichen, womit sie reichlich durchwebt sind, mehr Weisheit und Unterricht fürs praktische Leben liege als in allen milesischen Ammenmärchen; und wir sehen aus Horazens Brief an Lollius und aus dem Gebrauch, welchen Plutarch von jenen Gedichten macht und zu machen lehrt, daß noch viele Jahrhunderte nach Homer die verständigsten Weltleute unter Griechen und Römern der Meinung waren, daß man, was recht und nützlich, was unrecht und schädlich sei und wieviel ein Mann durch Tugend und Weisheit vermöge, so gut und noch besser aus Homers Fabeln lernen könne als aus den subtilsten und beredtesten Sittenlehrern. Man überließ es alten Kindsköpfen (denn die jungen belehrte man eines Bessern), an dem bloßen materiellen Teil der Dichtung kleben zu bleiben; verständige Leute fühlten und erkannten den Geist, der in diesem Leibe webte, und ließen sich's nicht einfallen, scheiden zu wollen, was die Muse untrennbar zusammengefügt hatte, das Wahre unter der Hülle des Wunderbaren und das Nützliche, durch eine Mischungskunst, die nicht allen geoffenbart ist, vereinbart mit dem Schönen und Angenehmen.

Wie es bei allen menschlichen Dingen geht, so ging es auch hier. Nicht zufrieden, in Homers Gedichten warnende oder aufmunternde Beispiele, einen lehrreichen Spiegel des menschlichen Lebens in seinen mancherlei Ständen, Verhältnissen und Szenen zu finden, wollten die Gelehrten späterer Zeiten noch tiefer eindringen, noch mehr sehen als ihre Vorfahren; und so entdeckte man (denn was entdeckt man nicht, wenn man sich's einmal in den Kopf gesetzt hat, etwas zu entdecken?) in dem, was nur Beispiel war, Allegorie, in allem, sogar in den bloßen Maschinen und Dekorationen des poetischen Schauplatzes, einen mystischen Sinn, und zuletzt in jeder Person, jeder Begebenheit, jedem Gemälde, jeder kleinen Fabel Gott weiß was für Geheimnisse von hermetischer, orphischer und magischer Philosophie, an die der gute Dichter gewiß so wenig gedacht hatte als Vergil, daß man zwölfhundert Jahre nach seinem Tode mit seinen Versen die bösen Geister beschwören würde.

Inmittelst wurde es unvermerkt zu einem wesentlichen Erfordernis eines epischen Gedichtes (wie man die größern und heroischen poetischen Fabeln zu nennen pflegt), daß es außer dem natürlichen Sinn und der Moral, die es beim ersten Anblick darbot, noch einen andern geheimen und allegorischen haben müsse. Wenigstens gewann diese Grille bei den Italienern und Spaniern die Oberhand; und es ist mehr als lächerlich, zu sehen, was für eine undankbare Mühe sich die Ausleger oder auch wohl die Dichter selbst geben, um aus einem Amadis und Orlando, aus Trissins befreitem Italien oder Camoens Lusiaden, ja sogar aus dem Adone des Marino, alle Arten metaphysischer, politischer, moralischer, physischer und theologischer Allegorien herauszuspinnen.

Da es nun nicht die Sache der Leser war, in diese Geheimnisse aus eigner Kraft einzudringen, so mußte man ihnen, wenn sie so herrlicher Schätze nicht verlustig werden sollten, notwendig einen Schlüssel dazu geben; und dieser war eben die Exposition des allegorischen oder mystischen Sinnes; wiewohl der Dichter gewöhnlicherweise erst, wenn er mit dem ganzen Werke fertig war, daran dachte, was für versteckte Ähnlichkeiten und Beziehungen sich etwa aus seinen Dichtungen herauskünsteln lassen könnten.

Was bei vielen Dichtern bloße Gefälligkeit gegen eine herrschende Mode war, über welche sie sich nicht hinwegzusetzen wagten, wurde für andre wirklicher Zweck und Hauptwerk. Der berühmte Zodiacus vitae des sogenannten Palingenius, die Argenis des Barkley, Spencers Feenkönigin, die neue Atlantis der Dame Manley, die malabarischen Prinzessinnen, das Märchen von der Tonne, die Geschichte von Johann Bull und eine Menge andrer Werke dieser Art, woran besonders das sechzehnte und siebzehnte Jahrhundert fruchtbar gewesen ist, waren ihrer Natur und Absicht nach allegorisch und konnten also ohne Schlüssel nicht verstanden werden; wiewohl einige derselben, zum Beispiel Spencers Feenkönigin und die allegorischen Satiren des Dr. Swift, so beschaffen sind, daß eine jede verständige und der Sachen kundige Person den Schlüssel dazu ohne fremde Beihülfe in ihrem eignen Kopfe finden kann.

Diese kurze Deduktion wird mehr als hinlänglich sein, um denen, die noch nie daran gedacht haben, begreiflich zu machen, wie es zugegangen sei, daß sich unvermerkt eine Art von gemeinem Vorurteil und wahrscheinlicher Meinung in den meisten Köpfen festgesetzt hat, als ob ein jedes Buch, das einem satirischen Roman ähnlich sieht, mit einem versteckten Sinn begabt sei und also einen Schlüssel nötig habe.

Daher hat denn auch der Herausgeber der gegenwärtigen Geschichte, wie er gewahr wurde, daß die meisten unter der großen Menge von Lesern, welche sein Werk zu finden die Ehre gehabt hat, sich fest überzeugt hielten, daß noch etwas mehr dahinter stecken müsse, als was die Worte beim ersten Anblick zu besagen scheinen, und also einen Schlüssel zu der Abderitengeschichte als ein unentbehrliches Bedürfnis zu vollkommner Verständnis des Buches zu erhalten wünschten, sich dieses ihm häufig zu Ohren kommende Verlangen seiner Leser keineswegs befremden lassen; sondern er hat es im Gegenteil für eine Aufmerksamkeit, die er ihnen schuldig sei, gehalten, demselben, soviel an ihm lag, ein Genüge zu tun und ihnen als einen Schlüssel oder statt des verlangten Schlüssels (welches im Grunde auf eins hinausläuft) alles mitzuteilen, was zu gründlicher Verständnis und nützlichem Gebrauch dieses zum Vergnügen aller Klugen und zur Lehre und Züchtigung aller Narren geschriebenen Werkes dienlich sein kann.

Zu diesem Ende findet er nötig, ihnen vor allen Dingen die Geschichte der Entstehung desselben unverfälscht und mit den eignen Worten des Verfassers (eines zwar wenig gekannten, aber seit dem Jahre 1753 sehr stark gelesenen Schriftstellers) mitzuteilen.

„Es war (so lautet sein Bericht) – es war ein schöner Herbstabend im Jahre 177*; ich befand mich allein in dem obern Stockwerk meiner Wohnung und sah – (warum sollt' ich mich schämen, zu bekennen, wenn mir etwas Menschliches begegnet?) vor Langeweile zum Fenster hinaus; denn schon seit vielen Wochen hatte mich mein Genius gänzlich verlassen. Ich konnte weder denken noch lesen. Alles Feuer meines Geistes schien erloschen, alle meine Laune gleich einem flüchtigen Salze verduftet zu sein. Ich war oder fühlte mich wenigstens dumm, aber ach! ohne an den Seligkeiten der Dummheit teilzuhaben, ohne einen einzigen Gran von dieser stolzen Zufriedenheit mit sich selbst, dieser unerschütterlichen Überzeugung, welche gewisse Leute versichert, daß alles, was sie denken, sagen, träumen und im Schlaf reden, wahr, witzig, weise und in Marmor gegraben zu werden würdig sei – einer Überzeugung, die den echten Sohn der großen Göttin, wie ein Muttermal, kennbar und zum glücklichsten aller Menschen macht. Kurz, ich fühlte meinen Zustand, und er lag schwer auf mir; ich schüttelte mich vergebens, und es war (wie gesagt) so weit mit mir gekommen, daß ich durch ein ziemlich unbequemes kleines Fenster in die Welt hinausguckte, ohne zu wissen, was ich sah, oder etwas zu sehen, das des Wissens oder Sehens wert gewesen wäre.

Auf einmal war mir, als höre ich eine Stimme – ob es Wahrheit oder Täuschung war, will ich nicht entscheiden –, die mir zurief: Setze dich und schreibe die Geschichte der Abderiten!

Und plötzlich ward es Licht in meinem Kopfe. – Ja, ja, dacht' ich, die Abderiten! Was kann natürlicher sein? Die Geschichte der Abderiten will ich schreiben! Wie war es doch möglich, daß mir ein so simpler Einfall nicht schon längst gekommen ist? Und nun setzte ich mich auf der Stelle hin und schrieb und schlug nach und kompilierte und ordnete zusammen und schrieb wieder; und es war eine Lust, zu sehen, wie flink mir das Werk von den Händen ging.

Indem ich nun so im besten Schreiben war (fährt unser Verfasser in seiner treuherzigen Beichte fort), kam mir in einem Capriccio oder Laune, oder wie man's sonst nennen will, der Einfall, meiner Phantasie den Zügel schießen zu lassen und die Sachen so weit zu treiben, als sie gehen könnten. Es betrifft ja nur die Abderiten, dacht' ich, und an den Abderiten kann man sich nicht versündigen; sie sind ja doch am Ende weiter nichts als ein Pack Narren; die Albernheiten, die ihnen die Geschichte zur Last legt, sind groß genug, um das Ungereimteste, was du ihnen andichten kannst, zu rechtfertigen.

Ich gesteh' es also unverhohlen – und wenn's unrecht war, so verzeihe mir's der Himmel! –, ich strengte

384

alle Stränge meiner Erfindungskraft bis zum Reißen an, um die Abderiten so närrisch denken, reden und sich betragen zu lassen, als es nur möglich wäre. Es ist ja schon über zweitausend Jahre, daß sie allesamt tot und begraben sind, sagte ich zu mir selbst; es kann weder ihnen noch ihrer Nachkommenschaft schaden, denn auch von dieser ist schon lange kein Gebein mehr übrig.

Zu diesem allem kam noch eine andre Vorstellung, die mich durch einen gewissen Schein von Gutherzigkeit einnahm. Je närrischer ich sie mache, dacht' ich, je weniger habe ich zu besorgen, daß man die Abderiten für eine Satire halten und Anwendungen davon auf Leute machen wird, die ich doch wohl nicht gemeint haben kann, da mir ihr Dasein nicht einmal bekannt ist. – Aber ich irrte mich sehr, indem ich so schloß. Der Erfolg bewies, daß ich unschuldigerweise Abbildungen gemacht hatte, da ich nur Phantasien zu malen glaubte."

Man muß gestehen, dies war einer der schlimmsten Streiche, die einem Autor begegnen können, der keine List in seinem Herzen hat und, ohne irgendeine Seele ärgern oder betrüben zu wollen, bloß sich selbst und seinem Nebenmenschen die Langeweile zu vertreiben sucht. Gleichwohl war dies, was dem Verfasser der Abderiten schon mit den ersten Kapiteln seines Werkleins begegnete. Es ist vielleicht keine Stadt in Deutschland und so weit die natürlichen Grenzen der deutschen Sprache gehen (welches, im Vorbeigehen gesagt, eine größere Strecke Landes ist, als irgendeine andre europäische Sprache innezuhaben sich rühmen kann), wo die Abderiten nicht Leser gefunden haben sollten; und wo man sie las, da wollte man die Originale zu den darin vorkommenden Bildern gesehen haben.

„In tausend Orten (sagt der Verfasser), wo ich weder selbst jemals gewesen bin noch die mindeste Bekanntschaft habe, wunderte man sich, woher ich die Abde-

385

riten, Abderitinnen und Abderismen dieser Orte und Enden so genau kenne; und man glaubte, ich müßte schlechterdings einen geheimen Briefwechsel oder einen kleinen Kabinettsteufel haben, der mir Anekdoten zutrüge, die ich mit rechten Dingen nicht hätte erfahren können. Nun wußte ich (fuhr er fort) nichts gewisser, als daß ich weder diesen noch jenen hatte; folglich war klar wie Tageslicht, daß das alte Völkchen der Abderiten nicht so gänzlich ausgestorben war, als ich mir eingebildet hatte."

Diese Entdeckung veranlaßte den Autor, Nachforschungen anzustellen, welche er für unnötig gehalten, solang' er bei Verfassung seines Werkes mehr seine eigne Phantasie und Laune als Geschichte und Urkunden zu Rate gezogen hatte. Er durchstöberte manche große und kleine Bücher ohne sonderlichen Erfolg, bis er endlich in der sechsten Dekade des berühmten Hafen Slawkenbergius S. 864 folgende Stelle fand, die ihm einigen Aufschluß über diese unerwarteten Ereignisse zu geben schien.

„Die gute Stadt Abdera in Thrakien (sagt Slawkenbergius am angeführten Orte), ehmals eine große, volkreiche, blühende Handelsstadt, das thrakische Athen, die Vaterstadt eines Protagoras und Demokritus, das Paradies der Narren und der Frösche, diese gute, schöne Stadt Abdera – ist nicht mehr. Vergebens suchen wir sie in den Landkarten und Beschreibungen des heutigen Thrakiens; sogar der Ort, wo sie ehmals gestanden, ist unbekannt oder kann wenigstens nur durch Mutmaßungen angegeben werden.

Aber nicht so die Abderiten! Diese leben und weben noch immer fort, wiewohl ihr ursprünglicher Wohnsitz längst von der Erde verschwunden ist. Sie sind ein unzerstörbares, unsterbliches Völkchen; ohne irgendwo einen festen Sitz zu haben, findet man sie allenthalben; und wiewohl sie unter allen andern Völkern zerstreut leben, haben sie sich doch bis auf diesen Tag rein und unvermischt erhalten und bleiben ihrer alten Art und Weise so getreu, daß man einen Abderiten, wo man ihn auch antrifft, nur einen Augenblick zu sehen und zu hören braucht, um ebenso gewiß zu sehen und zu hören, daß er ein Abderit ist, als man es zu Frankfurt und Leipzig, Konstantinopel und Aleppo einem Juden anmerkt, daß er ein Jude ist.

Das Sonderbarste aber, und ein Umstand, worin sie sich von den Israeliten, Beduinen, Armeniern und allen andern unvermischten Völkern wesentlich unterscheiden, ist dieses: daß sie sich ohne mindeste Gefahr ihrer Abderitheit mit allen übrigen Erdbewohnern vermischen, und wiewohl sie allenthalben die Sprache des Landes, wo sie wohnen, reden, Staatsverfassung, Religion und Gebräuche mit den Nichtabderiten gemein haben, auch essen und trinken, handeln und wandeln, sich kleiden und putzen, sich frisieren und parfümieren, purgieren und klisterisieren lassen, kurz, alles, was zur Notdurft des menschlichen Lebens gehört, ungefähr ebenso machen – wie andre Leute: daß sie, sage ich, nichtsdestoweniger in allem, was sie zu Abderiten macht, sich selbst so unveränderlich gleich bleiben, als ob sie von jeher durch eine diamantne Mauer, dreimal so hoch und dick als die Mauern des alten Babylon, von den vernünftigen Geschöpfen auf unserm Planeten abgesondert gewesen wären. Alle andern Menschenrassen verändern sich durch Verpflanzung, und zwei verschiedene bringen durch Vermischung eine dritte hervor. Aber an den Abderiten, wohin sie auch verpflanzt wurden und soviel sie sich auch mit andern Völkern vermischt haben, hat man nie die geringste wesentliche Veränderung wahrnehmen können. Sie sind allenthalben immer noch die nämlichen Narren, die sie vor zweitausend Jahren zu Abdera waren; und wiewohl man schon längst nicht mehr sagen kann, siehe, hier ist Abdera oder da ist Abdera, so ist doch in Europa, Asia, Afrika und Amerika, soweit diese

387

großen Erdviertel poliziert sind, keine Stadt, kein Marktflecken, Dorf noch Dörfchen, wo nicht einige Glieder dieser unsichtbaren Genossenschaft anzutreffen sein sollten." – Soweit besagter Hafen Slawkenbergius.

„Nachdem ich diese Stelle gelesen hatte", fährt unser Verfasser fort, „hatte ich nun auf einmal den Schlüssel zu den vorbesagten Erfahrungen, die mir ersten Anblicks so unerklärbar vorgekommen waren; und so wie der Slawkenbergische Bericht das, was mir mit den Abderiten begegnet war, begreiflich machte, so bestätigte dieses hinwieder die Glaubwürdigkeit von jenem. Die Abderiten hatten also einen Samen hinterlassen, der in allen Landen aufgegangen war und sich in eine sehr zahlreiche Nachkommenschaft ausgebreitet hatte; und da man beinahe allenthalben die Charaktere und Begebenheiten der *alten* Abderiten für Abbildungen und Anekdoten der *neuen* ansah, so erwies sich dadurch auch die seltsame Eigenschaft der Einförmigkeit und Unveränderlichkeit, welche dieses Volk nach dem angeführten Zeugnisse von andern Völkern des festen Landes und der Inseln des Meeres unterscheidet.

Die Nachrichten, die mir hierüber von allen Orten zukamen, gereichten mir aus einem doppelten Grunde zu großem Trost: erstens, weil ich mich nun auf einmal von allem innerlichen Vorwurf, den Abderiten vielleicht zu viel getan zu haben, erleichtert fand; und zweitens, weil ich vernahm, daß mein Werk überall (auch von den Abderiten selbst) mit Vergnügen gelesen und besonders die treffende Ähnlichkeit zwischen den alten und neuen bewundert werde, welche den letztern als ein augenscheinlicher Beweis der Echtheit ihrer Abstammung allerdings sehr schmeichelhaft sein mußte. Die wenigen, welche sich beschwert haben sollen, daß man sie zu ähnlich geschildert habe, kommen in der Tat gegen die Menge derer, die zufrieden sind, in keine Betrachtung; und auch diese wenigen täten vielleicht besser, wenn sie die Sache anders nähmen. Denn da sie, wie es scheint, nicht gern für das angesehen sein wollen, was sie sind, und sich deswegen in die Haut irgendeines edlern Tieres gesteckt haben; so erfordert die Klugheit, daß sie ihre Ohren nicht selbst hervorstrecken, um eine Aufmerksamkeit auf sich zu erregen, die nicht zu ihrem Vorteil ausfallen kann.

Auf der andern Seite aber ließ ich mir auch den Umstand, daß ich die Geschichte der alten Abderiten gleichsam unter den Augen der neuern schrieb, zu einem Beweggrunde dienen, meine Einbildungskraft, die ich anfangs bloß ihrer Willkür überlassen hatte, kürzer im Zügel zu halten, mich vor allen Karikaturen sorgfältig zu hüten und den Abderiten in allem, was ich von ihnen erzählte, die strengste Gerechtigkeit widerfahren zu lassen. Denn ich sah mich nun als den Geschichtsschreiber der Altertümer einer noch fortblühenden Familie an, welche berechtigt wäre, es übel zu vermerken, wenn man ihren Vorfahren irgend etwas ohne Grund und gegen die Wahrheit aufbürdete."

Die Geschichte der Abderiten kann also mit gutem Fug als eine der wahresten und zuverlässigsten, und eben darum als ein getreuer Spiegel betrachtet werden, worin die neuern ihr Antlitz beschauen und, wenn sie nur ehrlich gegen sich selber sein wollen, genau entdecken können, inwiefern sie ihren Vorfahren ähnlich sind. Es wäre sehr überflüssig, von dem Nutzen, den das Werk in dieser Rücksicht so lange, als es noch Abderiten geben wird – und dies wird vermutlich lange genug sein –, stiften kann und muß, viele Worte zu machen. Wir bemerken also nur, daß es beiläufig auch noch diesen Nutzen haben könnte, die Nachkömmlinge der alten Deutschen unter uns behutsamer zu machen, sich vor allem zu hüten, was den Verdacht erwecken könnte, als ob sie entweder aus abderitischem Blute stammten oder aus übertriebner Bewundrung der abderitischen Art und Kunst und daher entspringender

Nachahmungssucht sich selbst Ähnlichkeiten mit diesem Volke geben wollten, wobei sie aus vielerlei Ursachen wenig zu gewinnen hätten.

Und dies, werte Leser, wäre also der versprochne Schlüssel zu diesem merkwürdigen Originalwerke, mit beigefügter Versicherung, daß nicht das kleinste geheime Schubfach darin ist, welches Sie mit diesem Schlüssel nicht sollten aufschließen können; und wofern Ihnen jemand ins Ohr raunen wollte, daß noch mehr darin verborgen sei, so können Sie sicherlich glauben, daß er entweder nicht weiß, was er sagt, oder nichts Gutes im Schilde führt.

SAPIENTIA PRIMA EST STULTITIA CARUISSE

Ende der Abderitengeschichte

NACHWORT

„Ich konnte weder denken noch lesen", äußerte Wieland
über einen seltsam unmutigen Herbsttag des Jahres 1773 in
Weimar, „alle meine Laune, alles Feuer meines Geistes
schien erloschen; ich war dumm, aber ohne an den Seligkeiten der Dummheit Anteil zu haben, ohne einen Gran
von dieser stolzen Zufriedenheit mit sich selbst, dieser unerschütterlichen Überzeugung, daß alles, was der Dummkopf träumt und sagt, witzig, weise und in Marmor ge-
hauen zu werden würdig ist . . . Kurz, ich fühlte meinen
Zustand; er lag schwer auf mir; ich schüttelte mich vergebens . . . Auf einmal war mir, als ob ich die Stimme eines
Geistes (ater an albus?) hörte, die mir zurief: Setze dich
und schreibe die Geschichte der Abderiten! – Und plötzlich
ward es leichter und heller in meinem Kopfe. Ja, ja, dachte
ich, die Abderiten! Die Geschichte der Abderiten! Was kann
auch natürlicher sein? Die Geschichte der Abderiten will ich
schreiben . . . Also setzt' ich mich und schrieb, und schlug
nach, und kompilierte, und ordnete zusammen, und schrieb
wieder; und es war eine Lust zu sehen, wie mir das Werk
von den Händen ging."

Es gibt keine reizvollere und geschlossenere Darstellung
der Umstände, die Wieland in der „Lage" des Schreibenden
zeigen, als diese leichtfließende Selbsterläuterung eines schein-
bar verzweifelten Mannes, der schreiben muß. Er bezichtigt
sich der Dummheit, weil ihm ein paar Wochen der dichte-
rische Einfall versagt blieb. Er fürchtet, der Geist sei spröde
geworden, der ihn bislang überreichlich mit „Spielwerken"
der guten schöpferischen Laune beschenkt hat. Und als er
endlich das Dasein des Stoffes der Abderiten aus dem unter-
gründigen Bewußtsein heraufholt, da ist er Feuer und
Flamme, und er beginnt in einem Tempo zu schreiben, das
seine Ergriffenheit vom Thema bezeugt.

Christoph Martin Wieland (1733–1813) gilt als der hei-
terste und beweglichste unter den Geistern, welche die
Morgenröte der deutschen Klassik heraufführen.

Seine literarischen Anfänge bleiben in konventionellem Rahmen: Er bewundert Hallers Lehrgedichte, er empfindet den pietistisch-schwärmerischen Klopstock nach, er lebt überhaupt von vielerlei Anregungen der durch gegensätzliche Bemühungen gekennzeichneten Literatur seiner Zeit. Doch zugleich wird auch französische Lektüre und das Studium der griechischen und römischen Schriftsteller eifrig betrieben. Wieland, belesen wie nur noch Lessing, wird aber nicht in erster Linie durch Vorbilder, sondern durch seine Freundin Sophie Gutermann, die spätere La Roche, schicksalhaft zum Dichter. Die Einladung seines Züricher Gönners und Mahners Johann Jakob Bodmer erbringt ihm zwar nicht die geistige Mündigkeit; der sechsjährige Schweizer Aufenthalt macht ihm jedoch schaudernd bewußt, daß er noch in keinem einzigen seiner Jugendwerke Eigentliches gegeben hat. So verworren und widerspruchsvoll die folgenden Biberacher Jahre für ihn gewesen sein mögen – für seine literarische Zukunft hatten sie hohes Gewicht: in Biberach beginnt er als erster mit der Eindeutschung von Shakespeares theatralischen Werken, und im nahen Warthausen, auf dem Schloß des Grafen Stadion, ereignet sich die lange nachhallende Begegnung mit der französischen Literatur und der Rokoko-Kultur der Epoche.

1768 wird Wieland kurfürstlicher Professor in Erfurt; entzückend leichte und charmante, wegen ihrer Frivolität getadelte Dichtungen entstehen dort. Seine bis dahin besten Werke, etwa „Die Geschichte Agathons", „Musarion oder Die Philosophie der Grazien", der Staatsroman „Der goldene Spiegel", tragen ihn auf den Gipfel des ersten literarischen Ruhms. Die Herzogin Anna Amalia in Weimar beruft den Dichter und Denker als Prinzenerzieher an ihren Hof. Der Professor wird so der Lehrer Karl Augusts, allerdings ein weicher, allzu nachgiebiger Erzieher des selbstherrlichen und verwöhnten Erbprinzen. Schließlich quittiert er den aktiven Hofdienst und macht seine Stelle dem jungen Goethe frei. Sein Haus wird zur Freistatt des lebendigen Geistes und der geselligen Einkehr; Goethe und Herder, später auch Schiller, den er bei seinem Eintritt in Weimar sehr förderte, zählen unter vielen anderen zu den Besuchern in seinem Hause.

Wieland war gerade vierzig Jahre alt, als er die Arbeit an den Abderiten begann. Zeitlebens hatte er der Antike, über Winckelmann und die Humanisten hinweg, eine zärtliche Anhänglichkeit bewahrt. Sein Gespräch mit ihr kam eigentlich nie zu Ende. Es fand seinen Niederschlag in vielen Betrachtungen, Aufsätzen, Erzählungen und Romanen. Diese Welt mit hohen Zwecken, mit erhabenen Gesichtspunkten, mit großen Gedanken hatte Wieland stets im Sinn. Das 18. Jahrhundert, sein eigenes, das Jahrhundert der Vernunft und der Aufklärung – eine bewegende Zeit, bewegend bis zur Revolution –, hielt ihn selbst beweglich im Geiste.

Und jetzt, im Durchgang durch die freieren und glücklicheren geistigen Gefilde, auf einmal diese Einkehr in die schiefe und aberwitzige Welt der Abderiten, der Leute mit dem kleinen geistigen Inventar? Auf einmal diese Auseinandersetzung eines verständigen, aufgeklärten, höchst witzigen Mannes mit dem Törichten und Närrischen? – Wie kann dies verstanden werden? –

Es scheint, Wieland habe durch den kühnen Griff nach dem Abderitenstoff das Grundsätzliche der menschlichen Natur aufgedeckt, er habe die menschliche Tragikomödie auf Shakespearesche Manier geoffenbart, die Tragödie, die darin besteht, daß der Weise an die Dummen, die er überwinden möchte, verhängnisvoll gebunden bleibt. Diese Verstrickung von Intelligenz und talentierter Borniertheit, von Aufklärung und fataler geistiger Verdunkelung, von Verstand und mißlichem Unverstand ist das Motiv dieser (wie sie anfangs hieß) „sehr wahrscheinlichen Geschichte" der Abderiten.

Weltkluge Leute haben für die Beschränktheit ihrer Mitbürger, die die andern gewöhnlich für so dumm halten, wie sie selber sind, stets ein höfliches Lächeln übrig gehabt. Es entschuldigt und übersieht die Grenzen der Menschennatur mit einem Schweigen. Wieland hat dieses Schweigen geschrieben. Er hat das Wagnis empfunden, das er damit einging; in einem „Vorbericht" und in einem „Schlüssel" versuchte er, die möglichen falschen Auslegungen, die seiner Abderitengeschichte drohen konnten, von vornherein abzuwehren.

In den vorläufigen Nachrichten vom Ursprung der Stadt und Republik Abdera und vom Charakter ihrer Einwohner

393

besteht Wieland dem Leser gegenüber hartnäckig darauf, ihm die Existenz der Stadt Abdera geschichtlich nachzuweisen. Er bescheinigt den Abderiten, daß ihre Phantasie den Verstand, ihre Einbildungskraft die Vernunft ständig überflügele und übervorteile. „Es mangelte den Abderiten nie an Einfällen", charakterisiert er sie, „aber selten paßten ihre Einfälle auf die Gelegenheit, wo sie angebracht wurden, oder kamen erst, wenn die Gelegenheit vorbei war. Sie sprachen viel, aber immer, ohne sich einen Augenblick zu bedenken, was sie sagen wollten, oder wie sie es sagen wollten. Die natürliche Folge hiervon war, daß sie selten den Mund auftaten, ohne etwas Albernes zu sagen. Zum Unglück erstreckte sich diese schlimme Gewohnheit auch auf ihre Handlungen; denn gemeiniglich schlossen sie den Käfig erst, wenn der Vogel entflogen war . . ."

Die drei Beispiele, die er anschließend als Proben ihrer Abderitheit beibringt, sind Elemente der theatermäßigen Exposition der Geschichte, die er erzählen will, sie deuten entwickelnd an, wessen sich der auf Vergnügen und Gewinn erpichte Leser in der Folge zu versehen hat. Diese Einleitung malt der Geschichte fürs erste den flackernden, unruhigen Hintergrund. Indes sich Wieland mit dem Leser über die Abderiten unterhält, betritt Demokrit, ein weitgereister und weltkundiger Philosoph, „der größte Naturforscher des Altertums", die Szene. Er ist nach zwanzigjähriger Abwesenheit von Abdera wieder in seine thrakische Geburtsstadt zurückgekehrt, gelehrt zwar, aber unnachsichtig gegen die Schwächen seiner Mitbürger.

Doch Abdera wäre nicht Abdera, wenn es ein reicher und unabhängiger Abderit mit kritischem und überlegenem Verstand nicht alsbald mit seinen Mitbürgern verderben würde! Demokrit kontert geschickt die abderitischen Anschläge auf die Vernunft, er muß aber zeitig erkennen, wie abwegig die Vorstellungen sind, die sich die Abderiten und die Abderitinnen, und besonders die schönen, von der übrigen Welt machen. Er begeht die Unvorsichtigkeit, sich in Streitgespräche mit ihnen einzulassen. Zum Glück aber sind die Abderiten „wenigstens keine bösartigen Leute". Doch sie rächten sich an ihm, indem sie aus Prinzip seinen Reden widersprachen. Er bezichtigte sie in einer exemplarischen Strafpredigt, sich von der Freiheit eine falsche Vorstellung

394

in den Kopf gesetzt zu haben. Das empörte sie, weil es ihren Lebensnerv traf. Sie erlassen ein Dekret, das den abderitischen Jünglingen das Herumreisen in fremden Ländern beschränkt – eine total beschränkte Maßnahme, kurz: ein Abderitenstückchen.

Demokrit verkauft ihnen die Mär von einem Schlaraffenland der abderitischen Moralisten, von einem Land, „wo die Natur so gefällig ist, neben ihren eigenen Verrichtungen auch noch die Arbeit der Menschen auf sich zu nehmen" – kurz: von einem Wunderland des Nichtstuns und zugleich des Wohlstands und auch des behaglichen, bequemen Verharrens im Althergebrachten. Aber nichts ist so widersinnig und absurd, als daß es die Abderiten nicht glauben würden. Eines Vergehens an den heiligen Fröschen der Latona beschuldigt, und einiger anderer seltsamer Vorkommnisse wegen verrufen, wird Demokrit des Wahnsinns bezichtigt.

Weil die Abderiten sich gern für Leute halten, die einen großen Mann zu schätzen wissen, ersuchen sie Hippokrates, den „Fürst" der großen Ärzte, um ein medizinisches Gutachten über seinen philosophischen Zeitgenossen. Der Besuch ergibt zwischen den beiden Kosmopoliten eine völlige Übereinstimmung darüber, daß die Abderiten die kranken Narren sind, freilich ohne es zu wissen. Ihre Krankheit liege zu tief für seine Kunst, erklärt die medizinische Kapazität dem Senat und empfiehlt ihnen den richtigen, angemessenen Gebrauch von Nieswurz, eines angeblich probaten Naturheilmittels gegen große und kleine Narrheit und gegen progressive Verstandesschwäche. Wenn sich Hippokrates nach erfolgter Diagnose aus dem Staub macht, so ist diese überraschende Art, sich zu verabschieden, nur als Akt der Bosheit verständlich – das wiederum ist das Närrische an der Geschichte, die uns Wieland erzählt.

Daß die Abderiten eh und je dem Theater, der Musik und dem Gesang huldigen, versteht sich von selbst. Sie spielen fast ausschließlich die dramatischen Erzeugnisse ihres Hausdichters Hyperbolus, dazwischen auch die Stücke der von ihnen verehrten Athener, „nicht weil sie gut waren, sondern weil sie von Athen kamen". Nach einer Aufführung der „Andromeda" geraten die Abderiten mit einem „etwas bejahrten" Fremden ins Gespräch, der sich als Euripides zu erkennen gibt. Sie bewegen diesen großen Tragiker

395

dazu, die Produkte ihres gekrönten Dichters, des Erfinders der „griesgramischen" und der „pantomimischen" Gattung im Drama, zu beurteilen und ihnen die Inszenierung eines euripideischen Stückes zuzusagen. „Der Philosoph auf der Bühne", wie Euripides genannt worden ist, läßt von seiner Truppe die vordem von den Abderiten gespielte „Andromeda" wiederholen, sie jedoch in bewußt höhnischer Umkehrung ihres tragischen Gehalts und ihrer strengen szenischen Form so unvergleichlich gefühlig und kitschig herausspielen, daß die Zuschauer vom „abderitischen Fieber" weidlich geschüttelt werden.

Das vierte Buch füllt „Der Prozeß um des Esels Schatten". Es ist das Kernstück des Werks, ganz Wielands eigene Erfindung, durchaus glaubhaft aus der weitläufigen Abderitheit entwickelt, teilweise ein kecker munterer Dialog, der spätere Dichter zur szenischen Behandlung angeregt hat (Fulda, Dürrenmatt), ein durch und durch einfallsreiches, das Thema nahezu erschöpfendes Streitgespräch zwischen dem Zahnarzt Struthion und einem Eseltreiber, ein Prozeß, an dem schließlich die ganze Stadt teilnimmt. Der Anlaß dazu ist von unvorstellbar einfältiger Natur. Eines ist der Esel, ist sein Schatten ein anderes? das ist die Frage, welche nicht nur die abderitischen Juristen, sondern auch die Ratsherren, die Zünfte und den Senat, die Priester allesamt und sogar den Kanzler der Republik in Atem hält. Aus dem „schalsten, dünnsten, unhaltbarsten Stoffe, der jemals von Göttern oder Menschen versponnen worden ist", entsteht nach Wielands Aussage „ein so verworrenes Gespinst von Abenteuern, Händeln, Erbitterungen, Verhetzungen, Kabalen, Parteien und anderem Unrat", daß schließlich ganz Abdera darob in Erregung und Zorn gerät, und ganz am Rande auch die Gottheit, aber auf durchaus demagogische Weise, mit ins Spiel gebracht wird.

Der Zufall, zu allen Zeiten der große Schutzgott der Abderiten, bemächtigt sich endlich des Streites. Der Esel, der einzig zureichende Grund alles Zwiespalts und Unfriedens, fällt einem Attentat der empörten Menge zum Opfer, er wird in Stücke zerrissen – der klügste, simpelste und zugleich dümmste Ausweg aus einer heillos lächerlichen Angelegenheit – ein Narrenstreich ohnegleichen auch dies. Er hat allerdings die Wirkung, die Abderiten auf treuherzige Weise auch wieder zum Lachen gebracht zu haben.

Aber der freundliche Friede der Republik dauert nicht ewig. Abdera wird von den heiligen Fröschen der Latona bedroht. Das paradoxe Verhängnis, das darin besteht, daß die Abderiten ehrfürchtig lieben, was sie vernichtet und daß, wer mit geistiger Blindheit geschlagen ist, auch die Form seines Verderbens bestimmt, es erfüllt sich an den Abderiten. Sie huldigen einem fatalen Kult, dem ehrwürdigen Mysterium der Stadtgöttin Latona, indem sie deren natürliche Sinnbilder, die Frösche, hegen und pflegen, und die verbrecherischen Störche infolgedessen aus der Umgegend zu verbannen gehalten sind. Ein Gutachten der Akademie der Wissenschaften über die Frage, welche Mittel dienlich und erlaubt seien, den lebensbedrohenden Fröschen zu steuern, erbringt den gotteslästerlichen Nachweis, daß die derzeit quakenden Frösche so gemeine und gewöhnliche Frösche seien wie die in aller Welt. Als Gegenmaßnahme gegen die Landplage sei empfohlen – sie als Leckerbissen zu verspeisen. Abdera wird ein zweites Mal von Grund auf und diesmal in einer naturwissenschaftlich-theologischen Streitfrage beunruhigt. Ein dickes Buch und ein noch dickeres wird darüber verfaßt, aber nicht gelesen – und da man sich nicht entscheiden kann, bleibt wie immer in Abdera alles beim alten. Die Prophezeiungen des verlästerten Demokrit: die Frösche würden die Abderiten noch aus ihrer Stadt „hinausquaken", erfüllt sich. Die Abderiten wandern in die weiten Ebenen Mazedoniens aus, sie bleiben auch einige Jahre dort, kehren jedoch wieder zurück und führen seitdem „ein stilles und geruhiges Leben". Das ist die Fabel der Geschichte.

Wenn die Geschichte der Abderiten gegen den Schluß zu sozusagen ins Galoppieren gerät und wenn der epische Faden nicht weitergesponnen wird, so ist das offensichtlich als Mangel an Komposition zu betrachten. Dieser Mangel an logischer Entwicklung, an erzählerischer Konsequenz und Stetigkeit ist durch die Unlust des Autors an seiner schon über sechs Jahre sich hinziehenden Arbeit an den Abderiten erklärlich, mithin eine Folge auch der Mißverständnisse, denen dieses Werk ausgesetzt gewesen ist. Obwohl die Erfindung einer Fabel noch nie Wielands Stärke war – er schrieb auf weite Strecken unter dem Beistand von An-

397

regungen und von literarisch vorgeformten Themen – so tritt doch das Eigene, das spezifisch Wielandische, die geistige Handschrift des Verfassers von Seite zu Seite immer deutlicher hervor. An der lässig gegebenen Fabel hat Wieland die perlenden Läufe seiner Einfälle, Einsichten und Weisheiten aufgehängt, so leicht, so schwebend, so schillernd, so französisch jovial, wie dies zu seiner Zeit keiner der gerühmten Großen im geistigen Raum der Poesie vollziehen konnte.

Die Literaturgeschichten zählen diese Schrift mit Recht zu den Höhepunkten in Wielands zweiter großer Schaffensperiode zwischen 1774 und 1783. Ja, die jüngste Biographie Wielands wertet die Abderiten sogar als einsamen Gipfel wie Lessings Meisterlustspiel „Minna von Barnhelm oder Das Soldatenglück" in dessen dramatischer Produktion. Sie erklärt die Abderiten mit dem hohen Gewicht der Untersuchungen über den Stoff und die Weise seiner Verarbeitung und Veredelung als vielleicht gültigste Dichtung Wielands überhaupt.

Sie ist heute noch und stets aktuell, weil der Verstand im Widerspiel mit der Dummheit immer aktuell ist. Der reife künstlerische Geschmack Wielands, seine Klugheit und seine menschliche Konzilianz sind einem überschärften Konflikt ausgewichen, um dem empfindlichen Leser das Gleichgewicht auf der mittleren Linie zwischen gescheit und dumm, vernünftig und unvernünftig zu ermöglichen, ja zu erhalten.

Der „Vorbericht" und der „Schlüssel zur Abderitengeschichte" wollen in eines gelesen werden. Sie stehen miteinander in Verbindung. Wieland erwehrt sich darin mit Geschick des Verdachts, er habe an entscheidenden Stellen jenseits des historischen Materials nach der Natur gezeichnet und Modelle aus seiner Umgebung für seine Dichtung verwendet, er habe lokale Verhältnisse und Personen in Mannheim und Biberach konterfeit, also nach heutigen Begriffen eine Art „Schlüsselroman" schreiben wollen, eine Satire vermöge der Spiegelung von Wirklichkeit in einem idealen Zerrspiegel, eine Karikatur durch Übertreibung des Charakteristischen und Absonderlichen. Es ist der philologischen Genauigkeit in der Stoff-Forschung nicht überzeugend gelungen, die Vorbilder nachzuweisen. Fast zweihundert Jahre nach dem Erscheinen des ersten Teils der Abderiten scheint es auch unerheblich für den heutigen Leser zu sein, daß er weiß oder erfährt, wer die Dekorationen und Figurinen für dieses Geisterlustspiel geliefert hat. Der doppelte Sinn der Abderitengeschichte ergibt sich in Wahrheit aus den zwei Ebenen Wirklichkeit und Fiktion, Erlebnis und Phantasie. Den Kleinstädtern, den Kleinbürgern und Philistern schreibt Wieland in diesem Werk jedenfalls ein überlegenes Wort ins Stammbuch.

Aus dieser Schicht stammt das reizvolle Spiel des Erzählers mit dem Leser, die neckische Conférence, die Wieland mit ihm veranstaltet. Der Erzähler, der immer wieder vor die Szene tritt, hat eine imaginäre Zuhörerschaft. Gerade diese formbedingten Reize des Buches bestimmen mit den Rang der Geschichte. Wieland scherzt gehörig mit denen, die gut zu lesen verstehen. Er bewahrt dem Roman seine „offene" Form durch Ausblicke, Einschaltungen und Abschweifungen, und so wird das Ganze zu einem Intelligenzroman über die Dummheit.

Die Abderiten der Gegenwart und der Zukunft werden freilich nicht weiser und nicht dümmer sein als Wielands Abderiten. Das Horaz-Wort am Schlusse der Geschichte: „sapientia prima est stultitia caruisse" (nach Wielands freier Übertragung 1782: „frei von Torheit sein ist der Weisheit erste Stufe") hat bis heute nichts von seiner Geltung eingebüßt. Auch die Dummheit ist eine tragende Kraft. Abderitisches ist in uns allen.

Noch drei Jahrzehnte fruchtbaren Schaffens sind Wieland nach dem Abschluß der „Abderiten" beschieden. Versdichtungen, die „Alceste" und andere Singspiele, vor allem der romantische, verskünstlerisch so geschmeidige „Oberon" und die abgeklärten epischen Alterswerke folgen. Der „Teutsche Merkur", eine literarische und kulturpolitische Tat, wird zum großen Nebengeschäft seines Lebens. Als Publizist und Übersetzer ist er nicht nur um die Vermittlung des vergangenen Wertvollen, sondern auch um die Deutung des Sinnes des späten 18. Jahrhunderts bemüht. Zeitlebens war sein Verhältnis zum Dasein positiv. Mit gutem Instinkt fand er sich unter den Menschen zurecht. Er war ein Freund der Menschen, eine liebenswürdige Natur von „mittlerer Empfänglichkeit" für das Extreme. So nur ist zu verstehen, daß er den unglücklichen, mißverstandenen Heinrich von Kleist bei sich aufnahm und dem ungestümen Wilhelm Heinse (zwar vergeblich) einen festen Platz im Leben zu gewinnen half. Als sorgsamer Hausvater liebte er das Einfache, Schlichte, Bescheidene. Er war zufrieden, ja sogar „vergnügt mit seinem Los", ein Mensch mit einer „biegsamen Seele" in einem Leben ohne Tragik, ganz wie ihn Goethe in seiner schönen, wärmenden Denkrede aus nächster Nähe gezeichnet hat.

Karl Hans Bühner